MIRA®

Der Preis dieses Bandes versteht sich einschließlich
der gesetzlichen Mehrwertsteuer.

Umwelthinweis:
Dieses Buch wurde auf chlor- und säurefreiem Papier gedruckt.

Black Jack – Bei Anruf Mord!

Korruption, Geldwäsche, Erpressung – die engagierte Journalistin Kelly Robolo schreckt auch vor gefährlichen Ermittlungen nicht zurück, um kriminelle Machenschaften aufzudecken. Doch als sie sich eines Tages auf die Suche nach dem verschwundenen Mann ihrer Freundin macht, gerät sie selbst ins Fadenkreuz des mächtigen Casinobosses Syd Webber. Er geht über Leichen, um seinen politischen Einfluss zu stärken. Und Kelly ist ihm bei seinem rücksichtslosen Vorhaben ihm Weg. Nur einer scheint Kelly bei den brisanten Recherchen helfen zu wollen: der Polizist Nick McBride. Aber kann sie dem Mann trauen, den selbst ein dunkler Plan treibt?

Christiane Heggan

Black Jack – Bei Anruf Mord!

Roman

Aus dem Amerikanischen von
Rainer Nolden

MIRA®

MIRA® TASCHENBUCH
Band 25094
1. Auflage: Oktober 2004

MIRA® TASCHENBÜCHER
erscheinen in der Cora Verlag GmbH & Co. KG,
Axel-Springer-Platz 1, 20350 Hamburg
Deutsche Taschenbucherstausgabe

Titel der nordamerikanischen Originalausgabe:
Blind Faith

erschienen bei: Mira Books, Toronto
Published by arrangement with
Harlequin Enterprises II B.V., Amsterdam

Konzeption/Reihengestaltung: fredeboldpartner.network, Köln
Umschlaggestaltung: pecher und soiron, Köln
Titelabbildung: by GettyImages, München
Autorenfoto: © by Harlequin Enterprise S.A., Schweiz
Satz: D.I.E. Grafikpartner, Köln
Druck und Bindearbeiten: Ebner & Spiegel, Ulm
Printed in Germany
ISBN 3-89941-127-7

www.mira-taschenbuch.de

1. KAPITEL

„He, he, he!“ Kelly Robolo riss das Steuer ihres hellblauen VW-Käfers herum und drückte auf die Hupe, als ein Linienbus von der Haltestelle losfuhr und sie so rücksichtslos schnitt, dass sie eine Vollbremsung machen musste.

Ohne sie auch nur eines Blickes zu würdigen, drängte der Fahrer mit seinem Bus weiter in die verstopfte Straße vor. Damit brachte er den Berufsverkehr an diesem Montagabend auf der viel befahrenen Broad Street von Philadelphia vollends zum Stillstand. Wieder hupte Kelly, außer sich vor Wut.

„Idiot!“ schrie sie, obwohl sie wusste, dass der Fahrer sie nicht hören konnte. „Deinen Monatslohn bezahle immer noch ich, klar?“

Als der Bus weiterfuhr und die Ampel auf Rot sprang, lehnte Kelly sich in den Sitz zurück und seufzte frustriert. Sie war ja schließlich selbst schuld, dass sie während der Rushhour in der Innenstadt festsaß. Aber Dr. Brady hatte wie immer seine Sprechstunde überzogen, und obwohl Kelly zunächst erwogen hatte, sich einen neuen Termin geben zu lassen, hatte sie es sich dann doch anders überlegt und geduldig gewartet, bis sie an die Reihe kam. Je früher der Doktor sie gesundschreiben würde, desto eher konnte sie wieder zur Arbeit. Dass er sie statt dessen weitere zwei Wochen für arbeitsunfähig befunden hatte, trug wesentlich zu ihrer schlechten Stimmung bei.

Während sie auf grünes Licht wartete, nahm sie die Finger vom Steuerrad und entspannte sich. Trotz des lärmenden Verkehrs, der rücksichtslosen Busfahrer und der Unannehmlichkeiten, mit denen sich die Einwohner von Philadelphia täglich herumschlagen mussten, liebte Kelly diese Stadt. Sie liebte ihre Geschichte, den unbeugsamen Optimismus ihrer Einwohner, den

Abwechslungsreichtum ihrer Bezirke. Sie mochte sogar das Klima – besonders in dieser Jahreszeit, wenn der Himmel bedeckt war und eine Ahnung von Schnee in der Luft lag.

Nachdem sie dem Tod von der Schippe gesprungen war, hatte sie eine Weile lang überlegt, Philadelphia den Rücken zu kehren und irgendwo anders neu anzufangen, vielleicht in New York oder Chicago. In beiden Städten gab es ausgezeichnete Zeitungen, und mit ihren Referenzen als hartnäckige Reporterin, die auf Enthüllungsfälle spezialisiert war, wäre es ihr sicher nicht schwer gefallen, eine neue Stelle zu bekommen.

Aber schließlich hatte sie sich doch nicht dazu durchringen können. Sie hatte hier ihre Wurzeln, ihre Mutter, Freunde und einen Beruf, den sie liebte – wenn er sie auch fast das Leben gekostet hätte.

Plötzlich hatte sie das Gefühl, beobachtet zu werden, und sie schaute aus dem Seitenfenster. Neben ihrem VW stand ein Streifenwagen, aus dem sie zwei Beamte unverhohlen anstarrten. In ihren Mienen spiegelte sich eine Mischung aus Wut und Verachtung. Noch vor fünf Wochen hätten sie ihr zugewinkt, denn Kelly Robolo war auf allen Polizeirevieren der Stadt bekannt. Nach dreizehn Jahren beim *Philadelphia Globe* hatte sie den Respekt und sogar die Bewunderung von einigen der zähesten Polizisten Philadelphias gewonnen.

Aber das hatte sich gründlich geändert.

Als die Ampel wieder auf Grün sprang, fuhr der Streifenwagen nicht los, sondern fädelte sich hinter ihren VW ein. Sie stellte fest, dass die Beamten ihr folgten. Möglicherweise wollten sie ihr wieder einen Strafzettel verpassen, den sie nicht verdiente. Allein in den letzten drei Wochen hatte sie drei Verwarnungen bekommen – eine, weil sie angeblich bei Rot über eine Ampel gefahren, eine weitere, weil sie zu schnell gefahren und eine dritte, weil sie an einem Stoppschild nicht stehen geblieben war. Die Polizisten hatten mit Gleichmut auf ihre heftigen Proteste gegen die falschen Anschuldigungen reagiert und lediglich gesagt, dass sie die Protokolle ja vor Gericht anfechten könnte.

Es hatte noch andere Vorfälle gegeben, direkt vor ihrer Haustür – der zerstörte Briefkasten, das Wort „Nutte“, das in großen, blutig roten Buchstaben auf die Eingangstür gesprüht worden war, die beiden zerstochenen Reifen an ihrem Wagen. Sie konnte zwar nicht beweisen, dass die Polizei von Philadelphia diese Taten begangen hatte, aber wer sonst hasste sie so sehr, dass er zu solchen Racheakten fähig war?

Sie hatte diese Vorfälle nur einem Menschen gegenüber erwähnt – ihrer besten Freundin Victoria Bowman. Da Victoria nicht zu denen gehörte, die leichtfertig ein Risiko eingingen, hatte sie Kelly gedrängt, eine Anzeige beim Polizeipräsidenten zu erstatten, den sie sehr gut kannte. Kelly hatte den Ratschlag nicht befolgt. Sie wollte die Sache nicht noch verschlimmern oder als Hysterikerin angesehen werden, die sich gleich in der obersten Etage beschwerte. Außerdem war sie nach mehr als sechs Jahren, in denen sie auch in ziemlich heiklen Fällen recherchiert hatte, solche Drohungen gewohnt, egal, ob sie ernst gemeint waren oder nur einschüchternd sein sollten. Derlei Vorfälle konnten sie schon lange nicht mehr erschüttern.

„Irgendwann werden sie die Lust an dem Spielchen verlieren“, hatte Kelly zu Victoria gesagt.

Als sie in die 17. Straße einbog, klingelte ihr Handy. Nach einem kurzen Blick in den Rückspiegel holte sie das Telefon aus ihrer Tasche, ohne die Augen von der Straße zu wenden. „Hallo, Mama.“

Sie hörte ein glucksendes Lachen am anderen Ende der Leitung. „Eines Tages“, sagte Connie Robolo, „werde nicht ich das sein, sondern irgendein Komitee, um dir mitzuteilen, dass du wieder mal den Pulitzerpreis gewonnen hast. Und was wirst du dann sagen?"

Kelly lächelte. „Ich weiß immer, wenn du es bist. Du bist so vorhersehbar wie der Sonnenaufgang."

„Ich hätte nicht angerufen, wenn du dich sofort nach deinem Arzttermin wie vereinbart gemeldet hättest." Und ohne Kelly die Chance auf eine Antwort zu geben, fügte sie hinzu: „Was hat Dr. Brady denn gesagt? Bist du in Ordnung? Verheilt die Wunde ordentlich? Ist er meiner Meinung, dass es nicht gerade der Genesung dient, wenn du die Wohnung tapezierst – nur fünf Wochen, nachdem sie dich niedergeschossen haben? Oder hat er über diese Nebensächlichkeiten kein Wort verloren?"

Kelly war an diese Art Verhör gewöhnt. Obwohl sie, die ältere von zwei Geschwistern, in zwei Wochen ihren 36. Geburtstag feiern würde, sorgte sich ihre Mutter um sie, als wäre sie noch ein kleines Mädchen.

„Das sind die Risiken, wenn man in eine italienische Familie hineingeboren wird", hatte ihre Großmutter ihr einmal gesagt. „Ob es dir nun passt oder nicht – du wirst niemals ein vollkommen unabhängiges Leben führen können." Sie hatte ja so Recht gehabt!

Aus den Augenwinkeln beobachtete sie den Rückspiegel und bemerkte, dass der Streifenwagen das Warnlicht eingeschaltet hatte und in westlicher Richtung auf die Spruce Street einbog. Sie atmete erleichtert auf und war dankbar für den Notfall, der die Beamten daran hinderte, sie weiter zu verfolgen.

„Ich habe ihm alles gesagt, was du mir befohlen hast, ihm zu sagen, Mama", antwortete Kelly.

„Werd ja nicht frech", sagte Connie streng. „Antworte lieber auf meine Frage."

„Dr. Brady war fast zufrieden mit meinem Zustand."

„Was soll das heißen? Was ist los mit dir?"

„Nichts. Aber er lässt mich auch die nächsten beiden Wochen nicht zur Arbeit gehen."

Connie Robolo machte ein missbilligendes Geräusch. „Wenn es nach mir ginge, würdest du überhaupt nicht zum *Globe* zurückgehen. Niemals."

Jetzt geht das wieder los, dachte Kelly. Die Einleitung zur „Warum-suchst-du-dir-nicht-einen-sichereren-Job"-Predigt. Kelly hatte sie schon Dutzende Male gehört, aber nie war sie so nachdrücklich gewesen wie seit dem Tag, an dem sie angeschossen worden war. Es war ebenso verführerisch wie zwecklos, über die Bemerkung hinwegzugehen. „Ich weiß, Mama. Das hast du mir schon im Krankenhaus gesagt."

„Hörst du mir denn überhaupt zu?" Und da Connie noch keinen Tag hatte verstreichen lassen, ohne ihre Ansichten zu verkünden, fügte sie hinzu: „Ich verstehe nicht, warum du dir nicht irgendwo anders einen netten sicheren Job suchen kannst. Einem Mädchen mit deiner Intelligenz und deiner Bildung sollte das doch nicht schwer fallen. Du könntest alles tun, was du willst."

„Ich tue doch, was ich will, Mama. Ich könnte natürlich auch als Trapezkünstlerin zum Zirkus gehen – wie Onkel Stefano", witzelte sie.

„Meine Tochter, die Artistin." Im Hintergrund vernahm sie eine vertraute Stimme. „Hast du das gehört, Kelly?" fragte Connie über das Scheppern der Töpfe und Pfannen hinweg. „Benny macht dein Lieblingsgericht – Schwertfisch alla Calabrese. Er sagt, du sollst zum Essen kommen."

Einen Moment lang schwankte Kelly. Sie war gern im San Remo, dem italienischen Restaurant im Süden Philadelphias, das seit drei Generationen im Besitz der Robolos war. Jetzt führte es ihre Mutter allein mit Benny, ihrem langjährigen und ergebenen Stellvertreter. Manchmal, wenn im Restaurant Hochbetrieb herrschte, sprang Kelly als Bedienung ein, wie sie es während ihrer gesamten High-School-Zeit getan hatte. Sie wusste, wie sehr ihre Mutter ihre Hilfe schätzte, besonders jetzt, wo ihr Mann im Alter von 73 Jahren gestorben war.

„Kann ich ein andermal kommen, Mama? Ich habe heute Abend noch eine Menge Wäsche zu machen."

„Bring sie mit. Ich kümmere mich darum."

Kelly lachte. Ihre Mutter gab wirklich nie auf. „Lass mir etwas Schwertfisch übrig", sagte sie, als sie in ihre Straße einbog. „Ich komme morgen vorbei."

„Warte ..."

„Ich muss Schluss machen, Mama. Ich bin zu Hause. Ich liebe dich." Sie schaltete das Handy aus, warf es in ihre Handtasche und konzentrierte sich auf die Parkplatzsuche. Um diese Tageszeit war das genauso frustrierend wie die Quälerei durch den Verkehr.

Nachdem sie zwei Mal um den Block gekurvt war und einer ihrer Reifen fast einem gigantischen Schlagloch auf der Pine Street zum Opfer gefallen wäre, fand Kelly endlich einen Platz auf der Second Street, in den sie im Handumdrehen ihren Wagen hineinrangierte. Sie warf ihre Handtasche über die Schulter, schloss die Tür des Käfers und ging zur Delancey Street, einer ruhigen, schmalen Straße mit Kopfsteinpflaster, die mitten im historischen Viertel von Philadelphia lag.

Kelly hatte das unscheinbare zweistöckige, im Stil der 1860er Jahre erbaute Haus vor zwei Jahren gekauft. Für die Anzahlung hatte sie jeden Cent zusammengekratzt und für die Restsumme ein Darlehen aufgenommen. Abgesehen von einigen Mittdreißigern waren alle ihre Nachbarn älter und wohnten schon seit Jahren hier. Die meisten von ihnen hatte sie bei einem Straßenfest kurz nach ihrem Einzug kennen gelernt. Sie hatte sich hier wohl gefühlt und sicher – bis die Attentate begonnen hatten.

Um sich aufzumuntern, rief sie sich ins Gedächtnis, dass – abgesehen von dem Streifenwagen, der ihr gefolgt war – in den letzten Tagen nicht viel passiert war. Sie hatte nicht einmal einen Bußgeldbescheid bekommen. Vielleicht hatten ihre Quälgeister endlich die Lust an dem Spiel verloren.

Noch ehe sie diesen Gedanken zu Ende gedacht hatte, kam ihr Haus in Sicht, und wie vom Donner gerührt blieb sie stehen.

Die kleine Tanne, die ihre Mutter ihr zum Einzug geschenkt hatte, war ausgerissen worden. Die Zweige hingen schlaff über dem Rand des Terrakotta-Topfes, der vor der Eingangstür stand.

„Verdammt!" Kelly legte die kurze Strecke bis zu ihrem Haus im Laufschritt zurück und starrte hilflos auf die zerrissenen Wurzeln und verkümmerten Zweige. In ihren Augen schimmerten Tränen. Wer konnte so etwas Grausames tun? Wer zerstörte nur ein so schönes Lebewesen so rücksichtslos? Sie hockte sich hin und strich über einen der kleinen Äste.

Ohne aufzustehen ließ Kelly ihre Blicke über die verlassene Straße schweifen. Sie wäre dem Bastard nur allzu gern gegenübergetreten. Aber dazu war er wahrscheinlich zu feige. Vermutlich versteckte er sich in der Dunkelheit, beobachtete sie und amüsierte sich über ihre Reaktion.

„Wer du auch bist", stieß sie zwischen zusammengebissenen Zähnen hervor, „pass auf, dass ich dich nicht erwische."

Mit der Tanne in der einen und dem Schlüssel in der anderen Hand öffnete Kelly die Haustür und schaltete das Flurlicht ein. Ausnahmsweise wirkte das ungemütliche Chaos, das bei der Renovierung in den vergangenen Monaten entstanden war – Leitern, Farbtöpfe, weiße Overalls, die überall herumlagen – sofort beruhigend, ja geradezu tröstlich. Mit einem kleinen Seufzer trat sie die Tür mit dem Absatz ihres Stiefels zu und legte sofort die Sicherheitskette vor, ehe sie in den hinteren Bereich des Hauses ging.

Wie in allen Häusern aus dieser Zeit führte ein Korridor ins Wohnzimmer, und von dort gelangte man in einen kleinen Garten, in dem im Sommer Fleißige Lieschen und Geranien und im Herbst gelbe Chrysanthemen blühten. Gegenüber dem Essplatz war eine Kochnische, die Kelly meistens dazu benutzte, um Kaffee zu kochen und die Mahlzeiten aufzuwärmen, die ihre Mutter ihr mitbrachte.

Das Wohnzimmer mit seinen honiggelben Wänden und dem hochglanzpolierten Parkettboden war ihr Refugium. Hier standen ein Chintzsofa, Stühle und Beistelltische aus Eichenholz, auf denen alte Familienfotos aufgereiht waren. Der Kamin vor der Sitzgruppe war aus Ziegelsteinen gemauert und eingerahmt von deckenhohen Bücherregalen. Ein Fernsehgerät und ein alter Teppich, mit der Zeit und durch intensive Benutzung fadenscheinig geworden, vervollständigten die Einrichtung.

Sie merkte nicht, dass sie noch immer die Tanne in der Hand hielt, bis sie aufs Sofa sank und ihr Blick auf sie fiel. Wieder traten ihr Tränen in die Augen, und diesmal bemühte sie sich nicht, sie zu unterdrücken. Es war dumm zu weinen, das wusste sie. Schließlich war es nur ein Baum, und dazu noch ein kleiner, aber verflixt noch mal, es war ihr Baum und jemand hatte ihn zerstört. Sie ließ die Tanne fallen, versteckte ihr Gesicht in den Händen und schluchzte hemmungslos.

Vielleicht hat Mutter Recht gehabt, überlegte sie, während sie sich einem seltenen Anfall von Selbstmitleid hingab. Vielleicht war ihr die Arbeit wirklich über den Kopf gewachsen. Aber was sollte sie sonst machen? Von dem Augenblick an, wo sie zur Chefredakteurin ihrer Uni-Zeitung ernannt worden war, hatte sie gewusst, dass der Beruf des Reporters ihre eigentliche Bestimmung war. Sie liebte es, an einer Geschichte dranzubleiben, Einzelheiten herauszufinden und zu einem Ganzen zusammenzufügen. Ihre pfiffigen, gut recherchierten Artikel hatten schließlich die Aufmerksamkeit des Herausgebers des *Philadelphia Globe* erregt, Lou Ventura, einem barschen Vollblutjournalisten mit einer Nase für gute Stories und einem goldenen Herzen.

Die ersten Jahre beim *Philadelphia Globe* waren die aufregendsten in ihrem jungen Leben gewesen. Sie hatte sich erste Sporen in ihrem Job verdient wie alle jungen Reporter: mit Lokalnachrichten, öden Stadtratssitzungen und Bränden, zu denen sie mitten in der Nacht hingefahren war.

Ihr unermüdlicher Einsatz hatte sich gelohnt. Vier Jahre später, als zwei ältere *Globe* Redakteure in den Ruhestand traten, hatte Lou ihr gesagt, dass sie eine der Stellen haben könnte, wenn sie wollte. Sprachlos vor Glück hatte sie mit offenem Mund vor dem stillvergnügt lachenden Lou gestanden.

„Sie werden's nicht bereuen“, sprudelte es aus ihr heraus, als sie wieder sprechen konnte. „Sie werden es sehen. Ich bin die beste Reporterin, die Sie jemals hatten.“

Sie hatte Wort gehalten, rund um die Uhr gearbeitet, jeden Auftrag übernommen, den man ihr gegeben hatte, sich mit vollem Einsatz ihren Stories gewidmet und sich dabei manchmal ziemlich unbeliebt gemacht. Harte Arbeit flößte ihr keine Angst ein, ebenso wenig wie die Risiken, die sie manchmal einging. Sie liebte ihren Job, und der Pulitzerpreis war nur das Sahnehäubchen auf dem Kuchen.

Dann, vor fünf Wochen, hatte sich ihr Leben dramatisch geändert. Während ihrer Kung-Fu-Stunde in Chinatown hatte

Randy Chen, der Wäschereibesitzer von nebenan, den Unterricht mit Dr. Ho unterbrochen. In heller Aufregung hatte Randy Chen den Lehrer gebeten, unter vier Augen mit ihm sprechen zu können.

Kelly hatte zuvor schon Gerüchte über eine Schutzorganisation gehört, die die Nachbarschaft terrorisierte. Deshalb belauschte sie das Gespräch, in der Hoffnung herauszufinden, wer hinter der Erpressung stand. Glücklicherweise reichten ihre chinesischen Sprachkenntnisse nach zehn Jahren Unterricht bei Dr. Ho aus, um mitzubekommen, dass jemand in einem Lagerhaus auf der Tenth Street wartete.

„Sie müssen zahlen, Großmeister", hatte Randy Chen Dr. Ho eindringlich zugeflüstert. „Sonst werden sie Sie töten."

Nach Dr. Hos rascher und ärgerlicher Antwort hatte Randy entsetzt die Hände gerungen. Er hatte den älteren Mann darauf hingewiesen, was „sie" nicht nur den örtlichen Kaufleuten, sondern auch ihren Frauen und Kindern antun würden.

Zu Randys großer Erleichterung hatte Dr. Ho sich schließlich bereit erklärt, zu zahlen. Leise vor sich hinmurmelnd war er zu einem Safe gegangen, hatte ein Geldbündel herausgeholt und es in eine Papiertüte gesteckt.

Kelly war verblüfft. Als sie zum ersten Mal mitbekommen hatte, dass die Kaufleute in Chinatown erpresst wurden, hatte sie Dr. Ho ausgefragt. Sie hatte gehofft, dass die einvernehmliche Beziehung, die sich während der vergangenen Jahre zwischen ihnen entwickelt hatte, ihn dazu veranlassen würde, sich ihr anzuvertrauen. Aber Dr. Ho hatte hartnäckig geschwiegen und so getan, als wüsste er nicht, wovon sie redete.

Kein Wunder, dass er nichts hatte sagen wollen. Er hatte Angst davor, was die Erpresser ihm und der übrigen Nachbarschaft antun würden. Um ihrem alten Freund zu helfen, war

Kelly Randy Chen zu dem Lagerhaus gefolgt, wo das chinesische Neujahrskomitee seine Festwagen für den Umzug abstellte. Der höhlenartige Raum war schwach erleuchtet und angefüllt mit dem Duft von Sandelholz, um die Motten zu vertreiben.

Leise bewegte Kelly sich zwischen Drachenköpfen, perlenbestickten Kostümen und gefiedertem Kopfschmuck. Doch als sie am anderen Ende des Raums angelangt war, erstarrte sie wie vom Donner gerührt. Im Schein einer Glühbirne warteten drei Männer, von denen sie zwei nicht kannte. Der dritte aber war Matt Kolvic, Beamter im Polizeipräsidium von Philadelphia.

Mit zitternden Fingern hatte Kelly ihr Handy aus der Handtasche gefischt und im Polizeipräsidium angerufen. Sie wollte keine Hilfe holen, sondern mit Nick McBride von der Mordkommission reden, mit dem sie oft zusammen arbeitete. Nick war Matt Kolvics bester Freund und würde wissen, was zu tun war. Sie hatte es so eilig, die Verbindung herzustellen, dass sie gegen einen der Festwagen stolperte und das Handy fallen ließ.

Die drei Männer wirbelten gleichzeitig mit gezogenen Pistolen herum. Das Letzte, an das Kelly sich danach erinnerte, war der stechende Schmerz, als eine der Kugeln sie im Brustkasten traf, und der schwächer werdende Duft von Sandelholz.

Vierundzwanzig Stunden lang hatte sie zwischen Leben und Tod geschwebt. Der Arzt, der sie operiert hatte, war nicht sehr zuversichtlich gewesen.

„Die Kugel hat eine Schlagader getroffen. Sie hat eine Menge Blut verloren“, hatte Dr. Brady ihrer Familie erklärt. „Ihre Lebenszeichen sind ganz schwach, und ihr Herzschlag ist unregelmäßig. Die nächsten vierundzwanzig Stunden sind entscheidend.“

Am zweiten Tag war sie dann außer Lebensgefahr, und am dritten ging es ihr wieder so gut, dass sie Besuch empfangen und die Fragen der Polizisten beantworten konnte. Man sagte ihr, dass ein Streifenwagen in der Nähe gewesen war, als die Schüsse fielen. Die beiden Männer, die sie nicht kannte, gehörten einem organisierten Verbrecherring an, den die Polizisten seit Monaten zu sprengen versucht hatten. Der dritte, Detective Matt Kolvic, arbeitete als verdeckter Ermittler.

Er war bei dem Schusswechsel getötet worden.

Die Geschichte hatte tagelang die Schlagzeilen beherrscht. Während Kellys Chef sie öffentlich wegen ihrer Courage gelobt hatte, war man im Polizeipräsidium von Philadelphia anderer Meinung. In einer Pressekonferenz, die Kelly von ihrem Krankenbett verfolgte, hatte der Polizeichef seinem Ärger über die Presse Ausdruck verliehen und gesagt, dass ein ausgezeichneter Polizist wegen eines übereifrigen Reporters ums Leben gekommen war.

Das Läuten des Telefons riss Kelly aus ihren Gedanken. Da sie keine Lust zu reden hatte, vergrub sie den Kopf ins Sofakissen und beachtete das Klingeln nicht.

Beim vierten Läuten schaltete sich der Anrufbeantworter ein. Sekunden später füllte Victorias erregte Stimme den Raum. „Kelly, bitte nimm den Hörer ab, wenn du da bist. Es geht um Jonathan. Er ... er ist verschwunden."

Mit einem Satz war Kelly beim Telefon. „Ich bin hier. Was meinst du damit ... verschwunden?"

„Wir wollten uns in der LaFarge-Tanzschule treffen, wegen Phoebes Aufführung heute Abend, aber er ist nicht gekommen."

Da Kelly wusste, wie vergesslich Victorias Ehemann sein konnte, wenn er arbeitete, versuchte sie, zuversichtlich zu klingen. „Vielleicht ist er im Büro aufgehalten worden. Du weißt doch, wie er ist, wenn er viel zu tun hat ..."

„Er ist nicht in seinem Büro." Victorias Stimme war schrill

geworden. „Er ist heute Morgen nach Miami geflogen und bisher nicht zurückgekommen."

Die Panik in Victorias Antwort reichte aus, um Kelly in Alarmbereitschaft zu versetzen. Fürs Erste vergaß sie die eigenen Probleme und warf einen Blick auf ihre Armbanduhr.

„Wo bist du?"

„Im Geschäft."

„Bleib dort. Ich bin gleich da."

2. KAPITEL

Kelly stellte den VW auf einem kleinen Parkplatz in der Manning Street ab, nahm das Ticket vom Parkplatzwächter in Empfang und ging mit schnellen Schritten zum Rittenhouse Square. Der Platz, der vor mehr als hundert Jahren zwischen der 18. und der Walnut Street angelegt und nach dem Präsidenten der American Philosophical Society benannt worden war, gehörte zu den nobelsten Adressen der Stadt. Luxusapartments, Hotels und elegante Boutiquen säumten einen kleinen Park und bildeten eine exklusiven Bezirk, der jedes Jahr Tausende von Besuchern anzog.

Viktorias Antiquitätengeschäft, das sie passenderweise „Alles von Gestern" genannt hatte, befand sich auf der Westseite des Platzes zwischen einer Zweigstelle der Stadtbibliothek und einem Teesalon. Der Laden gehörte Cecily Sanders, ihrer wohlhabenden Tante, aber es war Victorias exquisitem Geschmack und ihrem Kunstverständnis zu verdanken, dass „Alles von Gestern" so erfolgreich geworden war. Der enge Raum war voll gestopft mit einzigartigen und sorgfältig ausgewählten Stücken – von alten Uhren über Gläser bis hin zu modischen Accessoires, die Victoria von ihren Reisen durch die ganze Welt mitbrachte.

Victoria saß mit geschlossenen Augen an ihrem Schreibtisch und hielt verkrampft die Hände vor den Mund. Ihr langes blondes Haar war im Nacken zu einem eleganten Knoten gebunden, der ihren schlanken Hals betonte. Sie trug einen roten Hosenanzug, der ihre zierliche Statur betonte, und eine weiße Bluse mit einem Seidenkragen. Bis auf den schlichten Diamantehering trug sie keinen Schmuck.

Victoria schaute auf, als die Ladenglocke läutete. Ihre wunderschönen grünen Augen blickten sorgenvoll.

„Oh, gut dass du da bist.“ Sie sprang von ihrem Stuhl auf, wartete aber, bis Kelly die Tür geschlossen hatte, ehe sie zu ihr ging und sie herzlich umarmte. „Ich bin so froh, dass du gekommen bist.“

„Jonathan hat sich noch nicht gemeldet?“

„Nein.“ Die Stimme ihrer Freundin klang sicher und kontrolliert, aber Kelly spürte, dass sie sich sehr bemühen musste, ruhig zu bleiben.

Sie ergriff Victorias kalte Hand und zog sie zu den beiden Queen Anne-Stühlen, die auf der anderen Seite des Schreibtisches standen. „So“, sagte sie, nachdem sie sich beide hingesetzt hatten. „Zunächst einmal: Was hat Jonathan in Miami zu tun?“

„Ich weiß es nicht. Und Syd weiß es auch nicht.“

Syd Webber war der Besitzer des Chenonceau Casino-Hotels in Atlantic City, dem Jonathan als Vizepräsident vorstand. Syd war ein Mann mit zweifelhaftem Charakter und undurchsichtiger Vergangenheit und der Hauptgrund dafür, dass Victorias Tante so vehement gegen die Hochzeit ihrer Nichte mit Jonathan war.

„Hast du schon mit Syd gesprochen?“

„Ja. Er ist genauso ratlos wie ich. Er sagte, Jonathan habe sich heute Morgen krank gemeldet, und er glaubte natürlich, dass er zu Hause sei.“

Eine Krankmeldung klang überhaupt nicht nach Jonathan. Er musste schon im Sarg liegen, ehe er einen Arbeitstag versäumen würde. „Woher weißt du, dass er nach Miami geflogen ist?“

„Er hat mich heute Morgen von seinem Handy aus angerufen. Wenigstens glaube ich, dass es sein Handy war, denn die Nummer erschien auf dem Display. Er sagte, Syd habe ihn auf Geschäftsreise nach Miami geschickt und dass er gegen Abend zurück sein würde.“

„Hat er irgendetwas darüber gesagt, dass er nicht zu Phoebes Aufführung kommen würde?“

„Die Verbindung wurde unterbrochen, ehe wir darüber sprechen konnten. Ich habe versucht, ihn zurückzurufen, um ihn daran zu erinnern, aber er muss in einem Funkloch gesteckt haben, denn ich konnte ihn nicht erreichen.“

„Hast du es mehrfach versucht?“

„Alle fünf Minuten in den vergangenen zweieinhalb Stunden.“

Victorias Stimme versagte, und sie presste die Hände gegen den Mund, um nicht in Tränen auszubrechen. Sie war nicht nur eine phänomenale Geschäftsfrau, sondern hatte sich auch den Ruf erworben, selbst unter der größten Anspannung einen kühlen Kopf zu bewahren. Deshalb war sie eine unschätzbare Hilfe bei jeder Familienkrise.

„Mit welcher Gesellschaft fliegt er normalerweise?“ fragte Kelly, während sie nach ihrem Handy griff.

„American Airlines. Ich habe da schon angerufen. Sie konnten mir bestätigen, dass Jonathan heute Morgen um 9.02 Uhr an Bord der Maschine mit der Flugnummer 2399 nach Miami gegangen ist. Er war für den Rückflug um 15.58 Uhr gebucht, aber er ist nicht erschienen.“

„Hast du den Kauf des Tickets auf seinem Kreditkartenkonto überprüft?“

„Er hat bar bezahlt.“

Kelly schwieg eine Weile, um zu begreifen, was sie gerade gehört hatte. Keiner bezahlte seine Flugtickets mehr in bar – es sei denn, er hatte etwas zu verbergen. Aber das war bei Jonathan ja wohl nicht der Fall; schließlich hatte er Victoria von seiner Reise erzählt. „Kennt er jemanden in Miami?“ Kelly hätte zwar gewusst, wenn es so wäre, aber sie fragte trotzdem.

„Keine Menschenseele. Wir sind nur einmal in Florida gewesen, als wir mit Phoebe in Disneyworld waren, und das war in Orlando und nicht in Miami."

„Bist du sicher, dass Jonathan dort keine Verwandten hat, einen Geschäftspartner, einen Kumpel von der Army?"

„Nicht, dass ich wüsste. Jonathans einzige Verwandte sind ein älterer Onkel, der in San Diego lebt, und ein paar Cousins, die wir seit unserer Hochzeit nicht mehr gesehen haben." Victoria hatte die Hände in den Schoß gelegt; ihre Finger verkrampften sich noch stärker. „Ich muss immer an die Morde denken, die in den vergangenen Wochen in Miami passiert sind. Ich stelle mir vor, dass Jonathan irgendwo auf der Straße liegt und Opfer eines Überfalls oder eines Autodiebstahls geworden ist." Sie schloss die Augen. „Oder noch Schlimmeres."

Kelly schüttelte den Kopf. „Jemand hätte ihn gefunden und die Polizei verständigt. Eigentlich ..." Sie öffnete ihr Handy und zog die kurze Antenne heraus.

„Wen rufst du an?" fragte Victoria.

„Die Polizei in Miami. Nur die können dich beruhigen." Sie wählte die Auskunft, fragte nach der Telefonnummer des Polizeihauptquartiers in Miami und schrieb sie auf einen Block, den sie aus ihrer Tasche gezogen hatte. „Was hatte Jonathan an?" fragte sie, während sie erneut wählte.

„Einen marineblauen gestreiften Anzug, ein weißes Hemd, eine Krawatte mit roten und blauen Quadraten und schwarze Schuhe."

Ein Polizist namens Barry Brown nahm Kellys Anruf entgegen. Nachdem sie sich vorgestellt hatte, unterrichtete sie ihn über das wenige, was sie wusste, und gab ihm eine Beschreibung von Jonathan sowie ihre Handynummer.

„In Ordnung, Ma'am", sagte der Polizist. „Ich werde der Sache nachgehen und schauen, was ich tun kann."

Kelly wandte sich wieder an Victoria. „Während wir warten, überlegen wir mal, was passiert sein könnte. Ist zwischen euch alles o.k.? Hattet ihr einen Streit?"

„Nein."

„War er in letzter Zeit irgendwie anders? Vielleicht zerstreut?"

Victoria betupfte sich die Augen mit einem zusammengeknüllten Taschentuch. „Jetzt, wo du es sagst ... er schien in den letzten Tagen ein wenig bedrückt zu sein."

„Hast du ihn gefragt, wieso?"

„Nein." Sie wandte den Blick ab, als ob sie sich schuldig fühlte. „Ich hatte den Kopf voll von dieser Versteigerung, zu der ich heute Morgen musste. Ich fürchte, um alles andere habe ich mich nicht allzu viel gekümmert."

„Hat er über irgendetwas Besonderes gesprochen? Schwierigkeiten im Beruf?"

„Nein." Victoria stand auf, ging hinüber zu ihrem Schreibtisch und begann, ein paar Kataloge zu ordnen, obwohl sie ordentlich aufeinander lagen. „Es war ein Morgen wie jeder andere, jedenfalls ist es mir so vorgekommen. Wir haben zusammen gefrühstückt und über die kommende Woche gesprochen. Ich habe ihn an die Vorstellung erinnert und wie sehr Phoebe sich darauf freute. Er hat gesagt, er würde mich heute Abend in der Tanzschule treffen. Dann hat er mir einen Abschiedskuss gegeben und ist gegangen."

„Um wie viel Uhr war das?"

„Kurz nach sieben." Sie drehte sich um und schaute Kelly ins Gesicht. „Und um halb neun hat er mich angerufen und mir gesagt, dass er auf dem Weg nach Miami sei."

„Hat er aus dem Auto angerufen? Oder vom Flughafen?"

„Vom Flughafen. Die Verbindung war sehr schlecht. Es knisterte in der Leitung, und ich konnte ihn kaum verstehen."

So schlecht hätte die Leitung eigentlich nicht sein dürfen, wenn er vom Flughafen aus angerufen hatte.

Mit verschränkten Armen ging Victoria zum Fenster und schaute auf den erleuchteten Platz. „Du hast mich eben gefragt, ob irgendetwas Ungewöhnliches passiert ist."

Kelly war sofort alarmiert. „Ja?"

„Es ist wirklich etwas passiert, aber ich bin mir nicht sicher, ob es irgendetwas mit Jonathan zu tun hat."

„Sags mir trotzdem."

Victoria drehte sich um und ließ ihren Blick zu einem deckenhohen Glasschrank schweifen, in dem eine Sammlung von antiken chinesischen Duftfläschchen stand. Es handelte sich ausnahmslos um sehr teure Sammlerstücke. „Ich vermisse eins meiner Fläschchen."

Kelly wusste von orientalischer Kunst nur so viel, wie sie in den vergangenen Jahren von Victoria gelernt hatte. Sie folgte ihrem Blick. „Welches?"

„Das blaue aus Email. Es gehörte zu der chinesischen Whisper-Sammlung. Heute Morgen, als ich das Geschäft aufgemacht habe, war es nicht mehr da."

„Bist du sicher, dass du es nicht woanders hingestellt hast?" Die Frage war überflüssig. Victoria war ebenso gut organisiert wie Jonathan zuverlässig. Dass sie ein derart wertvolles Objekt verlegt haben sollte, war einfach undenkbar.

„Absolut."

„Könnte es ein Kunde genommen haben?"

„Möglich, aber unwahrscheinlich. Ich verlasse den Raum so gut wie nie, wenn jemand im Laden ist. Die meiste Zeit bin ich dabei, um bei der Auswahl zu helfen oder Fragen zu beantworten. Am Freitag war allerdings viel zu tun. Und ich musste ein paar Mal nach hinten gehen." Sie schüttelte den Kopf. „Ich kann mir nicht vorstellen, dass meine Stammkunden mich bestehlen."

„Hast du den Diebstahl der Polizei gemeldet? Oder der Versicherung?"

„Nein. Ich wollte erst mit meiner Tante sprechen." Sie ließ den Schrank nicht aus den Augen. „Jetzt weiß ich nicht mehr, was ich tun soll."

Kelly hörte die Unsicherheit in ihrer Stimme. „Glaubst du, dass Jonathan es genommen hat?"

„Nein." Müde fuhr sich Victoria mit der Hand durch das Haar. „Ich weiß überhaupt nicht mehr, was ich glauben soll, Kelly. Ich bin total durcheinander." Sie presste die Zeigefinger gegen die Schläfen. „Zum Teufel mit dem Fläschchen. Ich möchte, dass mein Mann wieder nach Hause kommt."

Kelly zog den Ärmel ihrer Lederjacke hoch und sah auf ihre Uhr. Neun Uhr. „Hör zu. Es könnte eine Weile dauern, bis Officer Brown sich meldet. Warum machst du den Laden nicht zu, und wir gehen nach Hause? Dort schauen wir uns mal Jonathans Kleiderschrank an. Vielleicht finden wir ja da einen Hinweis zu seinem Ausflug nach Miami."

Victoria griff bereits nach dem Telefon. „Lass mich eben noch Lucy fragen, ob sie Phoebe schon zu Bett gebracht hat. Ich möchte meinem kleinen Mädchen nicht erklären müssen, warum Daddy ihre Vorstellung versäumt hat und noch weniger, warum er nicht zu Hause ist."

3. KAPITEL

Die Bowmans wohnten in Bryn Mawr, einer eleganten Gegend für die Wohlhabenden, knapp zwanzig Autominuten von der Innenstadt von Philadelphia entfernt.

Kurz nachdem Jonathan zum Vizepräsidenten ernannt worden war, hatte Victoria vorgeschlagen, das kleine, im Cape-Cod-Stil erbaute Haus in Haverford zu verlassen und eines in New Jersey zu kaufen, damit Jonathan nicht jeden Tag den weiten Weg zur Arbeit hatte. Da er jedoch wusste, wie gern seine Frau in der Nähe ihrer Tante und ihres Onkels war, hatte er ihr stattdessen das Haus in Bryn Mawr gezeigt. Er wusste, dass sie sich darin verlieben würde.

Solche großzügigen Gesten waren typisch für Jonathan. Er liebte es, Victoria mit kleinen Aufmerksamkeiten zu erfreuen, und überschüttete sie mit Geschenken, wann immer sich die Gelegenheit dazu bot. Manchmal waren die Präsente sehr teuer, aber das war seine Art, nicht nur Victoria, sondern auch ihrer Tante zu beweisen, dass er durchaus in der Lage war, Victoria den Lebensstil zu ermöglichen, den sie ihr ganzes Leben lang genossen hatte. Für Victoria waren diese Liebesbezeigungen überflüssig, aber sie wusste, warum er es tat, und liebte ihn deswegen um so mehr.

Die Babysitterin, ein attraktiver Teenager mit braunem Haar, das ihr bis zur Hüfte reichte, saß im Wohnzimmer vor dem Fernseher, als Kelly und Victoria kamen. Weisungsgemäß hatte Lucy Phoebe bereits zu Bett gebracht. Victoria bemühte sich nach Kräften, ihre Ängste nicht zu zeigen. Sie gab ihr das Geld, brachte sie hinaus und wartete, bis die Schülerin an der Tür ihres zwei Häuser weiter gelegenen Zuhauses angekommen war, ehe sie wieder hineinging.

„Ich seh mal nach Phoebe“, sagte sie und rieb sich die nächtliche Kälte von den Armen.

„Ich komme mit dir.“

Beim Anblick ihres friedlich schlafenden Patenkindes, das seine rothaarige Stoffpuppe fest im Arm hatte, fühlte Kelly wie immer eine Welle der Zuneigung. Mit ihrem langen hellblonden Haar, der makellosen Haut und dem herzförmigen Mund war die Fünfjährige das getreue Ebenbild ihrer Mutter. Nur ihre Augen, die so braun waren wie die ihres Vaters, deuteten darauf hin, dass sie eine Bowman war.

Nachdem sie und Victoria Phoebe auf die Stirn geküsst hatten, gingen beide auf Zehenspitzen hinaus und geräuschlos zum Elternschlafzimmer am anderen Ende des Korridors. Sie begannen, Jonathans Kleiderschrank zu durchsuchen, der genauso ordentlich und gepflegt war wie sein Besitzer. Sämtliche Taschen seiner Anzüge waren leer. Dann konzentrierten Kelly und Victoria ihre Aufmerksamkeit auf den Nachttisch. Die Schublade war voll mit säuberlich zusammengehefteten Parkscheinen, Kreditkartenbelegen, Notizen, die er hastig auf kleine Zettel geschrieben hatte, und eine Quittung von den Hafenbehörden in Delaware.

Nach einer halben Stunde ergebnisloser Suche schüttelte Kelly den Kopf, und die beiden Frauen gingen wieder hinunter. In der gemütlichen, gelb gestrichenen Küche machte sich Victoria sofort daran, Kaffee zu kochen.

„Soll ich das tun?“ bot Kelly an.

Victoria schüttelte den Kopf. „Ich muss mich ablenken.“ Mit kontrollierten Handgriffen, die wie mechanisch wirkten, öffnete sie den Kühlschrank, nahm ein kleines weißes Paket heraus und gab einige Löffel in den Kaffeefilter. Kurz darauf füllte sich die Kanne, und Victoria nahm gegenüber von Kelly an dem runden Ahorntisch Platz.

„Was glaubst du – wie lange müssen wir noch auf den Anruf des Polizisten warten?“

„Schwer zu sagen. Miami ist eine große Stadt. Es dauert, bis sie sich in den Krankenhäusern und Gefängnissen erkundigt haben.“ Kelly erwähnte die Leichenhallen nicht, aber der Blick in Victorias Augen verriet ihr, dass sie auch daran gedacht hatte.

Auf dem Tisch stand ein drehbares Tablett, das aus dem gleichen Ahornholz gemacht war. Geistesabwesend begann Victoria, damit zu spielen. „Das sieht Jonathan überhaupt nicht ähnlich.“ Ihr Blick blieb an dem rotierenden Tablett haften. „Er macht keinen Schritt aus seinem Büro, ohne mir zu sagen, wo er hingeht. Und wir bleiben immer in Kontakt.“

Das stimmte. Jonathan war einer der zuverlässigsten Männer, die Kelly kannte. Er wusste auch, wie sehr Victoria sich sorgte und wie schnell ihre Ängste in nackte Panik umschlagen konnten. Er hätte nie absichtlich etwas getan, das diesen Zustand heraufbeschwören würde.

Die Möglichkeit, dass er wegen einer Affäre die Zeit vergessen haben könnte, war zu abwegig, um daran auch nur einen Gedanken zu verschwenden. Jonathan und Victoria beteten einander an und zeigten es auch auf alle möglichen Arten.

Als ob sie Kellys Gedanken lesen könnte, blickte Victoria ihr forschend ins Gesicht. „Du kennst ihn doch fast genauso lange wie ich. Glaubst du, er macht das absichtlich? Weil er sich über irgendetwas geärgert hat?“

„Daran habe ich auch schon gedacht“, gab Kelly zu. „Deshalb habe ich dich ja gefragt, ob ihr euch gestritten habt. Aber selbst wenn, kann ich mir nicht vorstellen, dass Jonathan so hinterhältig wäre. Das ist nicht seine Art.“

Als das rote Licht an der Kaffeemaschine aufleuchtete, stand Victoria auf, füllte zwei Becher und setzte sich wieder hin. Kelly nahm ein paar Schlucke und lauschte auf das Geräusch von Jonathans Schlüssel an der Haustür und seine fröhliche Stimme, mit der er seine Frau begrüßte. Aber im Haus blieb es stumm bis auf den Gong der alten Standuhr im Wohnzimmer, der jede Viertelstunde die Stille unterbrach.

Während der nächsten Stunden, die wie Jahre erschienen, rief Kelly noch zweimal bei Officer Brown an, aber er hatte nichts herausgefunden. Die Nachforschungen dauerten noch an.

Um vier Uhr morgens klingelte Kellys Handy. Diesmal meldete sich ein Detective Quinn von der Polizei in Miami. Als sie seinen offiziellen Tonfall vernahm, verschwand Kellys Zuversicht. „Haben Sie Jonathan gefunden?“ fragte sie.

„Kann ich bitte Mrs. Bowman sprechen?“

Kelly reichte ihr das Handy. „Detective Quinn von der Polizei in Miami. Er möchte mit dir sprechen.“

Victoria schüttelte nur den Kopf. Ihr Gesicht war aschfahl, und in ihren Augen lag Angst.

„Ich bin Kelly Robolo, Victorias beste Freundin“, sagte Kelly rasch. „Ich fürchte, sie ist im Moment nicht in der Verfassung, mit Ihnen zu sprechen. Können Sie mir nicht sagen, was Sie herausgefunden haben?“

Der Detective zögerte, wenn auch nur kurz. „Nun gut. Um 1.52 Uhr heute Morgen ist eine Bombe im Encantado explodiert, einem Motel neben der Bundesstraße 95.“ Er hielt inne. „Mr. Bowmans Name stand im Gästebuch, und daneben die Zeit seiner Ankunft – 11.45 Uhr am Montagmorgen.“

Als Kelly die Bedeutung der Nachricht erkannte, griff sie sich an den Hals. „Ist Jonathan verletzt?“

„Alle Verletzten sind registriert – aber der Mann Ihrer Freundin war nicht dabei.“ Der Detective räusperte sich. „Die Bombe lag in Zimmer 116 – Mr. Bowmans Zimmer ...“

„Oh mein Gott!“ Kelly verfluchte sich insgeheim, weil sie so unbeherrscht reagiert hatte. Auf der anderen Seite des Tisches sah Victoria aus, als würde sie jeden Moment in Ohnmacht fallen.

„Die Explosion hat das halbe Gebäude zerstört“, fuhr Detective Quinn fort. „Die Trümmer sind in einem Umkreis von sechzig Metern verteilt. Es ist ein Wunder, dass nicht noch mehr Menschen getötet worden sind.“

„Wollen Sie damit sagen ... dass Jonathan getötet wurde?“

Bei diesen Worten stöhnte Victoria auf und vergrub das Gesicht in den Händen. Rasch ging Kelly auf die andere Seite des Tisches und griff nach der Hand ihrer Freundin.

„Wir haben noch keine Gewissheit“, beantwortete der Detective ihre Frage.

„Haben Sie einen Leichnam gefunden?“

„Nur die stark verbrannten Teile eines Leichnams, zusammen mit Trümmern aus den Nachbarräumen. Es kann noch Tage bis zur vollkommenen Identifizierung dauern.“

„Sie haben gesagt, dass Jonathans Name im Gästebuch stand. Hat er ein Anmeldeformular ausgefüllt? Mit seiner Heimatadresse, Telefonnummer und allem?“

„Das Encantado ist als Drogenumschlagplatz bekannt, Miss Robolo. Dealer machen hier ihre Geschäfte. Die Direktion verlangt von ihren Kunden nur den Namen – irgendeinen Namen – im Buch. Das Zimmer muss im Voraus und in bar gezahlt werden.“

„Sie müssen doch wissen, bei wem er eingecheckt hat.“

„Sicher. Aber der Portier liegt leider im Krankenhaus – mit Verbrennungen dritten Grades. Die Chance, dass er durchkommt, ist fifty-fifty. Ich kann erst mit ihm reden, wenn sein Zustand nicht mehr kritisch ist.“ Er räusperte sich. „Ist Mr. Bowman oft in Miami?“

„Nie. Warum?"

„Weil der größte Teil der Deals im Encantado von Besuchern aus anderen Bundesstaaten abgewickelt wird. Die kommen nach Miami und kaufen ihre Drogen bei einem Kartell, das wir seit Monaten auffliegen lassen wollten."

Kelly lachte kurz auf. „Und Sie glauben, deshalb war Jonathan dort? Um mit Drogen zu handeln?"

„Ich muss jede Möglichkeit in Betracht ziehen, Miss Robolo, vor allem, da wohl jemand an seinem Tod interessiert war."

„Aber das ist verrückt", schrie Kelly, die einen Moment lang vergessen hatte, dass Phoebe im ersten Stock schlief. „Jonathan hat Familie, er ist ein hingebungsvoller Ehemann und Vater. Er würde sich niemals mit Drogen abgeben, ganz zu schweigen von Drogenhandel."

„Hoffentlich haben Sie Recht, Miss Robolo. Um seinetwillen. Und der Familie."

Es versetzte Kelly einen milden Schock, dass er ihr nicht glaubte. In seinen Augen war Jonathan bereits entweder schuldig oder tot – oder beides. „Gibt es jemanden, der Jonathan identifizieren kann?" fragte sie. Sie weigerte sich, Quinns Version dieser verrückten Geschichte zu akzeptieren. „Ein Zimmermädchen? Oder ein Hausmeister?"

„In dem Motel arbeiten drei Zimmermädchen, ein Hausmeister und ein Kellner im Coffeeshop. Alle sind sehr darauf bedacht, sich ausschließlich um ihre eigenen Angelegenheiten zu kümmern. Das heißt, sie achten nicht darauf, wer kommt oder geht. Jedenfalls behaupten sie das. In den vergangenen sechs Wochen gab es bereits drei Morde im Encantado. Alle waren Opfer von Schüssen aus vorbeifahrenden Autos. Und wir haben keinen einzigen Augenzeugen."

„Vielleicht kann ich mit ihnen reden ..."

Detective Quinn lachte. „Hören Sie, Miss Robolo. Ich weiß nicht, wie Sie in Philadelphia arbeiten, aber hier unten halten wir die Augenzeugen in einem Mordprozess von der Presse fern."

Auf die Gefahr hin, ihn weiter zu verärgern, versuchte Kelly es noch einmal. „Ich habe Erfahrung darin, mit widerwilligen Zeugen zu reden, Detective."

„Ganz wie die Lokalreporter hier, die mir gerade die Bude einrennen. Glauben Sie mir, das Letzte, was ich jetzt gebrauchen kann, ist ein Reporter von außerhalb, der meine Ermittlungen noch komplizierter macht."

„Ich habe Ihnen doch gesagt, dass ich nicht als Reporterin komme."

„Ja, ich weiß, Sie sind eine enge Freundin der Familie. Aber meine Zeugen sind noch nicht vernehmungsfähig, egal, als was Sie hierher kommen. Sagen Sie Mrs. Bowman, sobald ich etwas in Erfahrung bringe, wird sie die Erste sein, der ich es mitteile. Wenn Sie weitere Informationen benötigen, fragen Sie die Polizei in Philadelphia, die ich auf dem Laufenden halte. Guten Tag, Miss Robolo."

Kelly blieb keine Zeit zu antworten. Er hatte aufgelegt.

„Was hat er gesagt?" wollte Victoria wissen, als Kelly ärgerlich auf die Taste drückte, mit der sie das Handy ausschaltete. „Geht es Jonathan gut? Ist er verletzt?" Ihre Fingernägel gruben sich in Kellys Arm, als sie sich schließlich zu der gefürchteten Frage überwinden konnte: „Ist er tot?"

„Sie wissen es nicht." Kelly wiederholte jedes Wort, das sie mit Detective Quinn gewechselt hatte. Ihre Augen waren inzwischen rot vor Müdigkeit.

„Wie kann er nur denken, dass Jonathan Geschäfte mit Drogendealern macht?" fragte Victoria wütend. „Er hasst Rauschgift."

„Das Encantado ist ein Motel, wo sich Drogenhändler treffen, um ihre Geschäfte zu machen", erklärte Kelly. „Jeder, der dort absteigt, gerät in Verdacht. Ich bin sicher, dass Quinn jeden Gast ausgiebig und intensiv verhört hat."

Allmählich wich der Ärger in Victorias Stimme wieder der Sorge. „Was hat Jonathan denn an so einem Ort verloren, Kelly? Wenn er reist, steigt er immer in First-Class-Hotels ab." Als Kelly nicht antwortete, runzelte sie die Stirn. „Was ist? Warum schaust du mich so an? Du glaubst doch nicht etwa den Unsinn, den Detective Quinn dir erzählt hat, oder? Du denkst doch nicht etwa, dass Jonathan nach Miami gefahren ist, um Drogen zu kaufen."

„Nein", antwortete Kelly und achtete sorgfältig auf ihre Worte. „Ich glaube es nicht, aber wir müssen die Sache fairerweise auch aus Quinns Perspektive sehen. Im Moment *scheint* alles auf die Möglichkeit hinzudeuten, dass Jonathan im Encantado abgestiegen ist. Falls er das getan hat, müssen wir herausfinden, warum, und wenn er in eine Falle gelockt worden ist, müssen wir wissen, von wem."

Victoria schloss die Augen. Sie sah erschöpft aus. „Es tut mir Leid. Ich hätte dich nicht so anschreien dürfen."

Kelly lächelte. „Jetzt sind wir quitt. Schließlich habe ich dich auch oft genug angeschnauzt."

Anstatt zurückzulächeln, sah Victoria sie forschend an. „Kelly, ich möchte, dass du Jonathan findest."

Kelly sank in ihren Stuhl zurück. „Victoria, das kann ich nicht."

„Warum nicht?"

„Ich bin die Falsche für diesen Job. Ich stecke zu sehr drin."

„Gerade deshalb musst du es machen", entgegnete Victoria ernst. „Du kennst Jonathan, und du hast früher schon verschwundene Personen gesucht. Erinnerst du dich nicht mehr an diese Bonner-Entführung?“

Und ob sie sich daran erinnerte. Drei Monate hatte sie gebraucht, um auf die Spur der Achtzehnjährigen aus bester Familie in Philadelphia zu kommen. Das FBI, das noch unwirscher als Quinn auf Reporter reagierte, hatte ihr heftig zugesetzt. Während einer besonders unerfreulichen Konfrontation war sie sogar festgenommen worden, weil sie angeblich die Ermittlungen behinderte. Lou hatte sie innerhalb einer Stunde auf Kaution freibekommen, aber seitdem hatte sie sich angewöhnt, den Beamten vom FBI aus dem Weg zu gehen.

„Bitte, Kelly“, flehte Victoria, wieder den Tränen nahe. „Hilf mir.“

Jetzt füllten sich auch Kellys Augen mit Tränen. Sie und Victoria waren Freundinnen seit ihrem ersten Jahr an der Universität von Pennsylvania. All die Jahre waren sie füreinander da gewesen und hatten immer alles stehen und liegen gelassen, wenn die andere Hilfe benötigte. Wie konnte Kelly ihre Freundin in der schlimmsten Stunde ihres Lebens im Stich lassen?

„Kelly?“

Kelly fühlte einen Kloß im Hals und nickte. „Ja, natürlich. Ich tue, was ich kann.“

„Danke.“ Aus Victorias traurigem Lächeln sprach ihre Unsicherheit. Dann stand sie auf und ging zum Telefon. „Ich muss meine Tante und meinen Onkel anrufen und ihnen sagen, was passiert ist, bevor sie es von der Polizei oder aus der Zeitung erfahren.“

4. KAPITEL

Zwanzig Minuten später waren Ward und Cecily Sanders zur Stelle. Selbst in ihrer Freizeitkleidung wirkten sie so elegant, als seien sie gerade von einer ihrer gesellschaftlichen Verpflichtungen gekommen, denen sie sich das ganze Jahr über widmeten.

Ein Reporter hatte sie einmal „Philadelphias illustres Ehepaar" genannt, eine Bezeichnung, der sie vollkommen gerecht wurden. Die feingliedrige und blondhaarige Cecily war mit ihrem eleganten Aussehen die perfekte Ergänzung zu Wards stattlicher Figur und aristokratischer Erscheinung. Beide waren auf ihren jeweiligen Gebieten ausgesprochen erfolgreich. Als Hauptgeschäftsführerin und Präsidentin einer der größten Wohlfahrtsorganisationen des Landes hatte Cecily beträchtlichen Einfluss nicht nur in der Gesellschaft von Philadelphia, die ihr ohne Zweifel sehr verpflichtet war, sondern auch in den höchsten Kreisen Washingtons.

Obwohl zurückhaltender als seine extravagante Frau, war Ward dennoch ein erfolgreicher Geschäftsmann, der das kleine Bankunternehmen, das sein Großvater in den frühen 20er Jahren gegründet hatte, nicht nur am Leben erhalten, sondern sehr erfolgreich gemacht hatte. In einer Welt der Fusionen und feindlichen Übernahmen war das keine leichte Aufgabe. Er war nicht nur das einzige der Sanders-Kinder, das ein Interesse am Bankwesen hatte, sondern auch dasjenige, das von seinem Furcht einflößenden und leicht erregbaren Vater, Monroe Sanders, am wenigsten geachtet wurde.

Victoria betete ihre Tante und ihren Onkel an, und das aus gutem Grund. Als ihre Eltern bei einem Bootsunglück in der Chesapeake Bay vor 28 Jahren ums Leben kamen, hatte das Paar seine verzweifelte Nichte mit offenen Armen aufgenommen und sie behandelt, als wäre sie das eigene Kind.

Die Vaterrolle war Ward leicht gefallen. Er kam selbst aus einer großen Familie und hatte sich immer ein Kind gewünscht. Cecily dagegen war von Zweifeln und Ängsten geplagt bei der Aussicht, die achtjährige Tochter ihrer Schwester erziehen zu müssen. Sie hatte sich dazu entschieden, keine Kinder zu haben, und nun befürchtete sie, dass sie die anspruchsvolle Aufgabe als Vizepräsidentin der Norton-Stiftung nicht mit der Rolle einer hingebungsvollen Mutter vereinbaren konnte.

Aber sie hatte alle überrascht, sich selbst eingeschlossen. Innerhalb weniger Wochen beherrschte sie diese Aufgabe so perfekt und mühelos, dass Ward sie liebevoll und neckend June Cleaver nannte, wie die erfolgreiche Mutter einer der beliebtesten Fernsehserien aus den frühen 50er Jahren hieß.

Beeindruckt von Victorias ausgeprägten Kenntnissen auf dem Gebiet der Kunst, hatte Cecily ihr vor sechs Jahren das Antiquitätengeschäft am Rittenhouse Square gekauft, ihrer Nichte die Verantwortung für den Laden übertragen und diese Entscheidung noch keine Minute lang bereut.

Nur einmal waren die beiden Frauen aneinander geraten: als Victoria verkündete, sie habe sich in Jonathan Bowman verliebt und beabsichtige, ihn zu heiraten. Damals war er Generaldirektor des Hotel-Casinos Chenonceau in Atlantic City gewesen.

Ganz pragmatisch hatte Ward sofort begonnen, Nachforschungen über Jonathans Werdegang anzustellen. Als sich herausstellte, dass der aus Wilmington im Bundesstaat Delaware Gebürtige ein anständiger, hart arbeitender junger Mann war, der Victoria über alles in der Welt liebte, hatte Ward der Verbindung seinen Segen gegeben.

Nicht so Cecily. Obwohl sie selbst aus kleinen Verhältnissen

„Halt zu mir", antwortete Victoria nur. „Und bitte bleibe Jonathan gegenüber unvoreingenommen."

Die letzte Bemerkung schien Cecily zu überraschen. „War ich das nicht immer?"

Ward lächelte, sagte aber nichts. Stattdessen richtete er seine nächste Frage direkt an Victoria: „Wie willst du Jonathan finden, meine Liebe? Falls du einen Privatdetektiv brauchst ..."

„Kein Privatdetektiv", unterbrach Victoria.

„Wie willst du denn dann deinen Mann aufspüren?"

„Ich habe Kelly darum gebeten."

„Kelly?" Wie aus einem Mund kam der Name, und zwei Augenpaare richteten sich auf sie. „Ich dachte, Detective Quinn hätte Ihnen klar zu verstehen gegeben, dass Sie sich von ihm fern halten sollen", sagte Cecily mit Betonung.

Kelly lächelte. „Das bedeutet ja nicht, dass ich gehorsam sein muss."

Jetzt klang Ward skeptisch. „Ich möchte nicht undankbar erscheinen", sagte er, während er seine Worte sehr diplomatisch wählte. „Sie sind eine hervorragende Journalistin, und es ist wirklich großherzig von Ihnen, Ihre Zeit und Erfahrung anzubieten, aber Sie müssen sich noch immer von einer schweren Verletzung erholen. Sind Sie sicher, dass Sie das schaffen können?"

„Ich hätte mich nicht dazu bereit erklärt, wenn ich der Meinung wäre, der Sache nicht gewachsen zu sein."

„Dennoch könnte ich es mir nie verzeihen, wenn Ihnen etwas passierte."

„Ich auch nicht", echote Cecily.

Kelly schaute von einem zum anderen. Wieso hatte sie das Gefühl, dass die beiden sie nicht in die Angelegenheit verwickelt sehen wollten? Und bestimmt nicht aus dem Grund, den sie genannt hatten. „Mir wird schon nichts passieren", versicherte sie.

„Nun gut. Aber seien Sie vorsichtig, ja? Und lassen Sie es mich sofort wissen, wenn Cecily und ich Ihnen helfen können." Ward erhob sich und sah seine Nichte an. „Warum packst du nicht ein paar Sachen ein und kommst mit uns, Victoria? Du solltest nicht hier alleine bleiben."

„Das ist lieb von dir, Onkel Ward, aber ich bleibe lieber zu Hause, falls Jonathan sich meldet. Außerdem möchte ich Phoebe nicht beunruhigen."

Ward war zu sehr ein Mann der Tat, um lange zu diskutieren. Er nickte. „Daran hatte ich nicht gedacht."

Als er sich von Victoria mit einem Kuss verabschiedete, ging Cecily, den Mantel über die Schulter geworfen, zu Kelly. „Bitte unternehmen Sie nichts", flüsterte sie. „Und reden Sie mit niemanden, ehe Sie mit mir gesprochen haben."

Erstaunt über die Eindringlichkeit runzelte Kelly die Stirn. „Warum können Sie denn nicht jetzt mit mir darüber reden?"

„Ich erkläre Ihnen alles, wenn wir uns treffen. Können Sie um acht Uhr in mein Büro kommen?"

Kelly dachte an die acht Stunden Schlaf, die sie so nötig brauchte. Jetzt musste sie sich mit einem Bruchteil davon zufrieden geben. „Ja, natürlich."

„Bis dann."

Um Punkt acht Uhr am selben Morgen wurde Kelly in Cecilys Büro geführt, das hoch über der Ben-Franklin-Allee lag. Cecily wirkte elegant und geschäftsmäßig, als sie auf den Stuhl vor ihrem Schreibtisch deutete. „Bitte verzeihen Sie, Kelly, dass ich Sie so früh hierher gebeten habe. Ich weiß, dass Sie die ganze Nacht bei Victoria waren, aber es ist wichtig."

Das Telefon klingelte und unterbrach ihr Gespräch. Mit einem ungeduldigen Seufzer griff Cecily zum Hörer. „Debra, ich habe Ihnen doch gesagt, dass ich nicht ... Ach so. Nun gut, stellen Sie ihn durch." Sie legte die Hand auf die Sprechmuschel. „Ich muss das Gespräch annehmen. Es ist der Bürgermeister. Es dauert nur einen Moment."

„Soll ich hinausgehen?" fragte Kelly, die sich schon halb erhoben hatte.

Cecily schüttelte verneinend den Kopf und nahm die Hand weg. „Herr Bürgermeister. Was für eine angenehme Überraschung."

Ohne auf die Unterhaltung zu achten, blickte Kelly sich in dem weiträumigen, geschmackvoll eingerichteten Büro um, das ganz seiner Besitzerin entsprach. In der Mitte des Raumes stand ein Schreibtisch aus Rosenholz, und vor einem großen Fenster, das auf die Allee hinausging, bildeten Sessel und antike Tischchen eine anheimelnde, lockere Sitzgruppe. An den Wänden hingen teure Reproduktionen großer Meister, die sich harmonisch dem dunkel glänzenden Holz und den Stuckdecken anpassten.

Kellys Blick wanderte zu Cecily zurück, die jetzt über etwas lachte, was der Bürgermeister gesagt hatte, und gleichzeitig mit den Augen rollte.

Sehr diplomatisch, dachte Kelly mit einem nachsichtigen Lächeln. Was für eine außergewöhnliche Frau. Sie war aus dem Nichts gekommen, hatte für alles kämpfen müssen und ihr Ziel durch schiere Ausdauer und harte Arbeit erreicht. Von Ehrgeiz getrieben, war sie die Erste in ihrer Familie, die das College beendete und einen Bachelor of Arts in Wirtschaftswissenschaften an der Pennsylvania State University sowie einen Abschluss in Finanzwissenschaften in Wharton gemacht hatte. Zwei Wochen nachdem sie die angesehene Wirtschaftsakademie verlassen hatte, bekam Cecily eine Stelle bei einer renommierten Investment-

Bank, deren Eigentümer, ein Philanthrop namens H. B. Norton, sie unter seine Fittiche genommen und ihr sein gesamtes Wissen vermittelt hatte.

Dank ihres Mentors bekam Cecily 1985 als erste Frau einen Sitz im Aufsichtsrat des Norton Wohltätigkeits-Fonds, der Stiftung, die H. B.s Vater vier Generationen zuvor ins Leben gerufen hatte. Es dauerte nicht lange, bis Cecilys Intelligenz, Gerechtigkeitssinn und herausragende Arbeitsmoral sie von den anderen Aufsichtsratsmitgliedern unterschied. Dennoch war es für alle, sie eingeschlossen, eine Überraschung, als H. B. sich als Aufsichtsrat und Präsident der Stiftung zwölf Jahre später zurückzog und Cecily zu seiner Nachfolgerin bestimmte. Sie selbst hatte Kelly vom Aufschrei des Protests erzählt, der von einigen Aufsichtsratsmitgliedern gekommen war, von denen viele mit H. B. verwandt waren. Einer von ihnen, ein Neffe, hatte sogar behauptet, eine Frau als Aufsichtsrätin würde die Stiftung untergraben. Bei dieser Bemerkung hatte H. B. gelacht und ihm geraten, endlich erwachsen zu werden.

Schließlich beendete Cecily das Gespräch. „Tut mir Leid", sagte sie, während sie den Hörer auflegte. „Jetzt werden wir nicht mehr gestört." Sie stützte die Ellbogen auf die glänzende Arbeitsfläche und legte die Fingerspitzen gegeneinander. „Sie haben sich bestimmt gefragt, warum ich Sie zu einer so unchristlichen Stunde zu mir gebeten habe."

„Offen gestanden macht mir die Heimlichkeit unseres Treffens mehr zu schaffen als die Uhrzeit", antwortete Kelly. „Ich habe vor Victoria nicht gern Geheimnisse."

Cecilys Blick war direkt, aber auch ein wenig prüfend. „Ich bedauere, wenn ich Sie in eine unangenehme Situation gebracht haben sollte, Kelly. Ich wollte Victoria nur nicht noch mehr beunruhigen, als sie es ohnehin schon ist."

„Was könnte sie noch mehr beunruhigen als das Verschwinden ihres Mannes?“

„Eins zu null für Sie.“ Sie blickte Kelly direkt in die Augen. „Ich will nicht lange um den heißen Brei reden. Ich bin der Ansicht, wir sollten die Suche nach Jonathan der Polizei von Miami überlassen.“

Das war es also. Cecily wollte, dass sie sich zurückzog. Obwohl sie überrascht war, mit welcher Überzeugung sie sprach, ließ Kelly sich nichts anmerken. Sie hatte Victoria ein Versprechen gegeben, und nichts, weder Bitten noch Schmeicheleien, konnte sie davon abbringen. „Darf ich fragen, warum Sie dieser Ansicht sind?“ Kellys Stimme blieb ruhig und ausgeglichen.

„Ich wollte Victoria vergangene Nacht nicht beunruhigen, aber ich will vollkommen offen mit Ihnen sein. Sie sind eine Vollblut-Journalistin, Kelly. Egal, wie diskret Sie zu Werke gehen: Wenn Sie sich auf die Suche nach Jonathan begeben, wird es jemand herausfinden. Und sobald das geschehen ist, wird die Nachricht von seinem Verschwinden und seiner Verbindung zu einem Drogenkartell durch alle Zeitungen gehen.“

Kelly starrte sie an. „Sie glauben tatsächlich, dass Jonathan ein Drogenhändler ist?“

„Welchen anderen Grund sollte er haben, um in dieses abscheuliche Hotel zu gehen?“

„Wir wissen doch gar nicht, ob er es getan hat.“

Cecily verzog das Gesicht, als ob sie plötzlich etwas Unangenehmes gerochen hätte. „Er arbeitet für einen Mann, der Verbindungen zum organisierten Verbrechen hat, Kelly. Was sagt Ihnen das?“

„Diese Verbindungen konnten niemals bewiesen werden“, antwortete Kelly. „Andernfalls hätte die Casino-Kontroll-Kommission Syd Webber nicht die Lizenz gelassen. Aber selbst wenn er heimlich derartige Verbindungen hatte, warum nehmen Sie dann an, dass Jonathan sie auch hat?"

Cecily senkte die Hände und schaute sie an. Kelly bemerkte zum ersten Mal seit ihrer Ankunft die ungesunde Gesichtsfarbe der Frau. Machte sie sich wirklich so viele Sorgen um einen möglichen Skandal? Dass der Name Sanders befleckt werden könnte? Es stimmte, dass ihre Arbeit als Aufsichtsratsvorsitzende der Norton-Stiftung einen makellosen Lebenslauf und nicht den geringsten Hinweis auf einen Skandal erlaubte. Aber würden die Mitglieder sie wirklich wegen der Verfehlungen eines Verwandten zur Verantwortung ziehen? Kelly glaubte das nicht. Es musste noch einen anderen Grund geben, warum Cecily so erschöpft war.

Kelly wollte ihr entgegenkommen. Sie wollte ihr sagen, dass sie ihr zuhören würde, was immer es war, das ihr Kummer bereitete. Vielleicht konnten sie ja gemeinsam eine Lösung des Problems finden. Das war sie ihr schuldig. Während jener schwierigen 24 Stunden, als sie mit dem Tod kämpfte, hatte Cecily stundenlang mit Connie und Kellys Bruder Ronny vor der Intensivstation gewartet, hatte sie mit Essen und Kaffee versorgt und moralische Unterstützung geleistet. Kelly hatte ihr das nicht vergessen.

„Was ist los, Cecily?" fragte sie sanft. „Was verschweigen Sie mir?"

Cecily warf ihr einen zornigen Blick zu. Sie war sichtlich irritiert. „Wie kommen Sie darauf, dass ich irgendein dunkles Geheimnis verberge? Das stimmt überhaupt nicht. Ich habe Sie gebeten zu kommen, weil Sie viel Einfluss auf Victoria haben und ich gehofft habe, dass Sie mir dabei helfen würden, ihr meine Sichtweise der Dinge zu vermitteln."

„Und was genau ist Ihre Sichtweise?"

„Logik.“ Sie beugte sich nach vorn, als ob sie einem Kind ein Problem erläutern wollte. „Es gibt drei mögliche Erklärungen für Jonathans Verschwinden. Die eine ist: Er hat eine Dummheit gemacht, wird sich bald darüber im Klaren sein und nach Hause kommen, bevor die Zeitungen Wind davon bekommen. Ich werde nicht glücklich sein über seine Rückkehr, aber wenn es das ist, was Victoria will, soll es mir recht sein. Die zweite Möglichkeit: Er hat eine Dummheit begangen und nicht die Absicht, zurückzukommen. Dazu würde ich sagen: Gott sei Dank, jetzt sind wir ihn endlich los. Ich habe sowieso nie gewollt, dass er Victoria geheiratet hat, und mit seinem Verhalten hat er den Beweis dafür geliefert, dass ich allen Grund hatte, so zu denken. Wenn er es vorzieht, nicht zurückzukommen, erhält die Presse eine kurze Mitteilung über Jonathans und Victorias Trennung, und das wäre es dann.“

Sie seufzte. „Die dritte Möglichkeit ist nicht so angenehm, weder für Victoria noch für die Sanders-Familie. Jonathan hat eine Dummheit begangen und dafür mit seinem Leben bezahlt. Falls sich das als wahr herausstellen sollte, müssen wir die Umstände seines Todes geheim halten – wenigstens gegenüber den Zeitungen in Philadelphia. Das wird allerdings nicht möglich sein, falls Sie darauf bestehen, Nachforschungen über sein Verschwinden und letztlich seinen Tod anzustellen.“ Sie schaute Kelly prüfend an. „Haben wir uns verstanden?“

Kelly wurde klar, dass Victorias Tante sich alles genau überlegt hatte. Alle Möglichkeiten hatte sie genau abgeklopft und im Hinblick auf den möglichen Schaden geprüft. Dabei hatte sie nicht an ihre Nichte gedacht, sondern die Sanders-Familie.

Cecily zog die schmalen, sehr gepflegten Augenbrauen empor. „Kelly, stimmen Sie mit mir überein?“

„Nur was die drei Möglichkeiten angeht, die Jonathans

Schicksal betreffen. Bei allem anderen bin ich nicht Ihrer Meinung, und ich denke überhaupt nicht daran, mein Versprechen zu brechen, das ich Victoria gegeben habe."

„Auch dann nicht, wenn es in deren Interesse ist?"

„Victoria möchte ihren Mann zurückhaben. Das wissen wir doch alle."

„Meine Nichte ist hoffnungslos romantisch. Für diese Schwäche wird sie eines Tages teuer bezahlen müssen."

Kelly erhob sich. Es gab nichts mehr zu sagen. Sie und Cecily würden nicht auf einen gemeinsam Nenner kommen. „Ich habe immer noch das Gefühl, dass Sie mir etwas verheimlichen." Sie ergriff ihre Tasche. „Wenn Sie es mir doch noch sagen wollen, rufen Sie mich an. Und wenn es etwas ist, was der Suche nach Jonathan dienlich ist, bitte ich Sie, es mir sehr schnell mitzuteilen. Oder der Polizei, wenn Ihnen das lieber ist."

Auch Cecily hatte sich erhoben und begleitete sie bis zur Tür. „Eigentlich wusste ich schon vorher, wie Sie reagieren würden, aber ich wollte es wenigstens versuchen", meinte sie lächelnd. Sie war wirklich eine gute Verliererin. „Was werden Sie jetzt als Erstes tun? Mit Syd Webber reden?"

„Er steht ganz oben auf meiner Liste."

„Nehmen Sie sich vor ihm in Acht, Kelly. Er mag zwar reich, charmant und erfolgreich sein, aber unter dieser Maske verbirgt sich ein korrupter Mann, der vor nichts zurückschreckt, um sein Ziel zu erreichen. Denken Sie daran, wenn Sie mit ihm reden."

Kelly nahm diesen Hinweis nicht sehr ernst, denn sie wusste, was Cecily von Syd Webber hielt. Ihr Misstrauen gegenüber diesem Mann war allerdings nicht ganz unbegründet. Früher am Morgen hatte sie sich bereits in die Datei von Nexis eingeloggt, um alle möglichen Auskünfte über den Casino-Besitzer einzuholen. Er war wirklich kein Heiliger. In Las Vegas, wo er sein

Vermögen gemacht hatte, hatte er sich mit dem berüchtigten Bandenchef Tony Marquese angefreundet und war in Machenschaften verwickelt gewesen, bei denen es um Flüchtlinge aus China ging. Er war zwar kurz darauf entlastet worden, aber der Verdacht hatte dennoch lange über ihm gehangen.

„Das werde ich. Danke für den Tipp."

„Halten Sie mich über Ihre Ermittlungen auf dem Laufenden?"

Kelly war es nicht gewohnt, andere über ihre Recherchen zu unterrichten, aber Cecily gehörte ja praktisch zur Familie. „Ich werde Victoria informieren", antwortete sie diplomatisch. „Sie wird Ihnen bestimmt alles sagen."

5. KAPITEL

Jedesmal, wenn Kelly nach Atlantic City kam, war sie überrascht darüber, wie sehr sich dieser Küstenort in den vergangenen Jahren verändert hatte. Einst ein Spielplatz der High Society, hatte Atlantic City Mitte der 60er Jahre an Anziehungskraft eingebüßt, als andere Städte durch bessere Flugverbindungen attraktiver geworden waren. Bald darauf begann die Stadt zu veröden, und einstmals großartige Luxushotels verloren an Glanz und verfielen. Der Besucherstrom versiegte, und Familien, die seit Jahrzehnten hier gelebt hatten, zogen fort und ließen verrottende Straßenzüge zurück, in denen das Verbrechen regierte.

Die Legalisierung des Glücksspiels Ende der 70er Jahre sollte der Stadt ihren alten Glanz zurückbringen, aber irgendwann hatten die Politiker ihr Ziel aus den Augen verloren. Während die Spielbanken florierten und die Bauunternehmer Millionen scheffelten, änderte sich nichts an der Armut und dem Verfall hinter den glitzernden Fassaden.

Erst mit der Wahl eines neuen Bürgermeisters nahmen die längst fälligen Renovierungen von Atlantic City Gestalt an. Straßen wurden ausgebessert, heruntergekommene Häuser abgerissen und durch Neubauten ersetzt, und die Arbeitslosenquote sank. Diese Veränderungen geschahen zwar nicht über Nacht, aber nach und nach konnte Atlantic City sich erholen.

Das 22-geschossige Chenonceau, eine Beton-und-Glas-Konstruktion direkt am Meer, übertraf an Luxus und Glamour sogar das Tadsch Mahal von David Trump. Die weitläufige Eingangshalle war eine Orgie in Gold. In der Mitte stand ein marmorner Springbrunnen, umgeben von eleganten Boutiquen, wo die Neureichen ihre Gewinne verjubelten, ohne auf die Preisschilder zu achten.

Aus dem Casino drang das beständige Klackern der Einarmigen Banditen, und manchmal hörte Kelly das Triumphgeheul eines Gewinners, der den Jackpot geknackt hatte.

Obwohl sie mit Syd Webber einen Termin vereinbart hatte, brauchte die Empfangsdame fast eine Viertelstunde, ehe sie ihn ausfindig machen konnte. Als er endlich auftauchte, erkannte er Kelly sofort schon von weitem. Er hatte sich überhaupt nicht verändert, seitdem sie ihn das letzte Mal auf der Party anlässlich Jonathans und Victorias viertem Hochzeitstag gesehen hatte. Er war mittelgroß, von kräftigem Körperbau und bewegte sich sehr selbstsicher. Er hatte dunkle Augen und einen breiten, scharf geschnittenen Mund. Sein dichtes schwarzes Haar, von grauen Strähnen durchzogen, wuchs ihm in den Nacken und kräuselte sich über seinem Kragen. Er wirkte ganz wie der böse Junge, auf den die Frauen so abfuhren.

Er taxierte sie kurz von Kopf bis Fuß, und beim Lächeln zeigte er eine Reihe perfekt gewachsener weißer Zähne. „Miss Robolo“, sagte er und ergriff ihre Hand. „Wie schön, Sie wieder zusehen. Tut mir Leid, dass ich Sie habe warten lassen. Wir hatten ein Problem im Theater. Pavarotti soll in genau acht Stunden auftreten, und jetzt ist die gesamte Tontechnik zusammengebrochen.“

„Tut mir auch Leid. Ich habe Sie offenbar in einem schlechten Moment erwischt.“ Kelly ließ ihn ihre Hand eine Sekunde länger halten, ehe sie sie ihm entzog. „Wenn dieser Besuch hätte warten können, wäre ich wieder gegangen, aber es ist dringend.“

„Wie kommen Sie darauf, dass ich Sie hätte gehen lassen?“ Ehe ihr eine passende Antwort einfiel, nahm er sie beim Arm und führte sie zu den Aufzügen im hinteren Teil der Lobby. „Noch immer keine Neuigkeiten von Jonathan?“

„Jedenfalls nichts, was wir gerne hören würden." Sie erzählte ihm, was sie wusste, erwähnte jedoch nichts von Detective Quinns Vermutungen über den Drogenhandel.

Er drückte den Knopf, auf dem Verwaltung und Geschäftsführung stand. „Wissen Sie überhaupt, was Jonathan in Miami gemacht hat?"

Der Aufzug kam, und sie stiegen ein.

„Noch nicht. Ich habe gehofft, dass Sie mir da helfen können."

„Ich weiß zwar nicht wie, aber ich tue mein Bestes."

Im 17. Stockwerk angekommen, gingen sie zu einer Tür mit einem schlichten Messingschild, auf dem Webbers Name stand. Es gab noch mehr Büros auf diesem Korridor, und Kelly nahm an, dass eines davon Jonathan gehörte.

Webbers Büro überraschte sie. Hier gab es keinen Luxus und kein Gold. Der Raum strahlte eine männliche Eleganz aus mit seinen dunkelblau gepolsterten Stühlen, dem großen Mahagoni-Schreibtisch, einem Orientteppich und großen, die gesamte Front einnehmenden Fenstern, die einen ungehinderten Blick auf die Skyline von Atlantic City und seine berühmte Promenade gewährten. Der Ozean war von einem schmuddligen Grau und erstreckte sich bis zum Horizont.

„Eine fantastische Aussicht, finden Sie nicht?" Er stand vor einem gut bestückten Barfach und füllte zwei Kristallgläser mit Mineralwasser.

„Großartig."

„Wegen der Aussicht habe ich die Büros der Geschäftsführung in den 17. Stock verlegt." Er reichte ihr ein Glas. „Bitte setzen Sie sich, Kelly. Ich darf Sie doch Kelly nennen, oder? Es ist ein wirklich hübscher Name." Er bedachte sie mit einem weiteren strahlenden Lächeln. „Aber nicht sehr italienisch."

„Mein Vater hat ihn ausgesucht. Dafür hat meine Mutter bei meinem zweiten Namen gesiegt."

Er trank einen Schluck Wasser. „Und der ist?"

„Sehr italienisch. Noemi." Sie lachte leise, als sie ihn erwähnte. „So hieß meine Großmutter."

„Auch sehr schön."

„Vielen Dank für das Kompliment, Mr. Web..."

„Hm." Er hielt sein Glas hoch und wackelte mit dem Zeigefinger. „Syd. Bitte."

Ganz tief drinnen hörte Kelly eine Alarmglocke schrillen. Ihr Gastgeber war zu charmant, fast so, als wollte er von etwas ablenken. Unter anderen Umständen hätte sie es vielleicht sogar genossen, mit ihm zu flirten.

Sie setzte sich gerade hin und nahm eine professionelle Haltung ein. „O.k., Syd." Sie stellte ihr Glas ab. „Ich weiß, dass Sie sehr beschäftigt sind, und deshalb versuche ich, meine Fragen kurz zu halten. Zunächst einmal muss ich gestehen, dass ich Ihnen etwas vormachen würde, wenn ich so täte, als hätte ich nie etwas von Ihren angeblichen Verbindungen zur ... Mafia gehört."

Auf diese Bemerkung reagierte er mit einem amüsierten Zwinkern. „Wenn Sie sich erinnern können, sind sie in der Tat angeblich."

„Hatte Jonathan Probleme damit? Hat er mit Ihnen über Ihre Schwierigkeiten gesprochen, die Sie mit der Casino-Kontroll-Kommission vor der Eröffnung des Chenonceau gehabt haben?" Sie kannte die Antwort bereits, wollte sie aber von ihm selbst hören.

„Wir haben darüber diskutiert. Es waren Gerüchte, wie sich herausstellte, die ein anderer Casino-Betreiber in die Welt gesetzt hatte, der ein Mitbewerber war. Aber um Ihre Frage zu beantworten: Jonathan hatte keine Probleme damit, und es hat ihn auch nicht davon abgehalten, mit mir zu arbeiten. Er ist ein intelligenter junger Mann. Er hat eine Nase für Sieger."

Sie quittierte die Bemerkung mit einem Lächeln. „Ja, das glaube ich auch." Sie schaute kurz in ihr Glas, bevor sie fragte: „Hat es Sie überrascht, dass er nach Miami geflogen ist?"

„Sehr. Ich kann mich nämlich nicht erinnern, dass er jemals vorher von Florida gesprochen hat, abgesehen von dem einen Mal, als er mit Victoria und Phoebe dorthin geflogen ist."

„Wie ist es mit Ihnen?" fragte sie beiläufig. „Fliegen Sie manchmal nach Florida?"

„Nur, wenn ich meinen Vater besuche. Nach seiner Pensionierung ist er nach Key West gezogen, und wann immer ich die Gelegenheit habe, bin ich da unten." Er schaute sie so durchdringend an, dass sie beinahe die Augen gesenkt hätte. „Und wenn ich mich nicht sehr täusche, kann ich Ihre nächste Frage beantworten mit: Nein, Jonathan hat meinen Vater nie kennen gelernt. Ich glaube nicht einmal, dass er weiß, wo er ihn treffen könnte."

Er war wirklich schlau. Und schnell. „Würden Sie sagen, dass Sie Jonathan gut kennen?"

Syd hob die Schultern. „So gut, wie es unter den Umständen eben möglich ist."

„Was soll das heißen?"

Er nahm einen weiteren Schluck Wasser, ehe er antwortete. „Jonathan ist sehr zurückhaltend, wie Sie sicher wissen. Da ich auch sehr zurückhaltend bin, respektiere ich sein Bedürfnis, sein Privatleben von dem im Chenonceau zu trennen. Das ist ja auch nicht sehr schwer. Abgesehen von geschäftlichen Dingen und den Fußballspielen am Montagabend haben Jonathan und ich nicht viele Gemeinsamkeiten. Er spielt Golf und Tennis, ich hingegen mag Hochseeangeln, und er meidet Boote. Er ist verheiratet, und ich bin ein überzeugter Junggeselle."

Ein überzeugter Junggeselle mit einem Blick für schöne Frauen und jeden Monat einer neuen an seiner Seite. „Aber Sie hätten sicher gewusst, wenn er in irgendwelchen Schwierigkeiten steckte?"

„Ich kann keine Gedanken lesen, aber ja, ich denke, ich hätte es bemerkt."

„Victoria sagte, in den letzten Tagen sei er schlecht gelaunt gewesen. Können Sie sich vorstellen, warum?"

„Nein." Er schaute auf ihr Glas, das noch voll war, und ging hinüber zum Schrank, um seines aufzufüllen. „Soweit ich mich erinnere, war Jonathan die ganze Woche über wie immer. Ich habe nicht einmal mitbekommen, dass er krank war." Syd setzte sich wieder hin. „Aber das war er wohl gar nicht, oder?"

„Offenbar nicht. Haben Sie gestern Morgen mit ihm telefoniert?"

„Nein, das war seine Sekretärin."

Martha Grimwald. Jonathan sprach stets mit höchster Bewunderung von ihr. „Hätten Sie etwas dagegen, wenn ich mit ihr spreche?" fragte Kelly.

„Überhaupt nicht." Syd nahm den Telefonhörer und drückte auf eine Taste. „Martha, könnten Sie bitte kurz hereinkommen? Danke."

Martha Grimwald war eine sympathische Frau mittleren Alters. Ihr brünettes Haar wurde langsam grau, und auf ihre stille Art wirkte sie sehr tüchtig. Als ob sie ahnte, dass diese Unterredung vertraulich sei, schloss sie schnell die Tür.

„Martha, das ist Kelly Robolo", sagte Syd, während er sich erhob und ihr entgegenging. „Sie ist Reporterin vom *Philadelphia Globe*, aber wichtiger noch, sie ist eine Freundin der

Bowmans. Sie ist hier, um etwas über Jonathans Verschwinden herauszufinden."

Auf Syds Geste hin nahm Martha Platz. „Ich tue alles, um Ihnen zu helfen, Miss Robolo."

„Vielen Dank, Mrs. Grimwald." Kelly wartete, bis Syd sich wieder hingesetzt hatte, bevor sie mit ihren Fragen fortfuhr. „Ich muss wissen, ob Jonathan in der vergangenen Woche etwas Ungewöhnliches getan hat. Hat ihn jemand besucht, den Sie nicht kennen? Oder haben Sie vielleicht ein Telefongespräch mitbekommen?"

Marthas Schultern verkrampften sich ein wenig. „Ich höre nicht mit, Miss Robolo."

„Das habe ich auch nicht gemeint." Kelly lächelte, um ihren Schnitzer wieder gutzumachen. „Ich habs nur gehofft."

Über Kellys Offenheit musste auch Martha lächeln. „Ich kann mich nicht erinnern, dass etwas Ungewöhnliches vorgefallen ist, Miss Robolo. Jonathan ist ein Gewohnheitsmensch. Routine geht ihm über alles, und er weicht selten davon ab."

„Können Sie mir sagen, wie ein normaler Tag bei ihm aussieht?"

„Natürlich. Als Vizepräsident ist er für das Marketing zuständig, und deshalb trifft er sich jeden Morgen mit der Marketingabteilung. Sie reden über Reklamebroschüren, spezielle Hotelangebote und andere Werbemöglichkeiten für das Casino. Danach geht er zurück in sein Büro, schaut seine Post durch, führt einige Telefongespräche und trifft sich mit Mr. Webber."

Syd bestätigte das mit einem kurzen Nicken.

„Isst er mittags auswärts oder im Casino?" wollte Kelly wissen.

„Weder noch. Mr. Bowman bestellt sich immer ein Sandwich in der Cafeteria und isst es an seinem Schreibtisch, während er weiterarbeitet.“ Missbilligend schüttelte sie den Kopf. „Ich sage ihm immer, dass das nicht gesund ist, aber er hört nicht auf mich.“

„Bekommen Sie seine Anrufe mit?“

„Nur wenn sie von der Zentrale hochgestellt werden.“

„Und wenn nicht?“

„Mr. Bowman und die anderen Vizepräsidenten haben private Telefonnummern. Auch Mr. Webber.“

„Ach so.“ Eine Liste der Telefonate konnte nur von der Polizei angefordert werden.

„Besitzt er ein Notebook“, fragte sie plötzlich, „in dem er all seine Termine festhält?“

„Er hat immer eines bei sich, aber er überträgt alles in den Computer, damit ich weiß, wo ich ihn erreichen kann.“

Kelly schaute zu Syd, der wieder nickte. „Ich zeige Ihnen gern Jonathans Büro. Gleich, wenn Sie mit Martha fertig sind.“

Kelly erhob sich. Das wollte sie unbedingt sehen. „Gerne. Warum nicht sofort?“

6. KAPITEL

Kellys Besuch im Chenonceau entpuppte sich als Enttäuschung. Obwohl Syd Webber und Martha Grimwald durchaus hilfsbereit erschienen, hatten beide keine Hinweise auf Jonathans Verschwinden geben können.

Wie Martha ihr gesagt hatte, waren Jonathans wöchentliche Termine in seinem Computer gespeichert und konnten durch einen Mausklick kontrolliert werden. Mit Syds Einverständnis hatte Kelly sich vor den Computer gesetzt und war die Dateien durchgegangen. Jonathans Arbeitswoche war genau so, wie seine Sekretärin sie geschildert hatte. Detailliert hatte er die Gründe seiner Verabredungen aufgelistet, wen er an jenem Tag und warum anrufen wollte. Für den 7. Februar war ein Treffen mit der Marketingabteilung vorgesehen und Phoebes Vorstellung, und beides hatte er versäumt. Es gab keinen Hinweis auf eine Reise nach Miami.

Als Kelly in den Atlantic City Expressway einbog, kamen ihr einige der komplizierteren Geschichten in den Sinn, mit denen sie sich in den vergangenen Jahren beschäftigt hatte. Oft hatte die Zeit für sie gearbeitet. Was Jonathan anging, konnte sie sich nicht darauf verlassen. Das war wie bei einer Entführung: Mit jeder Stunde, die vorüberging, wurde die Suche schwieriger, die Spur kälter, die Verzweiflung größer.

Ganz zu schweigen von der Tatsache, dass sie dieses Mal nicht die Unterstützung der Polizei hatte.

Ihre Gedanken schweiften zu Detective Quinn. Vielleicht hätte sie anders mit ihm reden sollen, vielleicht sollte sie einen neuen Versuch starten. Ein bisschen verbindlicher. Das war zwar überhaupt nicht ihre Art, aber wenn es sein musste, schaffte sie auch das.

Ohne die Fahrbahn aus den Augen zu lassen, suchte sie mit der rechten Hand in ihrer Handtasche nach der Telefonnummer des Detectives und blickte sich nach einer Möglichkeit, anzuhalten um. Fünf Minuten später bog sie in eine Haltebucht ein, Quinns Nummer in der Hand.

„Ich sehe nach, ob er da ist", sagte die Vermittlung, nachdem Kelly ihren Namen genannt hatte.

Quinns Stimme klang genauso unwirsch wie zuvor. „Ja, Miss Robolo?" Er bemühte sich nicht, seine Gereiztheit zu verbergen.

„Guten Morgen, Detective", sagte sie in ihrem verbindlichsten Tonfall. „Können Sie mir vielleicht etwas Neues über den Zustand des Empfangschefs sagen?"

„Nein."

„Wie steht es um die Identifizierung der Leiche?"

„Ich habe die Zahnarztunterlagen aus Philadelphia angefordert. Verbessern Sie mich, falls ich mich irre", fuhrt er fort, ehe sie eine neue Frage stellen konnte, „aber hatten wir nicht vereinbart, dass Sie sich ab sofort mit Ihren Fragen an das Polizeipräsidium in Philadelphia wenden wollten?"

„Falls es Ihnen nichts ausmacht, würde ich gerne direkt mit Ihnen reden."

„Aber warum denn?" Aus seinem sarkastischen Tonfall glaubte sie hören zu können, dass er bereits mit jemandem von der Polizei in Philadelphia gesprochen und erfahren hatte, was die Beamten von ihr hielten.

„Könnte es sein", fuhr er im selben spöttischen Tonfall fort, „dass Sie von Ihrem eigenen Revier zur *Persona non grata* erklärt worden sind? Ich meine mich zu erinnern, dass ein Beamter, mit dem ich gesprochen habe, Sie als Pestbeule bezeichnet hat."

Na toll. Fantastisch. Wie konnte sie unter diesen Umständen

auf seine Unterstützung rechnen? „Es geht nicht um mich", antwortete sie so liebenswürdig wie möglich. „Sondern um einen verschwunden Mann."

„Es geht auch um einen nicht abgeschlossenen Fall, und das bedeutet, ich kann nicht darüber reden."

„Könnten Sie nicht wenigstens ..."

„Spreche ich Chinesisch? Ich kann nichts weiter zu dem Fall sagen. Ich habe Ihnen sowieso schon zu viel erzählt dafür, dass Sie gar nicht zur Familie gehören."

Sie musste sich sehr zusammennehmen, um ihn nicht anzufauchen. „Ich versuche nur, einer Freundin zu helfen, Detective. Sie könnten mir meine Arbeit ungeheuer erleichtern, wenn Sie ..."

„Nein." Genauso brüsk wie schon früher an diesem Tag legte er den Hörer auf.

Sie starrte auf ihr Handy. So viel also zum Thema Verbindlichkeit.

Kelly fädelte sich wieder in den Verkehr auf dem Highway ein, während sie überlegte, welche anderen Möglichkeiten ihr blieben. Viele waren es nicht. Eigentlich gar keine.

Bis auf eine.

Sie schüttelte den Kopf. Unmöglich. Total verrückt. Aber der Gedanke kehrte immer wieder zurück, nahm Gestalt an, gewann an Überzeugungskraft. Und wenn es auch verrückt war? Wann hätte sie das jemals aufgehalten?

Sie wusste, was sie zu tun hatte.

Zum letzten Mal hatte Kelly mit Nick McBride in ihrem Krankenzimmer gesprochen. Aber im Gegensatz zu den anderen Besuchern hatte er ihr keine Blumen für eine schnelle Genesung mitgebracht, sondern die Hölle heiß gemacht wegen dem, was in Chinatown schief gegangen war.

Sie hatte seinen Zorn voll und ganz verdient. Als sie ihm Wochen zuvor von den Erpressungsversuchen erzählt hatte, war sein Hinweis, sich aus der Sache herauszuhalten, sehr freundlich gewesen. Die Polizei kümmere sich bereits darum, hatte er ihr erklärt.

Weil sie und Nick befreundet waren, hatte Kelly die Finger von der Sache gelassen. Bis zu jener schicksalhaften Nacht, als Randy Chen in Dr. Hos Praxis aufgetaucht war.

Vier Tage später stand Nick in ihrem Krankenzimmer. Er war nicht mehr der Nick McBride, den sie kannte. Jedesmal, wenn sie etwas zu ihrer Verteidigung sagen wollte, schnitt er ihr das Wort ab.

„Du bist genauso schlimm wie diese Sensationsreporter, die sich Journalisten nennen“, hatte er sie beschimpft. „Bloß weil du bei einer großen Zeitung arbeitest und den Pulitzerpreis bekommen hast, bist du kein bisschen besser als sie.“ Und dann sprach er aus, was sie am meisten verletzte. „Ich weiß nicht, warum ich dir jemals vertraut habe.“

Und jetzt stand sie vor dem Trainingscenter in der Walnut Street und überlegte, ob sie ihn um Hilfe bitten sollte. War sie verrückt geworden? Oder machte es ihr einfach nur Spaß, gedemütigt zu werden? Nichts von beidem, beschloss sie, während sie ihren Mut zusammennahm. Sie glaubte an Vorahnungen, und diese war zu stark, um sie zu ignorieren.

Ein Jahr zuvor war Nicks Vater Patrick, der Sicherheitschef im Chenonceau, auf dem Parkplatz des Casinos getötet worden – Opfer eines Raubüberfalls, der außer Kontrolle geraten war. Nick hatte keinen Hehl daraus gemacht, dass er mit den polizeilichen Ermittlungen alles andere als zufrieden war. Und es war auch kein Geheimnis, dass er und Syd Webber sich hassten, seitdem sie sich das erste Mal gesehen hatten. Vordergründig betrachtet war die Möglichkeit, dass zwischen Patricks Tod und Jonathans Verschwinden ein Zusammenhang bestand, eher gering. Die beiden Männer hatten nichts gemeinsam außer ihrer Arbeit im Chenonceau. Trotzdem war Kelly der Gedanke gekommen, dass es möglicherweise eine Verbindung gab. Falls Nick derselben Meinung sein sollte, dann war er vielleicht neugierig genug, um ihr zu helfen.

Sie musste es versuchen. Vielleicht war er gerade beim Training. Sie öffnete die Tür und trat ein.

Das Haus war eine alte Boxkampfarena, die ein Geschäftsmann vor der Zerstörung gerettet hatte, indem er das Anwesen gekauft und in ein Trainingszentrum für viel versprechende junge Boxer umgebaut hatte. Zu anderen Tageszeiten wimmelte es hier von Teenagern und Lehrern, manchmal waren sogar ein oder zwei Talentsucher da. Aber an diesem Werktag um die Mittagszeit war die Halle so gut wie leer.

Kellys Blick wanderte durch den riesigen Raum, in dessen Mitte der Boxring stand. Neben dem Ring übte sich ein Mann im grauen Trainingsanzug im Seilspringen, während ein anderer auf dem Laufband trainierte. Auf der anderen Seite des Rings hieb Nick McBride auf einen Punchingball ein.

Kelly blieb am Eingang stehen und beobachtete ihn eine Weile. Sie hoffte, dass er sie erst bemerken würde, wenn sie sich selbstsicher genug fühlte, um ihm gegenüberzutreten. Er war ein attraktiver Mann. Er hatte dunkelblondes Haar, blaue Augen und eine Figur, um die ihn jeder andere Mann beneidet hätte. Sein athletischer Oberkörper war von einem glänzenden Film aus Schweiß bedeckt.

Unverhohlen ließ sie ihre Blicke auf seinen muskulösen Schenkeln ruhen, während er mit der Eleganz eines Tänzers um den Punchingball herumsprang. Jeder Schlag traf das Leder mit einem dumpfen Geräusch, und ein zweiter folgte unmittelbar. Er war stark und reagierte schnell, was Kelly nicht verwunderte. Schließlich war er früher einmal Amateurboxer gewesen und wäre fast ins Profi-Lager gewechselt. Doch dann hatte er seine Pläne geändert und war zur Polizeischule gegangen.

Man sah ihm nicht auf den ersten Blick an, dass er eine gewisse Nervosität besaß, die ihn von seinen Kollegen unterschied. Das merkten sogar die Verbrecher und Zeugen, die er verhörte, und sie hüteten sich, ihn für dumm zu verkaufen. Vielleicht war deshalb seine Quote an Festnahmen und Verhaftungen die höchste im ganzen Revier. Keiner riskierte es, ihm etwas vorzumachen.

Sie hätte gelogen, wenn sie gesagt hätte, dass sie nie an ihn dachte, ohne auch gleichzeitig an Sex zu denken. Es war nicht leicht, in Gegenwart eines Mannes wie Nick keine weichen Knie zu bekommen. Aber sie hatte diesen Gefühlen nie nachgegeben. Nach zwei katastrophalen Beziehungen hatte Kelly sich geschworen, die Finger von den Männern zu lassen – jedenfalls fürs Erste.

Außerdem galt er selber nicht gerade als der größte Romantiker. Es hieß, er sei mit solcher Leidenschaft bei seiner Arbeit, dass es fast an Sucht grenzte. Und es gab nicht viele Frauen, die sich damit abfanden, auf Platz zwei nach dem Beruf zu stehen. Seine Exfrau hatte es jedenfalls nicht getan, und soviel Kelly wusste, hatte es nach ihr auch keine andere gegeben.

Sie wartete, bis er den letzten Schlag ausgeteilt hatte und nach einem Handtuch griff, das auf einer Bank neben ihm lag, ehe sie sich von der Tür löste.

7. KAPITEL

Nick blickte auf, als er die schnellen, lauten Fußtritte auf dem Zementboden hörte. Er legte sich das Handtuch um den Hals, während Kelly Robolo quer durch den Saal auf ihn zusteuerte.

Dafür, dass sie vor noch nicht einmal fünf Wochen um ihr Leben gekämpft hatte, sah sie bemerkenswert gut aus. Ihr schwarzes Haar, das er länger in Erinnerung hatte, war zu einer pflegeleichten Frisur geschnitten um umrahmte ein Gesicht, von dem seine Schwester glaubte, es gehöre einem Model. Aber das Beeindruckendste an ihr waren die Augen: Sie waren groß und dunkel und ständig in Bewegung, als ob sie Angst hätte, etwas zu verpassen.

Als sie nun mit energischen Schritten entschlossen auf ihn zukam, nahm er auch alles andere an ihr wahr: den engen, bis zu den Waden reichenden Tweedrock, den lässigen, grob gestrickten Pullover, der ihre Formen verbarg. Die konnten durchaus Blicke auf sich ziehen. Er wusste das, denn er hatte sie gesehen, als sie sehr viel weniger trug.

Er hatte sie drei Jahre zuvor kennen gelernt, als sie seine Auskünfte in einer Betrugsaffäre benötigt hatte. Obwohl Nick grundsätzlich nicht mit Reportern zusammenarbeitete, hatte er bei Kelly eine Ausnahme gemacht – teils, weil ihr ein guter Ruf vorauseilte, und teils, weil er sie auf Anhieb gemocht hatte. Sie gab sich nicht besserwisserisch oder versuchte zu flirten wie einige andere Reporterinnen, die er kannte. Und sie hatte auch keine Angst davor, an einer Spur dranzubleiben, gleichgültig wie riskant das auch sein mochte. In Philadelphia konnte allein die Erwähnung ihres Namens Bewunderung oder Besorgnis hervorrufen, je nachdem, auf welcher Seite derjenige stand, der die gefürchteten vier Worte „Hier spricht Kelly Robolo“ hörte.

Vielleicht war der Respekt, den er ihr gegenüber empfand, der Grund dafür, dass er seine goldene Regel gebrochen hatte, nicht mit Zeitungsleuten zusammenzuarbeiten. Das hatte er bitter bereuen müssen. Er hatte ihr vertraut, und nun war sein bester Freund tot.

Und jetzt stand sie vor ihm. „Guten Tag, Nick."

Nick wischte sich das Gesicht mit dem Handtuch ab. Er konnte sich nicht vorstellen, was sie von ihm wollte, aber es musste wichtig sein, sonst wäre sie bestimmt nicht gekommen. Das letzte Mal hatten sie im Krankenhaus miteinander gesprochen, etwa vier Tage nach der Schießerei. Damals hatte nur er geredet.

Er nickte kurz. „Hallo."

Die kühle Begrüßung schien sie nicht aus der Fassung zu bringen; jedenfalls zeigte sie es nicht. „Hast du eine Minute Zeit?"

„Nein." Er begann, den Pulswärmer von seinem Handgelenk zu streifen.

„Nick, ich weiß, dass ich momentan keine guten Karten bei dir habe. Aber als du mir damals im Krankenhaus Vorwürfe gemacht hast, hast du mir keine Gelegenheit gegeben, mich zu verteidigen."

„Was zu verteidigen?" Seit Wochen hatte er versucht, diese verdammte Nacht aus seinem Gedächtnis zu streichen, und jetzt waren die Bilder wieder in seinem Kopf. „Du warst doch nur an einem interessiert – an deiner Story."

Eine leichte Röte überzog ihre Wangen. „Das ist nicht wahr! Die Geschichte war mir ganz egal. Ich wollte nur einem Freund helfen, der in Schwierigkeiten steckte. Ich habe nicht einen Moment lang damit gerechnet, dass ein verdeckter Ermittler am Tatort sein könnte. Wenn ich das gewusst hätte ..."

Sie wandte den Blick ab, als ob die Erinnerung an diese Nacht zu schmerzhaft sei.

Nick warf den Pulswärmer auf die Bank und begann, den anderen herunterzuziehen. „Du hättest mich anrufen sollen, als Dr. Ho Randy Chen die Papiertüte gab.“

„Du wärst nicht rechtzeitig im Lagerhaus gewesen.“

„Ich hätte deinen Lehrer verhören können.“

„Er hätte dir nichts gesagt. Er hatte zu viel Angst.“

Nick schwieg. Es gab ja auch nichts mehr zu sagen. Alle Vorwürfe der Welt würden Matt nicht wieder zum Leben erwecken.

Trotz der ungemütlichen Stille machte Kelly keine Anstalten zu gehen. Stattdessen stellte sie sich so dicht vor ihn hin, dass er das Parfüm wahrnahm, das sie ständig benutzte. Er erinnerte sich an den Namen. Magie Noire. Schwarzer Zauber. Einmal hatte er sich gefragt, was für ein Gefühl es wohl wäre, von Kelly Robolo verzaubert zu werden.

Sie schaute ihn an, ohne mit der Wimper zu zucken. „Ich brauche deine Hilfe, Nick.“

Damit hatte er nicht gerechnet – nicht nach ihrer letzten Unterhaltung. „Da bist du beim Falschen gelandet.“ Er wollte sich umdrehen, aber sie berührte seinen Arm und hielt ihn auf. Sofort zog sie ihre Hand wieder zurück.

„Victorias Mann ist verschwunden.“

Die atemlos ausgesprochenen Worte bestürzten ihn. Er brauchte einen Moment, um die Nachricht zu verarbeiten. Obwohl er Jonathan Bowman nie kennen gelernt hatte, wusste er, dass er Vizepräsident des Chenonceau war, wo sein verstorbener Vater als Sicherheitschef gearbeitet hatte.

Nick war alarmiert, wie immer, wenn Syd Webber im Spiel war – und sei es nur am Rande. „Seit wann?“

„Seit vierundzwanzig Stunden.“

„Was sagt Webber dazu?“

„Er ist genauso ratlos wie wir. Gestern Morgen hat Jonathan seine Sekretärin angerufen und ihr gesagt, dass er nicht kommen würde, weil er krank sei. Kurz darauf hat er mit Victoria telefoniert und ihr erzählt, Syd habe ihn auf eine Geschäftsreise nach Miami geschickt und dass er erst am späten Nachmittag zurück sein würde, rechtzeitig, um eine Ballettvorführung seiner kleinen Tochter sehen zu können.“

Nick erinnerte sich an seine eigene Ehe und wie sehr er manchmal hatte fliehen wollen. „Männer brauchen Freiheiten.“

„Heute Morgen um vier Uhr hat ein Detective Quinn von der Polizei in Miami sich gemeldet und gesagt, dass eine Bombe in einem zwielichtigen Motel an der Bundesstraße 95 explodiert sei“, fuhr Kelly fort. „Jonathan war nicht unter den Verletzten, aber in Zimmer 116, das angeblich seines war, wurde eine verkohlte Leiche gefunden. Ich glaube nicht, dass es Jonathan ist. Ich glaube nicht einmal, dass er überhaupt in dem Motel war.“

Gegen seinen Willen war Nick neugierig geworden. „Glaubt Detective Quinn das auch?“

„Bis jetzt hat er sich noch nicht dazu geäußert, aber er hat Unterlagen von Jonathans Zahnarzt angefordert.“

Das war vernünftig. Heutzutage konnte man mit Hilfe ausgeklügelter forensischer Gebissuntersuchungen und besonderen Röntgenmethoden Opfer identifizieren, gleichgültig, wie schlimm die Verbrennungen waren.

„Ich verstehe immer noch nicht, warum du zu mir gekommen bist“, meinte er. Das stimmte zwar nicht, aber ein störrischer Teil von ihm bestand darauf, dass sie es aussprechen sollte.

„Der Empfangschef des Motels ist der Einzige, der den Gast von Zimmer 116 identifizieren kann. Unglücklicherweise liegt er mit schweren Verbrennungen im Krankenhaus. Die Polizei kann ihn erst vernehmen, wenn sich sein Zustand stabilisiert hat. In dem Motel gibt es zwar noch andere Angestellte, aber Detective Quinn mauert. Er lässt mich nicht mit ihnen reden."

„Das ist sein gutes Recht."

„Ich weiß." Ihr Ton blieb neutral. „Deshalb bin ich gekommen. Würdest du ihn bitte anrufen, Nick? Ich muss mit diesen Leuten sprechen."

„Polizisten mögen es nicht, wenn sich andere Polizisten in ihre Angelegenheiten mischen."

„Du mischst dich ja nicht ein. Quinn will die Polizei in Philadelphia sowieso über die Sache informieren. Vielleicht hat er es sogar schon getan."

„Warum rufst du dann nicht Mariani an? Oder irgendeinen anderen Detective?"

„Bitte, Nick." Ihr Lächeln war sarkastisch. „Glaubst du im Ernst, dass mir irgendjemand von denen helfen würde?"

Ehe er eine Antwort geben konnte, griff Kelly in ihre Handtasche und holte einen Zettel heraus. „Hier", sagte sie, während sie ihm das Papier reichte. „Quinns Telefonnummer."

Nick schaute den Zettel an, ohne ihn zu berühren. „Ich kann dir nicht helfen."

Ihre Züge verhärteten sich. „Kannst du nicht, oder willst du nicht?"

Er zuckte mit den Achseln. Auf Grund seiner Fragen hatte sie wohl angenommen, dass er ihr helfen würde. Er wollte ihr nichts vormachen, aber er war wirklich interessiert gewesen. „Egal. Die Antwort ist auf jeden Fall Nein." Erwartete sie etwa, dass er noch mehr sagte? Ihretwegen war sein bester Freund tot, der eine trauernde Witwe und zwei kleine Mädchen als Halbwaisen zurückgelassen hatte.

Einen Moment lang hielt sie seinem Blick stand. Dann fragte

sie unverblümt, wie man es von ihr kannte: „Kannst du dir überhaupt vorstellen, wie schwer es für mich war, hierher zu kommen? Ich habe mir das immer wieder auszureden versucht und dann immer wieder meine Meinung geändert."

Sie war ehrlich, also musste er es auch sein. „Das weiß ich, Kelly. Aber das ändert überhaupt nichts."

Ein paar Sekunden stand sie reglos da mit ausdruckslosem Gesicht. Das konnte sie gut – ihre Gefühle unter Kontrolle halten. Die meisten Italienerinnen gingen bei der geringsten Kleinigkeit an die Decke. Nicht aber Kelly Robolo.

Dann nickte sie kurz, als hätte sie seine Entscheidung akzeptiert, und ging mit kerzengeradem Rücken fort. Als sie am Boxring angekommen war, drehte sie sich noch einmal um. „Das Treffen bleibt unter uns", sagte sie. „Kann ich mich wenigstens darauf verlassen, dass du niemandem davon erzählst?"

Nick nickte und sah ihr nach, bis sie verschwunden war. So gern er ihren Besuch aus seinem Gedächtnis gestrichen hätte, es war ihm unmöglich. Das lag nicht an Kelly, sondern an den Erinnerungen, die ihre Bitte in ihm geweckt hatte.

Im kommenden Monat jährte sich der Todestag seines Vaters zum ersten Mal. Der sinnlose Mord hatte auf dem hinteren Parkplatz des Chenonceau stattgefunden, wo die Angestellten ihre Autos parkten. Die Polizei von Atlantic City, die mit mehr als zwei Dutzend Mordfällen jährlich hoffnungslos überfordert war, hatte die Tat sehr schnell einem der zahlreichen Obdachlosen in der Stadt zugeschrieben. Nick hatte das nicht eine Sekunde lang geglaubt. Sein Vater war ein ehemaliger Polizist aus Philadelphia, ein ziemlich zäher Bursche. Er hätte sich niemals von einem mickrigen Ganoven von hinten überraschen lassen, nicht einmal nach einer Doppelschicht im Casino.

In seiner Freizeit hatte Nick selbst Untersuchungen in dem Mordfall angestellt. Er hatte Angestellte des Casinos vernommen und natürlich auch Syd Webber. Zuerst war der Casino-Chef anständig, ja sogar hilfsbereit gewesen, aber seine Leutseligkeit hatte sich sofort in Luft aufgelöst, als Nick von den Stimmungswechseln berichtete, unter denen Patrick McBride in der letzten Zeit gelitten hatte. Webber war aggressiv geworden, als Nick den Verdacht äußerte, sein Vater habe verdächtige Machenschaften im Casino aufgedeckt.

„Das ist ein anständiger Laden, McBride", hatte Webber ihn angefahren. „Und ich versichere Ihnen, dass es keine Verbindung zwischen dem unglückseligen Tod Ihres Vaters und meinem Casino gibt. Also bleiben Sie mir mit Unterstellungen vom Leib, die Sie nicht beweisen können."

Natürlich hatte Nick sich nicht einschüchtern lassen und seine Nachforschungen fortgesetzt, obwohl er in Atlantic City dazu nicht berechtigt war. Daraufhin hatte Webber die Polizei verständigt.

Innerhalb einer Stunde wusste Captain Cross von der Beschwerde, und sein Vorgesetzter hatte ihn angewiesen, sich von Webber fern zu halten. Andernfalls würde er vom Dienst suspendiert werden.

Sogar seine Schwester Kathleen hatte ihn eindringlich gebeten, die Nachforschungen einzustellen. „Ich habe Angst, wenn ich darüber nachdenke, was dir dabei passieren könnte", hatte sie ihm noch am selben Abend gesagt. „Lass die Finger davon, Nicky. Selbst wenn Webber etwas mit Dads Tod zu tun haben sollte, wird er zu clever sein, um sich erwischen zu lassen. Und er wird dir nur noch größere Schwierigkeiten machen."

Letztlich hatte er keine Wahl.

Aber jetzt war ein anderer Angestellter des Chenonceau in eine merkwürdige Sache hineingeraten. Zufall? überlegte Nick, während er zum Duschraum ging. Oder steckte ein unheilvolles System dahinter?

8. KAPITEL

Draußen vor dem Trainingszentrum lehnte Kelly sich gegen die Wand und stieß einen langen, frustrierten Seufzer aus. „Verdammt, Nick“, murmelte sie. „Du bist genauso gefühllos und dickköpfig wie deine Kollegen.“

Sie musste verrückt gewesen sein zu glauben, dass er die Vergangenheit auf sich beruhen lassen und ihr helfen würde. Männer wie Nick McBride verzeihen niemals. Sie rechneten mit einem ab, wie es die gesamte Polizeitruppe in Philadelphia getan hatte. Und heute war Nick an der Reihe gewesen.

Und nun? fragte sie sich. Sollte sie Quinn beknien und ihn dazu bringen, mit ihr zusammenzuarbeiten? Das hatte sie doch schon versucht. Und jetzt, wo er wusste, wie sehr die Polizei von Philadelphia sie hasste, wäre er noch weniger hilfsbereit.

Ihr Gehirn arbeitete fieberhaft, als sie die Walnut Street hinunterging. Nachdem sie sich bereit erklärt hatte, Victoria zu helfen, war ihr erster Gedanke gewesen, nach Miami zu fliegen. Warum eigentlich nicht? Vielleicht würde sie ein persönliches Treffen mit Mr. „Mürrisch“ Quinn auf eine neue Idee bringen, auf eine neue Fährte setzen. Wer brauchte schon Nick McBride?

Nachdem sie den Entschluss getroffen hatte, kramte sie in der Handtasche nach ihrem Handy und rief Victoria im Geschäft an. „Hast du etwas gehört?“ fragte sie.

„Nein.“ Die Stimme ihrer Freundin war tonlos. „Und du? Hast du mit Syd gesprochen?“

„Ja. Und ich fürchte, ich habe es verbockt. Genau genommen sogar zweimal.“ Sie berichtete Victoria von ihrer gar nicht so tollen Idee, Nick McBride um Hilfe zu bitten.

„Du bist zu *Nick* gegangen?“ Zum ersten Mal seit vierundzwanzig Stunden schien Leben in Victoria zurückgekehrt zu sein. „Das glaube ich nicht. Als ihr das letzte Mal zusammen in einem Zimmer wart, hat er dir doch fast den Kopf abgerissen. Ich musste ihn praktisch zur Tür hinauswerfen."

„Was soll ich dazu sagen? Ich werde eben nicht klüger im Alter."

„Ist er unangenehm geworden?"

„Nein. Er hat mir nur gesagt, ich soll mich zum Teufel scheren. So viele Worte hat er nicht einmal gesagt, aber das war es, was er gemeint hat."

„Und was passiert jetzt?"

„Ich fliege nach Miami. Da kann Quinn wenigstens nicht einfach den Hörer auflegen."

„Ich weiß nicht, Kelly." Victoria klang wieder sehr unsicher. „Deine Mutter wird mich umbringen, wenn sie herausfindet, was du vorhast. Du bist noch krank geschrieben."

„Meine Mutter wird gar nicht mitbekommen, dass ich weggefahren bin. Ich nehme einen frühen Flug und komme am selben Tag zurück." Das war die Verbindung, die Jonathan auch genommen hatte. Sie hoffte, dass es kein böses Omen sei, wenn sie die gleichen Flüge buchte.

„Na gut." Victoria klang nicht viel zuversichtlicher. „Aber ich komme mit dir zum Flughafen, falls es dir nichts ausmacht. Man hat Jonathans Wagen in einem der Parkhäuser gefunden, und ich möchte ihn abholen."

Das gelbe Blatt Papier, das halb aus dem Briefkasten ragte, war das Erste, was Kelly sah, als sie auf ihr Haus zuschritt. Sie zog es eher beiläufig heraus, da sie es für den Reklamezettel eines Zustelldienstes hielt. Aber das war es nicht. Buchstaben in verschiedenen Größen, Farben und Formen waren ausgeschnitten und auf das Papier zu Worten zusammengeklebt worden. Es waren nicht nur Worte, sondern eine Art Kinderreim.

Eia, popeia,
das ist eine Not,
wer alles will wissen,
der ist schon bald tot.

Kelly blickte die Straße hinauf und hinunter wie an dem Abend, als sie die herausgerissene Tanne gefunden hatte. Ein paar Meter weiter wollten George Cromwell und seine kleine Tochter gerade in ihren Wagen steigen.

Kelly winkte und ging zu ihm hin. „Wie gehts, George?“ Sie lächelte dem kleinen Mädchen zu. „Du bist aber heute hübsch, Brittany. Wo fährst du denn hin?“

„Mein Daddy und ich schauen uns ‚Barney auf dem Eis‘ an“, sagte Brittany mit ihrer piepsigen Stimme.

„Wie schön.“ Immer noch lächelnd, wandte sie sich ihrem Nachbarn zu. „George, Sie haben nicht zufällig gesehen, wer das hier verteilt hat?“ Sie wedelte mit dem gelben Blatt herum.

Ihr Nachbar verzog die Lippen und schüttelte den Kopf. „Nein. Was ist es denn?“ Er reckte seinen Hals, um die Schrift erkennen zu können, aber Kelly hatte den Zettel schon wieder zusammengefaltet.

„Reklame für einen Teppichreinigungsservice. Dummerweise ohne Telefonnummer.“ Sie zuckte mit den Achseln. „Vielleicht kommen sie ja noch mal.“ Sie lächelte ihm wieder zu. „Trotzdem vielen Dank, George. Viel Spaß.“ Sie winkte dem Kind zu, das schon in seinen Sitz geklettert war. „Dir auch, Brittany.“

Im Haus las Kelly die unheimliche Botschaft noch einmal.

Stammte sie von ihrem alten Quälgeist? Aus irgendeinem Grund glaubte sie das nicht. Die vorhergegangenen Zwischenfälle – ein zerstörter Briefkasten, ein ausgerissener Baum und zerstochene Reifen – waren Racheakte gewesen. Das hier war eine unverhohlene Drohung.

Es würde nichts nützen, die Polizei anzurufen. Ihre Nachbarin Mrs. Sheridan hatte das an jenem Abend getan, als sie merkte, dass sich jemand an Kellys Wagen zu schaffen machte. Als die Polizisten erfahren hatten, wem der Wagen gehörte, hatten sie sich gar nicht erst die Mühe gemacht, vorbeizukommen.

Sie war auf sich allein angewiesen. Na, wenn schon. Sie würde von nun an eben ein bisschen vorsichtiger sein müssen, ein bisschen mehr Acht geben auf das, was um sie herum passierte.

Mit diesem Gedanken im Kopf buchte sie ihren Flug nach Miami.

9. KAPITEL

„Zum Geburtstag viel Glück, zum Geburtstag viel Glück, zum Geburtstag, liebe Ashley, zum Geburtstag viel Glück."

Nick hatte einen Kloß in der Kehle, als die sechs kleinen Mädchen in ihren Spitzenkleidern das bekannte Lied krähten, so laut sie konnten. Die vierjährige Ashley Kolvic, die vor ihrem Geburtstagskuchen stand, der mit rosa und weißem Zuckerguss verziert war, holte tief Luft und blies so lange und ausgiebig und wild den Kopf hin- und herschüttelnd, bis alle vier Kerzen auf dem Kuchen verloschen waren.

Hinter ihr stand Matts Witwe, eine kleine brünette Frau mit einem sanften Lächeln. Sie bemühte sich nach Kräften um ein glückliches Gesicht, aber Nick spürte die Trauer, die sie empfand und die noch andauern würde während dieses ersten schwierigen Jahres ohne ihren Ehemann.

Diese Geburtstagsfeier war besonders schmerzlich, weil es die erste war, die Nicks bester Freund nicht mehr miterleben konnte. Patti hatte daran gedacht, überhaupt keine Party zu geben, sondern nur die Familie einzuladen. Aber als ihre Tochter eines Nachmittags aus der Vorschule gekommen war und sie fragte, wie viele Freundinnen sie zu ihrer Party einladen durfte, hatte Patti es nicht übers Herz gebracht, sie zu enttäuschen.

Nick wusste, dass Patti seelische Unterstützung brauchte. Deshalb war er nach dem Training zurück zum Polizeiquartier gegangen, hatte seinen Schreibtisch aufgeräumt und für den Rest des Nachmittags freigenommen, um an Ashleys Feier teilnehmen zu können. Er wusste, dass er dem Kind nicht den Vater ersetzen konnte, aber Ashley und ihre sechsjährige Schwester Tricia wollten ihn unbedingt dabeihaben. Und Patti wollte es auch.

Als er das ältere Mädchen beobachtete, stellte er fest, dass

Tricia genauso ruhig war wie ihre Mutter. Sie wurde Matt von Tag zu Tag ähnlicher. Sie litt schwer unter dem Tod ihres Vaters und hatte die Tragödie nicht so schnell verarbeitet wie die Vierjährige.

Nachdem Patti Schokoladenkuchen und Vanilleeis verteilt hatte, überließ sie die kleinen Gäste der Obhut einer Nachbarin und setzte sich neben Nick auf das Wohnzimmersofa, von dem aus sie das mit Luftballons geschmückte Esszimmer im Blick hatte.

„Vielen Dank, dass du gekommen bist, Nick." Ihre Stimme klang kummervoll.

„Du brauchst mir nicht zu danken. Um nichts in der Welt hätte ich Ashleys Geburtstag versäumt."

„Trotzdem. Ich weiß nicht, wie ich die ersten Minuten ohne dich überstanden hätte."

Er berührte ihre Hand. „Du machst das toll, Patti. Du weißt doch – Schritt für Schritt."

Sie nickte und beobachtete die Mädchen. „Gestern habe ich angefangen, Matts Sachen durchzusehen."

Er wusste aus Erfahrung, wie herzzerreißend diese Beschäftigung sein konnte. „Du hättest mich anrufen sollen. Ich hätte es für dich getan."

„Das geht doch nicht. Ich habe dich sowieso schon viel zu sehr beansprucht."

„Unsinn." Er sah sie von der Seite an. Sie schien mehr aus dem Gleichgewicht zu sein als sonst. „Ist irgendetwas nicht in Ordnung, Patti?"

Ihr Blick folgte einem der kleinen Mädchen, das mit einem Ballon durchs Zimmer lief und mit seinen Grimassen die anderen zum Lachen brachte. „Ich habe etwas gefunden", sagte sie mit kaum hörbarer Stimme.

Er verstand die Bedeutung ihrer Worte nicht sofort. „Etwas gefunden?"

Ihre Zähne bohrten sich in die Unterlippe, und er drängte sie nicht. Es war ganz offensichtlich, dass sie eine schwere Zeit durchmachte. Sie musste sich zusammenreißen und befürchtete, dass der kleinste Anlass sie aus der Bahn werfen würde. Nach einer Weile stand sie auf. „Komm mit."

Nick folgte ihr durch die Küche in den Waschraum, von dem aus eine Tür zur Garage führte. Auf der Schwelle blieb er stehen. Er und sein Freund hatten Stunden in dieser Garage verbracht und an Matts altem Wagen herumgebastelt, Regale für die Kinderzimmer gebaut, Fahrräder repariert oder einfach nur Bier getrunken und miteinander geredet.

Die Arbeitsbank war von der Wand gerückt worden. Dahinter stand eine Furnierholzplatte, die Matt bei Familienfeiern oft als Verlängerung für den Esstisch benutzt hatte.

Nick beobachtete, wie Patti die Platte zur Seite schob. Dahinter kam ein Safe mit einem Zahlenschloss zum Vorschein. Nick trat langsam näher. „Ich wusste gar nicht, dass Matt hier einen Safe hatte."

„Ich auch nicht. Bis gestern." Sie schritt zur Seite. „Mach ihn auf."

„Warum?"

„Öffne ihn. Die Kombination ist links 19, rechts 22 und links 96. Ich war neunzehn, als Matt und ich uns kennen gelernt haben. 22 war die Nummer auf seinem Football-Trikot in der High School, und '96 wurde er zum Detective befördert. Ich habe eine Weile gebraucht, bis ich das herausbekommen habe, aber es ist mir gelungen."

Mit einem unerklärlichen Gefühl des Unbehagens hockte Nick sich vor den Safe und drehte den Knopf von rechts nach links, bis er ein leises Knacken hörte. Er hielt den Atem an, als er die Tür öffnete. In dem Safe lagen stapelweise Zwanzigdollarnoten, alle säuberlich geordnet und mit Gummibändern zusammengehalten. Seine Gedanken überstürzten sich. Lange blickte er auf das Geld, ehe er zu Patti hochsah.

„Wo kommt das her?"

„Ich weiß es nicht, aber ich habe da so eine Idee."

Die hatte er auch, aber er wollte es nicht glauben. Doch nicht Matt. Es musste eine andere Erklärung geben, einen anderen Grund dafür, dass das Geld hier versteckt war. Aber noch während er verzweifelt versuchte, eine Entschuldigung für seinen alten Freund zu finden, wusste er, dass er sich etwas vormachte. Bargeld im Haus eines Polizisten, für das es keine Erklärung gab und von dem niemand etwas wusste, war niemals ein gutes Zeichen.

„Ich wollte es auch nicht glauben", sagte Patti, als ob sie seine Gedanken lesen konnte. Sie griff in den Safe und holte ein kleines Notizbuch heraus, das mit einer Spirale zusammengehalten wurde. Sie hielt es ihm hin. „Dann hab ich das gefunden."

Er öffnete das Notizbuch. Auf der ersten Seite standen in Matts vertrauter Handschrift die Namen der beiden Männer, die in der Nacht verhaftet worden waren, als die Schießerei in Chinatown stattgefunden hatte. Daneben waren ihre Telefonnummern notiert. Es folgte eine lange Liste mit Namen, vermutlich alles Kaufleute aus Chinatown. Neben jedem Namen standen ein Betrag, der von 50 bis 300 Dollar reichte, sowie ein Datum. In einer anderen Liste, über der „Mein Anteil" stand, war eine kleinere Summe verzeichnet. Die letzte Liste war „An Capt. Cross weitergeleitet" überschrieben – das Geld, das Matt jede Woche seinem Vorgesetzten ausgehändigt hatte.

Mit einem kleinen Unterschied. Dieser Betrag war nur ein Teil von dem, was tatsächlich bezahlt worden war.

Der erste Eintrag war auf den 2. April datiert. Zwei Wochen später war Matt mit der Aufklärung der Erpressungen beauftragt worden.

„Er hat mitgemacht“, murmelte Patti und wischte sich eine Träne aus dem Gesicht. „Er wollte nicht die Schutzgelderpresser auffliegen lassen, wie wir alle dachten. Er war einer von ihnen.“

Sie lehnte sich gegen die Werkbank und schaute hoch zu den nackten Stützbalken in der Decke, als suchte sie dort nach einer Antwort. „Wieso habe ich nicht gemerkt, was da vor sich gegangen ist? Warum habe ich die Hinweise nicht erkannt? Sie lagen hier, ganz dicht vor meiner Nase.“

„Wenn jemand etwas vor dir verbergen will, dann schafft er das auch.“

„Ich war seine Frau, Nick. Ich hätte es wissen müssen. Er war immer sauer darüber, dass er nicht genug verdient hat. Er sagte ständig, wenn er mehr verdienen würde, dann könnten wir in Urlaub fahren, ein neues Haus kaufen, die Mädchen auf eine Privatschule schicken. Ich habe ihm gesagt, dass es uns doch gut geht und dass wir kein Geld brauchen, um glücklich zu sein.“ Sie schüttelte den Kopf. „Es hat nichts genutzt. Und dann, vergangenes Frühjahr, wurde alles anders. Er hat öfter gelächelt und war auch nicht mehr so besessen vom Geld oder davon, dass wir keines hatten.“ Sie lachte leise und traurig. „Er hat sogar angefangen, unter der Dusche zu singen.“

„Mach dir keine Vorwürfe, Patti.“

„Warum nicht? Wenn ich besser aufgepasst hätte, wäre Matt vielleicht noch ...“ Sie konnte nicht weiterreden, vergrub das Gesicht in den Händen und weinte leise.

Nick ließ sie weinen. Tränen waren ein Ventil, das er ihr nicht versagen durfte. Als das Schluchzen verebbte, schaute sie ihn durch einen Schleier von Tränen an. „Ich möchte, dass du es dem Captain sagst, Nick."

Er nickte und fürchtete sich schon davor. „Du bist dir im Klaren darüber, dass es der Geschichte eine sehr unangenehme Wendung gibt." Matt war als Held gestorben. Wenn das Geld erst einmal zurückgegeben wäre, würde sein Name für immer wie eine schwarze Wolke über der Familie und seinem Revier hängen.

„Ich kann damit fertig werden."

„Und was ist mit den Mädchen?"

„Ich habe heute Morgen mit meinen Eltern gesprochen. Wir werden ein paar Monate bei ihnen in Dayton wohnen, bis der ganze Presserummel vorbei ist. Tricia kann das Schuljahr dort beenden. Was danach ist, weiß ich noch nicht. Ich kann entweder zurückkommen oder dort bleiben."

Das ist wirklich die beste Entscheidung, dachte Nick. Die beste, die sie unter den Umständen treffen kann.

Ohne ein weiteres Wort nahm Patti einen alten ramponierten Koffer von einem Regal und begann, das Geld hineinzulegen. Das Notizbuch mit der Spiralfeder legte sie zuoberst. Dann erhob sie sich.

„Ich weiß, wie wütend du auf Kelly Robolo warst wegen der Rolle, die sie bei Matts Tod gespielt hat. Vielleicht kannst du dich jetzt mit ihr versöhnen. Sie muss weiß Gott genug durchmachen."

Kelly. Meine Güte. Einen Moment lang hatte er sie vollkommen vergessen. Die Wendung der Ereignisse machte Matts Tod nicht weniger tragisch, aber es warf ganz sicher ein anderes Licht auf das, was in jener Nacht in Chinatown passiert war.

„Was meinst du damit – sie muss genug durchmachen?"

Patti sah überrascht aus. „Das weißt du nicht?"

Er schüttelte den Kopf.

„Von mir weißt du es nicht, aber Kelly wird von der Abteilung tyrannisiert."

„Wieso tyrannisiert?"

„Ich habe erfahren, dass sie von einigen Streifenpolizisten Strafzettel bekommt und dass ein paar Mal Sachen an ihrem Haus zerstört worden sind. Jemand hat das Wort ‚Nutte' auf ihre Vordertür gesprayt, ihr Briefkasten wurde heruntergerissen, und man hat die Reifen ihres Autos zerstochen."

„Hat sie Anzeige erstattet?"

„Nein, aber einer von ihren Nachbarn. Ich glaube allerdings nicht, dass irgendjemand sich die Mühe gemacht hat, den Beschwerden nachzugehen."

Nick spürte einen Adrenalinstoß. Wenn er etwas auf den Tod nicht ausstehen konnte, dann waren es Polizisten, die ihre Macht missbrauchten. „Weißt du, wer dahinter steckt?"

„Nein. Und bitte vergiss nicht, dass du das nicht von mir gehört hast. Ich hätte dir das auch gar nicht gesagt, aber ich weiß, dass ihr mal befreundet wart, und ich dachte, jetzt, wo Matt tot ist und ich nach Ohio ziehe, könntest du vielleicht jemanden ..."

„Mami, Onkel Nick!" Eine strahlende Ashley stürmte in die Garage und stürzte in Nicks Arme. Als er die Vierjährige in die Luft hob, sah er, wie Patti die Safetür zuschlug. „Guck mal, was ich bekommen habe." Ashley wedelte mit einer neuen Barbiepuppe im silbernen Kleid durch die Luft.

„Sie ist wunderschön, Schätzchen. Genau wie du."

„Madeline hat sie mir geschenkt. Und Cindy hat mir den Koffer geschenkt, der dazugehört." Sie schaute Nick an. Ihre runden Wangen waren mit Schokolade vom Kuchen verschmiert. Nick wischte sie mit dem Daumen weg. „Aber dein Geschenk gefällt mir von allen am besten, Onkel Nick."

„Was? Dieses hässliche rote Fahrrad?"

Sie lachte. „Das ist doch nicht hässlich. Es ist wunderschön. Möchtest du sehen, wie ich damit fahre? Ich brauche die Stützräder gar nicht mehr."

„Nicht mit diesem Kleid, Schatz", ermahnte Patti sie. „Später, wenn deine Freundinnen gegangen sind, kannst du dich umziehen und Onkel Nick zeigen, wie gut du Rad fahren kannst."

Ashley nickte, aber ihr Lächeln verschwand rasch. Nick hatte diese Stimmungswechsel in letzter Zeit häufig beobachtet, und er wusste, dass sie ein Teil ihrer Trauer waren.

„Ich wünschte, Daddy wäre hier und könnte mich auf meinem neuen Rad fahren sehen." Sie schaute Nick traurig an. „Aber mein Daddy ist bei den Engeln im Himmel, und er kommt nicht mehr zurück."

„Ich weiß, Liebling." Nicks Stimme war heiser vor Rührung. „Aber du erinnerst dich doch an das, was ich dir vor ein paar Tagen gesagt habe, oder? Dein Daddy wird immer bei dir sein."

Sie nickte heftig und deutete mit einem kleinen molligen Finger in ihre Brust. „Weil Daddy in meinem Herzen ist."

„Genau. Und er wird dich immer lieben und auf dich aufpassen. Und das heißt", sagte er und kitzelte ihren Bauch, „dass du besser immer dein Gemüse aufessen solltest."

Sie kicherte. „Das tu ich, das tu ich." Und immer noch kichernd sagte sie: „Bleib doch zum Abendessen, Onkel Nick, bitte."

Das hatte er zwar nicht vorgehabt, aber wie konnte er ihr die Bitte abschlagen? „Nun", meinte er neckend, „das kommt ganz darauf an, was es zum Essen gibt."

Ashley dachte einen Moment nach, dann grinste sie. „Kuchen und Eis?"

Nick lachte. „Wenn das so ist, dann bleibe ich natürlich.“ Er setzte sie ab und sah ihr hinterher, wie sie aus der Garage rannte und zu ihren kleinen Freundinnen lief.

„Du kannst wirklich gut mit Kindern umgehen“, sagte Patti leise. „Du wirst bestimmt mal ein guter Vater werden.“

Das hatte er auch geglaubt, aber Nina, seine Frau – und jetzt Exfrau – war absolut dagegen gewesen. „Ich kann mir etwas Schöneres vorstellen als Rotznasen und dreckige Windeln“, hatte sie ihm bei einer ihrer unzähligen Diskussionen gesagt, bei denen es ums Kinderkriegen ging. „Wenn du genug verdienst, um ein Kindermädchen rund um die Uhr zu bezahlen, können wir ja noch mal darüber reden.“

Er hatte das Thema nie wieder erwähnt.

Jetzt schob er seine Gedanken beiseite und nahm den Koffer. „In etwa einer Stunde bin ich zurück. Einverstanden?“

Patti nickte. „Lass dir Zeit, Nick. Und vielen Dank.“

10. KAPITEL

Nick saß in seinem Ford Taurus; auf dem Beifahrersitz lag der Koffer. Er hatte unmittelbar vor dem Roundhouse geparkt. Der kreisförmige fünfstöckige Betonklotz beherbergte das Hauptquartier der Polizei von Philadelphia.

Während er sich immer wieder sagte, dass es das Richtige – das *einzig* Richtige – sei, seinem Captain das Geld zu übergeben, dachte er über eine Möglichkeit nach, wie er Matts Familie unnötige Peinlichkeiten ersparen konnte.

Sein erster Impuls war gewesen, das verdammte Ding zu verbrennen und die Angelegenheit zu vergessen. Auf diese Weise würde Patti mit den Mädchen nicht fortgehen und Freunde zurücklassen müssen, die sie liebten; Freunde, die sie gerade jetzt so dringend brauchten.

Er hätte es möglicherweise auch getan, wenn da nicht noch Jack Matias und Miguel Santos im Spiel gewesen wären, die beiden Verbrecher, die auf ihren Prozess warteten. Sie hatten Matt nicht verraten, und Nick wusste auch, warum. Bald würde die Organisation einen neuen Polizisten in ihrer Mitte brauchen. Das würde nur funktionieren, wenn dieser Mann das Gefühl hatte, ihnen trauen zu können. Matias und Santos wussten, dass Patti sofort zu Matts bestem Freund gehen würde, sobald sie erst einmal das Geld entdeckt hatte. Würde das Geld nicht übergeben werden, wüssten die Gangster, dass Nick es beseitigt hatte, und das würde ihnen einen riesigen Vorteil verschaffen. Sie würden einen Gefallen für ihr Schweigen verlangen, was Nick nicht zulassen konnte. Schließlich war er nur aus einem Grund Polizist geworden: um die Stadt von Abschaum wie Matias und Santos freizuhalten.

Bis jetzt hatte er ganz gute Arbeit geleistet. Auf der Polizeiakademie, die er als Jahrgangsbester abgeschlossen hatte, hatte er die solide Ausbildung bekommen, die ein Polizist brauchte, um seinen Job zu machen. Den Rest hatte er von einem Meister gelernt – seinem Vater.

Eine Zeit lang hatte Nick mit dem Gedanken gespielt, Profiboxer zu werden. Er hatte einige Titel im Mittelgewicht gewonnen und war daraufhin von mehreren einflussreichen Talentsuchern angesprochen worden. Der Gedanke an eine professionelle Laufbahn mit der Möglichkeit, mehr Geld zu verdienen, als ein 19-Jähriger sich jemals hätte träumen lassen, war ausgesprochen verführerisch. Aber als Patrick McBride im Dienst während eines Banküberfalls angeschossen wurde, waren für Nick plötzlich andere Dinge wichtiger geworden.

Als er am Krankenbett seines Vaters saß und darauf wartete, dass er wieder zu Bewusstsein gelangte, erkannte Nick, dass er das wirklich Wesentliche aus den Augen verloren hatte. Es kam nicht aufs Geld oder aufs Boxen an. Wichtig war, dass man abends stolz nach Hause kam mit dem Gefühl, etwas geleistet zu haben und dem Glauben daran, dass durch die Arbeit, die man tagsüber geleistet hatte, die Welt ein kleines bisschen besser geworden war.

Das Risiko für einen Mann bei der Polizei war groß, die finanzielle Entschädigung gering und das Ansehen praktisch null. Aber Nick hatte in jenem Moment klar erkannt, dass der Polizeiberuf sein Schicksal war. Als sein Vater die Augen wieder öffnete und von seiner Entscheidung hörte, zeigte ihm dessen Blick, dass er die richtige Wahl getroffen hatte.

Ein Klopfen an der Scheibe riss ihn aus seinen Träumen. Ein neuer Kollege winkte ihm zu. Nick winkte zurück und sah, wie er im Roundhouse verschwand. Der forsche Gang des Mannes und seine makellose Uniform erinnerten Nick daran, wie er selbst vor neunzehn Jahren bei der Polizei angefangen hatte. Damals war er voller Elan und Leidenschaft gewesen. Das war er immer noch. Der Captain nannte ihn einen Hitzkopf und ließ ihn bloß deshalb gewähren, weil er seine Arbeit ordentlich erledigte.

Er warf einen letzten Blick auf den Koffer. „Tut mir Leid, Matt", murmelte er, „aber Gesetz ist Gesetz."

Er nahm den Koffer, öffnete die Wagentür und stieg aus.

„Oh, Scheiße!" Captain Cross war ein großer, kräftiger Afro-Amerikaner mit drei Belobigungen und dem Ruf, zäh und anspruchsvoll zu sein. Außerdem gehörte er zu den Beamten, die sehr leidenschaftlich reagierten, besonders wenn es um seine Leute ging.

Er blickte nur kurz auf den Inhalt des Koffers, den Nick zusammen mit dem Notizbuch auf seinen Schreibtisch gelegt hatte, und schien den Tränen nahe. „Nicht Matt. Verdammt noch mal, bloß nicht Matt."

Die Fäuste in die Hüften gestemmt, lief er durch sein Büro wie ein Löwe im Käfig. „Wie zum Teufel konnte das passieren?" Er sah Nick an, als ob er von ihm eine Antwort erwartete, aber der fühlte sich ebenso hilflos wie sein Chef.

Schließlich blieb Cross vor dem offenen Koffer stehen. „Ich hatte zuerst Bedenken, ihn als verdeckten Ermittler einzusetzen, wussten Sie das?" Er wartete die Antwort nicht ab. „Ich habe geglaubt, er wäre Ihnen zu ähnlich, impulsiv und ein bisschen verrückt." Cross lachte rau und schüttelte den Kopf. „Er sagte mir, verrückt sei o.k., das würde die Ganoven auf Trab halten. Er war der Letzte, von dem ich gedacht habe, dass er der Versuchung nachgibt."

„Am Tag vor der Schießerei habe ich ihn gefragt, wie es um

die Sache steht“, fuhr Cross fort. „Er sagte, er käme gut voran und hätte das Vertrauen von Matias und Santos gewonnen und dass es nicht mehr lange dauern würde, bis er herausgefunden hätte, wer der Kopf der Gang war.“ Er nahm ein Geldbündel in die Hand. „Haben Sie's gezählt?“

„Nein, aber ich würde mal schätzen, das sind etwa 25.000 Dollar.“

„Korruption bei der Polizei. Für die Zeitungen wird das ein gefundenes Fressen sein.“ Er starrte auf das Geld, als ob er es verschwinden lassen wollte. Kurz darauf fragte er: „Wie gehts Patti?“

„Besser, jetzt wo das Geld nicht mehr in ihrem Haus ist. Sie wird für einige Zeit nach Ohio gehen, damit die Mädchen den Presserummel nicht mitkriegen. Sie überlegt sogar, ob sie nicht für immer dort bleiben soll.“

Cross nickte. „Gute Idee. Ich werde die Pressekonferenz so lange wie möglich hinauszögern. So gewinnt Patti ein bisschen Zeit.“

„Sie wird das zu schätzen wissen.“ Nick wollte gehen. Er konnte den Anblick des Geldes keine Sekunde länger ertragen.

„Nick, warten Sie.“ Von den Papieren, die sich auf seinem Schreibtisch stapelten, nahm Cross ein Fax. „Heute früh hat mich ein Detective Quinn von der Polizei in Miami angerufen. Kennen Sie Jonathan Bowman?“

Nick nickte. Die Neuigkeiten hatten schnell die Runde gemacht. „Er ist Cecily Sanders' angeheirateter Neffe.“

„Detective Quinn hat gesagt, dass Bowman am Montagmorgen nach Miami geflogen ist und dass es jetzt Hinweise gibt, dass er entweder vermisst wird oder tot ist.“

Nick ließ sich zum zweiten Mal an diesem Tag über die Einzelheiten von Bowmans Verschwinden unterrichten, ohne sich anmerken zu lassen, dass er den Fall bereits kannte.

„Normalerweise würde ich mich da nicht einmischen“, fuhr Cross fort, „aber wie Sie wissen, hat Cecily Sanders viel für Philadelphia und für unsere Polizei getan. Wir stehen in ihrer Schuld.“

„Haben Sie schon mit ihr gesprochen?“

Cross nickte. „Ich habe von Quinns Anruf erzählt und ihr versichert, dass wir eng mit der Polizei in Miami zusammenarbeiten. Sie möchte auf dem Laufenden bleiben.“

„Was gibt es denn Neues über Bowman?“

„Quinn hat die Unterlagen vom Zahnarzt angefordert und das Einverständnis der Familie.“ Er klappte den Deckel des Koffers zu, als ob auch er den Anblick des schmutzigen Geldes nicht länger ertragen konnte. „Ich beauftrage Sie mit dem Fall, Nick, aber nur als Verbindungsmann zwischen Quinn und dieser Abteilung. Und sagen Sie um Gottes willen kein Wort davon zur Presse. Cecily Sanders hat unbedingt darauf bestanden.“

„Man kann eine Bombenexplosion nicht unter den Teppich kehren“, meinte Nick.

„Ich weiß. Versuchen wir's aber so lange, wie es eben geht.“

Weil im Polizeihauptquartier viel getratscht wurde, brauchte Nick nicht lange, um herauszufinden, wer die beiden Streifenbeamten waren, die Kelly drangsaliert hatten. Officer Demaro und Officer Swan waren jung, nahmen sich selbst sehr wichtig und waren begierig, alle Vergehen auf ihre Weise zu ahnden.

Nick fand sie im Umkleideraum, wo sie gerade ihre Uniform ablegten, ihre Zivilklamotten anzogen und sich auf einen Abend in der Stadt freuten. Angesichts von Nicks Wut gaben sie schnell zu, Kellys hellblauem Käfer gefolgt zu sein und ihr jedesmal angebliche Verkehrsübertretungen vorgeworfen zu haben, wenn sie glaubten, damit durchzukommen. Doch wie sehr Nick ihnen auch zusetzte: Sie bestritten energisch, für die Zerstörungen an ihrem Haus verantwortlich zu sein.

„Wir wollten ihr nur eins auswischen", sagte Swan verbittert. „Glauben Sie mir, sie hat Schlimmeres verdient als ein paar Protokolle, aber das ist alles, was wir gemacht haben. Ich schwörs."

„Ich auch", ergänzte Demaro.

„Ihr beiden Komiker habt also nicht auf die Eingangstür gesprayt oder ihre Reifen aufgeschlitzt?" wollte Nick wissen.

„Verdammt, nein. Halten Sie uns für bescheuert? Sie glauben doch nicht im Ernst, dass wir für so etwas unseren Job aufs Spiel setzen?"

Nick hatte in seinem Leben genug Lügner kennen gelernt, um zu wissen, wann er es mit einem zu tun hatte. Diese beiden Männer jedenfalls logen nicht. Sie sagten die Wahrheit.

Und das konnte nur eins bedeuten. Jemand anders hatte es auf Kelly Robolo abgesehen.

11. KAPITEL

Der Himmel war wolkenlos und strahlend blau, und das Thermometer zeigte bereits schweißtreibende 33 Grad, als Kelly am folgenden Morgen in Miami ankam. In Florida herrschte Hochsaison, und die Frühmaschine war ausgebucht. Deshalb musste sie den nächsten Flieger nehmen, der kurz vor zehn auf dem Flughafen von Miami landete.

Vor dem Flughafengebäude warteten die Reisenden bereits auf Taxis und Hotelbusse. Dank eines tatkräftigen jungen Mannes, der die Kontrolle über die Warteschlange behielt, saß Kelly bereits nach zehn Minuten in einem Taxi und war auf dem Weg zum Polizeihauptquartier von Miami.

Zu ihrer Überraschung war Detective Quinn bei ihrem Anblick nicht halb so verärgert, wie sie erwartet hatte. Er verhielt sich sogar äußerst manierlich. Sie konnte sich diese Wandlung nicht erklären, wunderte sich aber auch nicht weiter darüber. Er war Ende fünfzig, muskulös und hatte eine rötliche Gesichtsfarbe, eine Knollennase und den müden Blick eines Mannes, für den der Tag nicht genug Stunden hatte. Auf seinem Schreibtisch standen eine halb gegessene Zimtrolle und eine Dose Pepsi.

„Warum können Reporter niemals ein Nein als Antwort akzeptieren?" brummelte er, als er Kellys ausgestreckte Hand schüttelte.

„Wenn wir das täten, wären wir nicht lange Reporter." Sie setzte sich auf einen grauen Metallstuhl vor seinem Schreibtisch und stellte ihre Tasche auf den Boden. „Außerdem wollte ich Sie gerne persönlich kennen lernen."

Er biss in seine Zimtrolle. „Warum?" fragte er kauend.

Obwohl immer noch miesepetrig, war er schon etwas versöhnlicher. Sie erwiderte: „Weil ich befürchte, neulich am Telefon einen schlechten Eindruck gemacht zu haben. Den wollte ich gerne aus der Welt schaffen."

„Und dann verschwinden Sie wieder?"

Kelly lächelte. Mr. „Mürrisch" Quinn hatte Sinn für Humor. „Nicht ganz."

„Das hab ich mir gedacht."

„Ich habe nur ein paar Fragen, und dann sehen Sie mich nicht wieder."

„Das freut mich, und deshalb sage ich Ihnen auch gleich etwas zur ersten Frage." Mit einer Papierserviette wischte er sich die Krümel von den Lippen. „Sie wollen bestimmt wissen, ob die Leiche von Zimmer 116 identifiziert ist. Die Antwort lautet nein. Vor knapp einer Stunde haben wir die Unterlagen von Bowmans Zahnarzt bekommen. Aber im Laboratorium stecken sie bis zum Hals in Arbeit. Ich rechne nicht damit, dass ich da in den nächsten Tagen etwas erfahre."

„Rufen Sie mich an, wenn Sie die Ergebnisse haben?"

Seine buschigen Augenbrauen hoben sich. „Hab ich eine Wahl?"

Sie fing an, den Mann zu mögen. „Was ist mit dem Angestellten aus dem Motel? Ist er wieder bei Bewusstsein?"

Quinns Miene wurde betrübt. „Domingo Nardis ist heute am frühen Morgen gestorben. Ich hatte keine Gelegenheit, mit ihm zu reden."

„Oh nein." Kelly sank in ihrem Stuhl zusammen. Der Angestellte war der Einzige gewesen, der den Gast von Zimmer 116 hätte identifizieren können. Jetzt würden sie auf den Bericht des Laboratoriums warten müssen.

„Was ist mit den anderen Angestellten? Vielleicht haben sie ja ihre Meinung geändert."

„Habe ich schon versucht. Sie sind weg."

„Was heißt das – weg?"

„Gegangen, verschwunden, ohne eine Adresse zu hinterlassen."

Kelly konnte es nicht glauben. Was hatte diese Stadt nur an sich, dass die Leute einfach verschwanden? „Sie können sich doch nicht in Luft auflösen. Haben sie denn keine Familien? Oder Rechnungen, die sie bezahlen müssen?"

Quinn lachte, obwohl er überhaupt nicht amüsiert zu sein schien. „Die meisten Leute, die in Motels wie dem Encantado arbeiten, sind illegale Einwanderer, die mit falschen oder gar keinen Papieren in die Vereinigten Staaten einreisen. Das Letzte, was sie wollen, ist, von der Polizei verhört zu werden."

„Also stehen wir wieder bei null."

„Nicht ganz." Er nahm den letzten Schluck Pepsi und warf die Dose in den Papierkorb neben seinem Schreibtisch, wo sie laut klappernd landete.

Kelly richtete sich auf und wartete, dass er weitersprach.

„Hier haben Sie einen Beweis dafür, dass der Ehemann Ihrer Freundin am Montag in Miami war." Quinn schob ihr eine Karteikarte zu und drehte sie um, so dass sie lesen konnte, was darauf stand: einen Namen und eine Adresse. Magdalena Montoya, Ocean Drive 412, Miami Beach.

Kelly blickte verwirrt auf. „Wer ist Magdalena Montoya?"

„Eine Freundin von Mr. Bowman. Wir haben ihre Nummer im Datenspeicher der Motel-Telefonanlage gefunden und sie ausfindig gemacht."

Kellys Respekt vor dem Detective wuchs. Er lag vielleicht nicht auf ihrer Wellenlänge, aber er hatte seinen Job im Griff. „Haben Sie schon mit ihr gesprochen?"

Er nickte. „Das stand ganz oben auf meiner Liste. Sie hat nicht nur bestätigt, dass Mr. Bowman sie am Montagmorgen angerufen hat, sondern mir auch erzählt, dass sie zusammen zu Mittag gegessen haben.“

„Das ergibt doch alles keinen Sinn“, sagte Kelly, während sie sich daran erinnerte, wie lange sie Victoria in der vergangenen Nacht ausgefragt hatte. „Jonathan kennt niemanden in Miami. Und er hat ganz bestimmt niemals den Namen Magdalena Montoya erwähnt.“

„Das hätte mich auch sehr gewundert.“

Kelly entging das Grinsen auf Quinns Gesicht nicht. „Was soll denn das nun wieder heißen?“

Quinn räusperte sich. „Mr. Bowman und Miss Montoya hatten ein Verhältnis.“

Schockiert sperrte Kelly den Mund auf, und es dauerte eine Weile, bis sie ihn wieder schließen konnte. „Und Sie glauben ihr?“ fragte sie, als sie wieder sprechen konnte.

„Sie hatte keinen Grund zu lügen.“

„Bestimmt. Allein der Gedanke, dass Jonathan eine andere Frau auch nur ansah, ganz zu schweigen davon, mit ihr zu schlafen, ist absolut lächerlich.“ Sie schaute ihn angriffslustig an, als ob sie erwartete, dass ihre nächste Bitte abgelehnt werden würde. „Ich möchte mit ihr sprechen.“

Zu ihrer Überraschung deutete Quinn mit einem Kopfnicken auf die Karteikarte. „Ich habe damit gerechnet, dass Sie das sagen. Na los, reden Sie mit ihr, vorausgesetzt, sie ist damit einverstanden.“

„Sie haben nichts dagegen?“

„Nicht, wenn ich Sie damit loswerde.“ Er drohte ihr mit dem Finger. „Aber machen Sie keine Dummheiten, verstanden? Damit meine ich keine Drohungen, keine Erpressungsversuche und nichts von all den Machenschaften, für die manche von euch Reportern berühmt sind.“

„Das ist nicht meine Arbeitsweise.“

„Gut, denn wenn Sie sie auch nur erschrecken sollten, komme ich Ihnen mit dem Gesetzbuch. Und ich kann Ihnen versichern: Unsere Gefängnisse werden Ihnen überhaupt nicht gefallen.“

An Theatralik, Abwechslungsreichtum und Absonderlichkeiten konnte es kein Ort auf der Welt mit dem Spektakel aufnehmen, das sich ununterbrochen an Miamis South Beach abspielte. Auf der berühmten Promenade mit ihren Art-déco-Hotels und eleganten Geschäften paradierten Inline-Skaters in knappen Shorts, Transvestiten mit glitzernden Boas, sonnengebräunte junge Männer, die ihre beeindruckenden Muskeln spielen ließen, und Rentner, die das ganze Schauspiel mit einer Mischung aus Ehrfurcht und Vergnügen beobachteten.

Magdalena Montoyas Apartment am Strand lag in der fünften Etage eines rosafarbenen Hauses, das eine unverbaubare Aussicht auf den Ozean bot. Ein Hausmädchen in Uniform ließ Kelly eintreten und bat sie höflich, im Foyer zu warten.

Von ihrem Platz aus konnte sie ein großes, luftiges Wohnzimmer mit weißem Teppichboden, weißen Sofas und einem weißen Stutzflügel in der Mitte des Raumes sehen. Weiße Lilien in riesigen Terrakotta-Vasen flankierten die vom Boden bis zur Decke reichenden Fenster.

Das Mädchen kam sofort zurück. „Señorita Montoya erwartet Sie auf der Terrasse.“

Señorita Montoya lag auf einem blauen Liegestuhl. Ihr Gesicht wurde von einer großen Jackie-O-Sonnenbrille halb verdeckt. Sie musste Mitte dreißig sein und sah genauso spektakulär aus wie ihr ganz in Weiß gehaltenes Wohnzimmer. Enge weiße

Capri-Hosen und ein knappes schwarzes Oberteil umhüllten ihren perfekt geformten Körper wie eine zweite Haut. Ihre Frisur – langes, in Wellen herabfallendes schwarzes Haar – erinnerte Kelly an die verführerischen Femmes fatales der vierziger Jahre, die die Männer immer in Schwierigkeiten brachten. Auf einem Beistelltisch stand ein hohes Glas, das zur Hälfte mit einer cremigen Flüssigkeit gefüllt war.

Die Frau senkte den Kopf ein wenig, zog die Sonnenbrille herunter und musterte Kelly über den Rand hinweg. „Guten Morgen, Miss Robolo." Obwohl sie so südamerikanisch aussah, wie es ihr Name vermuten ließ, sprach sie vollkommen akzentfrei. „Darf ich Ihnen einen puertoricanischen Milkshake anbieten? Er wird aus Papayas, Bananen und Ananas gemixt. Marisol bereitet ihn jeden Tag frisch zu."

„Nein, vielen Dank."

Magdalena deutete auf einen Liegestuhl, der vor ihr stand. „Aber Sie müssen nicht stehen. Setzen Sie sich doch."

„Danke." Kelly nahm auf der Kante des Stuhls Platz und schaute auf den Strand, der fünf Stockwerke unter ihr lag. Dort fand gerade ein lebhaftes Volleyballspiel statt, Männer gegen Frauen. Alle waren jung, sonnengebräunt und unverschämt gut gebaut. Wer auch immer ihr erzählt hatte, dass Florida nur etwas für alte Leute sei, hatte sich gewaltig geirrt.

Da es Kelly schnell warm wurde, knöpfte sie die Jacke ihres weißen Leinenkostüms auf, zog sie jedoch nicht aus. „Mein Besuch scheint Sie nicht zu überraschen?"

„Detective Quinn hat mich gerade angerufen und mir gesagt, dass Sie vorbeikommen würden."

Kelly fragte sich, was er ihr sonst noch erzählt haben mochte. Offenbar jedoch nichts Negatives, denn sonst wäre Magdalena wohl kaum so freundlich.

„Sie wollten mich über Jonathan ausfragen?“ Sie griff nach ihrem Glas und sog an dem Strohhalm.

Jonathans Namen aus dem Mund dieser fremden Frau zu hören war schockierender für Kelly, als sie erwartet hatte. „Ja. Ja, das stimmt.“ Sie räusperte sich. „Kennen Sie ... ihn schon lange?“

„In diesem Monat wird es ein Jahr.“ Sie drehte den Strohhalm in dem dickflüssigen Milkshake, zog ihn heraus und leckte das Ende mit der Zungenspitze ab. Es war eine sehr sinnliche Geste, aber vollkommen absichtslos.

„Ich habe erfahren, dass Sie beide ... ähm ... eng befreundet sind?“

Jetzt nahm die attraktive Südamerikanerin ihre Sonnenbrille ab und schob sie in ihr Haar. Ihre Augen waren ungewöhnlich groß und sehr dunkel. Die langen, seidigen Wimpern konnten kaum echt sein, waren es vermutlich aber doch. „Wir sind mehr als eng befreundet, Miss. Robolo. Jonathan und ich lieben uns sehr. Ich weiß, dass Sie das schockieren muss, aber es ist die Wahrheit. Deshalb sind Sie doch hierher gekommen, nicht wahr? Um die Wahrheit zu erfahren.“

„Ja, schon, aber Sie dürfen mir nicht übel nehmen, dass ich ein bisschen misstrauisch bin. Ich kenne Jonathan seit vielen Jahren. Er ist glücklich verheiratet. Er würde seine Frau niemals betrügen.“

„Wie können Sie sich da so sicher sein, Miss Robolo?“

Ihre Logik war nicht von der Hand zu weisen. Kelly war für ein paar Sekunden aus dem Konzept gebracht und machte eine hilflose Handbewegung. „Ich kann einfach nicht glauben, dass wir über denselben Mann reden.“

Magdalena schwang ihre Beine auf die Seite und erhob sich mit der Eleganz eines Schwans. „Kommen Sie.“

Sie ging mit sinnlichem Hüftschwung in das Apartment. Von

einem Glassims über dem offenen Kamin nahm sie eine gerahmte Fotografie und ging zurück zu Kelly.

„Bitte", sagte sie und reichte ihr das Bild. „Vielleicht wird Sie das überzeugen."

Kelly nahm das Foto und verspürte einen neuen Schock. Das lächelnde Paar auf dem Bild strahlte vor Glück. Wange an Wange saßen sie an einem Tisch, der offenbar in einem Nachtclub stand. Die Frau in dem weißen trägerlosen Kleid war Magdalena. Und der gut aussehende, breit lächelnde Mann neben ihr war ohne Zweifel Jonathan.

„Das ist im vergangenen Dezember aufgenommen worden", erklärte Magdalena, „hier in South Beach."

Kelly erinnerte sich an eine zweitägige Reise nach Las Vegas, die Jonathan angeblich ein paar Wochen vor Weihnachten gemacht hatte. Es wäre ein Leichtes für ihn gewesen, einen Umweg über Miami zu nehmen, bevor er nach Philadelphia zurückkehrte. „Ist er oft hier unten gewesen?"

„Etwa einmal im Monat. Normalerweise ist er früh angekommen, hat ein paar Stunden mit mir verbracht und ist dann wieder nach Hause geflogen."

Das war durchaus möglich. Als Vizepräsident war Jonathan niemandem Rechenschaft über seine Arbeitszeit schuldig. Darüber hinaus brauchte er auch nicht nachzuweisen, wo er sich tagsüber aufhielt.

„Es tut mir Leid, dass meine Beziehung zu Jonathan seiner Frau und dem Rest der Familie so großen Kummer bereitet. Glauben Sie mir, ich habe nicht gewollt, dass die Wahrheit jemals ans Licht kommt. Aber als Detective Quinn mir gestern die Nachricht überbrachte, dass Jonathan entweder tot oder vermisst ist ..."

„Wir haben keinen Beweis, dass er tot ist."

„Ich weiß, und ich hoffe von ganzem Herzen, dass Jonathan lebt. Aber wenn es stimmt, dass er im Encantado war ..." Sie schüttelte den Kopf. „Das ist ein entsetzlicher Laden. Die Polizei hätte ihn längst schließen müssen."

Für eine Frau, die behauptet, Jonathan so sehr zu lieben, ist sie nicht gerade von Trauer überwältigt, dachte Kelly. Oder vielleicht weiß sie, dass Jonathan lebt und hält es geheim.

„Können Sie sich vorstellen, warum er an einem solchen Ort abgestiegen ist?"

„Nein. Und zu Detective Quinns Vermutungen, Jonathan sei in ein Drogenkartell verstrickt, kann ich nichts sagen, weil ich es nicht weiß."

„Sie haben ihn nie gefragt, welche Art von Geschäften ihn Monat für Monat nach Miami führten?"

„Nein."

Eine Geliebte, die keine Fragen stellte. Wie praktisch. Kelly ging hinüber zum Kamin und stellte die Fotografie selbst auf das Glassims zurück. „Würden Sie mir erzählen, wo und wie Sie Jonathan kennen gelernt haben?" Sie drehte sich und schaute Magdalena ins Gesicht. Sie suchte nach einem Zucken in den Augen der Frau, einer Unsicherheit in ihrer Stimme, die darauf schließen ließ, dass sie log. Doch Magdalena blieb gelassen und ein Musterbeispiel für Selbstkontrolle.

„Wir lernten uns im Salamander kennen", antwortete sie ohne zu zögern. „Das ist ein Nachtclub im Westteil der Stadt." Sie warf ihre langen Haare über die Schultern. „Ich habe dort als exotische Tänzerin gearbeitet."

Der Gedanke, dass Jonathan sich in eine Stripperin verliebt haben sollte, war noch absurder. Am Tag vor seiner Hochzeit war er mit seinen Freunden nicht in eine Stripteasebar gegangen, sondern hatte es vorgezogen, seinen letzten Abend als Junggeselle in seinem Apartment zu verbringen und mit einem Nachbarn Rommé zu spielen.

Magdalenas Miene wurde sehnsüchtig. „Schon in dem Moment, als er hereinkam, wusste ich, dass er anders als all die anderen Männer war. Er machte keine abfälligen Bemerkungen, er führte keine anzüglichen Reden, und er grapschte auch nicht nach mir. Er lächelte nur. Am Ende meines Auftritts lud er mich zu einem Drink an seinen Tisch. Wir haben uns die halbe Nacht unterhalten, und als wir uns am folgenden Morgen verabschiedeten, war ich total in ihn verliebt." Ihre Augen glänzten. „Er war so sympathisch und großzügig."

Kellys Menschenkenntnis hatte sie noch nie im Stich gelassen. Gleichgültig, ob es sich um einen Mann oder eine Frau handelte: Nach wenigen Minuten konnte sie sich eine Meinung über sie bilden. Magdalena Montoya blieb ihr jedoch ein Rätsel. Sie wollte diese Frau nicht mögen, und trotzdem gelang es ihr nicht. Die Geschichte über ihre Affäre mit Jonathan, so unwahrscheinlich sie auch schien, besaß die Qualität einer kalten Wahrheit.

Die Haarspange in ihrer Frisur hatte sich gelöst, und Kelly steckte sie wieder fest. „Können wir noch einmal auf gestern zurückkommen?" sagte sie. „Jonathan hat Sie also sofort angerufen, nachdem sein Flugzeug gelandet war?"

„Richtig. Wir hatten ein frühes Mittagessen, und dann sind wir für ein paar Stunden hierhin zurückgekommen."

„Wie spät war es, als er gegangen ist?"

„Kurz vor zwei."

Mehr als genug Zeit also, um rechtzeitig am Flughafen zu sein und die Maschine nach Philadelphia zu erreichen. Allerdings hatte er sie nicht betreten. Irgendwo zwischen South Beach und dem Flughafen von Miami war etwas geschehen.

„Wussten Sie, dass Jonathan verheiratet war, als Sie ihn kennen lernten?“ wollte Kelly beiläufig wissen.

„Ja.“ Magdalena ging zu einem Tisch hinüber, öffnete eine silberne Dose und nahm eine Zigarette heraus. „Ich wusste auch, dass er unglücklich war. Seine Frau hat dauernd gearbeitet.“

Kelly konnte sich nicht vorstellen, dass Jonathan so etwas Gemeines und Falsches gesagt haben sollte, nicht einmal einer Geliebten. Zugegeben, Victoria war viel beschäftigt und musste mehrmals jährlich ins Ausland reisen, aber sie hatte ihre Familie darüber niemals vernachlässigt. Falls überhaupt, dann war es Jonathan, der dauernd Überstunden machte und oft zu spät nach Hause kam, um seine Tochter ins Bett bringen zu können.

Sie ließ ihren Blick über die luxuriöse Einrichtung schweifen. Magdalena wirkte auch nicht gerade wie jemand, der die Stechuhr betätigen musste. „Sie sagten eben, dass Sie als exotische Tänzerin gearbeitet haben. Heißt das, Sie arbeiten jetzt nicht mehr?“

Magdalena ließ ein sinnliches, kehliges Lachen hören. „Himmel, nein. Jonathan wollte davon nichts wissen, obwohl mein Chef über meine Kündigung sehr unglücklich war.“ Erneut schüttelte sie ihre lange Mähne. „Ich war seine beste Tänzerin. Ich habe mehr Kunden in den Laden geholt als all die anderen Mädchen zusammen.“

Das zu glauben fiel nicht schwer. Magdalena verströmte Sex aus allen Poren und hatte keine Hemmungen, das zu zeigen. „Entschuldigen Sie meine Frage, Miss Montoya, aber wenn Sie nicht mehr arbeiten, wie können Sie sich dann ein solches Apartment leisten?“

„Jonathan bezahlt meine Miete.“ Sie sagte es ohne eine Spur von Verlegenheit. „Und auch all meine anderen Unkosten.“

Kelly war sprachlos. Wie konnte Jonathan sich eine so teure

Geliebte leisten? Zugegeben, er verdiente nicht schlecht, genau wie Victoria. Aber wenn man die Hypothek für das neue Haus, die Gebühr für Phoebes Privatschule, die Mitgliedschaft in einem exklusiven Golfclub und ein paar Urlaube im Jahr abzog, blieb nicht mehr viel übrig vom monatlichen Budget.

Woher hatte er das Geld, wenn nicht vom Drogenhandel?

„Miss Robolo? Geht es Ihnen gut?"

Auf die besorgte Frage reagierte Kelly mit einem raschen Nicken. „Ja, ja ... ich habe nur gerade etwas überlegt. Machen Sie sich um mich keine Gedanken."

Als sie sich umdrehen wollte, blieb ihr Blick an einem Gegenstand hängen, der auf dem anderen Ende des Kaminsimses stand. Erschrocken schaute sie auf die kleine, mit feinen Schnitzereien versehene strahlend blaue Flasche und erkannte sie sofort. Es war das Duftfläschchen, das Victoria beschrieben hatte und das aus ihrem Laden verschwunden war.

„Darf ich fragen, woher Sie dieses Fläschchen haben?" wollte sie wissen.

Magdalena blies Zigarettenrauch zur Decke. „Jonathan hat sie mir für meine Sammlung gegeben." Mit einer Kopfbewegung deutete sie zu einem auf Hochglanz polierten Schrank an der gegenüber liegenden Wand. Darin befand sich eine Sammlung von Miniaturflaschen in allen möglichen Formen und Farben. „Warum fragen Sie?"

„Weil ein sehr wertvolles Duftfläschchen, das genauso aussieht wie dieses, vor ein oder zwei Tagen aus Victoria Bowmans Antiquitätengeschäft verschwunden ist."

Auf Magdalenas Gesicht machte sich sofort Entsetzen breit. „Oh, mein Gott. Und Sie glauben, dass es dieses ist?"

„Auf jeden Fall trifft die Beschreibung zu."

„Aber ..." Magdalena drückte die Zigarette in einem silbernen Aschenbecher aus. „Die Fläschchen meiner Sammlung sind nicht sehr teuer. Sie kosten nicht mehr als allerhöchstens 100 Dollar. Jonathan wusste das." Sie nahm das Fläschchen vom Sims. „Kann es sein, dass Sie sich irren?"

„Möglich. Ich bin schließlich keine Expertin. Aber Victoria wüsste es."

Magdalena sah betreten aus. „Hören Sie, ich möchte keine Schwierigkeiten haben." Ihre Hand zitterte, als sie Kelly das Fläschchen gab. „Nehmen Sie es", sagte sie. „Geben Sie es Mrs. Bowman zurück. Und bitte sagen Sie ihr, ich hätte nicht gewusst, dass es sich um ein wertvolles Sammlerstück handelt oder dass Jonathan es aus ihrem Geschäft mitgenommen hat. Ich hätte es sonst nämlich nie akzeptiert."

Kelly zögerte. Ein so teures Stück mitzunehmen bedeutete eine große Verantwortung. Aber es war der einzige Beweis dafür, dass Jonathan am Montag hier gewesen war. „Ich brauche etwas zum Einwickeln", sagte sie.

„Natürlich."

Magdalena verschwand in einem anderen Zimmer und kehrte kurz darauf mit einer kleinen Plastikfolie zurück, die mit Luftbläschen gepolstert war. Kelly befürchtete, dass die Folie die Fingerabdrücke auf dem Fläschchen verwischen konnte und wickelte es deshalb zuerst in ihr Taschentuch, bevor sie es in das Plastik hüllte. Während sie damit beschäftigt war, dachte sie an Jonathan. Wie konnte sie sich so in ihm getäuscht haben? Wie konnte er die Rolle des perfekten Ehemanns spielen und ein Doppelleben in Miami führen? Andere Männer mochten zu solchen Schwindeleien fähig sein – aber Jonathan?

Als das Fläschchen sicher in ihrer Handtasche verstaut war, gab Kelly Magdalena ihre Visitenkarte. „Rufen Sie mich an, wenn Ihnen noch irgendetwas einfällt?"

Magdalena schaute die Karte an. „Was sollte mir denn noch einfallen? Ich habe Ihnen alles erzählt."

„Vielleicht versucht Jonathan, sich mit Ihnen in Verbindung zu setzen. Sagen Sie mir Bescheid, wenn er es tut?"

Magdalena streckte ihr Kinn vor. „Würden Sie den Mann, den Sie lieben, verraten, Miss Robolo?"

Mit anderen Worten, die Antwort lautet nein, dachte Kelly. Trotz ihrer Enttäuschung empfand sie Achtung für Magdalena, weil sie zu ihrem Freund hielt. Aber vielleicht steckte ja noch etwas anderes dahinter. Vielleicht befürchtete sie in Wahrheit, dass ihr Geldhahn versiegte, wenn Jonathan gefunden wurde und zu seiner Familie zurückkehrte, oder, im schlimmsten Fall, ins Gefängnis musste.

Kelly behielt ihre Überlegungen für sich. „Danke, dass Sie so offen zu mir waren", sagte sie, als sie zur Tür gingen. „Diese ganze Schnüffelei in Ihrem Privatleben war sicherlich nicht angenehm für Sie."

Magdalena zuckte leicht mit den Achseln. „Das ist nicht so schlimm. Die Unterhaltung mit Ihnen war auf jeden Fall viel netter als die mit Detective Quinn." Ihr Lächeln wurde schelmisch. „Aber nicht annähernd so sexy wie die mit dem anderen Detective."

Abrupt blieb Kelly stehen. „Der *andere* Detective?"

„Dieser gut aussehende. Groß, dunkelblonde Haare, blaue Augen. Sein Name war Nick McBride."

12. KAPITEL

„*McBride* war hier?“ Kelly verschluckte sich fast bei den Worten. „Wann?“

„Heute Morgen. Tatsächlich hat er mich nur ein paar Minuten, bevor Sie gekommen sind, verlassen.“

Kelly erinnerte sich an Nicks plötzlichem Interesse, als sie ihm von Jonathans Verschwinden erzählt hatte, und wie sie wegen seiner Fragen und Bemerkungen geglaubt hatte, er würde ihr helfen. Dann hatte er sie doch enttäuscht, und sie war sich wie eine Närrin vorgekommen.

„War er in offiziellem Auftrag hier?“ fragte sie.

„Er hat mir seine Dienstmarke gezeigt, also nehme ich an, dass es so war. Aus welchem anderen Grund sollte er denn herkommen?“

Aus welchem anderen Grund wohl? „Ich war nur neugierig.“

Kelly zwang sich, logisch zu denken. Gut. Also war Nick, ob dienstlich oder auch nicht, ihr bei Magdalena zuvorgekommen. Was war schlimm daran? Er hatte nicht mehr als sie erfahren, es sei denn, Magdalena mit ihrem offensichtlichen Hang zu gut aussehenden Männern hätte ihm mehr offenbart als ihr.

„Verstehen Sie mich nicht falsch, Miss Montoya, aber haben Sie Detective McBride vielleicht irgendetwas erzählt, das Sie mir nicht gesagt haben?“ Kelly versuchte, nicht vorwurfsvoll zu klingen. Offenbar war ihr das nicht gelungen, denn Magdalena sah beleidigt aus.

„Warum sollte ich das tun? Ich habe weder vor ihm noch vor Ihnen etwas zu verbergen.“

„Entschuldigen Sie, aber ich musste das fragen. Dieser Mann versucht es nämlich mit allen möglichen Tricks. Sie müssen sich vor ihm in Acht nehmen.“

Magdalenas Augen funkelten amüsiert. „Mir erschien er gar nicht so gefährlich."

„Er tut nur so, als ob er harmlos sei."

Die Temperatur und die Luftfeuchtigkeit waren noch höher gestiegen, als Kelly das klimatisierte Gebäude verließ und in den strahlenden Sonnenschein von Südflorida trat. Das Volleyballspiel war beendet; stattdessen unterhielt ein Jongleur eine kleine Zuschauergruppe. Er trug Badehosen und einen Hut, der einen Alligator darstellen sollte. Jedes Mal, wenn die Kinder vor Freude lachten und applaudierten, verbeugte er sich. Eine ältere Frau mit blauen Haaren und limonengrünen Hosen schleckte an einem Eiscremehörnchen und ging lächelnd an Kelly vorbei. Sie lächelte zurück.

Wie anders und unkompliziert das Leben hier zu sein scheint, überlegte Kelly. War das der Grund, warum Jonathan immer wieder nach South Beach zurückkam? Oder gab es noch ein anderes, lukrativeres Motiv für die monatlichen Besuche? Sie wollte nicht glauben, dass er in so etwas Widerwärtiges wie Drogenhandel verstrickt war. Aber wie sonst hätte er es sich leisten können, die Miete für Magdalenas Apartment zu zahlen?

Und welchen anderen Grund konnte es für ihn geben, in einem Motel wie dem Encantado abzusteigen?

Sie schaute auf ihre Uhr und stellte fest, dass ihr noch drei Stunden bis zum Rückflug nach Philadelphia blieben. Anstatt am Flughafen zu warten, konnte sie die Zeit vielleicht besser nutzen und etwas mehr über die reizende Señorita Montoya herausfinden.

Sie hatte Glück. Das Salamander, der Nachtclub, in dem Magdalena gearbeitet hatte, war von mittags bis vier Uhr morgens geöffnet. Er lag in einer Seitenstraße der 37. Straße.

Der Taxifahrer brauchte nur fünfzehn Minuten für den Weg,

aber während dieser kurzen Fahrt änderte sich die Umgebung kolossal. Man ließ das elegante South Beach hinter sich und fuhr in westlicher Richtung an der Innenstadt vorbei. Dann kamen Gegenden, die nicht nur heruntergekommen, sondern geradezu angsteinflößend wirkten. Kelly hielt ihre Handtasche fest im Arm und hoffte, dass es kein Fehler gewesen war, Victorias antikes Duftfläschchen mitgenommen zu haben.

Doch ehe sie sich allzu viele Sorgen darüber machen konnte, beraubt zu werden, bog der Fahrer in eine lange schmutzige Gasse, die von der Hauptverkehrsstraße abging, und hielt an. „Hier ist es." Er schaute zu dem Schild über einer arg lädierten Holztür und machte einen nervösen Eindruck.

Kelly folgte seinem Blick und verstand, warum er beunruhigt war. Wer auch immer den Platz für das Salamander ausgesucht hatte, hatte es nicht wegen der schönen Aussicht getan. Zwei hohe Wände, die mit Graffiti übersät waren, säumten die Gasse und ließen keinen Sonnenstrahl einfallen. Nahebei stand ein Wohnblock mit bröckelnder Fassade und Fenstern, die zum größten Teil mit Pappe zugeklebt waren, und machte die Umgebung noch hässlicher.

Fast hätte Kelly den Fahrer gebeten, umzukehren und sie zum Flughafen zu bringen. Aber dann schimpfte sie mit sich. Sie war schon an schlimmeren Orten als diesem hier gewesen, und obwohl nicht viel Verkehr auf der 37. Straße herrschte, war sie doch keine zwanzig Meter von der Hauptstraße entfernt. Sie musste nur sicher sein, dass das Taxi noch auf sie wartete, wenn sie wieder herauskam.

Sie versuchte, ihre Befürchtungen zu verbergen, und holte 20 Dollar aus ihrem Portemonnaie. „Wenn ich hier fertig bin, muss ich zum Flughafen", sagte sie und hielt den Schein so weit von ihm entfernt, dass er nicht danach greifen konnte. „Wenn Sie auf mich warten, können Sie den Rest behalten, und ich zahle Ihnen das Doppelte für die Fahrt zum Flughafen."

Die Augen des Fahrers bewegten sich blitzschnell hin und her. „O.k.", sagte er und griff hastig nach dem Geld. „Aber Sie müssen sich beeilen, gute Frau. Das ist eine miese Gegend. Ich will keinen Ärger bekommen."

„Es dauert nur ein paar Minuten."

Im Inneren des Lokals war es düster, und es dauerte eine Weile, bis ihre Augen sich an die Dunkelheit gewöhnt hatten. Dann nahm sie eine dralle Frau wahr, die an der Bar saß und sich an einem Glas festhielt. Sie war mollig, hatte hellblond gebleichtes Haar und viel Make-up aufgelegt. In einer entlegenen Ecke nahe einer kleinen Bühne spielten zwei riesige Männer an einem Flipperautomaten. Ihre Arme waren von oben bis unten tätowiert, und sie tranken Bier aus der Flasche.

Die Blondine rief etwas, und ein mürrischer Barkeeper tauchte aus einer Hintertür auf. Er hatte einen Zweitagebart, einen Zahnstocher im Mundwinkel und trug ein schmutziges T-Shirt. Misstrauisch musterte er Kelly, während die beiden Spieler anzügliche Bemerkungen machten.

Kelly ignorierte sie und steuerte auf die Bar zu. „Kann ich ein Mineralwasser haben?" Während der Barkeeper das Glas füllte, griff sie noch einmal in ihre Handtasche, um Geldscheine herauszufischen, diesmal zwei Zwanziger und einen Zehner. Dazu holte sie ein Foto von Jonathan hervor, das sie von Victoria ausgeliehen hatte. „Ist der Besitzer zu sprechen?"

„Ich bin der Besitzer." Der Mann knallte das Glas vor sie hin.

„Wenn das so ist, dann hätte ich gerne eine paar Auskünfte." Sie legte das Geld zusammen mit Jonathans Foto auf die Theke.

Der Barkeeper musterte zuerst die Geldscheine und dann das Foto. „Was für Auskünfte?"

„Haben Sie diesen Mann schon einmal gesehen?"

Der Zahnstocher wanderte von einem Mundwinkel zum anderen. „Ja, allerdings." Seine Stimme klang ärgerlich.

„Wann war das?"

„Vor 'nem Jahr etwa. Dieser Mistkerl hat mir meine beste Tänzerin abgeschleppt."

Das stimmte also. „Ist er danach noch mal wiedergekommen?"

„Ne. Magdalena auch nich'. Die Nutte kriegte noch einen Wochenlohn von mir, aber sie hat ihn sich nie abgeholt."

Warum auch? Sie hatte sich ja schließlich einen generösen Typen an Land gezogen. „Wie war das an diesem Abend?" fragte Kelly und überlegte, wie viel sie für ihre 50 Dollar erfahren würde. „Ist er alleine gekommen?"

„Allein gekommen, allein am Tisch gesessen, und nur Maggie angestiert. Das wars."

„Hatten Sie ihn davor schon einmal gesehen?"

„Nein." Sein Mund verzog sich zu einer Art Lächeln. „Von dieser Sorte kommen nicht allzu viele in diesen Schuppen."

Seine fetten Finger griffen nach dem Geld und ließen es verschwinden. Die Blondine am anderen Ende der Bar rief etwas, und er ging zu ihr hinüber, um seiner Kundin noch einen Drink einzugießen. Die Unterhaltung war beendet.

Es gab keinen Grund, eine Sekunde länger in der Kneipe zu bleiben. Kelly rutschte von ihrem Hocker, ohne ihr Mineralwasser angerührt zu haben, und ging schnell hinaus. Sie war erleichtert, dass die beiden Männer, die am Flipperautomaten gestanden hatten, verschwunden waren. Als sie auf der Gasse stand, schaute sie sich bestürzt um. Das Taxi war verschwunden.

Sie überlegte, ob sie in die Kneipe zurückgehen und den Barkeeper bitten sollte, ihr ein anderes Taxi zu rufen. Aber die Aussicht, in diesem Teil der Stadt auf einen Wagen zu warten, war nicht sehr verlockend. Wahrscheinlich würde sie auf der Hauptstraße mehr Glück haben.

„Hallo, Sahnetörtchen."

Kellys Herz machte einen Sprung, als sie die raue Stimme eines der Männer aus dem Salamander erkannte. Hatten die beiden auf sie gewartet? Wieder beachtete sie sie nicht und ging schneller, während sie sich ermahnte, nicht panisch zu reagieren. Schließlich beherrschte sie die Kunst der Selbstverteidigung. Wenn sie das erst einmal merkten, würden sie sie in Ruhe lassen.

Ihre Alarmglocken begannen zu schrillen, als die beiden Männer sie plötzlich überholten, sich umdrehten und mit breitem Grinsen auf sie zukamen.

Aus der Nähe sahen sie noch größer und unheilvoller aus als in der Bar. Der eine, der sie angesprochen hatte, trug sein langes braunes Haar in einem Pferdeschwanz zusammengebunden. Er hatte einen goldenen Schneidezahn. Am rechten Ohr trug er einen Totenkopf als Ohrring. Sein Kumpel wirkte kaum weniger furchterregend. Er war etwa fünf Zentimeter kleiner und trug ein rotes Stirnband um seinen kahl geschorenen Schädel. Unverhohlen starrte er auf ihre Brüste und ließ keinen Zweifel an seinen Absichten.

„Wohin so eilig, Süße?" fragte der Goldzahn.

Kelly erinnerte sich an Dr. Hos Anweisungen, wie man sich bei drohender Gefahr verhalten sollte, und lief weiter. Bleib ruhig. Atme tief durch. Denk über alle Möglichkeiten nach. Die einzige Möglichkeit, an die sie im Moment denken konnte, war Rennen. Aber mit diesen Hindernissen im Weg war das unmöglich. „Ich bin mit ein paar Freunden an der Ecke verabredet", sagte sie.

Der Mann lachte. „Hast du das gehört, Paulie? Sie ist mit ein paar Freunden an der Ecke verabredet. Siehst du da jemand an der Ecke?“

Der Mann, den er Paulie genannt hatte, schaute über seine Schulter und grinste. „Ich seh nur Scheiße, Mann.“

Sie blieben stehen und versperrten ihr den Weg. Kelly fühlte eine Welle von kalter Angst. „Hören Sie“, sagte sie so ruhig wie möglich. „Ich weiß nicht, wer Sie sind oder was Sie wollen, aber an Ihrer Stelle würde ich mich zurückhalten. Ich kann Karate.“

Beide Männer lachten, als sie das hörten. „Hast du das gehört, Paulie? Die Kleine kann Karate.“

Paulie kratzte sich zwischen den Beinen. „Ja, das hab ich gehört.“

„Zeig ihr doch mal, was *du* kannst, Paulie.“

Paulie, der ganz glücklich zu sein schien, dass er gefragt worden war, machte eine Reihe von schnellen Bewegungen mit Händen und Knien, und Kelly erkannte sofort, dass es sich um eine Mischung aus Kung Fu und Thai-Kickboxen handelte.

Es war offensichtlich, dass sie ihm nicht gewachsen war. Sie würde sich einen anderen Ausweg suchen müssen. Sie hatte den Gedanken noch nicht zu Ende gedacht, als Goldzahn, der immer noch lachte, einen Arm um ihre Taille schlang, sie hochhob und in einen dunklen, feuchten Korridor trug.

Kelly schrie und trommelte mit den Fäusten auf seinen Kopf, aber er machte nicht den Eindruck, als ob er ihre Schläge spürte. Im Gegenteil, ihre Gegenwehr schien ihn nur noch mehr zu erregen.

„Wenn du so weitermachst, bin ich zu geil, um auch nur an ein Vorspiel zu denken.“ Er drängte sie gegen die Wand und presste seinen Körper gegen ihren. „Du magst doch Vorspiele, Baby, oder?“ Mit einem Finger strich er über ihre Kehle.

Kelly überlegte fieberhaft. Was wollten sie eher – Sex oder

Geld? Vermutlich beides, aber wenn sie ihnen zuerst Geld anbot, wurden sie möglicherweise davon abgelenkt, sie zu vergewaltigen, und sie würde fliehen können.

„Warten Sie", sagte sie und betete, dass der Lockvogel Geld die Oberhand gewinnen möge, „ich habe Geld. Zweihundert Dollar. Ich gebe sie Ihnen. Lassen Sie mich einfach gehen."

Goldzahn lachte. „Oh, das Geld kriegen wir schon noch. Aber erst mal wollen mein Freund und ich ein bisschen Action. Du verstehst, was ich meine?"

Ihre einzige Reaktion war, unter seinem Arm hinwegzutauchen. Sofort wurde sie wieder gegen die Wand geschleudert. „Meine Güte, du bist aber ganz schön glitschig, was?"

Hinter ihm gluckste Paulie: „Ich mag sie glitschig."

Offenbar kümmerte es Goldzahn nicht, dass sie nicht auf seine Worte reagierte, und er begann, ihre Schenkel zu streicheln. Seine Hand war rau wie Schmirgelpapier, und sein Atem stank, als er ihr ins Gesicht keuchte. „Du fühlst dich gut an, Puppe. Richtig gut."

Sie musste hier verschwinden. Sie musste dieses Tier außer Gefecht setzen und versuchen, Paulie auszutricksen. Keine leichte Aufgabe angesichts der Größe und Stärke der beiden.

Es gab jedoch eine Art der Selbstverteidigung, die keine große Stärke, dafür Zielgenauigkeit erforderte. Nachdem sie vor drei Jahren einmal fast entführt worden wäre, hatte Dr. Ho darauf bestanden, dass sie diese Technik immer und immer wieder übte, bis sie sie im Schlaf beherrschte. Sie hatte sie niemals angewendet, wusste aber, dass sie funktionierte. Und in diesem Moment war sie ihre einzige Chance. Aber zunächst einmal musste sie aufhören, sich zu wehren, und so tun, als ob ihr die Fummeleien ihres Angreifers Spaß machten.

Sie musste sich sehr beherrschen, ihren Würgereiz zu unterdrücken, und begann, ihren Körper langsam und sinnlich zu bewegen. Der Mann stöhnte auf.

„Oh, Baby, was machst du da?"

„Mach mir ein wenig Platz, und es wird noch schöner."

Gott sei Dank war er zu dämlich, um zu merken, dass sie ihm etwas vormachte. Während er seinen Unterleib weiter fest an sie drückte, schob er seinen Brustkorb ein paar Zentimeter zurück, nahm ihre Hand und presste sie zwischen seine Beine. „Ja, Baby, los, tu es."

Paulie, der hinter ihm stand, wurde ebenfalls erregt. „He, ich will auch 'n bisschen Spaß."

Sein Freund versetzte ihm einen heftigen Schlag. „Warte, bist du dran bist, Mann."

Das war der Moment der Ablenkung, auf den Kelly gewartet hatte. Mit einer raschen Bewegung befreite sie ihren Arm, presste den Handballen unter das Kinn des Mannes und drückte es mit ihrer ganzen Kraft nach oben. Sie hatte nicht viel Spielraum, aber es reichte aus. Der Kopf des Mannes flog zurück, und er stieß ein langes, schmerzhaftes Geheul aus. Da er nicht schreien konnte, wusste sie, dass sie ihr Ziel erreicht hatte: Sie hatte seine Kinnlade gebrochen. Ein noch härterer Schlag hätte auch sein Nasenbein erwischt.

Er fiel auf die Knie und hielt schützend die Hände um den unteren Teil seines Gesichts. Zwischen seinen Fingern sickerte Blut, und seine Augen waren geschlossen, als er, gepeinigt von Schmerzen, hin und her schwankte. Es war geradezu ein Wunder, dass er nicht ohnmächtig geworden war.

„Du *Nutte*." Kelly hörte ein metallisches Klicken, und ehe sie erkannte, was es war, hatte Paulie seinen kräftigen Arm um sie gelegt und drückte ein Messer gegen ihre Halsschlagader. „Dafür wirst du bezahlen."

Kelly hielt den Atem an. Wenn sie jetzt eine falsche Bewegung machte, würde das Messer ins Fleisch schneiden.

„Lass sie los!“ rief eine Männerstimme.

Der Befehl überraschte Paulie. Unwillkürlich ließ er Kelly los und schoss herum. Seine Miene war hasserfüllt, und seine Stimme leise und bedrohlich. Im Dämmerlicht des Toreingangs war der andere Mann nur ein Schatten. „Hau ab, du Arschloch, wenn du nicht willst, dass ich sie ...“

Der Rest des Satzes blieb ihm im Hals stecken. Im Bruchteil einer Sekunde hatte Kellys Retter, der aus dem Nichts gekommen zu sein schien, dem Mann einen heftigen Schlag gegen die Kinnlade versetzt.

Das Messer flog Paulie aus der Hand, aber fast gleichzeitig fuhr er mit dem ausgestreckten Bein im Kreis umher. Der andere Mann stoppte die Bewegung mit seinem Ellbogen und trat ihm mit dem Absatz in die Weichteile. Aus Paulies Kehle kam ein Grunzen, das wie grollender Donner klang. Mit gesenktem Kopf griff er an und riss den anderen Mann mit sich.

Da sie befürchtete, dass er stärker sei als der Fremde, lief Kelly zu den ineinander verschlungenen Körpern, trat Paulie mit aller Gewalt in die Rippen und sprang rasch zurück, ehe er ihr Bein festhalten konnte. Es reichte aus, um dem Fremden die kurze Atempause zu verschaffen, die er brauchte. Mit der Geschmeidigkeit einer Katze sprang er auf und riss seinen Gegner hoch. Mit einem rechten Schwinger, auf den Muhammed Ali stolz gewesen wäre, streckte er ihn zu Boden.

Kelly hörte das Übelkeit erzeugende Geräusch brechender Knochen. Ehe Paulie überlegen konnte, ob er sich auf eine weitere Runde einlassen sollte oder nicht, war sein Freund wieder auf die Füße gekommen. Immer noch unfähig zu sprechen, schlug er Paulie auf den Arm und zog ihn mit sich fort.

Im Handumdrehen waren sie verschwunden. „Danke." Während sie sprach, bückte Kelly sich, um ihre Handtasche vom Boden aufzuheben. Erleichtert stellte sie fest, dass niemand während der Schlägerei darauf herumgetrampelt hatte. „Ich weiß nicht, was ich ohne Sie getan hätte."

Mit einem Taschentuch in der Hand sah der Mann sich suchend um, fand das Klappmesser und hob es auf. „Du müsstest eigentlich wissen, dass du nicht allein in solchen Gegenden herumlaufen solltest."

Kelly trat einen Schritt zurück. Der Mann, der sie gerade vor einer Vergewaltigung und möglicherweise auch dem Tod bewahrt hatte, war kein anderer als Nick McBride. Ihr Gefühl von Dankbarkeit verschwand wie Luft aus einem angestochenen Ballon. „Was machst du denn hier?"

Nick wischte den Staub vom Ärmel seines braunen Sportjacketts. „Ein schlichtes Dankeschön würde mir schon reichen."

„Dankeschön? Hältst du mich für blöd? Vielleicht hast du diesen kleinen Hinterhalt ja sogar selbst inszeniert."

Er blickte amüsiert, was sie noch wütender machte. „Warum sollte ich das denn tun?"

„Weiß der Teufel! Ich habe aufgehört, mir über dich Gedanken zu machen."

„Du bist sauer, weil ich dir zuvorgekommen bin."

„Du bist mir nicht zuvorgekommen", schnauzte sie ihn an. Plötzlich war ihr ganz heiß im Gesicht. „Du weißt doch gar nicht, wie das geht. Und an deiner Stelle würde ich auch nicht so große Töne spucken. Was du getan hast, war gemein und heimtückisch."

„Du irrst dich, Kelly."

„Wirklich? Du hast so getan, als ob dich Jonathans Verschwinden nicht interessiert, dann stellst du heimlich Nachforschungen hinter meinem Rücken an, fliegst nach Miami und machst dir sehr viel Mühe, mir immer einen Schritt voraus zu sein. Wie würdest du das nennen?"

„Glück – für dich jedenfalls war es das. Überleg dir mal, wo du jetzt wärst, wenn ich nicht aufgetaucht wäre." Er nahm sein Handy aus der Brusttasche und wählte eine Nummer.

„Spiel dich bloß nicht als Held auf, McBride. Ich kann sehr gut auf mich allein aufpassen."

„Deine Dankbarkeit ist herzergreifend. Vielleicht hätte ich dich mit den beiden Mistkerlen allein lassen sollen. Die Erfahrung hätte dich ein bisschen Demut gelehrt." Seine Stimme wurde lauter. „Geben Sie mir Detective Quinn, bitte", sagte er ins Telefon. „Sagen Sie ihm, Detective McBride ist dran. Und dass es dringend ist."

Es dauerte nur Sekunden, bis er weiterredete. „Hallo, Carl. Nein, nichts, was weiterhelfen würde. Sie hat mir dasselbe wie Ihnen erzählt, aber ich rufe nicht wegen Magdalena an. Ich muss eine versuchte Vergewaltigung melden. Kelly Robolo. Nein, sie ist o.k." Er zwinkerte Kelly zu. „Ich bin gerade noch rechtzeitig aufgekreuzt." Eine kurze Pause entstand. „Es waren zwei. Weiße, Endzwanziger. Groß, etwa 1,80 bis 1,90 Meter, 90 bis 100 Kilo, Tätowierungen auf beiden Armen. Einer hat einen Pferdeschwanz. Das ist der mit dem zerdepperten Kinn." Er lachte. „Nein, das war Kellys Werk. Auf mein Konto geht nur die gebrochene Nase von dem anderen Typen, der, nebenbei bemerkt, einen kahlrasierten Schädel hat und ein rotes Stirnband trägt."

Während er sprach, ging Nick hinaus auf die Gasse. Kelly folgte ihm. Obwohl sie unbedingt ihr Interesse verbergen wollte, hatte sie nicht vor, auch nur ein Wort von der Unterhaltung zu verpassen.

„Der Vorfall ereignete sich in der Nähe des Salamander",

fuhr Nick fort. „Das ist nachts ein Stripclub und eine Kneipe ... Ach, Sie kennen den Laden? Gut. Überprüfen Sie mal den Besitzer. Vielleicht kennt er die Kerle. Als ich da war, haben sie geflippert. Ach ja, und der eine hat sein Klappmesser fallen gelassen. Ja, das habe ich." Er schaute zu Kelly. „Kannst du noch was zur Personenbeschreibung beisteuern?"

Die Vorstellung, mit ihm gemeinsame Sache zu machen, reizte Kelly noch mehr, aber sie ließ es sich nicht anmerken. Ihr lag genauso viel daran wie ihm, dass die beiden Männer festgenommen wurden, vor allem, wenn sie etwas mit Jonathans Verschwinden zu tun haben sollten. „Der mit dem Pferdeschwanz hatte einen goldenen Schneidezahn und einen Ohrring in Form eines Totenkopfes. Der andere hieß Paulie."

„Haben Sie das mitgekriegt, Carl?" sagte Nick ins Telefon. Er nickte. „Klar. Lassen Sie uns etwa zwanzig Minuten Zeit."

Er beendete die Verbindung und steckte das Handy wieder in die Tasche. „Er möchte, dass wir im Revier vorbeikommen und uns ein paar von den Verbrechervisagen ansehen."

Damit hatte sie gerechnet. „Ich werde mein Flugzeug verpassen."

„Ich sorge dafür, dass es wartet." Er nahm ihre Hand und ging rasch zur Hauptverkehrsstraße. Sie musste rennen, um mit ihm Schritt zu halten. „Beeil dich. Mein Taxi wartet."

Sein Taxi wartete? Das sollte wohl ein Witz sein.

Am Straßenrand steckte Nick zwei Finger in den Mund und stieß einen schrillen Pfiff aus. Zu ihrer Überraschung fädelte sich ein Taxi auf der Gegenfahrbahn aus dem Verkehr, machte eine 180-Grad-Drehung und blieb mit kreischenden Bremsen vor ihnen stehen. Nick öffnete die hintere Tür und bedeutete Kelly, einzusteigen.

Nach allem, was gerade in der Gasse passiert war, wäre es töricht gewesen, die Fahrt abzulehnen, aber auf keinen Fall würde sie es sich mit ihm auf dem Rücksitz gemütlich machen. Stattdessen öffnete sie die Beifahrertür und stieg ein. Dankbar registrierte sie die kühle Luft der Klimaanlage.

Der Fahrer drehte sich zu Nick um. „Zum Flughafen, *amigo?*“ fragte er.

„Erst zum Polizeirevier auf der Second Street, Luis.“ Er schloss die Tür. „Und dann zum Flughafen.“ Er beugte sich so weit nach vorne, dass sein Kopf fast Kellys berührte, und reichte ihr die Sonnenbrille, die sie bei dem Kampf verloren zu haben glaubte. „Bitte sehr. Die hast du vorhin fallen gelassen.“

„Danke“, sagte sie kurz angebunden.

Als das Taxi sich durch den Verkehr schlängelte, erzählte Nick, der offenbar in einer sehr mitteilsamen Stimmung war, von seinem ersten Trip nach Florida im Alter von zehn Jahren. Vater und Sohn hatten sich auf einen Angelausflug begeben, der in Fort Lauderdale begann und in Key West endete, wo Nick einen eineinhalb Meter langen Schwertfisch gefangen hatte. Nick musste ein sehr enges Verhältnis zu seinem Vater gehabt haben, so wie sie zu ihrem. Es war eine witzige, wenn auch einseitige Unterhaltung. Hin und wieder schaute sie der Fahrer von der Seite an, als ob er auf eine Antwort oder einen Kommentar von Kelly wartete. Aber auf der ganzen Fahrt zum Polizeirevier sagte sie kein einziges Wort.

13. KAPITEL

„Hier bin ich, Kelly!“

Kelly stellte sich auf die Zehenspitzen und schaute über die Köpfe der Reisenden hinweg, die aus dem Ankunftsbereich strömten, bis sie Victoria erspähte.

Sie wusste, dass Nick direkt hinter ihr war. Obwohl sie zwei verschiedene Taxen vom Polizeirevier zum Flughafen genommen hatten, waren sie mit derselben Maschine nach Philadelphia geflogen. Kelly hatte es in letzter Minute geschafft, während Nick, der bei der Fluggesellschaft angerufen hatte, noch an Bord der bereits startbereiten Maschine gelassen wurde. Eine Stewardess hatte ihn sehr freundlich mit seinem Namen begrüßt und ihm seinen Sitz gezeigt, bevor sie die Kabinentür wieder schloss.

„Was macht denn Nick McBride in deinem Flieger?“ Victoria reichte Kelly ihren schwarzen Regenmantel.

„Das ist eine lange Geschichte. Ich erzähl sie dir später.“

„Und was ist mit Jonathan? Hast du ihn gefunden?“

Victorias Miene wurde angespannt, aber sie sagte nichts, als sie Kelly zu den Aufzügen folgte, die zu den Parkhäusern führten. Als sie kurz darauf in Victorias schwarzem Ford Explorer unter sich waren, drehte sie sich zu Kelly um. „Es ist etwas Schlimmes, oder? Sonst hättest du mich doch sofort beruhigt.“ Ihre Augen verschleierten sich. „Ist Jonathan tot?“

„Sie wissen es nicht. Die Unterlagen von seinem Zahnarzt sind heute angekommen, aber sie haben noch keine Untersuchungen vorgenommen. Und um die ganze Sache noch schwieriger zu machen: Der Angestellte des Motels, der Jonathan hätte identifizieren können, ist heute Morgen an seinen Verbrennungen gestorben.“

„Und was ist mit dem anderen Personal? Du hast doch gesagt, dass es Zimmermädchen und einen Haustechniker gibt."

„Sie sind alle weg." Sie wiederholte, was Detective Quinn ihr über illegale Einwanderer mitgeteilt hatte.

„Kelly, du musst mir die Wahrheit sagen. Glaubst du, dass Jonathan noch lebt?"

„Ich weiß es nicht. Ich habe verschiedene Hinweise gesammelt, aber ehe ich sie nicht gründlich untersucht habe, kann ich nicht mehr als bloße Vermutungen anstellen über das, was geschehen ist." Sie beobachtete, wie ein Paar mit zwei kleinen Jungen, die beide Micky-Maus-Ohren trugen, zu einem Geländewagen ging. „Eine Möglichkeit ist, dass er sich versteckt", sagte sie leise.

„Vor wem?"

„Ich weiß es nicht. Vielleicht steckt er in irgendwelchen Schwierigkeiten."

„Dann würde er mich doch anrufen."

„Nicht wenn er befürchtet, dich und Phoebe in Gefahr zu bringen."

„In welche Gefahr denn?" Victoria schaute Kelly forschend ins Gesicht. „Du verschweigst mir doch etwas. Was ist es?"

Kelly zwang sich, den besorgten Blick der Freundin auszuhalten. „Es wird dir wehtun, Victoria."

„Das Einzige, was mir jetzt unerträglich wehtun würde, wäre der Tod meines Mannes. Mit allem anderen kann ich fertig werden."

Kelly blickte ein paar Sekunden in Victorias hübsches Gesicht. Zum ersten Mal lag keine Panik in ihren Augen, ihr Kinn zitterte nicht, und ihre Hände lagen ruhig auf dem Steuerrad. Die vergangenen beiden Tage hatten sie stark gemacht, aber sie konnte wohl kaum auf das vorbereitet sein, was sie jetzt zu hören bekommen würde. Kelly holte tief Luft. „Jonathan hat eine Affäre."

Victorias Hände fielen auf ihren Schoß, und Zornesröte stieg ihr ins Gesicht. „Du bist verrückt."

„Ich habe Beweise ..."

„Scheiß auf deine Beweise", schrie Victoria und schlug mit der Faust aufs Lenkrad. „Du weißt nicht, wovon du redest. Warum tust du mir das an?"

„Ich habe sie kennen gelernt", sagte Kelly leise.

„Oh, Gott." Victoria presste den Kopf gegen die Kopfstütze und schloss die Augen.

„Vielleicht sollten wir warten, bis wir zu Hause sind", schlug Kelly vor.

„Nein." Victoria öffnete die Augen. „Sags mir jetzt. Erzähl mir alles."

So rücksichtsvoll wie möglich berichtete Kelly ihr von Magdalena und der Beziehung, die sie und Jonathan seit fast einem Jahr hatten. Sie ließ nichts aus. Sie erzählte von dem Apartment am Strand, von der Fotografie auf dem Kaminsims und Jonathans häufigen Trips nach Miami während der vergangenen zwölf Monate. Sie erwähnte sogar ihren Kampf mit Paulie und seinem Freund und wie Nick sie gerettet hatte.

Schweigend hörte Victoria zu, und als Kelly ihren Bericht beendet hatte, zeigte sie keine Spur von Hysterie mehr. „Ich glaube kein Wort davon", sagte sie und schaute Kelly direkt in die Augen. „Jonathan würde mich niemals betrügen. Er liebt mich. Phoebe und ich sind sein Ein und Alles."

„Das habe ich mir auch immer wieder gesagt. Ich war fest davon überzeugt, dass das eine Verwechslung war. Oder irgendeine Art von Betrügerei."

„Und genau das ist es auch. Eine Betrügerei von diesem ... Flittchen."

„Magdalena hat diese Geschichte nicht erfunden, Victoria. Quinn hat sie ausfindig gemacht und verhört. Sie hatte keinen Grund zu lügen."

„Das ist mir egal. Ich kenne meinen Mann. Er würde niemals was mit einer anderen Frau anfangen, am allerwenigsten mit einer Stripperin. Sie hat das alles doch nur erfunden."

Wortlos griff Kelly in ihre Handtasche, holte das Päckchen heraus und begann, es auszuwickeln. Als sie die letzte Schicht Plastikfolie entfernt hatte, verschlug es Victoria den Atem.

„Mein Duftfläschchen."

Sie wollte danach greifen, aber Kelly zog es zurück. „Nicht berühren. Wir dürfen die Fingerabdrücke nicht verwischen."

„Wo hast du es gefunden?"

„In Magdalenas Apartment. Jonathan hat es ihr am Montag mitgebracht. Sie sammelt Miniatur-Fläschchen, wusste allerdings nicht, dass dieses hier so wertvoll ist und dass du es vermisst hast."

„Willst du damit etwa sagen ...", Victoria schluckte, als ob es ihr schwerfiele, die Worte auszusprechen, „... dass Jonathan mir das Fläschchen *gestohlen* hat, um es ihr zu schenken?"

„Es tut mir so Leid."

Verzweifelt legte Victoria den Kopf auf das Lenkrad und begann zu schluchzen. So hilflos angesichts eines großen Kummers hatte Kelly sich das letzte Mal gefühlt, als ihr Vater gestorben und sie nicht in der Lage gewesen war, ihre Mutter zu trösten.

Es dauerte eine Weile, bis das Schluchzen verebbte. Dann endlich schaute Victoria auf. „Entschuldige bitte." Sie wischte sich mit den Händen über die feuchten Wangen. „Ich wollte mich nicht so gehen lassen."

„Du brauchst dich nicht zu entschuldigen." Kelly legte eine Hand auf den Arm ihrer Freundin. „Wenn du willst, fahre ich."

Victoria schüttelte den Kopf. „Es geht schon wieder." Sie drehte den Zündschlüssel um und rangierte rückwärts vom Stellplatz. An der Ausfahrt gab sie dem Wärter eine Zehndollarnote, nahm das Wechselgeld und fuhr in Richtung Penrose Avenue-Brücke.

„Falls es dir ein Trost ist", sagte Kelly, als Victoria den Wagen geschickt durch den Verkehr steuerte, „Detective Quinn hat Fahndungsplakate in ganz Florida aushängen lassen – in allen Flughäfen, Seehäfen und Busbahnhöfen."

„Ich weiß."

Kelly sah sie überrascht an. „Woher denn?"

„Ein gewisser Captain Cross vom Polizeihauptquartier steht in dauerndem Kontakt mit meiner Tante. Er hat sogar versprochen, die Sache aus den Zeitungen herauszuhalten."

„Hat er was von Magdalena gesagt?"

Victoria schüttelte den Kopf. „Cecily hätte mir das gesagt, wenn sie etwas davon gewusst hätte. Vielleicht weiß er es ja auch nicht."

Quinn hatte diese Tatsache wohl geheim gehalten, weil er annahm, dass sie sie Victoria persönlich mitteilen wollte. Das war sehr anständig von ihm, und Kelly nahm sich vor, ihm später dafür zu danken.

In ihrer Handtasche klingelte das Handy. Sie stellte die Verbindung her; vermutlich würde sie jetzt die Stimme ihrer Mutter hören. Statt dessen wurde sie von Martha Grimwald, Jonathans Sekretärin, begrüßt.

„Miss Robolo", sagte sie aufgeregt, „mir ist doch noch etwas eingefallen. Ich verstehe nicht, wie ich es beim ersten Mal vergessen konnte. Es tut mir so Leid."

„Das ist schon in Ordnung, Mrs. Grimwald. Sagen Sie mir doch einfach, was Ihnen eingefallen ist.“ Als Victoria sie mit einem schnellen fragenden Blick ansah, zeigte Kelly ihr ihren aufgerichteten Daumen.

„Vergangenen Freitag hat Jonathan mit seinen Gewohnheiten gebrochen, obwohl ich es nicht beweisen kann, denn er hat es nicht aufgeschrieben.“

„Inwiefern hat er mit seinen Gewohnheiten gebrochen?“

„Anstatt an seinem Schreibtisch zu essen, ist er mittags ausgegangen.“

Kelly spürte Aufregung in sich hochsteigen. Endlich ein Hinweis. „Ist er allein gegangen?“

„Das kann ich nicht sagen. Aber Mr. Webber war an diesem Tag in Las Vegas, und deshalb weiß ich, dass er nicht mit ihm essen war.“

„Könnte es ein anderes Aufsichtsratsmitglied gewesen sein?“

„Ich habe mich bereits erkundigt“, antwortete die tüchtige Sekretärin. „An dem Tag waren nur zwei Mitglieder vom Aufsichtsrat in der Stadt, aber keiner von den beiden hat Jonathan gesehen.“

„Hat er Ihnen den Namen des Restaurants genannt?“

„Nein, aber es muss irgendwo in Atlantic City oder in der Nähe gewesen sein, denn nach kaum einer Stunde saß er wieder an seinem Schreibtisch.“

„Vielen Dank, Mrs. Grimwald. Sie waren eine große Hilfe.“

„Was wollte sie?“ fragte Victoria.

„Jonathan hat vergangenen Freitag auswärts zu Mittag gegessen, aber sie weiß weder wo noch mit wem.“ Kelly warf das Handy in ihre Tasche zurück. „Auf jeden Fall war er nicht mit Syd Webber oder einem Mitglied des Aufsichtsrats fort.“

„Vielleicht können wir den Namen des Restaurants herausbekommen.“ Langsam kehrte die Farbe in Victorias Gesicht zurück, und ihre Augen hatten ein wenig von ihrer Mattigkeit verloren.

„Wie denn?“

„Ich habe einen Beleg von American Express in Jonathans Nachttischschublade gefunden, als wir neulich seine Sachen durchsuchten. Ich habe ihn nicht weiter beachtet, weil wir uns ja auf den Flug nach Miami konzentriert hatten. Aber ich glaube, er war von einem Restaurant.“

Kelly ergriff den Arm ihrer Freundin und drückte ihn. „Victoria, du bist ein Genie.“

„Nein. Nur eine Frau, die unbedingt ihren Mann wieder finden will.“

14. KAPITEL

„Ciao, Kelly!"

Als sie diese Begrüßung hörte, schaute Kelly hoch und winkte Vince Gambone zu. Der alte Mann und sein Metzgerladen gehörten zum italienischen Viertel, seit Kelly denken konnte. Vince' Großvater war einer der ersten italienischen Einwanderer gewesen, die hier ein Geschäft aufgemacht hatten. Kellys Urgroßvater war seinem Beispiel gefolgt und hatte seinerseits zwei Häuserblocks weiter ein Restaurant eröffnet.

„Wie gehts denn immer so, Vince?"

„Ganz gut, seitdem ich mein neues Knie habe." Er bewegte sein Bein ein paar Mal auf und ab, um seine wieder erlangte Beweglichkeit zu demonstrieren. Er lachte. „Vielleicht mache ich dieses Jahr sogar beim Marathonlauf in Boston mit."

Andere Geschäftsleute kamen auf die Straße und schlossen ihre Läden. Sie winkten Kelly und riefen ihr ein paar Worte von der anderen Straßenseite zu.

Kelly liebte diese Gegend. Hier war ihr Zuhause. Hier war sie aufgewachsen, hier hatte sie die Maria-Goretti-Schule besucht und mit den Jungs auf der Straße vor dem Restaurant ihrer Eltern Hockey gespielt. Wenn sie die Augen schloss, konnte sie beinahe die alten Mario-Lanza-Schallplatten hören, die ihr Vater jeden Abend auflegte, während er seine Gäste bediente. Ihre Mutter hatte mehr auf die erfolgreichen Goldjungen von Süd-Philadelphia gestanden – Frankie Avalon, Fabian, Jimmy Darren und Bobby Rydell. Gerahmte Fotografien der berühmten Sänger hingen gut sichtbar an den Wänden des Restaurants, und jede trug eine liebenswürdige Widmung an Connie.

Das San Remo war hell erleuchtet, als Kelly eintrat. An den

Tischen saßen bereits einige frühe Gäste, die marinierte Auberginen mit dünnen Mozzarella-Scheiben aßen.

Kelly winkte zu einem Paar hinüber, das sie kannte, und steuerte auf die Küche zu. Sie sog den Duft der würzigen Tomatensoße ein, die ihre Mutter zubereitet hatte. Sofort begann ihr Magen zu knurren und erinnerte sie daran, dass sie seit dem Sandwich am Flughafen in Philadelphia heute Morgen nichts mehr gegessen hatte.

„Ist es denn die Möglichkeit?“ sagte Connie Robolo, als Kelly durch die Schwingtür kam. „Ich habe ja tatsächlich noch eine Tochter.“

Sie war eine kleine, rundliche Frau, eine gut aussehende Italienerin, die seit dreißig Jahren die gleiche Frisur trug. Um die Taille hatte sie eine weiße Schürze gebunden, die mit Tomatensauce bespritzt war.

„Wo bist du gewesen?“ fragte sie, als Kelly sie auf die Wange küsste. „Den ganzen Tag habe ich versucht, dich zu erreichen.“

Statt einer Antwort nahm Kelly sich ein Stück von einem Brot, das auf der Küchentheke lag, und tauchte es in einen köchelnden Topf.

„Ich habe sogar Victoria angerufen. Sie sagte, sie wüsste nicht, wo du bist, aber sie klang irgendwie komisch.“ Connie warf Kelly einen ihrer „Du-kannst-mich-nicht-zum-Narrenhalten“-Blicke zu. „Als ob sie mich angelogen hätte.“

„Ma, ich bin 35 Jahre alt. Ich muss dir doch wohl nicht sagen, wo ich jede Minute des Tages verbringe.“

„Klar musst du das. Ich bin schließlich deine Mutter.“ Sie beobachtete Kelly beim Kauen. „Wie ist die Sauce?“

Kelly machte eine zustimmende Geste mit Daumen und Zeigefinger.

„Glaubst du, es muss mehr Basilikum hinein? Benny sagt, dass ich nie genug davon nehme."

Kelly hatte keine Ahnung. Das Basilikum konnte sie ohnehin nicht herausschmecken. „Es ist gut so, Ma. Ich mag sie."

„Erzähl das Benny." Connie nahm eine Schüssel mit selbst gemachter Pasta aus dem Kühlschrank und stellte sie auf die glänzende Arbeitsplatte aus Edelstahl. „Wirst du jetzt meine Frage beantworten, oder willst du den ganzen Abend darüber schweigen?"

Kelly überlegte, ob sie lügen sollte – vielleicht eine alte Freundin erfinden, die sie seit den Collegetagen nicht mehr gesehen hatte. Doch plötzlich empfand sie ein Schuldgefühl, dass sie einhüllte wie ein unangenehmer Geruch, und sie konnte es nicht fertig bringen, die Unwahrheit zu sagen.

„Ich war in Miami."

Connie ließ die Schüssel los. „In Miami? Da, wo sie *Miami Vice* drehen?"

Die populäre Serie lief schon seit Jahren nicht mehr im Fernsehen, aber Connie schaute sich die Folgen auf einem Kabelkanal an. Kelly und ihr Bruder machten sich oft über Connies Schwärmerei für Don Johnson lustig. „Ja, Ma, genau dieses Miami."

„Du hast die Stadt verlassen, ohne mir Bescheid zu sagen?"

„Ich bin sehr früh geflogen. Du warst noch gar nicht aufgestanden."

„Was hast du denn in Miami gemacht?"

„Ich habe Jonathan gesucht. Er ist verschwunden."

Connie griff sich mit der Hand an die Brust. „Victorias Jonathan?"

Kelly nickte und erzählte ihrer Mutter von den jüngsten Ereignissen. Den Überfall vor dem Salamander erwähnte sie allerdings mit keinem Wort, und auch Nicks Rettungsaktion verschwieg sie. Das Erstere hätte sie in Panik versetzt, und das Letztere hätte sie auf romantische Gedanken gebracht, die diese notorische Heiratsvermittlerin nur zu gerne hatte. Connie und Nick hatten sich nur einmal getroffen. Sie hatte ihn als Dank für seine Hilfe bei einer Recherche ins San Remo eingeladen. Beim Abschied hatte Connie ihn auf beide Wangen geküsst und ihm Berge von Lasagne und Käsekuchen geschenkt. Dann hatte sie ihm zu Kellys größtem Entsetzen auch noch gesagt, dass er und sie ein sehr schönes Paar abgaben und sie öfter miteinander ausgehen sollten. Kelly war das so peinlich gewesen, dass sie es danach wochenlang vermieden hatte, Nick zu treffen, und in das Restaurant hatte sie ihn auch nie wieder eingeladen.

Als sie ihren Bericht beendet hatte, drohte Connie ihr mit einem Löffel. „Du kannst es wohl nicht lassen, Kelly. Du bringst dich in Gefahr. Mir gefällt das nicht. Lass doch die Polizei nach Jonathan suchen."

„Vermisste Personen genießen bei der Polizei keine hohe Dringlichkeit, Ma. Die in Miami macht da keine Ausnahme. Ein paar Tage lang halten sie nach ihm Ausschau, und dann beschäftigen sie sich wieder mit etwas anderem."

„Dann sag Victoria, sie soll einen Privatdetektiv engagieren."

Kelly tauchte ein zweites Stück Brot in die Sauce.

„Vielleicht hätte ich dir besser nichts erzählen sollen, Ma. So, wie ich es mir vorgenommen habe."

Connie sah verletzt aus. Das konnte sie gut. Besser noch als Kellys Großmutter, die es in dieser Kunst zur Vollendung gebracht hatte. „Du würdest deine Mutter anlügen?"

Warum hatte sie bloß nicht ihren Mund gehalten? „Ich habe dich nicht angelogen, Ma. Ich habe nur darüber nachgedacht."

Diesmal geriet der Löffel gefährlich nahe an Kellys Nase. „Dein Beruf wird mich noch mal umbringen. Weißt du das?"

„Ma, komm mal her." Sie achtete nicht auf die Proteste ihrer Mutter und zog sie zu sich an die Arbeitsplatte. „Erinnerst du dich noch an Papas ersten Herzanfall?"

Connie gab einen sehr undamenhaften Grunzer von sich. „Als ob ich das vergessen könnte. An dem Tag hätte ich ihn beinahe verloren."

„Das haben wir alle gedacht, auch Dr. Catelli. Ich war damals ein kleines Mädchen, aber ich erinnere mich noch gut daran, wie er Papa ermahnte, etwas kürzer zu treten oder sogar das Restaurant zu verkaufen."

„Hat er auf ihn gehört? Natürlich nicht. Er war genau wie du – halsstarrig wie ein Esel."

„Und es war gut, dass Papa nicht verkauft hat, denn am Ende war das Restaurant die beste Therapie für ihn. Selbst du warst überrascht davon, wie schnell er hinterher wieder gesund geworden ist." Ihre Stimme klang belegt, als sie sich an die alten Zeiten erinnerte. „Er hat noch 28 wundervolle, aktive Jahre erlebt und getan, was er am liebsten tat – jeden Tag mit dir zusammengearbeitet, so wie es seine Eltern und Großeltern vor ihm gemacht hatten."

„Dein Vater ist aber auch nicht in der Stadt herumgelaufen, um sich dauernd zusammenschießen zu lassen."

„Ein Mal, Ma. Ein Mal bin ich angeschossen worden. Ich könnte noch hundert Jahre leben, ohne noch einmal von einer Kugel getroffen zu werden."

Connies Stirn glättete sich allmählich wieder. „Na gut. Für dieses Mal will ich es gut sein lassen." Sie ging zu einem großen Geschirrschrank. „Aber dafür musst du bezahlen."

„Ma, ich soll doch nicht etwa wieder bedienen, oder?" neckte Kelly sie.

Connie stellte einen Teller auf die Arbeitsfläche und schob einen Stuhl davor. „Ich werde dich jetzt füttern. Setz dich hin."

Kelly lachte. „Und ich dachte schon, du würdest mir überhaupt nichts anbieten."

Eine halbe Stunde später, als Kelly vergeblich versuchte, ein großes Stück von Bennys Tiramisu zu bewältigen, rief Victoria an.

„Ich habs gefunden. Das Restaurant, in dem Jonathan am Freitag zu Mittag gegessen hatte, heiß Pink Seagull. Es ist in Absecon."

„Bingo", flüsterte Kelly.

Das Pink Seagull war versteckt in einem kleinen Einkaufszentrum abseits der Touristenströme, lag aber so nahe bei Atlantic City, dass die Angestellten der Casinos gerne dorthin kamen.

Kelly hatte sich vorgenommen, kurz nach zwei dort zu sein, wenn die Mittagszeit vorbei war und die Kellner nicht mehr so viel zu tun hatten. Eine Kassiererin saß Kaugummi kauend hinter der Theke. Sie las eine Frauenzeitschrift und schenkte ihrer Umgebung keine Beachtung. Als Kelly ihr sagte, dass sie für eine Story über Restaurants in der Gegend mit den Kellnern sprechen wolle, deutete sie auf zwei junge Männer in schwarzen Hosen und weißen Hemden, ehe sie sich wieder auf ihre Zeitschrift konzentrierte.

Kelly stellte sich vor die Tür zur Küche und hielt einen der Kellner an, als er an ihr vorbeigehen wollte. „Entschuldigen Sie", begann sie höflich, „ich möchte gerne mit jemandem sprechen, der vergangenen Freitag die Mittagsschicht hatte."

„Rick und ich arbeiten jeden Tag, wir machen jede Schicht, mittags und abends." Er wirkte nicht glücklich darüber und erwiderte auch Kellys Lächeln nicht. „Was wollen Sie denn wissen?"

Kelly holte Jonathans Fotografie hervor und hielt sie ihm hin. „Haben Sie diesen Mann bedient?“

Er schaute auf das Foto, ehe er Kelly wieder ansah. „Sind Sie von der Polizei oder so was?“

Kelly beschloss, nicht länger das nette Mädchen zu spielen. Es würde sowieso nichts nützen. „Oder so was. Haben Sie ihn nun bedient?“

Er schüttelte den Kopf. „Nee.“ Mit der Schulter stieß er die Doppeltür auf und verschwand in der Küche.

Ungerührt wartete Kelly darauf, bis der andere Kellner an ihr vorbeimusste. Dann stellte sie ihm die gleiche Frage und nannte ihn gleich bei seinem Namen, Brad, der auf seinem Schildchen stand. Brad sah besser aus und war freundlicher.

Er nickte, als er das Foto sah. „Ja, ich habe Mr. Bowman bedient.“

„Sie kennen ihn?“

„Ich kenne alle Casino-Chefs.“

„Also kommt er oft hierhin?“

„Nein, aber wenn er kommt, dann gibt er immer ein gutes Trinkgeld. An solche Gäste erinnert man sich.“ Sein Lächeln verschwand. „Ich habe gehört, dass Mr. Bowman vermisst wird. Stimmt das?“

Also hatte die Nachricht schon die Runde gemacht. Cecily würde gar nicht glücklich darüber sein. „Ja. Deshalb bin ich auch hier. Ich bin eine Freundin der Familie und versuche herauszufinden, wo er ist.“ Sie steckte das Foto wieder in die Tasche. „Ist er mit jemandem hier gewesen?“

„Ja. Aber den kannte ich nicht.“ In der Küche rief jemand Brads Namen. Er wollte gehen, doch Kelly hielt ihn zurück. „Könnten Sie ihn beschreiben?“

Brad verzog die Lippen. „Er war Ende fünfzig, mit grauem

Haar. Elegant gekleidet und gut aussehend. Ich weiß das deshalb noch so genau, weil er mich an Cary Grant erinnert hat. Nur dass er ein rötliches Muttermal hatte.“ Er berührte die rechte Seite seiner Stirn. „Genau hier.“

Kelly lehnte sich an die Wand.

Der Kellner hatte ihr gerade Ward Sanders beschrieben.

15. KAPITEL

Das zweistöckige, im Kolonialstil errichtete Haus der Sanders in Villanova mit seinem perfekt gepflegten Rasen und den mächtigen alten Eichen war eines der prächtigsten Anwesen im Umkreis von Philadelphia. Mehrere Generationen der Sanders hatten es im vergangenen Jahrhundert bewohnt. Obwohl Ward und Cecily seit mehr als dreißig Jahren hier lebten, lautete der Besitz immer noch auf den Namen Monroe Sanders. Und das ließ er sie auch nie vergessen.

Kelly hatte wundervolle Zeiten hier verbracht. Zunächst hatte sie der Luxus und die Weiträumigkeit des Hauses eingeschüchtert, aber mit der Zeit hatte sie begonnen, die Villa als ihr zweites Zuhause zu betrachten und die Sanders als ihre Ersatzfamilie. Von Anfang an hatten Ward und Cecily ihr das Gefühl vermittelt, willkommen zu sein, hatten sich für ihre Zukunftspläne interessiert und sie genauso engagiert ermutigt und unterstützt wie Victoria.

Vom Parkplatz des Pink Seagull hatte Kelly Ward in der Bank angerufen und ihm gesagt, sie müsse unter vier Augen mit ihm reden. Verwirrt, aber bereitwillig, hatte er ihr vorgeschlagen, ihn zu Hause zu treffen. Er war auf dem Weg zu einer Geschäftsreise nach Baltimore, würde aber erst noch nach Villanova kommen.

Der Butler öffnete die Tür und verbeugte sich höflich in seiner steifen Art. „Guten Tag, Miss Robolo."

Adrian arbeitete seit Mitte der neunziger Jahre im Haushalt, als ein anderes Ehepaar aus der Sanders-Familie in ein Altenheim gezogen war und ihn nicht länger benötigte. Ward wollte nicht noch mehr Personal, aber trotz seiner Proteste hatte Cecily ihn mit Schmeicheleien und gutem Zureden davon überzeugt, dass ein Mann im Haus für die alternde Haushälterin Nela eine willkommene Erleichterung wäre. Adrian stammte aus Rumänien und sprach mit einem leichten mitteleuropäischen Akzent. Alle Gäste begrüßte er mit einer altmodischen Unterwürfigkeit, an die Kelly sich nie hatte gewöhnen können. Er war den Sanders vollständig ergeben, vor allem aber Cecily, die es ihm ermöglicht hatte, in der Familie zu bleiben.

„Wie geht es Ihnen, Adrian?" Kelly ließ sich von ihm aus dem Mantel helfen.

Er verneigte sich. „Sehr gut, Miss Robolo, vielen Dank."

„Ist Mr. Sanders zu Hause?"

„Er erwartet Sie im Salon." Sein Rücken war steif wie ein Brett, als er sie hineinführte und ankündigte, ehe er mit ihrem Mantel im Arm in die Halle zurückging.

Ward kam ihr mit ausgestreckten Händen entgegen, als sie den elegant ausgestatteten Raum betrat. „Kelly! Kommen Sie herein, meine Liebe. Ihr Anruf hat mich sehr beunruhigt. Es geht doch hoffentlich nicht um Victoria, oder?" Seine Miene drückte Betroffenheit aus. „Die Neuigkeiten von Jonathans Untreue haben ihr ziemlich zugesetzt, und ich mache mir große Sorgen um sie."

„Sie wissen es also auch schon."

„Sie ist hier vorbeigekommen, nachdem sie Sie nach Hause gebracht hat." Er führte Kelly zu einer Sitzgruppe aus Sofas und Stühlen, die mit grünem Brokat bezogen waren. „Cecily und ich konnten es kaum glauben. Wie konnte Jonathan ihr nur so etwas antun! Sie hat diesen Mann angebetet."

„Sie tut es immer noch."

Ward seufzte. „Ja. So etwas hört auch wohl nicht über Nacht auf."

„Ward." Kelly verschränkte die Hände in ihrem Schoß. „Ich

bin nicht hierher gekommen, um über Jonathans Affäre zu sprechen."

„Oh?" Er wirkte überrascht.

Da sie wusste, dass er es ebenso wenig wie sie liebte, um den heißen Brei herumzureden, kam sie sofort zum Thema. „Warum haben Sie mir oder Victoria nicht gesagt, dass Sie am Freitag gemeinsam mit Jonathan zu Mittag gegessen haben?"

Ward wurde bleich. „Wie haben Sie das denn herausgefunden?"

„Ich bin Reporterin. Haben Sie etwa geglaubt, ich würde es nicht herausbekommen?"

Er gab keine Antwort.

„Mein Gott, Ward, wie konnten Sie eine so wichtige Information vor uns allen geheim halten?"

„Ich konnte es Ihnen nicht sagen. Ich konnte es niemandem sagen."

„Und warum nicht?"

„Weil ich Jonathan mein Wort darauf gegeben habe!" Sofort entschuldigte er sich. „Tut mir Leid, Kelly, ich wollte nicht laut werden. Ich ..."

Sie unterbrach ihn mit einer Handbewegung. „Machen Sie sich darüber keine Sorgen." Sie wartete, bis er seine Fassung zurückgewonnen hatte, ehe sie fortfuhr: „Ich verstehe Ihre Haltung, das Vertrauen eines Freundes nicht zu missbrauchen. Aber hier geht es um sehr wichtige Dinge. Jonathans Leben könnte in Gefahr sein."

Ward starrte auf seine Hände. Als das Schweigen eine ganze Minute lang gedauert hatte, fühlte sich Kelly immer unbehaglicher. „Ward! So sagen Sie doch etwas."

Er nickte. „Ja. Gut. Ich denke, es spielt jetzt sowieso keine Rolle mehr."

„Was?“

„Jonathan wollte sich Geld leihen.“

Kelly stieß einen Seufzer der Erleichterung aus. Nachdem sie sich alle möglichen Vergehen ausgemalt hatte, die Ward begangen haben könnte, war es für sie eine große Erleichterung, dass Jonathan Geld borgen wollte. „Wofür brauchte er das Geld?“

„Das wollte er mir nicht sagen.“

„Haben Sie ihn nicht gefragt?“

„Selbstverständlich, sogar mehrmals während des Essens. Aber er weigerte sich, mit mir darüber zu sprechen.“

„Wieviel Geld brauchte er denn?“

„Hunderttausend Dollar.“

„Meine Güte.“

„Ich weiß. Ich war auch schockiert. Zuerst hatte ich angenommen, er habe gespielt und müsse das Geld einem Kredithai zurückzahlen. Es wäre nicht das erste Mal, dass ein Casino-Angestellter – sogar einer aus der Chefetage – dem Glücksspiel verfällt. Dann habe ich mich gefragt, ob er vielleicht erpresst wird.“

„Von wem?“

„Zuerst habe ich an eine Frau gedacht, aber Jonathan hat energisch bestritten, eine Affäre zu haben.“ Seine Mundwinkel verzogen sich zu einem bitteren Lächeln. „In Anbetracht der Tatsache, dass wir nun über Magdalena Montoya Bescheid wissen, lag ich gar nicht so falsch, oder?“

„Haben Sie ihm das Geld gegeben?“

Ward lachte kurz auf. „Oh Kelly, woher sollte ich so viel Geld nehmen, ohne dass mein Vater es merken würde? Ich bin zwar Direktor der Eastland Bank, aber mein Vater ist immer noch Vorstandsvorsitzender, und einer, der seine Augen überall hat.“

„Was ist mit Cecily?“

„Nun ja, Cecily hätte sicherlich die Mittel, um Jonathan helfen zu können, und sie hätte es auch getan, und wenn es nur darum gegangen wäre, der Familie einen Skandal zu ersparen. Aber Jonathan hat mich schwören lassen, zu keinem ein Wort zu sagen – am allerwenigsten zu Cecily."

„Und was passierte dann?"

„Wir haben zu Ende gegessen, wobei Jonathan seine Speisen kaum angerührt hat. Ich habe die ganze Zeit versucht, sein Vertrauen zu gewinnen. Zwischen ihm und mir herrschte immer ein gutes Verhältnis, und ich hatte gehofft, ihm helfen zu können, egal, wie groß das Problem sein mochte. Wenn schon nicht mit Geld, dann wenigstens mit einem Ratschlag oder moralischer Unterstützung."

Als er sie wieder anschaute, sah Kelly Tränen in seinen Augen, und sie wusste, dass sie echt waren. „Im Nachhinhein wünsche ich mir, dass ich mich anders verhalten hätte und vielleicht doch zu meinem Vater gegangen wäre."

Kelly konnte sich allerdings nicht vorstellen, dass Monroe Sanders hunderttausend Dollar ausgegeben hätte, ohne eine Gegenleistung, zum Beispiel einen beträchtlichen Gewinn, zu erwarten. In Finanzkreisen war der alte Mann als gewitzter Geschäftspartner bekannt und auch als rücksichtslos, wenn es die Umstände erforderten. Kelly hatte diese Seite seines Charakters oft erlebt, besonders im Umgang mit Ward, den er wie einen Dienstboten behandelte statt wie den Präsidenten seiner Bank.

„Sie sind sich doch im Klaren darüber, dass Sie es Victoria erzählen müssen."

„Warum? Was würde das bringen?"

„Sie ist Jonathans Frau, und sie muss alles wissen, was in Zusammenhang mit seinem Verschwinden steht, egal, wie unangenehm es ist. Außerdem weiß sie, dass ich im Pink Seagull war, und wartet darauf zu erfahren, was ich herausgefunden habe. Ich werde sie nicht belügen, Ward."

„Das erwarte ich auch gar nicht von Ihnen."

„Dann sagen Sie es ihr", drängte sie, „bevor Sie nach Baltimore fahren."

Er nickte und erhob sich, als sie aufstand. Aber statt sie zur Tür zu begleiten, blieb er stehen. „Cecily hat mir erzählt, dass sie Sie gebeten hat, die Suche aufzugeben."

„Hat sie Ihnen auch gesagt, dass ich mich geweigert habe?"

„Ja." Er befeuchtete seine Lippen. „Ich hatte gehofft, Sie würden es sich noch einmal überlegen."

„Ach, Ward." Kelly versuchte gar nicht erst, ihre Enttäuschung zu verbergen. „Nicht auch noch Sie."

„Die Situation hat sich geändert, Kelly." Seine Stimme klang jetzt energischer. „Zuerst habe ich auch gesagt, dass wir alles Mögliche unternehmen sollten, um Jonathan zu finden. Aber jetzt, wo diese schmutzige Sache mit der Stripperin ans Licht gekommen ist und er möglicherweise eine Anklage wegen Drogenhandels zu erwarten hat, bin ich der gleichen Meinung wie Cecily. Jonathan zum Zurückkehren zu zwingen, könnte unserer Familie eine Menge hässlicher unerwünschter Publicity bescheren."

„Und was ist mit Victoria?"

„Victoria braucht Zeit, sich über ihre Gefühle klar zu werden."

„Das ist sie schon. Sie möchte ihren Mann wiederhaben."

„Sie weiß nicht, was sie will!"

Tief in ihrem Innern fühlte sie sich plötzlich unbehaglich. Jetzt hatte Ward sie bereits zum zweiten Mal angeschrien. Das war äußerst ungewöhnlich für einen Mann, der nie seine Beherrschung verlor. Was war bloß mit ihm los? Hatte Cecily ihn etwa endgültig davon überzeugt, dass es besser wäre, wenn Jonathan nicht gefunden wurde? Oder verheimlichte er etwas anderes?

„Ich gehe jetzt wohl besser", sagte sie barsch. „Diese Unterhaltung bringt uns nicht weiter."

„Sie sind verärgert."

„Da haben Sie verdammt noch mal Recht. Ich verstehe Sie nicht, Ward. Und auch nicht Cecily. Sie sagen beide, dass Sie Victoria lieben, aber hinter ihrem Rücken haben Sie sich dagegen verschworen, dass sie wieder mit dem Mann zusammenkommt, den sie liebt. Warum?"

„Wir wollen nicht, dass sie verletzt wird."

„Und ich will das? Ist es etwa das, was Sie denken?"

Als er keine Antwort gab, schüttelte Kelly den Kopf, verließ das Zimmer und ging in die Halle. Adrian, den Kelly einmal damit aufgezogen hatte, mit Radar ausgerüstet zu sein, stand schon mit ihrem Mantel über dem Arm an der Tür. Ehe er ihr hineinhelfen konnte, hatte sie ihn von seinem Arm gerissen, bedankte sich kurz angebunden und ging hinaus.

Zwanzig Minuten später dachte Kelly immer noch an ihr merkwürdiges Gespräch mit Ward, als sie auf der Broad Street in Höhe eines Zeitungskiosks vor einer roten Ampel anhielt. Am Straßenrand lag, zu einem hohen Stapel aufgebaut, die *Daily News*, und ihr Auge blieb an der schreienden Schlagzeile hängen.

Casino-Chef aus Atlantic City spurlos verschwunden.

Schnell kurbelte sie ihr Fenster herunter. „Hallo", versuchte die Aufmerksamkeit des Zeitungsverkäufers auf sich zu lenken. Als er sich umdrehte, hielt sie zwei Dollarnoten aus dem Fenster. „Bitte die *Daily News*. Rasch, bevor es grün wird."

Mit geübter Schnelligkeit griff der Mann nach einem Exemplar, lief zu ihrem Wagen und gab ihr das Wechselgeld genau in dem Moment, als die Ampel umschaltete. Hinter ihr hupten bereits einige ungeduldige Verkehrsteilnehmer. „Ich fahr ja schon", schrie Kelly.

Sie musste bis zur nächsten Ampel warten, ehe sie den kurzen Artikel lesen konnte:

Jonathan Bowman, einer der Vizepräsidenten des Chenonceau Hotel-Casinos in Atlantic City, wird vermisst, seit er gestern Morgen sein Haus in Bryn Mawr verlassen hat.

Nach Auskünften von Flughafenangestellten und der Polizei in Miami nahm Bowman am späteren Morgen eine Maschine nach Miami und stieg im Encantado, einem Motel am Ort, ab. Am Abend explodierte eine Bombe in Bowmans Zimmer. Zwei Gäste des Motels wurden getötet, sechs weitere verletzt.

Bis jetzt ist noch unklar, ob es sich bei den sterblichen Überresten, die in Zimmer 116 gefunden wurden, um Mr. Bowman handelt.

Die Polizei von Philadelphia steht in ständigem Kontakt zu den Kollegen in Miami, will sich aber zu der Angelegenheit nicht äußern. Jonathan Bowman, der aus Delaware stammt, ist der angeheiratete Neffe von Cecily Sanders, der Vorstandsvorsitzenden und Präsidentin der Norton-Stiftung, einer der größten Wohltätigkeitsorganisationen des Landes.

Weder Mrs. Sanders noch Bowmans Ehefrau Victoria waren für eine Stellungnahme erreichbar.

Kelly warf die Zeitung auf den Beifahrersitz und dankte Detective Quinn im Stillen. Er hatte sich an sein Versprechen gehalten und nichts von seinem früheren Verdacht erwähnt, dass Jonathan in Drogenhandel verstrickt sein könnte. Cecilys kostbarer Name würde ebenso unbefleckt bleiben wie ihre glorreiche

Zukunft sicher. Aber noch wichtiger war, dass Victoria und Phoebe ein peinlicher Skandal erspart blieb.

Ein kurzer Anruf bei Victoria beruhigte sie. Es überraschte sie nicht, dass eine Meute von Reportern vor einer Stunde vor deren Haus Stellung bezogen hatte und von Cecily empfangen worden war. Ruhig und freundlich hatte sie all ihre Fragen beantwortet, wobei sie sorgfältig darauf achtete, dass sie nur zu dem etwas sagte, was ihnen bereits bekannt war. Außerdem hatte sie ihnen versprochen, sie über neue Entwicklungen auf dem Laufenden zu halten.

Kelly lächelte, als sie das Gespräch beendete. Niemand wusste die Presse besser zu nehmen als Cecily.

Als sie noch einen Block von ihrem Haus entfernt war, stöhnte Kelly plötzlich auf. Ihr Chef, der wie ein Vulkan kurz vor dem Ausbruch wirkte, lief mit ausladenden Schritten über den Gehweg. Unter seinem Arm steckte ein Exemplar der *Daily News*.

Mit 66 Jahren war Lou Ventura ein kleiner, aber kräftig gebauter Mann von aufbrausendem Temperament und mit einer Stimme, die auch den furchtlosesten Reporter zum Schweigen brachte. Kelly hatte schon früh gelernt, wie sie mit ihm umgehen musste, denn sie hatte festgestellt, dass unter der rauen Schale ein sanfter Kater steckte. Im Moment wirkte der sanfte Kater allerdings mehr wie ein tollwütiger Löwe.

„Tag, Lou.“ Lächelnd stieg Kelly aus dem Wagen.

„Wie schön, dass Sie sich endlich dazu entschlossen haben, nach Hause zu kommen.“ Lou verplemperte nicht viel Zeit mit Begrüßungsfloskeln, wenn jeden Tag der Redaktionsschluss wie ein Damoklesschwert über seinem Kopf hing. „Haben Sie die Zeitungen gelesen?“ Es war mehr eine Anklage als eine Frage, aber bevor sie etwas sagen konnte, riss er die *News* unter dem Arm hervor und wedelte damit vor ihrer Nase herum.

„Gehen wir doch ins Haus, Lou.“

Er stürmte hinter ihr her und polterte sofort weiter.

„Würden Sie mir mal bitte erklären, warum sich meine Starreporterin von einem Konkurrenzblatt abkochen lässt, und das auch noch bei einer Exklusivmeldung, die sie vor 24 Stunden hätte auf dem Tisch haben müssen?“

„Falls Sie es vergessen haben, Lou, ich bin krankgeschrieben.“

„Kommen Sie mir bloß nicht mit dieser Scheiße. Halten Sie mich für bescheuert? Sie glauben wohl, ich hätte meine Hausaufgaben nicht erledigt, was? Sie sind nach Miami geflogen. Sie sind doch an dieser Story dran, Kelly.“

Kelly seufzte. Hatte sie das wirklich überrascht? Schließlich war Lou einer der besten Reporter im ganzen Land. Ihm war noch nie etwas entgangen.

„Setzen Sie sich erst einmal hin, Lou. Wie wärs mit einem Drink? Ich habe noch etwas von dem guten irischen Whiskey, den Sie so gern mögen.“

„Ich will keinen Whiskey, verdammt. Ich will Antworten.“

„Na schön. Sie wollen Antworten, also gebe ich Sie ihnen.“ Sie zog den Mantel aus und warf ihn aufs Sofa. „Ich habe Ihnen keine Exklusiv-Geschichte geschrieben, weil ich es nicht konnte. Zum einen hat die Familie versucht, die Angelegenheit unter der Decke zu halten.“

„Das ist ihnen wirklich gut gelungen.“

„Zum Zweiten wollte ich die Notsituation meiner besten Freundin nicht ausnutzen, nur damit der *Globe* mehr Auflage macht.“

„Es geht um Nachrichten, Kelly. Die Leute haben ein Recht darauf zu erfahren, was in ihrer Stadt passiert. Deshalb kaufen sie schließlich unser Blatt.“

„Jonathan Bowman ist keine Nachricht. Kein Mensch kennt ihn oder kümmert sich um ihn, außer seiner Familie."

„Er ist der Neffe von Cecily Sanders. *Das* macht ihn zu einer Nachricht."

Kelly verschränkte die Arme und hielt seinem wütenden Blick stand. „Wenn das Ihre Meinung ist, dann setzen Sie doch jemand anderen auf die Story an, denn ich werde sie nicht schreiben."

Seine Augen wurden schmal. „Was verheimlichen Sie mir, Kelly? Was wissen Sie und wollen mir nicht sagen? Und sagen Sie ja nicht nichts, denn irgendwas ist im Busch. Das kann ich doch riechen!"

Natürlich konnte er das. Schließlich hatte er seinen Spitznamen „der Spürhund" nicht ohne Grund weg. „Ich weiß auch nicht mehr als das, was Sie in den *News* gelesen haben", sagte sie und hoffte, dass er sie nicht durchschaute. Irgendwann würde sie für diese Lüge bezahlen müssen, aber fürs Erste war das die einzige Möglichkeit, Victoria zu schützen. Wenn Lou auch nur den leisesten Verdacht hegte, dass mehr an der Geschichte dran war, als sie behauptete, würde er selber anfangen zu recherchieren.

„Mein Trip nach Miami war reine Zeitverschwendung", fuhr sie fort. „Ich habe überhaupt nichts herausgefunden."

„Was hat Bowman in Miami gemacht?"

Sie zuckte mit den Achseln. „Ich habe keine Ahnung. Keiner weiß etwas."

Er durchbohrte sie mit einem stählernen Blick. „Und Sie schreiben die Geschichte später? Wenn Sie alle Fakten beisammen haben?"

„Nein. Und Sie würden das auch nicht tun, wenn Sie an meiner Stelle wären. Sie würden eher kündigen, als einen Freund zu kompromittieren."

Sein Gesicht färbte sich wieder rot. „Drohen Sie mir jetzt etwa mit Kündigung?"

„Ich lehne nur einen Auftrag ab, Lou. Was ist daran so schlimm? Das passiert doch immer wieder mal."

„Hughes könnte Sie deswegen feuern. Er will diese Story."

Daran zweifelte sie keine Sekunde. Orin Hughes, der den *Globe* vor zwei Jahren von seinem Vater geerbt hatte, war nur an einer Sache interessiert – Auflage. Er scherte sich den Teufel um Loyalität oder Fairness, und er fand sicherlich auch nichts dabei, die Wahrheit ein wenig auszuschmücken, wenn es dem Verkauf förderlich war.

„Das weiß ich", sagte sie, und ihre Stimme klang ein wenig nachgiebiger. „Ich zähle auf Sie, dass Sie ihm das ausreden."

Er forschte eine Weile in ihrem Gesicht, und obwohl sie nicht sicher war, glaubte sie ein Zucken in seinen Mundwinkeln zu sehen. Die Krise war überstanden. Er würde jemand anders auf die Geschichte ansetzen.

Er deutete mit dem Finger auf sie. „Ich hab was gut bei Ihnen."

Ehe er es verhindern konnte, küsste sie ihn auf die Wange. „Sie sind großartig, Lou."

16. KAPITEL

Mit dem farbgetränkten Schwamm in der Hand trat Kelly einen Schritt von der Wand des Badezimmers zurück, um die Terrakotta-Lasur zu begutachten.

Obwohl sie zunächst Zweifel an ihren handwerklichen Fähigkeiten hegte, hatte sie eine recht gute Arbeit geleistet. Der Farbaufstrich hatte genau die Struktur, die sie sich erhofft hatte. Jetzt musste sie nur noch warten, bis alles getrocknet war, ehe sie das Fenster mit der vermeintlichen Aussicht in einen Garten aufmalen konnte. Sie hasste fensterlose Räume und hatte bis vor kurzem nicht gewusst, wie sie das Problem lösen konnte. Das Foto eines aufgemalten Fensters in einer Illustrierten hatte sie auf die Idee gebracht.

Im Gegensatz zur Ansicht ihrer Mutter war die Renovierung eine gute Therapie. Die meiste Zeit war sie so in ihre Arbeit vertieft, dass sie alles andere um sich herum vergaß. Heute Abend allerdings war es ihr nicht gelungen, Jonathan aus ihren Gedanken zu vertreiben. Er und Victoria hatten doch alles, was ein Paar sich nur wünschen konnte – ein wunderschönes Zuhause, eine reizende kleine Tochter, sie hatten gute Jobs und waren gesund. Warum hatte er das alles für eine Exstripperin aufs Spiel gesetzt? Für Sex? Vielleicht. Aber warum in Miami? Hätte er das gleiche Vergnügen nicht auch ein wenig näher zu Hause finden können anstatt in diesem schmuddligen Nachtclub?

Für heute machte sie Schluss. Sie warf den Pinsel in einen Eimer und begann, ihre Handschuhe abzustreifen. Irgendetwas war ihr entgangen. Der Gedanke war zum Greifen nahe – aber was war es bloß? Warum gelang es ihr nicht, das Puzzle zusammenzufügen? Vom Klingeln an der Haustür wurde sie jäh aus ihren Überlegungen gerissen.

Sie ging hinunter, doch bevor sie die Tür öffnete, spähte sie durch den Spion. Das hatte sie sich angewöhnt, als die Verwüstungen an ihrem Haus angefangen hatten. „Ist es denn die Möglichkeit?“ murmelte sie leise.

Nick McBride stand auf der Treppe. Er hatte die Hände auf dem Rücken und den Kopf gesenkt, als läse er auf ihrer Fußmatte, was im Moment wirklich absolut unzutreffend war: „Herzlich willkommen“.

Einen Moment lang dachte sie daran, so zu tun, als sei sie nicht zu Hause. Das geschähe ihm recht; warum meldete er sich auch nicht vorher an? Dann fiel ihr ein, dass sie das Treppenlicht eingeschaltet hatte, als sie herunterkam, und das musste er durch das Sprossenfenster gesehen haben. Ganz abgesehen davon, dass ihr VW, den jeder Polizist in der Stadt kannte, ausnahmsweise vor der Haustür geparkt war. Pech auf der ganzen Linie!

„Was willst du, McBride?“ fragte sie, ohne die Tür zu öffnen.

„Mit dir reden.“

„Dann hast du ein Problem. Denn ich will nicht mit dir reden.“

„Komm, Kelly, mach die Tür auf, bevor die alte Nachbarin von gegenüber Gerüchte über uns in die Welt setzt.“

Kelly rollte mit den Augen. Mrs. Sheridan, die berüchtigtste Klatschtante im ganzen Viertel. „Verdammt, Nick“, murmelte sie, als sie die Tür öffnete.

Nicks rechte Hand schoss hinter seinem Rücken hervor – mit einer Flasche Wein. „Wie du siehst, habe ich einen sehr persönlichen Olivenzweig mitgebracht.“

Kelly lachte sarkastisch. „Und du glaubst wirklich, dass ich den mit dir trinke?“

„Warum nicht? Es ist deine Lieblingssorte. Ich dachte, wir könnten uns beim Abendessen unterhalten.“

Der Mann war nicht nur arrogant, sondern auch verrückt. „Abendessen? Hier? Das hast du wohl geträumt, McBride."

„Keine Sorge, ich weiß, dass du nicht kochst." Jetzt kam auch die linke Hand zum Vorschein, in der er eine Papiertüte hielt. „Ich habe das Essen mitgebracht."

Dieses Lächeln, das sie einmal so sympathisch gefunden hatte, verfehlte jetzt seine Wirkung auf sie. Wenn Mrs. Sheridan nicht gewesen wäre, die noch immer hinter ihren weißen Spitzengardinen stand und sie beobachtete, hätte Kelly ihm die Tür vor der Nase zugeschlagen. Jetzt wartete sie, bis er eingetreten war, und knallte dann die Tür zu.

Er schien es nicht zu bemerken. „Du hast die Wände gestrichen." Er fuhr mit dem Daumen über ihr Kinn. „Du hast hier Farbe."

Sie zog den Kopf zurück. „Du hast gesagt, du wolltest mit mir reden. Dann machs jetzt und mach schnell, denn ich habe zu tun." Sie ging ihm ins Wohnzimmer voran und wünschte, kein Feuer im Kamin gemacht zu haben. Das Zimmer sah viel zu gemütlich aus.

Er musste das Gleiche gedacht haben. Sein Blick wanderte durch den Raum und nahm jede Einzelheit war. „Sehr hübsch."

„Freut mich, dass es dir gefällt", bemerkte sie trocken.

Er hielt die Flasche hoch. „Soll ich sie öffnen?"

Mit einer ausladenden Handbewegung deutete sie zur Küche. „"Fühl dich wie zu Hause."

Sie folgte ihm nicht, sondern beobachtete ihn über ihre Frühstücksbar hinweg. Heute Abend war er zum ersten Mal in ihrem Haus, und trotzdem machte er den Eindruck, als gehörte er hierher. Sogar Korkenzieher und Gläser hatte er nach wenigen Sekunden schon gefunden.

Sie hörte andere Geräusche, es klapperte ein- oder zweimal , dann kam er mit den Weingläsern zurück. „Ich habe das Essen in den Ofen gestellt. Mittlere Temperatur.“ Er reichte ihr ein Glas.

„Ein echter Hausmann. Ich bin beeindruckt.“

„Danke.“ Er prostete ihr zu, nahm einen Schluck und nickte anerkennend. „Ausgezeichnet.“

Ihr fiel keine schnippische Antwort ein, und deshalb nahm sie auch einen Schluck. Es war wirklich ihr Lieblingswein – ein kalifornischer Sangiovese, den sie im vergangenen Jahr bei einem Besuch auf dem Weingut ihres Onkels in Napa Valley entdeckt hatte. Sie musste sich sehr zusammennehmen, um Nick nicht zu fragen, woher er das wusste.

„Gut.“ Nick lehnte sich an einen Sessel. „Was Miami angeht – da schulde ich dir eine Erklärung.“

„Und eine Entschuldigung. Aber du kannst mit der Erklärung anfangen.“

Er verneigte sich höflich. „Du kriegst beides.“ Ihre Augen trafen sich, und er sah plötzlich ernst aus. „Als ich am Dienstag ins Roundhouse zurückkam, hatte Captain Cross gerade mit Detective Quinn telefoniert.“

„Ich habe dir doch gesagt, dass er sich melden würde.“

„Ich weiß.“ Er nahm noch einen Schluck Wein. „Cross hat sofort Cecily Sanders verständigt und ihr versichert, dass die Polizei von Philadelphia mit der von Miami in jeder Hinsicht kooperieren würde. Und dann hat er mir den Fall übertragen.“

Also war er doch dienstlich in Miami gewesen. „Und deshalb bist du heute Abend hier? Um mir mitzuteilen, dass Cross dir den Fall gegeben hat?“

„Nein. Ich wollte dir sagen, warum ich persönlich an Jonathan Bowmans Verschwinden interessiert bin.“

Vielleicht lag es am Wein, aber Kelly spürte, dass sie zugänglicher wurde, jedenfalls ein wenig. „Ich höre.“

„Ich glaube, dass Jonathans Verschwinden in irgendeinem Zusammenhang mit dem Tod meines Vaters vor einem Jahr steht."

„Weil beide Männer im Chenonceau gearbeitet haben."

Er senkte sein Glas. „Du hast die Verbindung auch schon erkannt?"

„Der Gedanke ist mir gekommen." Sie setzte sich auf die Ecke des anderen Stuhls. „Und was verbindet die beiden Ereignisse deiner Meinung nach sonst noch?"

„Eine der bemerkenswertesten Eigenschaften meines Vaters – oder einer seiner größten Fehler, je nachdem, wie man es betrachtet – war seine Neugier. Deshalb war er ja ein so guter Polizist. Wenn er sich an irgendeiner Sache festgebissen hatte, ließ er erst los, wenn er alle Antworten beisammen hatte. In den letzten Tagen vor seinem Tod hatte sich seine Stimmung geändert. Er war stiller geworden und schien über irgendetwas besorgt zu sein. Er fing auch an, Überstunden zu machen, obwohl er das gar nicht brauchte. Mit seiner Rente und dem Lohn hatte er mehr Geld zur Verfügung, als er jemals ausgeben konnte. Als ich ihn danach gefragte habe, sagte er, dass ihm die zusätzliche Arbeit eine willkommene Beschäftigung sei. Da hätte ich merken müssen, dass irgendetwas nicht stimmte. Er hatte nämlich nie Probleme, sich in seiner Freizeit zu beschäftigen. Im Gegenteil, er schien nie genug davon zu haben, um seine Hobbys zu pflegen – Angeln, mit Freunden Karten spielen, im Garten arbeiten."

„Und warum hat er es dann deiner Meinung nach getan?"

„Genau das habe ich nicht mehr herauskriegen können."

Sie konnte sich nicht vorstellen, dass Nick McBride jemals etwas nicht herauskriegen würde. Dafür war er ein viel zu guter Polizist. „Was meinst du damit?"

„Ich habe damals rund um die Uhr gearbeitet, um den Patterson-Mordfall aufzuklären, und ich habe einfach nicht genügend auf die Signale geachtet, die mein Vater mir gesendet hatte. Wenn ich ..."

Er beendete den Satz nicht, aber Kelly wusste, was er hatte sagen wollen. Ihr Herz war voller Mitgefühl. Sich für den Tod eines geliebten Menschen verantwortlich zu fühlen, war eine schreckliche Sache. Jetzt wurde ihr auch klar, warum er sich im vergangenen Jahr so sehr darum bemüht hatte, den Mord an seinem Vater aufzuklären, und warum er so bereitwillig die Gelegenheit ergriffen hatte, Jonathans Verschwinden zu untersuchen.

„Glaubst du, dein Vater hatte bestimmte Gründe, als er zusätzliche Schichten übernommen hat?" fragte sie.

„Die Büros der Vorstandsvorsitzenden sind nachts leer und für einen Insider leicht zugänglich und zu durchsuchen."

Sie sah ihn aufmerksam an. „Nach was zu durchsuchen?"

„Das weiß ich nicht, aber irgendetwas muss seinen Verdacht erregt haben." Er schaute zur Decke hoch. „Wenn er mir nur geradeheraus gesagt hätte, was ihn bedrückte. Ich hätte ihm helfen können. Jetzt stochere ich im Dunklen und stelle Vermutungen an, die ich nicht beweisen kann."

„Vielleicht hatte er ja auch nichts zu sagen." Sie warf ihm einen Rettungsring zu, um seine Schuldgefühle loszuwerden.

Nick schüttelte den Kopf. „Mein Gefühl sagt mir was anderes."

„Aber selbst wenn dein Vater einen Verdacht hatte – gefunden hat er nichts, oder? Denn wenn das der Fall gewesen wäre, hätte er dir doch bestimmt davon erzählt."

„Vielleicht hat er ja auch etwas gefunden und wurde ermordet, ehe er die Gelegenheit hatte, etwas zu unternehmen."

Kelly überlegte. An seiner Theorie war etwas dran – bis jetzt jedenfalls. „Und was ist nun mit Jonathans Verschwinden? Wie bringst du das mit dem Tod deines Vaters in Verbindung?“

„Als Vizepräsident hatte Jonathan Zugang zu Unterlagen und Informationen, die er vorher als Generaldirektor des Chenonceau nicht hatte. Er könnte auf ein paar heikle Dokumente gestoßen sein, die so belastend waren, dass sie Syd Webber ins Gefängnis bringen könnten.“

„Was willst du damit sagen? Dass Syd Webber Jonathan getötet hat? Oder ihn hat umbringen lassen?“

„Das würde ich nicht von vornherein ausschließen.“

Kelly schwieg betroffen. Sie war sich natürlich im Klaren darüber, dass Nick einen persönlichen Rachefeldzug gegen Syd Webber führte, und kannte seine Auffassung darüber, dass der Casinobesitzer mehr über Patrick McBrides Tod wusste, als er zugeben wollte. Konnte es sein, dass sein Hass auf den Mann sein Urteilsvermögen beeinträchtigte?

„Nun gut“, räumte sie ein, „ich verstehe deine Argumente. Aber selbst wenn du Recht haben solltest, wie erklärst du dir dann, dass Jonathan in Miami war? Falls Syd Webber ihn loswerden wollte, und ich sage nicht, dass es so ist, warum sollte er das in Miami machen?“

Nick erhob sich und ging hinüber zu dem offenen Kamin. Nachdem er eine Weile in die Flammen geschaut hatte, drehte er sich um. „Möglicherweise ist Jonathan überhaupt nicht in Miami gewesen.“

17. KAPITEL

Kelly starrte Nick fassungslos an. Dann schüttelte sie den Kopf. „Daran habe ich auch gezweifelt, als ich gestern dorthin geflogen bin. Aber inzwischen tue ich das nicht mehr. Ich habe nämlich einen unumstößlichen Beweis dafür, dass Jonathan in Miami war – und in Magdalenas Wohnung."

Überrascht legte er den Kopf schräg. „Wirklich?"

Sie erzählte ihm von dem chinesischen Duftläschchen, das aus Victorias Laden verschwunden war, und wo sie es anschließend gefunden hatte. Diesmal schwieg er gedankenverloren. Sie glaubte fast sehen zu können, wie sein brillantes Gehirn arbeitete, um das, was er gerade gehört hatte, mit seinen Kenntnissen und Verdachtsmomenten in Übereinstimmung zu bringen. „Wo ist das Fläschchen jetzt?" fragte er.

„Ich habe es Victoria zurückgegeben."

„Man muss es auf Fingerabdrücke untersuchen."

„Ich weiß. Wir sind sehr vorsichtig damit umgegangen." Sie forschte eine Weile in seinem Gesicht, um sich über seinen plötzlichen Sinneswandel klar zu werden – diese Freundlichkeit und Bereitwilligkeit, Informationen mit ihr zu teilen. Darüber hatte er nämlich noch kein Wort verloren – oder?

„Ist irgendwas, Kelly?"

„Nein. Doch."

Er lächelte. „Nämlich?"

„Warum tust du das? Warum bist du hier?"

„Das habe ich dir doch gesagt. Captain Cross hat mir den Fall übertragen, und ich habe gedacht ..."

„Nur der Umstand, dass du mit dem Fall beauftragt bist, ändert doch nicht deine Haltung mir gegenüber. Und wir wissen schließlich beide, dass du mich nicht brauchst, um diese

Untersuchung zu führen." Sie wollte hinzufügen: „Und ich brauche dich nicht für meine", aber dann hätte sie gelogen. „Also, worum gehts, Nick? Jetzt sag mir bloß nicht, dass ich mich irre. Ich habe nämlich auch eine gute Nase. Und die lässt mich selten im Stich."

„Mit anderen Worten, du riechst den Braten?"

„So könnte man es sagen."

Er stand noch immer neben dem Kamin. Jetzt nahm er den Schürhaken und stocherte ein wenig in den glimmenden Holzscheiten herum. Orangefarbene Flammen explodierten, und es zischte, als die Scheite zusammenfielen und andere entzündeten. „Ich kanns dir genauso gut jetzt schon sagen. Es wird sowieso bald bekannt sein."

„Was denn?"

„Matt Kolvic gehörte zu den Schutzgelderpressern in Chinatown."

„Ich verstehe nicht. Ich dachte, er hat als verdeckter Ermittler gearbeitet?"

Nickt drehte sich um. „Nach außen hin. In Wirklichkeit stand er auf der Lohnliste der Gangster."

Kelly erinnerte sich an Matts Begräbnis, das sie im Fernsehen verfolgt hatte. Der Polizeipräsident war dabei gewesen. Sogar der Bürgermeister. Beide hatten Detective Kolvic für seinen Einsatz bei der Truppe gelobt, seinen Mut und den Preis, den er zuletzt für seine Bemühungen um die Sicherheit der Stadt Philadelphia hatte zahlen müssen. „Mein Gott, Nick, bist du dir da wirklich sicher?"

„Patti hat 25.000 Dollar in einem Safe gefunden, von dessen Existenz sie keine Ahnung hatte. Ein Notizbuch war auch dabei – mit Namen, Daten und Geldbeträgen."

Niedergeschlagen dachte Kelly an die Witwe und ihre beiden

kleinen Mädchen. „Die arme Patti. Wie wird sie nur damit fertig?“

„Diese Art von Publicity ist nie besonders angenehm. Glücklicherweise zieht sie für eine Weile zu ihren Eltern nach Ohio. Vielleicht bleibt sie für immer dort.“

„Muss die Sache mit Matt denn überhaupt bekannt werden?“

Er musterte sie mit einem Blick, der besagte, dass er einen solchen Satz von ihr nicht erwartet hätte. „Ich fürchte ja. Captain Cross versucht, die ganze Angelegenheit so flach wie möglich zu halten, aber das ist jetzt nicht mehr so einfach, nachdem der Fall an die Abteilung für Innere Angelegenheiten übergegangen ist.“

Er legte den Schürhaken zurück. „Ich wünschte, ich hätte gewusst, was er machte. Ich hätte ihm helfen können.“

„Deshalb habe ich ja versucht, dich an jenem Abend zu erreichen“, sagte Kelly leise. „Ich habe niemals die Absicht gehabt, ihn hinter Gitter zu bringen.“

„Das ist mir inzwischen auch klar. Ich war dickköpfig und unsensibel. Es tut mir Leid.“

Sie legte den Kopf zur Seite, sagte aber nichts.

„Und jetzt bist du dran, reinen Tisch zu machen.“

Fragend schaute sie ihn an.

„Ich weiß inzwischen, wie diese beiden Beamten dich schikaniert haben.“

„Ach, das.“ Sie machte eine abwehrende Handbewegung. Ihre Probleme schienen so belanglos zu sein im Vergleich zu dem, was Patti Kolvic durchmachen musste. „Mach dir darüber keine Gedanken.“

„Ist auch nicht mehr nötig. Ich habe mit Demaro und Swan geredet, und ich kann dir versichern, dass du keine Strafzettel mehr kriegst. Ich mache mir aber Sorgen über die Zerstörungen an deinem Haus. Die beiden Beamten haben geschworen, damit nichts zu tun zu haben."

„Wie hast du von den Zerstörungen erfahren?"

„Offenbar hat deine Nachbarin von gegenüber neulich nachts etwas Verdächtiges bemerkt und die Polizei gerufen."

Sie lachte. „Das hat wirklich viel genützt."

„Ich weiß, dass niemand auf den Anruf reagiert hat. Das tut mir sehr Leid, Kelly. Es wird nicht wieder vorkommen." Er blieb vor ihr stehen. „Wer hat ein Interesse daran, dein Haus zu demolieren?"

„Ich habe keine Ahnung." Sie war überzeugt gewesen, dass die Polizei von Philadelphia hinter der Sache steckte. Jetzt, nachdem sie erfahren hatte, dass dies nicht der Fall war, wusste sie nicht mehr, was sie davon halten sollte oder wie sie sich vor einem gesichtslosen Gegner schützen konnte.

„Gab es noch mehr außer den Zerstörungen?"

Instinktiv verschränkte sie die Arme. „Gestern habe ich einen Zettel in meinem Briefkasten gefunden."

Seine Haltung versteifte sich. „Wo ist er?"

Sie ging in die Küche, nahm den zusammengefalteten gelben Zettel aus einer Schublade und kam zurück. „Ich habe einen Nachbarn gefragt, ob er jemanden in der Nähe des Hauses gesehen hat. Hat er aber nicht."

Sie reichte ihm den Zettel, und er las ihn mit ausdrucksloser Miene. Nach einer Weile steckte er ihn in die Tasche. „Wir haben eine Dokumentenabteilung im Revier, die darauf spezialisiert ist, Papier zu untersuchen, seine Herkunft zu ermitteln und auf Fingerabdrücke zu untersuchen. Ich werde das selbst vorbeibringen, und zwar als Erstes morgen früh."

„Vielen Dank."

„Keine Ursache." Er richtete sich auf und schenkte ihr noch eines von diesen Lächeln. „Was hältst du davon, wenn wir uns jetzt dem chinesischen Rindfleisch widmen? Ich bin fast verhungert."

Beim Essen fand Kelly heraus, dass Nicks Auftauchen in der Gasse in Miami nicht allein Glück gewesen war. Der Besitzer des Salamander wohnte in diesem verfallenen heruntergekommenen Gebäude, und nachdem er mit ihm gesprochen hatte, wollte Nick einen Blick in seine Wohnung werfen, in der Hoffnung, dort einen belastenden Hinweis zu finden. Als er gerade unverrichteter Dinge wieder gehen wollte, hörte er unten den Streit.

Während ihrer Unterhaltung erinnerte Kelly sich an ihre frühere Freundschaft, als sie sich gegenseitig mit wichtigen Informationen versorgten. Sie fühlte, wie sich das Vertrauen zwischen ihnen wieder aufbaute und immer intensiver wurde.

Nick nahm einen Glückskeks und zerbrach ihn. „Du wirst dich freuen zu hören", sagte er, „dass die beiden Männer, die dich angegriffen haben, verhaftet worden sind."

„So schnell?"

„Dank der zerbrochenen Kinnlade musste Jimmy Higgins, der von seinen Kumpeln ‚Winzling' genannt wird, einen Arzt aufsuchen. Er und Paulie wurden unmittelbar danach festgenommen."

„Ich hoffe, dass es für beide schmerzhaft war."

„Ausgesprochen sogar, nach dem, was Quinn mir erzählt hat."

„Könnte es sein, dass sie irgendetwas mit Jonathans Verschwinden zu tun haben?"

Nick schüttelte den Kopf. „Quinn hat sie überprüft. Das sind nur zwei Verbrecher mit einem halben Dutzend Vorstrafen. Fürs Erste werden die nirgendwo mehr hinkommen." Er las den Zettel in seinem Glückskeks und gab ihn ihr.

Kelly las ihn laut vor. „‚Ihre Beredsamkeit ist sehr überzeugend.'" Sie lachte. „Das kann man laut sagen."

„Mach deinen mal auf."

„Erzähl mir bloß nicht, dass du diesen Unsinn glaubst."

„Selbstverständlich. Los, mach auf."

Sie zerbrach den knusprigen Keks und holte den schmalen Papierstreifen heraus. „‚Die Liebe wird Sie befreien.' Jetzt weiß ich, dass das Blödsinn ist."

Nick nahm einen Krümel von dem Keks und aß ihn. „Du bist doch nicht etwa eine Zynikerin?"

„Was die Liebe angeht? Ein wenig."

Eine Stunde später, nachdem sie gegessen und das Geschirr abgewaschen hatten, brachte Kelly Nick hinaus. „Du hast mit Quinn gesprochen, als du in Miami angekommen bist, stimmts?" fragte sie, als sie an der Tür standen. „Du bist der Grund, warum er plötzlich so kooperativ geworden ist."

„Das ist zu viel der Ehre für mich. Die Wahrheit ist: Quinn ist nicht so zäh, wie er aussieht."

„Er ist ein Bär."

„Sag ihm das bloß nicht. Sein Kopf ist ohnehin schon groß genug."

Sie wartete, bis er hinausgegangen war und die letzte Treppenstufe erreicht hatte, bevor sie ihn fragte: „Woher wusstest du, dass Sangiovese mein Lieblingswein ist?"

„Weißt du das nicht mehr? Den haben wir doch bei unserem Essen im San Remo getrunken. Später hat mir deine Mutter gesagt, dass dein Onkel ihn macht und dass du den Wein liebst."

„Dass du das noch weißt."

Er lächelte boshaft. „Ein Mann vergisst niemals eine Mutter, die Heiratspläne hat."

Sie sah ihm nach, während er die Straße entlangging. Am

Ende der Delancey Street drehte er sich noch einmal um und winkte ihr zu. Sie winkte zurück. Immer noch lächelnd, stieg sie die wenigen Stufen empor und blieb plötzlich stehen. Etwas steckte in ihrem Briefkasten. Sie konnte gelbes Papier durch das Lochmuster der Briefkastentür sehen.

Mit dem Gefühl, so etwas schon einmal erlebt zu haben, zog sie das Blatt heraus, faltete es auseinander und hielt es unter das gelbe Licht der Außenlampe.

Eine Gänsehaut lief ihr den Rücken herunter, als sie las:

Eene, meene, mu.
Einer muss sterben.
Bist das DU?

18. KAPITEL

Wie bereits einige Tage zuvor ließ Kelly ihre Blicke aufmerksam die lange Straße hinauf- und hinunterwandern. Aber alles, was sie sah, waren leere Wagen und ihre Schatten auf dem Kopfsteinpflaster. Sogar Mrs. Sheridans Fenster war dunkel, und die Spitzengardinen bewegten sich nicht. Und Nick war längst um die Ecke verschwunden.

Das Herz schlug ihr bis zum Hals, als Kelly ins Haus zurücklief und die Tür verschloss. Seitdem die Schikanen vor vier Wochen begonnen hatten, war sie nicht so unverhohlen bedroht worden wie in den vergangenen 24 Stunden.

Wenn nicht die Polizisten die Schuldigen waren, wer denn dann?

Sie las die Botschaft noch einmal, diesmal laut. „Eene, meene, mu. Einer wird sterben. Bist das DU?“ Hatte es vielleicht etwas zu bedeuten, dass die Drohung wie ein Kinderreim abgefasst war? Aber jetzt war sie zu müde, um auch nur Vermutungen darüber anstellen zu können, warum es so war. Als sie auf ihr Sofa sank und die Beine anzog, schoss ihr ein anderer Gedanke durch den Kopf. Vielleicht hatte der Zettel ja gar nichts mit dem Vorfall in Chinatown zu tun, sondern mit ihrer erst vor kurzem getroffenen Entscheidung, nach Jonathan zu suchen.

Ihr Puls wurde schneller. Wer wusste über ihre Nachforschungen Bescheid? So viele waren das nicht. Da waren ihre Mutter und Victoria, die sie sofort von ihrer Liste strich. Cecily und Ward, die zuerst absolut unverdächtig waren, hatten sich sehr darüber aufgeregt, dass sie sich weigerte, die Angelegenheit auf sich zu beruhen zu lassen. Ob einer von ihnen so weit gehen würde, ihr Drohbriefe zu schicken? Wohl kaum.

Blieben nur noch Syd Webber, Nick McBride, Detective Quinn und natürlich Magdalena Montoya übrig.

Sie strich Nick und Quinn, nicht aber Syd und Magdalena. Irgendetwas an Jonathans Affäre mit der Exstripperin störte sie, und ehe sie nicht jeden Aspekt dieser Beziehung sorgfältig untersucht hatte, wollte sie keine voreiligen Schlüsse ziehen.

Sie las die Botschaft zum dritten Mal, wobei sie jedes Wort sorgfältig studierte. Plötzlich sprang ihr etwas ins Auge, was sie längst schon hätte bemerken müssen. *Einer muss sterben*, las sie. *Bist das DU?* Bedeutete das etwa, dass auch andere in Gefahr schwebten?

Sie dachte an ihre Mutter, die allein stand, und an Victoria und Phoebe, die momentan ohne Jonathan so schutzlos waren. Abgesehen von ihrem Bruder, der in Atlanta als Lehrer arbeitete, waren dies die drei Menschen, die ihr am meisten bedeuteten. Ihr größter Kummer wäre es, wenn einem von ihnen etwas geschähe.

Sie musste alle drei vor der Gefahr bewahren. Victoria würde keine Schwierigkeiten machen. Sie liebte Phoebe und würde alles tun, um ihre Tochter zu beschützen. Etwas anderes war es mit Connie.

Es sei denn ... Sie schaute auf die Uhr. Es war zu spät, um ihren Bruder jetzt noch anzurufen. Das würde sie morgen früh als Allererstes machen. Sie würde ihm alles erklären. Ronny dachte immer logisch und besonnen. Er würde wissen, was zu tun war.

Die Drohung der vergangenen Nacht hatte ihre Spuren bei Kelly hinterlassen, als sie am nächsten Morgen aufwachte. Ihre Augen waren trübe, weil sie zu wenig geschlafen hatte. In ihrem blau gestreiften Nachthemd und den flauschigen Pantoffeln, die Victoria ihr zu Weihnachten geschenkt hatte, schlurfte sie hinunter in die Küche.

Sie hatte eine unruhige Nacht verbracht und sich stundenlang hin- und hergewälzt. Als der Schlaf endlich gekommen war, hatte er Visionen von riesigen Drachenköpfen mitgebracht, die sie verfolgten, und von Lagerhäusern, in denen ein schwerer Geruch von Sandelholz hing.

Kein Wunder, dass sie mürrisch war. Aber eine Tasse schwarzer starker Kaffee würde ihre Laune erheblich verbessern.

Sie war noch nicht in der Küche angekommen, als es an der Tür klingelte.

„Wer ist da?“ rief sie, während sie Wasser in die Kanne laufen ließ.

„Nick!“

Sie blickte an sich hinunter und überlegte, ob sie ihn bitten sollte zu warten, bis sie sich etwas Tageslichttaugliches angezogen hatte. Dann zuckte sie mit den Achseln. So lange er darauf bestand, unangemeldet bei ihr aufzutauchen, musste er auch die Konsequenzen tragen.

Sie versuchte, seinen amüsierten Blick zu ignorieren, als sie die Tür öffnete. „Anstrengende Nacht gehabt, Robolo?“

„Bist du morgens immer so redselig?“

„Das ist meine beste Zeit.“ Er schaute auf ihr zerzaustes Haar. „Deine offenbar nicht.“

„Was willst du?“ fragte sie unwirsch, als sie in den Korridor zurückging.

„Ich habe eine gute Nachricht. Der Sicherheitschef am Flughafen in Miami erlaubt uns, die Überwachungsvideos vom 7. Februar durchzusehen.“

„Überwachungsvideos?“

„Alle größeren Flughäfen müssen das inzwischen machen. Die Kameras sind an strategisch wichtigen Punkten im ganzen Flughafen angebracht – Flugschaltern, Sicherheitskontrollen, an verschiedenen Plätzen. Falls Jonathan am Montag in diese Maschine gestiegen ist, wird er auf den Videos zu sehen sein."

Kelly war beeindruckt. Und ein wenig wütend über sich, weil sie nicht zuerst auf diese Idee gekommen war. „Hast du sie schon gesehen?"

„Er hat sie mir gezeigt, und ich habe einen Mann gesehen, auf den Jonathans Beschreibung zutreffen könnte. Aber da ich ihn nie kennen gelernt habe, weiß ich natürlich nicht, ob er es wirklich ist." Er schaute auf seine Uhr. „Wie lange brauchst du, um dich fertig zu machen?"

„Zuerst brauche ich einen Kaffee."

„Kriegst du am Flughafen. Ich habe Jack Templeton gesagt, dass wir um neun in seinem Büro sind. Außerdem müssen wir noch Victoria abholen."

Kelly warf ihm einen bösen Blick zu. Ihre Mutter hatte sich geirrt, falls sie glaubte, dass es zwischen ihr und Nick jemals funken könnte: Nach ihrem Geschmack war er viel zu rechthaberisch, und seine Arbeitszeiten waren unmenschlich. „Es ist sieben Uhr morgens. Warum hast du die Videos nicht hierher gebracht? Oder zu Victoria?"

„Dafür hätte ich eine Erlaubnis vom Gericht gebraucht." Er scheuchte sie mit beiden Händen fort. „Jetzt mach schon. Schnell. Wir haben nicht viel Zeit."

„Du weißt hoffentlich, dass du ein Scheusal bist?"

„Ich pass mich dir eben an." Als sie das Zimmer verließ, rief er hinter ihr her: „Wo hast du Victorias Nummer? Ich rufe sie an, damit wir Zeit sparen."

„In der Küche neben dem Herd. Oberste Schublade."

In der Küche, die ihm allmählich so vertraut wurde wie seine eigene, fand Nick das kleine ledergebundene Buch und Victorias

Nummer unter B. Während er wählte, hörte er das Wasser der Dusche durch die alten Rohre plätschern. Er musste sich sehr zusammennehmen, um nicht an Kellys wohlgeformten nackten und eingeseiften Körper zu denken, an dem das Wasser herabtropfte.

„Hallo?"

Die weibliche Stimme am anderen Ende der Leitung riss ihn aus seinen Fantasien. „Mrs. Bowman?"

„Ja."

„Hier spricht Nick McBride. Ich habe einen Termin ausgemacht, damit Sie sich die Überwachungsvideos ansehen können, die am Flughafen gemacht worden sind." Er wiederholte, was er Kelly kurz vorher erzählt hatte, und erklärte, dass er in ihrem Haus war und dass er in Kürze bei ihr vorbeikommen würde, um sie abzuholen.

„Sehr gut. Vielen Dank." Sie machte eine Pause. „Darf ich fragen, wo Kelly ist?"

„Oben. Sie duscht gerade."

„Ich verstehe." Es war nicht zu überhören, dass sie nichts verstand, aber sie war zu sehr Dame, um ihn in Verlegenheit zu bringen. „In etwa einer halben Stunden bringe ich meine Tochter in die Schule. Falls ich noch nicht zurück sein sollte, wenn Sie hier sind, gehen Sie einfach hinein und warten sie. Kelly hat einen Schlüssel. Ich bleibe nicht lange fort."

Nick legte den Hörer auf und stopfte das Adressbuch in die Schublade zurück, als sein Auge auf einen gelben Zettel fiel, der genauso aussah wie jener, den Kelly ihm vergangene Nacht gegeben hatte. Noch ein Drohbrief. Diesmal waren die bunten Buchstaben zu einer anderen Nachricht zusammengeklebt. *Eene, meene, mu. Einer muss sterben. Bis das DU?*

„Dieses Schwein."

Mit dem Zettel in der Hand lief er durch den Korridor und

die Treppe hinauf, wobei er zwei Stufen auf einmal nahm. Warum hatte sie ihm von dieser zweiten Nachricht nichts erzählt? Wann hatte sie sie bekommen? Und welcher perverse Typ schickte ihr andauernd ...

Vor der offenen Schlafzimmertür blieb er wie vom Donner gerührt stehen. Kelly stand mit dem Rücken zu ihm vor einem Schrank und ging ihre Kleider durch. Sie war splitternackt.

Nick merkte erst, dass er den Atem angehalten hatte, als er nicht mehr an sich halten konnte und ausatmen musste. Sein Mund war plötzlich trocken, als seine Blicke langsam über jeden Zentimeter ihres Körpers wanderten: den schlanken Rücken, der in eine unglaublich schmale Taille überging, die schmalen Hüften und den runden, perfekt geformten Po.

Sie bemerkte nicht, dass sie beobachtet wurde. Mit zwei Kleiderbügeln in der Hand trat sie einen Schritt zurück. An dem einen hing eine braune Hose, an dem anderen eine schwarze Seidenbluse. Sie schien zufrieden mit ihrer Auswahl und drehte sich um. Erschrocken schrie sie auf.

Wie einen Schild hielt sie beide Kleidungsstücke vor sich. „Hast du schon mal was von Anklopfen gehört, McBride?"

„Entschuldige ... ich ..." Er erhaschte einen Blick auf ihre Narbe über der rechten Brust, wo Santos Kugel sie erwischt hatte. „Ich wusste nicht, dass du ..."

„Das passiert dir wohl häufiger – nicht zu wissen, was du tust."

„Ich ..."

„Meine Güte, Nick. Halt die Klappe und dreh dich um, damit ich mich anziehen kann."

Er gehorchte. Als er sich so weit gefasst hatte, dass er reden konnte, ohne zu stammeln, sagte er: „Ich habe diesen Zettel in der Schublade gefunden." Er wedelte damit durch die Luft, um ihr zu zeigen, dass er nicht bloß eine lahme Ausrede gebrauchte. „Wann hast du den bekommen?“

„Gestern Nacht, nachdem du gegangen warst. Er steckte in meinem Briefkasten.“

Er hörte, wie eine Schublade aufgezogen und zugeschoben wurde und das Rascheln von weichem Stoff über seidiger Haut.

„O.k., jetzt kannst du dich wieder umdrehen.“

Sie sah eher amüsiert als verärgert aus, als sie einen schmalen Ledergürtel durch die Schlaufen an ihrer Hose zog. Er bemühte sich, das Bild ihres fantastischen Körpers aus dem Kopf zu vertreiben. „Warum hast du mir nicht gesagt, dass du noch eine Drohung bekommen hast?“

„Wann hätte ich denn die Zeit dazu gehabt? Du kommst hier reingestürmt, praktisch noch im Morgengrauen, und verlangst, dass ich mich fertig mache. Ich habe nicht an den Zettel gedacht. Ich musste zusehen, dass ich wach blieb. Du kannst dir sicher vorstellen, dass ich letzte Nacht nicht viel geschlafen habe.“

„Du hättest mich anrufen sollen. Ich war bestimmt noch nicht so weit weg.“

„Du warst schon gegangen. Und was hättest du denn tun können? Wer immer den Zettel gebracht hat, ist nicht lange geblieben – nicht, wenn er oder sie gewusst hat, dass ein Polizist im Haus war.“

„Ich werde ihn zusammen mit dem anderen Brief analysieren lassen.“ Nick steckte das gelbe Papier in seine Tasche. Er hatte allerdings keine großen Hoffnungen. Jemand, der sich die Mühe machte, Buchstaben aus Zeitungen und Illustrierten auszuschneiden, wäre bestimmt nicht so dumm, überall Fingerabdrücke zu hinterlassen. Das Blatt selbst stammte vermutlich aus einem Geschäft für Büromaterial und konnte unmöglich zurückverfolgt werden, besonders, wenn der Käufer bar bezahlt hatte. Wie das Flugticket.

Er sah ihren besorgten Blick. „Ich kriege heraus, wer das war, Kelly. Das verspreche ich dir."

Sie hängte den Lederriemen ihrer Tasche über die Schulter. „Ich mache mir nicht Sorgen wegen mir. Sondern wegen meiner Mutter. Und Victoria und Phoebe. Was, wenn das Schwein es auf eine von ihnen abgesehen hat?"

Nick schüttelte den Kopf. „Das hat er bestimmt nicht."

„Wie kannst du da so sicher sein?"

„Die meisten Mörder verschwenden keine Zeit damit, Drohbriefe zu schicken. Sie sehen ein Hindernis, sie beseitigen es. Punkt."

Sie wirkte nicht überzeugt. „Vielleicht, aber ich gehe kein Risiko ein. Ich sage Victoria, sie soll zu ihrem Onkel und ihrer Tante ziehen – nur als Vorsichtsmaßnahme."

Er blieb hinter ihr, roch ihr Parfüm und bewunderte den leichten Schwung ihrer Hüften, als sie die Treppe hinunterging. „Und deine Mutter?"

„Ich habe überlegt, dass ich meine Mutter für eine Woche nach Atlanta einlade. Um diese Zeit ist im Restaurant nicht allzu viel los, und Ronny hat Winterferien." Sie holte eine schwarze Lederjacke aus einem Schrank im Flur und streifte sie über.

„Könnte Connie sich weigern?"

Kelly verdrehte die Augen. „Und ob. Aber Ronny kriegt so was ganz gut hin. Er wird sie schon überreden."

Und falls er das nicht schafft, dachte Nick, dann werde ich dafür sorgen, dass ein Streifenwagen alle paar Stunden durch Connies Nachbarschaft fährt. Demaro und Swan waren ihm noch etwas schuldig.

Jack Templeton, ein ehemaliger Polizeichef, hatte im Alter von 64 Jahren seinen Ruhestand gegen die Stelle als Sicherheitschef am Flughafen von Philadelphia eingetauscht. Er sah gut aus mit seinem schlohweißen Haar und den durchdringenden grauen Augen, und er strahlte eiserne Entschlossenheit aus.

Nachdem Nick Kelly und Victoria vorgestellt hatte, setzten sie sich nebeneinander auf ein braunes Sofa, während Templeton die Kassette in einen Videorekorder schob.

„Auf dem ersten Band ist der Betrieb rund um den Schalter der Fluggesellschaft zu sehen, wo Mr. Bowman angeblich sein Rückflugticket nach Miami gekauft hat", erklärte Templeton. Er drückte auf einen Knopf. „Da wir bereits wissen, dass er seine Frau um halb neun angerufen hat, lasse ich das Band bis kurz vor diesem Zeitpunkt vorlaufen. Los gehts."

Kelly spürte, wie sich neben ihr Victoria anspannte. Auf dem Bildschirm waren Reisende in einer langen Reihe zu sehen. Sie warteten, um ihre Tickets zu kaufen. Kelly beugte sich nach vorne, um einen der Männer auf dem flimmernden Bild besser sehen zu können. Er war der zweite in der Reihe. Der obere Teil seines Gesichts wurde von einem breitkrempigen Filzhut verdeckt, und die untere Hälfte war zu undeutlich, als dass sie etwas hätte erkennen können.

Nick wandte sich an Victoria. „Nun?"

Sie schüttelte den Kopf. „Ich weiß nicht", murmelte sie. Kelly hätte nicht sagen können, ob sie erleichtert oder enttäuscht war. „Das Bild ist nicht sehr deutlich."

„Das stimmt", gab Templeton zu. „Vielleicht kriege ich es ein bisschen schärfer hin." Er drehte an einem Knopf, aber das Bild wurde kaum besser.

„Ich denke, es könnte Jonathan sein." Victorias Augen blieben auf den Bildschirm geheftet. „Ich habe ihn vorher allerdings nie mit Hut gesehen. Jedenfalls nicht mit so einem. Und der Trenchcoat ist auch keine Hilfe, weil ich nicht sehen kann, was er darunter trägt."

„Trug er an dem Tag denn einen Trenchcoat?“ fragte Nick.

„Nein. Seiner ist zu Hause, aber für Notfälle hat er einen Ersatzmantel im Wagen liegen, und der ist nicht mehr da.“ Sie schaute wieder auf das eingefrorene Bild. „Die Art, wie er seine Hand hält ... Es sieht fast so aus, als versuchte er, sein Gesicht zu verstecken.“

Kelly nickte. „Das habe ich auch gerade gedacht.“

Nick machte Templeton ein Zeichen, und der Sicherheitschef ließ das Band noch einmal schnell vorwärts laufen. Diesmal stand Jonathan am Schalter und holte Geld aus seiner Tasche. „Und wie ist es damit?“

Victoria schüttelte den Kopf. „Ich weiß nicht. Es gibt viele Ähnlichkeiten, aber trotzdem ...“ Sie rückte näher und deutete auf den Bildschirm. „Warten Sie. Da unten vor seinen Füßen. Das ist Jonathans Aktentasche.“

Templeton ließ das Bild einfrieren. „Sind Sie sicher?“

„Absolut. Ich habe sie ihm geschenkt, als er zum Vizepräsidenten des Chenonceau befördert wurde. Seitdem trägt er sie immer bei sich.“

„Ich erkenne sie auch“, sagte Kelly. „Ich war mit Victoria zusammen, als sie sie gekauft hat.“

Als ob sie das Bild keine weitere Sekunde ansehen könnte, stand Victoria auf und wandte sich an Nick. „Ich weiß es einfach nicht. Er sieht aus wie Jonathan, die Aktentasche gehört Jonathan, aber wenn ich jetzt unter Eid beschwören müsste, dass der Mann auf dem Film mein Ehemann ist, dann könnte ich es nicht.“

Auf dem Rückfahrt zu ihrem Haus in Bryn Mawr sagte Victoria kaum ein Wort. Aber sobald sie es betreten hatte, brach sie zusammen. „Tante Cecily hat Recht“, sagte sie, während sie in einen Wohnzimmersessel sank. „Jonathan wollte mich verlassen, und er hatte nicht die Courage, es mir ins Gesicht zu sagen."

Sofort stand Kelly neben ihr. „Victoria, das ist verrückt. Wenn er dich wirklich verlassen wollte, hätte er es nicht auf diese schäbige Art getan. Jonathan doch nicht."

„Aber was, wenn er es auf dem Videoband tatsächlich ist?"

„Das beweist immer noch nicht, dass er dich verlassen hat. Warum sollte er das tun?" Sie nahm Victorias Hände in ihre. Sie waren kalt. „Du und Phoebe seid doch sein Ein und Alles."

Abrupt zog Victoria ihre Hände zurück. „Du hast Magdalena vergessen", sagte sie bitter.

Kelly wusste nicht, was sie darauf antworten sollte. Die Entschuldigungen für Jonathan waren ihr ausgegangen, und sie war erleichtert, als das Telefon auf der kleinen Konsole am Fenster klingelte.

Victoria sprang aus ihrem Sessel, um abzunehmen. „Hallo?" meldete sie sich atemlos.

Gleich darauf wich das Blut aus ihrem Gesicht. Sie ergriff den Hörer mit beiden Händen.

„Jonathan?"

Kellys Kopf fuhr hoch. Victorias Gesicht war aschfahl. Die Knöchel ihrer Finger, die sich um den Hörer krampften, stachen weiß hervor.

„Jonathan!" schrie sie, „bist du das?" Es entstand eine kurze Pause, in der sie den Atem anhielt. Dann kam ein neuer angstvoller Aufschrei. „Das meinst du doch nicht im Ernst. Jonathan, warte. Bitte leg nicht auf. Ich liebe dich doch."

Aber die Verbindung war unterbrochen. Victoria sank auf einen Stuhl und ließ den Hörer kraftlos zu Boden fallen. „Oh, Jonathan." Sie bedeckte das Gesicht mit den Händen und weinte lautlos.

Während Kelly an Victorias Seite eilte, nahm Nick den Hörer auf. „Bowman, sind Sie noch da?" fragte er in die Muschel. Er fluchte kurz, dann warf er den Hörer auf die Gabel.

„War das wirklich Jonathan?" Kelly war vor Victoria in die Hocke gegangen.

Victoria nickte und fuhr fort zu weinen.

„Hier." Nick reichte ihr ein zusammengefaltetes weißes Taschentuch. „Ich hole etwas Wasser." Innerhalb von Sekunden war er mit einem Glas Wasser zurück, das er Victoria in die Hand drückte. „Trinken Sie langsam."

Sie trank mit kleinen Schlucken, wie ein gehorsames Kind. Und immer wieder schüttelte ein trockenes Schluchzen ihren ganzen Körper.

Als Kelly das Gefühl hatte, dass Victoria sich wieder einigermaßen beruhigt habe, nahm sie ihr das Glas aus den Händen. „Was hat er gesagt?" fragte sie.

„Wir sollen nicht mehr nach ihm suchen. Er sagte, dass ... dass er eine andere liebt und ... dass er nicht mehr zurückkommt."

Kelly warf Nick einen fragenden Blick zu, aber er konzentrierte sich auf Victoria. „War das alles?"

Victoria nickte und presste Nicks Taschentuch an die Augen. „Ich habe gehört, was er gesagt hat. Jedes Wort. Aber ich kann es einfach nicht glauben."

Nick saß auf einem quastenverzierten Kissen, das in einem der Blautöne des Zimmers gehalten war. „Sind Sie absolut sicher, dass er es war?" wollte er wissen.

Victoria nickte energisch.

Kelly war ebenso misstrauisch wie Nick. „Denk nach, Victoria. Am Telefon klingt eine Stimme manchmal wie ..."

Victoria machte sich von ihr los und sprang vom Stuhl auf. „Hör auf, mit mir zu reden, als wäre ich ein kleines Kind, Kelly. Ich kenne doch die Stimme meines Mannes." Sie lief aus dem Zimmer und ließ Kelly verstört zurück.

Mit einer hastig gemurmelten Entschuldigung folgte sie ihrer Freundin. Sie fand Victoria ausgestreckt auf dem Bett, das Gesicht in die grüne Satinbettdecke vergraben, die nass war von ihren Tränen. Kelly setzte sich neben sie, streichelte ihr über das Haar und murmelte Worte, von denen sie wusste, dass sie nicht halfen.

Nach einer Weile verstummte das Schluchzen, und Victoria setzte sich hin. Ihr Gesicht war fleckig, und in ihrem Blick lag eine Traurigkeit, die Kelly selbst Tränen in die Augen trieb. „Warum versuchst du nicht, dich ein wenig auszuruhen", schlug sie vor. „Du bist vollkommen erschöpft."

„Das geht nicht. Ich muss Phoebe am Mittag abholen. Heute ist sie nur einen halben Tag fort."

„Ich mach das und nehme sie mit ins San Remo. Sie ist gerne bei meiner Mutter und Benny. Es ist eine nette Abwechslung für sie. Was hältst du davon?"

Victoria nahm ein Kleenex aus einer silbernen Dose, die auf dem Nachttisch stand, und putzte sich die Nase. „Ja, vielen Dank. Ich glaube, es wäre nicht gut für sie, wenn sie mich in diesem Zustand sehen würde."

„Und du versprichst mir, dass du dich ausruhst?"

„Ja." Ohne weitere Diskussionen legte Victoria sich hin.

Kelly blieb am Bett ihrer Freundin sitzen, bis deren tiefe, regelmäßige Atemzüge ihr sagten, dass sie eingeschlafen war. Dann ging sie leise zurück ins Wohnzimmer.

Nick, der am Erkerfenster stand, drehte sich um. „Wie geht es ihr?"

„Jetzt ist sie erst einmal eingeschlafen."

„Bleibst du hier?"

„Nein. Ich hole Phoebe von der Schule ab und nehme sie mit ins Restaurant. Damit Victoria ein paar Stunden Zeit hat, um sich zu beruhigen."

Sie stellte sich ans Fenster neben Nick. „Was hältst du denn davon?"

„Meinst du den Telefonanruf?"

Kelly nickte.

„Ich glaube, das war nur ein Schwindel."

Seine Antwort überraschte sie nicht. Sie hatte seinen skeptischen Blick bemerkt, als Victoria den Hörer auflegte. „Victoria ist anderer Meinung."

„Victoria ist emotional am Ende. Und bereit, alles zu glauben."

„Ich weiß nicht, Nick. In Templetons Büro hat sie absolut vernünftig reagiert."

„Vielleicht war der Typ am Telefon ja überzeugender. Ich glaube keinem von beiden – weder dem Videoband noch dem Anruf."

„Du hältst das also für eine abgekartete Sache?"

„Möglich." Nick wanderte durch den Raum und blieb hier und da vor einigen Erinnerungsstücken stehen. Als er zu einer Fotografie kam, die Jonathan mit seiner kleinen Familie zeigte, blieb er stehen, nahm den Schnappschuss in die Hand und studierte ihn einige Sekunden lang. „Was hältst du von dem Foto auf Magdalenas Kaminsims?"

Kelly zuckte mit den Achseln. „Ich war schockiert. Ich hätte niemals gedacht, dass Jonathan mit einer anderen als Victoria so glücklich aussehen könnte."

Nick setzte die Fotografie auf den Beistelltisch zurück. „Meiner Ansicht nach ist das Bild genauso unecht wie Jonathans Anruf vor ein paar Minuten."

Kelly starrte ihn an. „Das ist Wahnsinn. Du willst doch wohl nicht damit sagen, dass Magdalena ihre Geschichte erfunden hat? Wie hätte sie sich denn darauf vorbereiten können, wo sie doch überhaupt nicht wusste, dass Detective Quinn hinter ihr her war? Das Foto hat schon da gestanden. Er hat es gesehen."

„Vielleicht ist es schon früher dort aufgestellt worden."

„Du meinst, jemand hat all unsere Schritte vorausgeahnt?"

„Genau."

„Was ist mit dem Besitzer vom Salamander? Er hat Jonathan wieder erkannt."

Nick schüttelte den Kopf. „Diese kleine Szene erschien mir ein wenig zu glatt, zu sehr ... geprobt. Einfach zu fehlerfrei."

„Selbst wenn das wahr sein sollte, ist da immer noch das Rätsel um das Duftfläschchen aufzuklären."

„Dafür habe ich noch keine Erklärung. Aber die kriege ich, wenn ich erst einmal weiß, wer Magdalena Montoya wirklich ist."

„Du hast Nachforschungen über sie anstellen lassen?"

Er nickte. „In ein oder zwei Tagen müsste ich das Ergebnis haben."

Einen Moment lang schwieg Kelly. Sie erinnerte sich an ihre eigene Unterhaltung mit Magdalena, wie sie ihr in der einen Sekunde geglaubt und in der nächsten alles angezweifelt hatte. Falls, wie Nick glaubte, Jonathans Anruf wirklich getürkt und der Mann auf dem Videoband ein Schwindler war, warum konnte dann das Foto auf Magdalenas Kaminsims nicht auch eine Fälschung sein?

Als hätte er ihre Gedanken erraten, lächelte Nick. „Ich merke allmählich, dass meine verrückten Verdächtigungen vielleicht doch nicht so abwegig sind."

„Möglich, aber du musst deine Theorie beweisen, bevor ich dir das abkaufe."

„Genau daran arbeite ich gerade. Ein Privatdetektiv, den ich kenne, hilft mir bei den ... heikleren Sachen, die ich selber nicht machen darf."

Anders ausgedrückt bedeutete dies unrechtmäßiges Betreten eines Hauses, Abhören der Gespräche und Stehlen von Beweismaterial. „Kenne ich ihn?"

„Glaube ich kaum. Er heißt Alan Braden. Er war mal Polizeibeamter in New York. Jetzt hat er eine Detektei in Manhattan."

„Und worum genau hast du ihn gebeten?"

„Zum einen soll er Magdalena auf Schritt und Tritt überwachen. Feststellen, wen sie trifft oder anruft. Ach ja, und dann habe ich ihn noch darum gebeten, den Schnappschuss zu untersuchen."

„Wird Magdalena nicht merken, wenn das Foto weg ist?"

Er grinste. „Nicht, wenn es noch da ist."

„Aber wie ..."

„Alan macht seine Sache sehr gut. Lassen wir's dabei bewenden."

Es wurde Zeit, Phoebe abzuholen. „Erzählst du mir, was er herausfindet?"

Er grinste spitzbübisch. „Aber klar. Wir sind schließlich Partner, oder?" Er wartete nicht auf eine Antwort, sondern ging mit energischen Schritten zu seinem Wagen. Als er davonfuhr, hupte er kurz und winkte ihr durch die Heckscheibe zu.

„Tante Kelly!"

Kelly machte sich auf über dreißig Pfund schiere Kraft und Energie gefasst, als Phoebe in ihre ausgebreiteten Arme lief. „Wie gehts meinem Schätzchen?" Sie gab Phoebe einen lauten Kuss auf ihre mollige Wange. „Hast du einen schönen Vormittag gehabt?"

Sie nahm Mrs. Goddard wahr, die ein paar Meter entfernt stand, und winkte ihr zu. Phoebes Lehrerin erwiderte ihren Gruß mit einem kurzen Nicken. Bei der Anmeldung ihrer Tochter in dieser exklusiven Privatschule im September hatte Victoria Cecily und Kelly mitgenommen und sie Mrs. Goddard vorgestellt, damit sie die beiden kennen würde, falls einmal eine von ihnen Phoebe abholen musste.

„Wir haben Schneeflocken aus Papier gemacht." Phoebe begann, ihren Pocahontas-Rucksack abzustreifen. „Willst du sie sehen?"

„Klar, aber lass uns erst mal ins Auto steigen."

Als Kelly ihre Hand nahm, schaute Phoebe sich um. „Wo ist denn Mommy?"

„Sie muss einige Besorgungen machen." Kelly öffnete die Beifahrertür des VW, wartete, bis Phoebe hineingeklettert war, und schnallte sie an. „Wie findest du die Idee, ins San Remo zu fahren und Connie zu besuchen?“

Auf ihrem Sitz sprang Phoebe auf und ab. „Krieg ich etwas von der italienischen Schokolade, die Connie mir immer gibt?“

Kelly lächelte. *Gianduias* war auch ihre Lieblingssüßigkeit. Connie bewahrte einen großen Vorrat davon in einem Glas in der Küche auf. „Ganz bestimmt. Wenn sie dafür einen dicken Kuss kriegt.“

„Okay.“ Schweigend beobachtete Phoebe den Verkehr. „Tante Kelly?“

Kelly ließ die Straße nicht aus den Augen. „Ja, mein Liebling?“

„Warum hat mein Daddy mich nicht mehr lieb?“

Fast wäre Kelly von ihrer Fahrspur abgekommen. Besorgt warf sie einen raschen Blick auf ihr Patenkind, dessen große haselnussbraune Augen voller Trauer waren. „Wie kannst du so etwas sagen, Phoebe? Dein Daddy hat dich sogar sehr lieb.“

„Aber er hat mich nicht angerufen. Sonst ruft er mich immer an, wenn er fort ist.“

„Ach, Schatz.“ Kelly schluckte den Kloß in ihrer Kehle herunter, während sie sich fragte, wie lange Phoebe wohl schon glauben mochte, dass ihr Vater sie nicht mehr liebte. „Das kommt daher, dass dein Daddy immer viel zu tun hat. Und wenn er dich nicht anruft, liegt das nur daran, dass er immer erst sehr spät in sein Hotel zurückkommt, wenn du schon längst in deinem Bett liegst.“

Sie ergriff die Hand des kleinen Mädchens und hielt sie fest. „Hat Mommy dir das denn nicht gesagt?“

„Doch, aber ...“ Ihre kleinen Zähne bohrten sich in die Unterlippe.

„Aber was, Liebling? Sag Tante Kelly, was dich bekümmert."

„Daddy hat Mommy ja auch nicht mehr lieb."

Oh Gott. Einen Moment lang wusste Kelly nicht, was sie sagen sollte, während sie sich bemühte, die eigenen Gefühle im Zaum zu halten. Hatte die Kleine etwa eines ihrer Gespräche mitbekommen? „Wie kommst du denn darauf, Phoebe?" fragte sie schließlich.

„Weil Mommy immer traurig ist. Letztens habe ich gesehen, wie sie geweint hat."

„Wirklich?"

Phoebe nickte. „Sie hat gesagt, dass sie was im Auge hat, aber ich hab gewusst, dass sie geweint hat."

„Nun ja, manchmal müssen auch Erwachsene weinen, und zwar aus allen möglichen Gründen. Hin und wieder weinen wir sogar, wenn wir glücklich sind. Vorige Woche habe ich gesehen, wie eine Frau im Geschäft deiner Mommy geweint hat, weil sie endlich die Vase gefunden hatte, die sie sich schon so lange wünschte."

„Und sie war glücklich?"

„Sehr glücklich. Sie hat vor Glück geweint."

Phoebe nickte wieder, als ob sie alles verstanden hätte. „Mommy nimmt mich manchmal in ihr Geschäft mit, aber ich darf nichts anfassen. Weißt du, warum?"

Kelly war erleichtert, dass sich die Unterhaltung weniger deprimierenden Themen zuwand, und schüttelte den Kopf. „Nein. Warum denn?"

„An einem Tag", antwortete Phoebe und beendete den Satz wie eine Frage, „bin ich doch dagewesen? Und ich habe etwas kaputtgemacht. Einen kleinen grünen Hund, der Milliarden von Dollar gekostet hat."

Kelly lächelte. In dieser Woche zählte Phoebe also in Milliarden. In der vergangenen Woche waren es Millionen gewesen. „Meine Güte."

„Ich habe geweint, aber Mommy ist nicht böse geworden. Sie hat gesagt, das kann mal passieren."

Kelly lachte. „Ich weiß, wie man sich dann fühlt. Als ich so alt war wie du, ist mir so etwas ganz oft passiert."

In den Augen des Kindes leuchtete Neugier auf. „Was hast du denn getan?"

„Einmal habe ich Connies Klavier kaputtgemacht. Das eine, das im hinteren Speisesaal des Restaurants steht."

Phoebe hielt den Atem an. „Hat Connie dich verprügelt?"

Kelly schüttelte den Kopf. „Nein. Connie hat mich nie verprügelt."

„Aber du hast an dem Tag bestimmt keine italienische Schokolade bekommen, oder?"

„An diesem *Tag*? Machst du Witze? Ich habe einen ganzen *Monat* lang keine italienische Schokolade bekommen."

Phoebe lachte, und ihr Lachen erwärmte Kellys Herz. Mehr als je zuvor war sie in diesem Moment entschlossen, Jonathan zu finden und ihn zu seinem kleinen Mädchen zurückzubringen – lebendig und gesund.

20. KAPITEL

„Ronny, ich bins.“ Aus dem leeren Speisesaal des San Remo warf Kelly einen Blick in die Küche, wo Connie Phoebes Lieblingsgericht zubereitete – Farfalle bolognese –, ehe sie weitersprach.

„Warum flüsterst du denn?“ wollte ihr Bruder wissen.

„Ich bin im Restaurant und möchte nicht, dass Ma mich hört.“

Er lachte. „Was hast du denn jetzt wieder angestellt?“

„Nichts.“

„Lügnerin. Ich habe mit Ma gesprochen. Sie hat mir von Jonathan erzählt und davon, was du vorhast.“

„Sie hat es bestimmt schlimmer gemacht, als es ist.“

„Das weiß ich nicht, Schwesterherz. Warum sagst *du* mir denn nicht, wie es ist? Dann kann ich mir selbst ein Urteil bilden.“

„Also erst einmal, ich habe jemanden, der mir hilft. Detective McBride von der Polizei in Philadelphia.“

„Der Typ, auf den du so scharf warst?“

Kellys Wangen wurden rot. „Ich bin nicht scharf auf Nick gewesen. Wie kommst du nur auf diese verrückte Idee?“

„Ehrlich gesagt, durch dich und die Art, wie du über ihn im Krankenhaus gesprochen hast.“

„Alles, was ich gesagt habe, war, dass Nick mit Recht sauer auf mich war.“ Sie fragte sich, was Ronny wohl sagen würde, wenn er wüsste, dass Nick sie heute Morgen nackt gesehen hatte.

„Na gut. Wenn Nick McBride dir bei der Suche nach Victorias Mann hilft, wieso bist du dann in Schwierigkeiten geraten?“

So war er immer gewesen, intuitiv und direkt, sogar schon als Kind. Es konnte einen zur Weißglut bringen. „Ich möchte dich um einen Gefallen bitten.“

„Das habe ich mir schon gedacht. Was ist denn?"

„Lade Ma für ein paar Wochen nach Atlanta ein."

Er schwieg eine Weile. Als er wieder sprach, war der neckende Tonfall verschwunden. „Was ist los, Kelly? Warum willst du sie aus Philadelphia weg haben?"

Kelly zögerte, aber es gab keine Möglichkeit, die Wahrheit zu verschleiern. Wenn sie Ronnys Hilfe wollte, musste sie mit offenen Karten spielen. „Ich habe Drohbriefe bekommen. Und ich habe Angst, dass der Absender Ma etwas antun könnte."

Er machte ihr keine Vorwürfe, und er wurde auch nicht oberlehrerhaft. Stattdessen sagte er: „Sie wird nicht kommen, Kelly."

„Doch, wenn sie glaubt, dass du sie wirklich bei dir haben willst."

„Wir sind hier mitten in einem Schneesturm. Sie weiß, dass ich sie niemals bitten würde, bei einem solchen Wetter herzufliegen."

„Sag ihr, dass du sie brauchst. Sag ihr, dass du Probleme mit Angie hast und ihren Rat brauchst." Nichts brachte eine italienische Mutter schneller auf Trab als ein Sohn mit Eheproblemen.

„Hast du sie noch alle? Angie bringt mich um, wenn sie wüsste, dass ich sie für so etwas als Vorwand benutzen würde."

„Dann denk dir was anderes aus."

„Jesus!" Sie konnte fast hören, wie er mit den Fingern durch sein dichtes schwarzes Haar fuhr. Er hatte das gleiche Haar wie ihr Vater. „Okay, lass mir ein bisschen Zeit, um mir etwas anderes auszudenken."

„Danke, Ronny. Du bist ein Schatz."

Das Erste, was Nick auf seinem Schreibtisch sah, als er wieder im Roundhouse eintraf, war ein Umschlag mit dem Vermerk „Vertraulich". Er trug den Stempel des Polizeireviers von Miami. Detective Quinn hatte also sein Versprechen gehalten und ihm den Polizeibericht über Magdalena geschickt.

Er riss den Umschlag auf, zog drei sauber maschinengeschriebene Seiten heraus und begann zu lesen.

Magdalena Montoya, die als Teresa Vasquez geboren worden war, hatte ihre Heimat Puerto Rico zusammen mit ihren Eltern und ihrem zehnjährigen Bruder Enrique im Alter von vier Jahren verlassen. Noch während Teresa die High School besuchte, unternahm sie mit Enrique erste Schritte im Showgeschäft. Teresa sang und tanzte, während ihr Bruder als Frauenimitator berühmte Persönlichkeiten nachmachte. Offenbar waren sie gut genug, um an Wochenenden ein paar Auftritte in örtlichen Nachtclubs zu erhalten und von ein oder zwei Zeitungen gute Kritiken zu bekommen.

Ihre Partnerschaft dauerte zwei Jahre. Dann trennten sich Bruder und Schwester und gingen eigene Wege. Teresa änderte ihren Namen in Magdalena Montoya und begann, sich mit reichen Männern zu treffen. Schließlich heiratete sie einen von ihnen, doch die Verbindung hielt nur kurze Zeit. Nach ihrer Scheidung ging sie zurück ins Showgeschäft.

Aber trotz ihres guten Aussehens kam ihre Karriere nicht so recht in Gang. Eine Weile versuchte sie es mit Schauspielerei, trat in ein paar Shows auf, gab jedoch nach einigen hämischen Verrissen auf. Nach Aussagen ihres Vermieters war sie niemals eine Miete schuldig geblieben, nicht einmal, als sie arbeitslos war. Offenbar stellte Geld kein Problem dar – möglicherweise dank der zahlreichen wohlhabenden Freunde, mit denen sie sich fortwährend traf.

1998 bekam sie im Salamander einen Job als exotische Tänzerin, den sie jedoch ein Jahr später wieder aufgab.

Während es mit der Karriere seiner Schwester bergab ging, machte Enrique sich in Las Vegas einen Namen. Nach mehreren unbedeutenden Jobs in verschiedenen Casinos war er zu seiner Lieblingsbeschäftigung zurückgekehrt, der Imitation von Berühmtheiten. Drei Jahre nachdem er in der Spielerstadt eingetroffen war, erhielt Enrique vom Lido einen Vertrag für ein sechswöchiges Gastspiel. Sozusagen über Nacht wurde er berühmt, und alle Casinos in der Stadt rissen sich um ihn.

Auf dem Höhepunkt seiner Laufbahn erstach Enrique seinen Liebhaber, mit dem er zusammenlebte, einen jungen Anwalt namens Steve Marquant. Ehe die Polizei ihn verhaften konnte, verschwand er aus der Stadt.

Hier endete der Bericht, aber Quinn hatte eine handschriftliche Ergänzung gemacht:

Ich habe mir gedacht, dass der Bruder Sie interessieren könnte. Deshalb habe ich Sergeant Andy Harrison von der Polizei in Las Vegas gebeten, Ihnen eine Kopie des Polizeiberichts sowie ein Videoband mit einem Auftritt von Enrique in Las Vegas beizulegen. Wenn Sie das nächste Mal hier sind, können Sie mir ein Bier ausgeben.

Nick warf den Bericht auf seinen Schreibtisch und lehnte sich in seinen Stuhl zurück. Quinn hatte Recht gehabt; er war an dem Bruder interessiert, nicht nur, weil er von der Polizei gesucht wurde, sondern auch wegen seines Ziels, das er ausgewählt hatte, nachdem er Miami verlassen hatte. Las Vegas. Die Stadt, in der Syd Webber viele Jahre gelebt hatte, bevor er nach Atlantic City gegangen war.

Ziemlich neugierig geworden, ging Nick zum Aktenschrank und suchte die Ordner durch, bis er den gefunden hatte, den er wollte. In den Tagen, nachdem sein Vater gestorben war, hatte Nick genug Informationen über Syd Webber gesammelt, um damit ein ganzes Buch zu füllen. Wenn es darauf ankam, konnte er das Leben des Mannes mit geschlossenen Augen in chronologischer Reihenfolge nacherzählen, aber es konnte nichts schaden, seine Erinnerung aufzufrischen.

Die Antwort, nach der er suchte, stand auf der dritten Seite. Syd Webber war im Frühjahr 1969 von seiner Heimatstadt Hoboken in New Jersey nach Las Vegas gezogen. Einen seiner ersten Jobs hatte er im Lido Hotel-Casino bekommen, wo er zunächst als Rausschmeißer, dann als Nachtportier und schließlich als Buchhalter gearbeitet hatte. Während seiner Arbeit als Buchhalter war Alister Graham, der Besitzer des Casinos, auf die Leistungen des jungen Mannes aufmerksam geworden, und er hatte ihn schnell befördert.

Als Graham 1990 bei einem Skiunfall in Lake Tahoe ums Leben kam, erbte Webber nicht nur das Casino, sondern auch noch Grahams gesamtes Vermögen.

Das Lido. Dasselbe Unternehmen, in dem Enrique seinen ersten Auftritt hatte, nachdem er in Las Vegas angekommen war. So so. Nick lächelte. Wenn das nicht interessant war!

Während seine Gedanken einer bestimmten Spur nachhingen, nahm Nick einen Bleistift und begann, die Namen der Hauptpersonen in diesem spannenden kleinen Stück aufzuschreiben – Enrique, Magdalena, Webber. Auf die untere Hälfte notierte er Patrick McBride, Jonathan Bowman, Syd Webber. Man brauchte kein Genie zu sein, um den gemeinsamen Nenner beider Gruppen zu erkennen. Syd Webber.

Er fragte sich, ob Webber und Enrique wohl in Kontakt geblieben waren, oder ob Enrique versucht hatte, in Syds neuem Casino ein Engagement zu bekommen, vielleicht unter einem anderen Namen. Nein, zu riskant. Enrique war auf der Flucht. Er wäre wohl kaum so verrückt, auf eine Bühne zu gehen, solange ein Haftbefehl gegen ihn lief.

Aber der Gedanke hatte sich in Nicks Kopf festgesetzt, und er konnte ihn nicht mehr loswerden. Er dachte daran, nach Atlantic City zu fahren und Syd Webber zu befragen, sagte sich dann aber, dass es nichts bringen würde. Der Mistkerl hätte eher seine Mutter verkauft, ehe auch nur ein einziges wahres Wort zu sagen. Doch es gab jemanden in Atlantic City, dem Nick bedingungslos vertraute – Joe Massimo. Der beste Freund seines Vaters war damals als Erster am Ort des Verbrechens erschienen. Und er hatte sich die Zeit genommen, ihn bei seinen Nachforschungen zu unterstützen, obwohl er nach seiner sofortigen Beförderung zum Sicherheitschef einen überquellenden Terminkalender hatte. Joe würde sicher auch jetzt wieder für ihn da sein.

21. KAPITEL

Joe Massimo hatte sich in den vergangenen zwölf Monaten kaum verändert. Er hatte immer noch die gleiche massige, untersetzte Figur, widerspenstiges graues Haar und ein Gesicht voller Aknenarben, vor dem Nick sich zu Tode gefürchtet hatte, als er noch ein Kind war.

Dennoch bemerkte Nick ein paar Veränderungen, als der neue Sicherheitschef des Chenonceau durch die Empfangshalle des Casinos schritt: sein selbstbewusstes Auftreten, das er vorher nicht gehabt hatte, sowie eine gewisse Lässigkeit der Bewegungen. Und in den Augen blitzte wieder der alte Humor, für den Joe bekannt gewesen war. Die Dinge waren gut gelaufen für den alten Freund seines Vaters, und darüber freute Nick sich. Joe war einer der wenigen verlässlichen Menschen auf dieser Welt, und er hätte sich niemand anderen vorstellen können, der besser geeignet gewesen wäre, die Stelle seines Vaters zu übernehmen.

„Hallo, mein Junge." Wie er es schon früher gemacht hatte, hielt sich Joe spaßeshalber zwei Fäuste vors Gesicht und tat so, als wollte er Nick angreifen, ehe er ihn in die Arme nahm und ihn kräftig an sich drückte. „Wie ist es dir denn so ergangen?"

Nick erwiderte die Umarmung. „Kann nicht klagen, Joe."

„Warum kommst du dann nicht öfter mal hierher, hm?" Er gab ihm einen Klaps auf den Rücken, bevor er ihn losließ. „Ich kann mich gar nicht mehr daran erinnern, wann ich dich das letzte Mal gesehen habe."

„Tut mir Leid. Ich habe auch immer mal anrufen wollen." Sie gingen zu Joes Büro am Ende der Empfangshalle, dasselbe, das Nicks Vater sechs Jahre lang benutzt hatte.

„Ich weiß, dass du viel zu tun hast. Sollte ja auch nur ein Scherz sein." Vor der Tür blieb Joe stehen. Sein Blick verschleierte sich. „Mein Gott, ich sehe jedesmal deinen Vater, wenn ich dich anschaue. Das ist ganz schön hart. Du siehst genauso aus wie er, als er so alt war wie du. Nur, dass du größer bist.“ Er ballte noch einmal die Hände. „Boxt du noch immer?“

Nick lachte. „Dafür werde ich allmählich zu alt.“

„Komm, erzähl mir nichts.“ Er öffnete die Tür und winkte Nick herein. „Setz dich hierhin.“ Er nahm einen Stapel Zeitungen von einem Stuhl und ließ sie auf den Fußboden fallen. „Beachte das Durcheinander nicht. Das ganze Zeug, um das ich mich jeden Tag kümmern muss, kriege ich kaum noch geregelt. Ich frage mich, wie dein Vater das geschafft hat. Bei ihm hat es immer picobello ausgesehen.“

Nick schaute sich um und erinnerte sich an seinen Vater, wie er hinter dem alten Holzschreibtisch saß. Joe hatte alles so gelassen, wie es war. Er hatte sogar das Foto behalten, das ihn und Patrick bei der Abschlussprüfung an der Polizeiakademie zeigte. Es war ungefähr vierzig Jahre alt.

„Willst du etwas trinken?“ fragte Joe. „Der Kaffee ist immer noch scheußlich, aber draußen gibt es einen Soda-Automaten.“

„Nichts für mich, danke.“

Joe verschränkte die Arme über seinem breiten Brustkorb und lehnte sich gegen den Schreibtisch. „Was gibts denn, mein Junge? Hast du Sorgen?“

„Du kennst mich verdammt gut, Joe.“

„Das liegt daran, dass ich dich schon als kleinen Knirps gekannt habe. Du hattest furchtbare Angst vor meinen Boxhandschuhen. Erinnerst du dich noch daran?“

Er tat es nicht, obwohl er die Geschichte eine Million Mal von Joe und seinem Vater gehört hatte. Alle beide hatten vergessen, dass er zu jung war, um sich an die Heulanfälle zu erinnern, die er jedesmal gehabt hatte, wenn Joe seine Handschuhe anzog.

Aber Nick spielte das Spiel mit, um ihnen einen Gefallen zu tun. „Und ob", log er. „Ich bin jedes Mal schreiend aus deinem Haus gelaufen."

„Aber du hast nie lange Angst gehabt, nicht wahr? Im Handumdrehen hattest du dich in diese Handschuhe verliebt." Joes Gesichtsausdruck wurde wehmütig. „Ich werde niemals den Tag vergessen, an dem du die Goldenen Handschuhe für Eastern Pennsylvania gewonnen hast. Dein Vater war total aus dem Häuschen. Wie ein Verrückter hat er gebrüllt: ‚Das ist mein Junge! Das ist mein Junge!'"

„Und was war mit dir?" entgegnete Nick lachend. „Soweit ich mich erinnere, hast du noch lauter geschrien als er."

„Ach." Joe schnüffelte, als ob ihn die Erinnerungen übermannten. „Ich war auch stolz auf dich, Junge. Ich bins immer noch." Er wurde ernst. „Also, was gibts?"

Nick schaute ihm in die Augen. „Ich habe beschlossen, die Untersuchungen zum Tod meines Vaters noch mal aufzurollen."

Die Veränderung in der Haltung des alten Polizisten war kaum wahrnehmbar. Aber Nick entging das leichte Straffen seiner Schultern ebenso wenig wie der plötzliche Argwohn in seinen Augen. Seine Reaktion war nicht überraschend. Wie Nicks Schwester war auch Joe besorgt darüber, dass das, was als Untersuchung begonnen hatte, für Nick zur Besessenheit geworden war. Und das war es in gewisser Weise ja auch geworden.

„Warum?" wollte Joe nach einigen Sekunden wissen.

Nick konterte mit einer Gegenfrage. „Was weißt du von Jonathan Bowmans Verschwinden?"

„Nicht viel außer dem, was ich gehört habe."

„Und was hast du gehört?"

„Vor allem Gerüchte. Zuerst haben alle geglaubt, Bowman sei entführt worden. Dann, als sich keiner ein Motiv für eine

Entführung vorstellen konnte, behaupteten sie, er hätte was mit einer Frau oder sich mit ein paar wirklich miesen Typen eingelassen. Und ich?" Er zuckte mit den Achseln. „Ich denke, der Kerl steckt in irgendeiner Art von Midlife-Crisis. Lass ihm ein oder zwei Wochen Zeit oder meinetwegen auch einen ganzen Monat, und er taucht wieder auf – hoffentlich wieder mit klarem Verstand."

Nick lehnte sich in seinen Stuhl zurück und legte den Fuß über sein Knie. „Ich habe eine andere Theorie. Es überrascht mich, dass du nicht darauf gekommen bist."

Joe breitete die Arme aus. „Kannst du mir verzeihen? Ich werde alt und bin nicht mehr so clever, wie ich es mal war."

Nick glaubte ihm das keine Minute lang. „Ich denke, es gibt einen Zusammenhang zwischen Bowmans Verschwinden und dem Tod meines Vaters."

Das Misstrauen in den wachen alten Augen wuchs. „Das ist verrückt, Nick. Die beiden haben sich doch kaum gekannt. Sie haben sich gegrüßt, wenn sie sich begegnet sind, aber das wars auch schon. Patrick war nur Syd Webber Rechenschaft schuldig, genau wie ich jetzt. Mit Bowman hat er nie viel zu tun gehabt."

„Zwei ungeklärte Vorfälle, in die Angestellte vom Chenonceau verwickelt sind, und das innerhalb von zwölf Monaten. Findest du das nicht seltsam?"

„Der Tod deines Vaters wurde aufgeklärt."

„Nicht zu meiner Zufriedenheit."

„Da wir beide wissen, dass du zu dickköpfig bist, dir die Predigten eines alten Mannes anzuhören, wollen wir uns das ersparen. Sag mir nur, was ich tun kann."

Auf diese Worte hatte Nick gewartet. „Erzähl mir, was du von Jonathan Bowman weißt."

Joe kratzte sich am Kopf. „Mein Gott, da gibts nicht viel zu berichten. Ich kenne den Knaben kaum. Was ich so gehört und gesehen habe, ist er angenehm, hat immer ein freundliches Wort für die Angestellten, und er ist ein harter Arbeiter."

„Ist er dir in den letzten Tagen vor seinem Verschwinden zufällig über den Weg gelaufen?"

„Klar. Ein oder zwei Mal."

„Welchen Eindruck hat er auf dich gemacht?"

Joe zuckte mit den Schultern. „Ganz o.k. Er hatte es eilig, aber so ist er immer. Dauernd in Bewegung, um irgendwohin zu kommen." Der alte Mann schaute Nick eine Weile an. „Es tut mir Leid, Junge. Ich weiß, dass ich dir damit nicht helfe, aber ich sehe auch keinen Zusammenhang. Absolut nicht."

Nick schaute auf die Fotografie der beiden besten Freunde. Sie hatten immer ein sehr enges Verhältnis gehabt, sowohl während ihrer Zeit bei der Polizei als auch in den Jahren, in denen sie im Chenonceau gearbeitet hatten.

„Ich und mein Kumpel, wir kommen im Doppelpack", hatte Patrick zu Syd beim Vorstellungsgespräch gesagt. Er hatte es halb scherzhaft gemeint, aber Syd hatte beide gemocht und auf der Stelle engagiert – Patrick als Sicherheitschef und Joe als seinen Stellvertreter. Joe, der den Job dringender brauchte als Patrick, hatte seinem Freund nie vergessen, wie der sich für ihn eingesetzt hatte. Wenn er Nick helfen könnte, den Mörder dingfest zu machen, würde er es sofort tun.

„Ich weiß, dass du und ich die Ereignisse an jenem Morgen immer und immer wieder durchgegangen sind. Aber würde es dir etwas ausmachen, mir trotzdem noch mal zu erzählen, was du weißt?"

Joe nickte. „Selbstverständlich." Er überlegte ein Weile, bevor er weiter sprach. „Wie du weißt, hatte Patrick gerade eine Doppelschicht hinter sich. Er war für einen seiner Männer eingesprungen, dessen Frau ein Baby kriegte. Dann kam ich rein. Als er gehen wollte, habe ich noch einen Witz gemacht und ihm gesagt, er sollte sich ein wenig aufs Ohr legen, weil wir an dem Abend eine Bowling-Meisterschaft hatten und ich keinen Zombie zum Partner haben wollte. Er hat mich angesehen, irgendetwas gemurmelt und ist gegangen."

„Hast du es nicht seltsam gefunden, dass mein Vater so darauf reagiert hat, anstatt dir eine passende Antwort zu geben?"

„Na ja, jetzt, wo du es sagst. Aber wenn du sechzehn Stunden ohne Pause gearbeitet hast, so wie wir, dann kann deine Schlagfertigkeit schon mal nachlassen. Du verstehst, was ich meine?"

„Was passierte dann?"

„Ich ging zu meinem Büro, das direkt neben seinem lag." Er deutete mit der Hand auf eine geschlossene Tür. „Ein paar Minuten später kam einer der Hotelpagen angerannt und schrie, dass jemand auf dem Parkplatz niedergestochen worden war und dass wir die Polizei alarmieren sollten. Ich habe sie sofort angerufen, ohne zu wissen, wer das Opfer war, und dann bin ich mit den anderen hinausgelaufen." Er kniff die Lippen zusammen und schaute auf den grau gefliesten Boden. „Als ich sah, dass es Patrick war, setzte mein Herz aus. Er lag da in einer riesigen Blutlache. Ich lief zu ihm hin, und er öffnete die Augen, aber ich glaube, er wusste nicht, wer ich war. Ich hab ihm gesagt, er soll durchhalten und dass Hilfe unterwegs war, aber es war zu spät. Er ist in meinen Armen gestorben."

Nick schwieg, das Bild seines sterbenden Vaters vor Augen. „Ich weiß, du hast gesagt, dass du niemanden gesehen hast." Seine Stimme klang gepresst, weil die Trauer wieder so gegenwärtig war. „Aber du warst mal Polizist, Joe. Du hast gelernt, Sachen zu sehen, die kein anderer sehen kann."

„Ich weiß. Und vermutlich hätte ich auch etwas oder jemanden gesehen, wenn es nicht Patrick gewesen wäre, der da gelegen hatte. Ich glaube, das war einfach zu viel für mich. Als ich dann endlich aufsah, war so viel Betrieb auf dem Parkplatz, dass ich den Mörder nicht einmal dann hätte sehen können, wenn mein eigenes Leben davon betroffen gewesen wäre." Er zuckte mit den Schultern. „Derjenige, der es getan hatte, war längst verschwunden, Nick."

„Und mein Vater hat dir überhaupt nichts erzählt? Keinen belastenden Beweis gegen Syd Webber, den er vielleicht gefunden hatte?"

Joe schüttelte nur den Kopf. Er hatte das Ganze schon einmal durchgemacht. Gleichgültig, wie oft Nick ihn ausgefragt hatte – die Antwort war immer die gleiche.

Joe ging hinüber zur Kaffemaschine und füllte einen Becher zur Hälfte mit dem starken, schwarzen Getränk. „Der Mord hätte niemals passieren dürfen. Dein Vater war einer der besten Polizisten, die Philadelphia jemals hatte. Er war zäh, er war schnell, und er war gewitzt."

Mit dem Becher in der Hand drehte er sich um. „Aber an diesem Morgen war er nicht schnell genug, Nick. Er war einfach nur müde und schlecht gelaunt. Deshalb hat er es auf einen Kampf ankommen lassen, anstatt diesem Arschloch seine Brieftasche zu geben, wie es besser gewesen wäre."

Genau diese Worte hatte Nick vor sich selbst ein paar tausend Mal wiederholt. Seinen Verdacht hatten sie nicht zerstreut. „Erzähl mir von Syd und seiner Reaktion, als er erfuhr, dass mein Vater ermordet worden war."

Joe wiederholte die gleiche Geschichte, die er vor einem Jahr schon einmal erzählt hatte. „Sie haben ihn in seinem Haus in West Chester angerufen, und er kam mit dem Hubschrauber angeflogen. Er war ziemlich schockiert, das kann ich dir versichern. Schließlich hatte er Patrick selbst eingestellt, und er hielt eine Menge von ihm."

Das Gefühl hatte auf Gegenseitigkeit basiert. Aber dann hatte sich etwas verändert, und ehe er nicht herausgefunden hatte, was das war, würden seine Nachforschungen ergebnislos bleiben. „Eine letzte Frage", sagte Nick. „Hast du jemals etwas von einer Frau namens Magdalena Montoya gehört?"

Joe kniff die Augen zusammen, während er angestrengt nachdachte. „Montoya. Nein, das glaube ich nicht. Ist aber ein hübscher Name. Wer ist sie?"

„Nur jemand, von dem ich dachte, dass ich sie mal überprüfen sollte. Und wie ist es mit Enrique Vasquez? Klingelt bei dem Namen etwas?"

„Nein. Tut mir Leid, mein Junge."

Nick war enttäuscht, bemühte sich jedoch, es sich nicht anmerken zu lassen. „Danke, Joe. Ich bin eine Nervensäge, aber du bist sehr geduldig gewesen."

„Kein Problem, mein Junge. Ich wünschte nur, ich hätte mehr helfen können." Die beiden Männer reichten sich die Hand. Mit dem altvertrauten Lächeln, das die Lachfältchen um Joes Augen vertiefte, fragte er schließlich: „Und wie gehts deiner Schwester?"

„Kathleen gehts gut. Sie und ihr Mann wohnen jetzt in Italien und machen Dolce Vita."

„Alex ist also immer noch bei der Marine?"

„Er wollte nächstes Jahr den Dienst quittieren, aber jetzt, wo ein Baby unterwegs ist, hat er sich entschlossen zu bleiben."

„Eine gute Entscheidung. Grüß Kathleen von mir, wenn du wieder mal mit ihr sprichst."

„Das mach ich, Joe. Pass auf dich auf."

Links und rechts des Brigantine Boulevard sah es immer noch genauso aus, wie Nick es in Erinnerung hatte – kleine, zweistöckige Häuser, die sich eng aneinander schmiegten, gepflegte Hinterhöfe und Kombiwagen am Straßenrand, die schon bessere Tage gesehen hatten.

Nick parkte vor einem kleinen gelben Haus und bemühte sich gar nicht erst, die Erinnerungen zurückzuhalten, die über ihm zusammenstürzten wie eine Flutwelle.

Patrick war Witwer gewesen, als er auf den Brigantine Boulevard gezogen war. Obwohl Nick schon erwachsen war und eine eigene Wohnung hatte, war er jeden Sonntag bei Wind und Wetter herausgekommen, um den Tag mit seinem Vater zu verbringen. Sie hatten lange Spaziergänge am Strand unternommen, auf dem Pier gesessen und geangelt oder am Küchentisch Karten gespielt. Joe, der drei Häuser weiter unten wohnte, war manchmal gekommen, und die drei hatten, je nach Jahreszeit, gemeinsam Fußball- oder Baseballspiele im Fernsehen angeschaut.

Nick blickte die Straße hinunter bis zum Haus der Massimos, einem weißen Farmhaus mit blauen Fensterläden und einer blauen Markise über der vorderen Veranda. Überbleibsel vom Sturm der vergangenen Woche lagen im Vorgarten verstreut, und Teile von der Verkleidung des Kamins waren heruntergefallen. Diese Nachlässigkeit überraschte Nick. Joe war immer stolz auf sein Haus gewesen und hatte ständig daran herumgewerkelt – sogar nachdem seine Frau Dottie gestorben war.

Auf der anderen Seite der Straße stand der alte Josh Coburn mitten auf seiner Auffahrt und blinzelte in Nicks Richtung. Josh war ein pensionierter Feuerwehrmann, der sein ganzes Leben auf dem Brigantine Boulevard verbracht hatte. Auch er war ein guter Freund von Patrick gewesen.

Nick wollte nicht unhöflich erscheinen. Deshalb stieg er aus dem Wagen und ging zu ihm hinüber. „Wie gehts denn immer so, Josh?"

Der alte Mann strahlte sofort übers ganze Gesicht. „Ich wusste, dass du es bist, Junge." Er klemmte einen Packen Briefe unter den Arm und reichte ihm eine magere Hand. „Was um alles in der Welt bringt dich hierher? Ein bisschen in alten Erinnerungen schwelgen, stimmts?"

„Ich war gerade in der Nähe", erwiderte Nick mit einem Achselzucken.

Der alte Mann sah sich um. „Die Gegend ist nicht mehr das, was sie mal war, Nick. Die Kinder werden groß, Leute ziehen weg. Ich kenne kaum noch jemanden auf der Straße. Meine Tochter hat sich gerade ein Haus in Cherry Hill gekauft und möchte, dass ich zu ihr ziehe. Ich überlege es mir. Jetzt, wo auch Joe weggezogen ist, wird es hier wirklich schäbig ..."

Nick musterte ihn mit einem scharfen Blick. „Joe Massimo ist weggezogen?"

„Hast du das nicht gewusst?" Josh deutete mit dem Daumen über seine Schulter. „Er hat sich eins von diesen großen Häusern auf dem Harbor Beach Boulevard gekauft."

Harbor Beach Boulevard. Da standen die teuren Häuser – zu teuer für Joe. „Wann hat er das denn getan?" Und warum hat Joe mir nichts davon erzählt, fragte Nick sich.

„Vor etwa einem Jahr. Genau genommen zu dem Zeitpunkt, als dein Vater gestorben war." Josh schüttelte den Kopf. „In dem Jahr haben wir zwei prima Nachbarn verloren. Aber ich denke, Joe musste in ein geräumigeres Haus ziehen; die drei Jungs werden ja immer größer."

Nick erinnerte sich an den Tag, an dem Joes Frau Dottie gestorben war und wie besorgt sein Vater nach der Beerdigung geklungen hatte.

„Ich weiß nicht, wie er das ohne Dot schaffen will", hatte Patrick zu ihm gesagt. „Die beiden älteren Jungs sind ja schon ziemlich selbstständig, aber der Kleine? Um den müsste sich jemand den ganzen Tag kümmern. Aber wie will Joe das bezahlen? Dots Krankheit hat ihn sein ganzes Geld gekostet."

Josh bückte sich, um einen Zweig von der Einfahrt aufzuheben. „Joe sehe ich nicht mehr oft", fuhr er fort, und es klang ein bisschen pikiert. „Manchmal ruft er mich an und sagt, dass wir uns mal wieder treffen müssen. Aber das ist es dann auch schon."

Auch das ist seltsam, dachte Nick. Joe war nicht der Typ, der seine alten Freunde vergaß. „Wie geht es denn seinen Kindern?" fragte er.

„Die Massimo-Jungs sind fein raus. Danny, der Älteste, geht seit diesem Jahr auf das Temple-College in Philadelphia. Ron, der Mittlere, will Polizist werden, wie sein alter Herr, und der kleine Tommy hält seine Lehrer ganz schön auf Trab." Er warf einen Blick über die Straße. „Ich glaube, dass ihm die Beförderung im Casino sehr gelegen kam, was?"

Vielleicht, dachte Nick, aber so viel höher war die Bezahlung nicht, um sich ein neues Haus auf dem Harbor Beach Boulevard leisten zu können, die Gebühren fürs College zu zahlen und wahrscheinlich noch jemanden, der sich nach der Schule um Tommy kümmerte.

Woher also war das Geld gekommen?

Es gab nur einen, der diese Frage beantworten konnte – Joe selbst.

22. KAPITEL

Als Nick zum zweiten Mal Joes Büro betrat, diesmal unangemeldet, war das Lächeln des Expolizisten zurückhaltender.

„Ich war gerade in deiner alten Nachbarschaft", sagte Nick tonlos. „Ich habe Josh getroffen."

Joes Miene wirkte angespannt. „Dann hat er dir wohl auch erzählt, dass ich dort nicht mehr wohne."

„Das hat er." Nick wartete eine Sekunde. „Ich frage mich nur, warum du das nicht getan hast?"

Joe zuckte mit den Schultern. „Ehrlich gesagt, ich habe gar nicht daran gedacht." Er zog die Augenbrauen empor. „Bist du nur deshalb zurückgekommen? Weil ich umgezogen bin?"

„Du kennst mich doch. Kleinigkeiten, die nicht zusammenpassen, sind mir schon immer aufgefallen. Und das hier passt nicht zusammen, Joe. Vor einem Jahr warst du doch vollkommen pleite."

„Verdammt, Nick, ich weiß nicht, worauf du hinauswillst, aber deine Art passt mir nicht."

„Du weißt, dass ich Recht habe, Joe. Wenn mein Vater dir nicht alle paar Wochen einen Zwanziger zugeschoben hätte, hättest du es doch von einem Ersten zum nächsten niemals geschafft. Jetzt hast du plötzlich ein Haus auf dem Harbor Beach Boulevard, einen Sohn auf dem College und jemand, der sich um Tommy und den Haushalt kümmert. Ein ganz schöner Fortschritt für einen Mann, der immer knapp bei Kasse war, findest du nicht?"

„In meinem neuen Job verdiene ich ganz gut."

„Ich weiß, was du in dem Job verdienst, Joe. Gerade deshalb kann ich mir ja nicht vorstellen, warum du auf einmal so gut zurecht kommst."

Joe zog die Schultern zusammen. Er war blass geworden, und sein Blick war zornig. „Was zum Teufel wirfst du mir eigentlich vor?“ fragte er.

„Ich weiß es nicht.“ Nick breitete die Arme aus. „Warum hilfst du mir nicht und erzählst es mir einfach?“

„Es gibt nichts zu erzählen.“ Joe erhob sich hinter seinem Schreibtisch und stützte sich mit den Fäusten auf die abgenutzte Arbeitsfläche. „Ich weiß nicht, was in dich gefahren ist, aber du gehst hier ein bisschen zu weit. Ich habe nichts Schlimmes getan, und ich mag es überhaupt nicht, wenn du hier in mein Büro hereinplatzt und mir absurde Vorwürfe machst.“

„Was ist hier los?“

Als er die Stimme hörte, die er so gut kannte, drehte Nick sich um und stand seinem alten Feind gegenüber. Wie immer sah Syd Webber aus, als sei er gerade für ein Modemagazin fotografiert worden. Alles an ihm, vom offenen Kragen seines makellos weißen Hemdes bis zu den Spitzen seiner eleganten italienischen Schuhe, strahlte Erfolg aus.

„Ist schon in Ordnung, Chef.“ Joe winkte ab. „Wir haben uns gerade nur ein bisschen aufgeregt, nicht wahr, Nick?“

„Das glaube ich euch auch gerade.“ Webber schloss die Tür und funkelte Nick an. „Was werfen Sie meinem Sicherheitschef vor, Detective?“

„Das geht Sie nichts an.“

„Irrtum. Das ist mein Casino, und wenn Sie hier hereinkommen, meine Angestellten von der Arbeit abhalten und sie in Rage bringen, dann geht mich das sehr wohl etwas an. Ich habe Ihnen freien Zugang zu diesem Hotel gewährt, als Sie Nachforschungen über den Tod Ihres Vaters angestellt haben, obwohl Sie in Atlantic City dazu juristisch gar nicht berechtigt sind, aber ich habe es aus Hochachtung vor Patrick getan, den ich sehr bewundert habe."

„Jetzt habe ich die juristische Legitimation, Webber." Er hatte nicht vorgehabt, jetzt schon mit ihm zu reden, aber der Mann zwang ihn dazu. „Ich untersuche das Verschwinden von Jonathan Bowman." Er musste ihm ja nicht auf die Nase binden, dass die Untersuchung vollkommen inoffiziell war.

„Das berechtigt Sie noch lange nicht, meine Angestellten zu belästigen."

„Er hat mich nicht belästigt, Chef, wirklich nicht."

„Sind Sie hier fertig?" wollte Webber von Nick wissen.

Ärgerlich steckte Nick die Hand in die Hosentasche. „Mit Joe bin ich fertig, aber mit Ihnen habe ich grade erst angefangen." Er lächelte dünn. „Können wir uns irgendwo unterhalten?"

Webber drehte sich um und ging hinaus. Nick blieb ihm dicht auf den Fersen.

Nick verhörte Webber eine ganze Stunde lang, mehr um den Mistkerl zu reizen, als um etwas Neues in Erfahrung zu bringen. Der Mann war zu schlau, um etwas an der Geschichte zu ändern, die er Kelly erzählt hatte, oder sich bei einer Lüge ertappen zu lassen. Und obwohl er zugab, dass Enrique Vasquez in seinem Casino in Las Vegas aufgetreten war, behauptete er, nicht zu wissen, wo sich der Entertainer jetzt aufhielt. Den Namen Magdalena Montoya hatte er noch nie gehört. Er hatte nicht einmal gewusst, dass Enrique eine Schwester hatte.

Während er über den Atlantic City Expressway fuhr, dachte Nick an sein Gespräch mit Joe. Vielleicht maß er all dem ja tatsächlich zu viel bei. Vielleicht hatte Joe sein neues Haus äußerst preiswert erworben und einen günstigen Kredit für die Ausbildung seines Sohnes bekommen. Das Problem war nur: Nick glaubte es nicht – ebenso wenig wie er der Version der Polizei in Atlantic City über den Mord an seinem Vater geglaubt hatte.

Das Einzige, woran er wirklich glaubte, war das Gefühl, das er im Zusammenhang mit Enrique und Magdalena hatte. Der nächste Bericht – der, den Quinn von der Polizei in Las Vegas angefordert hatte – würde noch etwas mehr Licht auf den geheimnisvollen Bruder werfen. Mit etwas Glück würden die neuen Informationen sogar auf eine eindeutige Verbindung zwischen Enrique und Webber schließen lassen. Als er daran dachte, musste er lächeln.

Er konnte es kaum erwarten, diesen gerissenen Hundesohn festzunageln.

„McBride. Kommen Sie in mein Büro. Sofort!"

Als sie den bellenden Befehl hörten, schauten alle sechs Detectives, auch Nick, auf.

„Oh, oh." Mariani lachte glucksend, als er zu seinem Schreibtisch ging. „Was hast du denn jetzt schon wieder ausgefressen, Nick?"

Nick schob den Stuhl vom Computer zurück, in den er einen Bericht geschrieben hatte, und erhob sich. „Das werde ich bestimmt gleich herausfinden."

Cross stand in seinem Büro und wartete auf ihn. „Haben Sie dem Sicherheitschef im Chenonceau erzählt, dass Sie die Untersuchungen zum Mord an Ihrem Vater wieder aufrollen?"

Nick zuckte nicht mit der Wimper. „Wer hat Ihnen das erzählt?"

„Syd Webber hat gerade angerufen. Er sagte, Sie seien in das Büro seines Sicherheitschefs gestürmt und hätten Massimo beschuldigt."

„Ich bin nicht reingestürmt. Joe hat mich eingeladen. Wir haben uns unterhalten."

„Worüber?"

„In erster Linie über Jonathan Bowmans Verschwinden."

„Dazu hatten Sie überhaupt keine Veranlassung. Habe ich Ihnen nicht ausdrücklich gesagt, dass Ihre Rolle ausschließlich darin besteht, die Vorgänge zwischen der Polizei in Miami und dieser Abteilung zu koordinieren? Habe ich irgendetwas davon gesagt, dass Sie nach Atlantic City fahren sollen, um Webber und seine Angestellten zu verhören?"

„Ich habe Grund zur Annahme ..."

Cross schlug mit der Faust auf den Schreibtisch. „Verdammt noch mal, Nick. Ich habe Ihnen schon vor einem Jahr gesagt, dass Sie Webber in Ruhe lassen sollen. Sie haben sich einem Befehl widersetzt."

„Zwischen den beiden Vorfällen besteht eine Verbindung."

„Wovon zum Teufel reden Sie?"

„Von Bowmans Verschwinden und dem Mord an meinem Vater. Ich habe den Zusammenhang in einem Polizeibericht entdeckt, den Quinn mir geschickt hat. Magdalena Montoya, die Frau, die behauptet, Bowmans Geliebte zu sein, hat einen Bruder, Enrique, der in Las Vegas gearbeitet hat."

„Und?"

„Enrique hat berühmte Persönlichkeiten imitiert. Im Laufe der Jahre ist er mehrfach im Lido aufgetreten."

Allmählich wurde Cross ruhiger. „Das Lido. Webbers Casino."

„Genau. Und 1991 hat Enrique seinen Liebhaber umgebracht, Steve Marquant. Seitdem hat ihn keiner mehr gesehen."

„Wie haben Sie das herausgefunden?"

„Es war Quinn, nicht ich. Er hat den Detective in Las Vegas, der mit dem Fall betraut war, gebeten, mir eine Kopie des Polizeiberichts zu schicken. Er müsste jeden Tag eintreffen." Er sprach schnell, denn er wollte alle Informationen weitergeben, ehe Cross einen Grund fand, ihn zu unterbrechen. „Webber hat zugegeben, Enrique zu kennen, doch er behauptet, nie etwas von Magdalena gehört zu haben. Aber ich glaube ihm nicht. Und ich glaube auch nicht Magdalenas Behauptung, dass sie Bowmans Geliebte ist." Er erzählte Cross allerdings nichts von dem Privatdetektiv, den er engagiert hatte. Damit wollte er warten, bis er wusste, was Alan herausgefunden hatte.

Cross begann, in seinem Büro hin und her zu laufen, wie er es immer tat, wenn er eine wichtige Entscheidung zu treffen hatte. „Na gut", sagte er nach einer Weile. „Sie können an dem Fall dranbleiben, aber unter einer Bedingung. Bevor Sie keinen hieb- und stichfesten Beweis dafür haben, dass Webber persönlich und unmittelbar an der Ermordung Ihres Vaters sowie an Bowmans Verschwinden beteiligt ist, halten Sie sich von ihm fern. Ich möchte nicht, dass Sie diese Abteilung benutzen, um eine alte Rechnung zu begleichen. Haben Sie mich verstanden?"

Nick bejahte.

Cross machte eine Handbewegung. „In Ordnung, Sie können gehen. Aber halten Sie mich auf dem Laufenden, klar? In jeder Beziehung!" rief er Nick nach, als er den Raum verließ.

23. KAPITEL

Victoria sah wie neugeboren aus, als Kelly später an diesem Nachmittag mit Phoebe in ihr Haus in Bryn Mawr zurückkehrte. Ihre langen blonden Haare, die sie gewaschen hatte, fielen locker über ihre Schultern, und sie trug einen schwarzen Kord-Overall. Sie hatte sich sogar die Mühe gemacht, ein wenig Make-up aufzulegen.

„Wie gehts meinem Mädchen?“ Sie lächelte, als sie Phoebe an der Tür in die Arme schloss und emporhob.

Phoebe klopfte sich auf den Bauch. „Ich bin so satt, Mommy. Mach mir bitte heute Abend nichts zu essen, ja?“

Victoria lachte. „Hat Connie dir ein so großes Mittagessen vorgesetzt?“

„Sie hat mir meine Lieblingsnudeln gekocht. Und dann hat sie mir das noch mitgegeben.“ Sie hielt eine kleine Plastiktüte mit Süßigkeiten hoch, die in buntes Glanzpapier eingewickelt waren. „Das sind *gianduias.*“

„Was? Du kannst schon Italienisch?“

Phoebe warf den Kopf zurück und lachte. „Nein. Nur wenn ich italienische Süßigkeiten haben möchte.“

„Ach so.“ Victoria setzte Phoebe ab. „Warum gehst du nicht hinauf und ziehst dich um, Schatz? Deine *gianduias* lege ich in das Glas mit den Süßigkeiten. Heute hast du bestimmt schon genug davon gehabt.“

„Gut.“ Phoebe lief die Treppe hinauf und zog ihren Pocahontas-Rucksack hinter sich her.

„Ich weiß nicht, wie ich dir danken soll“, sagte Victoria, als sie mit Kelly in die Küche ging. „So ungern ich von Phoebe getrennt bin, so sehr haben mir doch diese paar Stunden gut getan.“

„Das kann man wohl sagen. Du siehst fantastisch aus."

„Sie war hoffentlich nicht zu anstrengend, oder?"

„Das meinst du doch nicht im Ernst? Meine Mutter hat fast geweint, als ich ihr sagte, dass ich sie wieder nach Hause bringen muss. Sie wollte sie nur gehen lassen, nachdem ich ihr versprochen hatte, dass ich sie bald wieder mitbringen würde." Sie sah zu, wie Victoria die Süßigkeiten in ein Glas schüttete. „Hat noch jemand angerufen?"

„Nein." Sie nahm zwei kleine Flaschen mit Perrier aus dem Kühlschrank. „Mein Verhalten von neulich ist mir so peinlich. Nick muss mich ja für vollkommen hysterisch halten."

„Nick hat dafür Verständnis. Er ist nämlich ... ein wirklich netter Kerl."

„Ach?" Ein Lächeln umspielte Victorias Lippen. „Wirklich nett, ja?"

„Du weißt schon, was ich meine. Ein prima Typ."

Victoria gab Kelly eine Flasche Mineralwasser und setzte sich hin. „Und was hat dieser prima Typ heute am frühen Morgen in deinem Haus getan, als du gerade geduscht hast?"

Kelly nahm einen tiefen Schluck aus ihrer Flasche. „Das hat viel weniger zu bedeuten, als du glaubst. Er hatte sich sehr früh mit Jack Templeton verabredet, und ich war noch im Nachthemd ..."

Victorias Augen wurden groß. „Kelly Robolo. Seit wann öffnest du deine Haustür, wenn du noch im Schlafanzug bist?"

„Hörst du jetzt wohl auf? Der Mann hat mich praktisch aus dem Bett geholt."

Mit spöttischer Miene beugte Victoria sich vor. „Du hast Ringe unter den Augen. Hast du nicht gut geschlafen? Oder nicht genug?"

„Sowohl als auch." Ehe Victoria weitere Schlüsse ziehen

konnte, erzählte sie ihr von den beiden Drohbriefen, die sie in den vergangenen Tage erhalten hatte.

„Oh Kelly!" rief Victoria. „Das ist ja schrecklich. Hast du die Polizei verständigt?"

„Nick hat beide Zettel mitgenommen und lässt sie untersuchen. Aber die Chancen, brauchbare Hinweise zu finden, sind eher gering."

Victoria sah schockiert aus. „Mein Gott, das tut mir so Leid. Das ist mein Fehler. Wenn ich dich nicht gebeten hätte, nach Jonathan zu suchen ..."

Kelly hob die Hand. „Nein, nein. Wir haben keinen Beweis dafür, dass diese Mitteilungen mit Jonathans Verschwinden in Zusammenhang stehen." Sie trank noch einen Schluck Mineralwasser. „Aber der zweite Zettel macht mir Sorgen, Victoria. Darin wird nämlich angedeutet, dass außer mir noch andere in Gefahr sein könnten."

„Wer denn zum Beispiel?"

„Zum Beispiel Leute, an denen mir viel liegt. Du, Phoebe, meine Mutter."

„Phoebe?" Victoria wurde blass. „Was sollten sie mit Phoebe anfangen? Sie ist doch nur ein kleines Mädchen. Sie hat überhaupt nichts getan ..."

„Ihr wird nichts passieren", sagte Kelly hastig. „Dafür werden wir schon sorgen."

„Wie denn?"

„Ich denke, du solltest zu deiner Tante und deinem Onkel ziehen. Ich weiß, dass du Phoebe nicht aus ihrem Rhythmus bringen möchtest, aber du kannst dir ja einen Grund ausdenken. Sag ihr, dass es ein Spiel ist oder eine besondere Zeit für Tante und Onkel und dass du deshalb mit ihnen zusammen sein möchtest. Ich bin sicher, dass Ward und Cecily nur zu gern mitspielen werden."

Victorias schönes Gesicht wirkte plötzlich sehr besorgt. „Ja, vielleicht."

„Du schaffst das schon, Victoria. Das Haus der Sanders ist besser geschützt als Fort Knox. Dort werdet ihr sicher sein." Sie war zwar noch immer besorgt darüber, dass Ward und Cecily so zurückhaltend waren, wenn es darum ging, Jonathan zu finden, aber eines wusste sie mit Bestimmtheit: Sie würden niemals zulassen, dass Victoria und Phoebe etwas zustieß.

„Und was ist mit dir?" fragte Victoria. „Und deiner Mutter?"

Kelly lehnte sich in ihren Stuhl zurück. „Meine Mutter war leider nicht so kooperativ."

„Hast du ihr denn nichts von den Mitteilungen erzählt?"

„Um Himmels willen, nein. Ich war ziemlich feige und habe Ronny gebeten, sie für ein paar Wochen nach Atlanta einzuladen." Kelly lachte, als sie sich an das Telefongespräch mit Ronny erinnerte, während sie auf dem Weg zu Victoria war. „Meine Mutter hat sich nicht nur glattweg geweigert; sie wurde auch noch misstrauisch und hat angefangen, ihn auszufragen, ob ich vielleicht etwas mit dieser unerwarteten Einladung zu tun hätte."

Victoria unterdrückte ein Lachen. „Oh nein."

„Nur gut, dass Ronny besser lügen kann als ich, sonst hätte sie ihn sofort durchschaut."

„Aber was willst du machen, wenn sie nicht nach Atlanta fährt?"

„Dafür ist auch schon gesorgt. Mein wunderbarer Bruder ist nämlich nicht nur ein guter Lügner, sondern auch ein schneller Denker. Als Ma ihm einen Korb gab, hat er meinen Onkel Gino in Napa Valley angerufen. Um diese Jahreszeit ist in den Weingebieten nicht viel zu tun, und er war ohnehin auf der Suche nach einer Entschuldigung, um nach Philadelphia zu fliegen."

„Und deine Mutter findet das nicht merkwürdig?"

„Nein. Onkel Ginos Besuch ist nämlich schon lange überfällig. Das hat sie vor kurzem noch selbst gesagt. Sie wird keinen Verdacht schöpfen. Und in Gegenwart von Onkel Gino ist sie rund um die Uhr in Sicherheit."

Victoria schaute sie aufmerksam an. „Du hast meine andere Frage noch nicht beantwortet."

„Welche andere Frage?"

„Wer kümmert sich um dich?"

Kelly ging in den Wäscheraum, in dem Victoria ihre Plastikmülltonne aufbewahrte, und warf die Flasche hinein. „*Ich* kümmere mich um mich selbst. Du passt auf dich und Phoebe auf." Sie kam zurück und blieb neben Victoria stehen. „Abgemacht?"

„Versprich mir, vorsichtig zu sein."

Kelly nickte. In dem Moment kam Phoebe ins Zimmer zurückgelaufen. „Mommy, kann ich ein Video anschauen?"

„Aber nur ein kurzes. Danach fahren wir zu Tante Cecily."

„Gut."

Als Phoebe wieder verschwunden war, massierte Kelly Victorias Nacken. „Und wie wars gestern mit Ward?" fragte sie bemüht beiläufig.

„Ich bin immer noch entsetzt bei dem Gedanken daran, dass Jonathan versucht hat, sich so viel Geld zu leihen." Ihre Stimme wurde wieder bitter, wie so oft in jüngster Zeit. „Wahrscheinlich ist Magdalena Montoya doch kostspieliger, als wir gedacht haben."

„Und wie steht es mit Ward und dir?" wollte Kelly wissen. „Ist zwischen euch alles in Ordnung?"

Victoria nickte. „Zuerst war ich wütend auf ihn, weil er mir das alles nicht schon früher gesagt hat. Aber ich verstehe inzwischen, warum er sich so verhalten hat."

Kelly war erleichtert. Sie hätte Victoria nicht mit einem guten Gefühl zu den Sanders geschickt, wenn zwischen ihr und Ward noch Spannungen gewesen wären. Sie umarmte ihre Freundin. „Ich bin froh, dass alles in Ordnung gekommen ist. Wenn es dir nichts ausmacht, lasse ich dich jetzt allein, damit du packen kannst. Zu Hause wartet nämlich mein Meisterstück auf mich."

Arm in Arm gingen sie zur Tür. „Ich nehme an, damit meinst du deine Badezimmerwand", sagte Victoria. „Wie wird sie denn?"

„Sagen wir mal so – ich denke momentan darüber nach, einen richtigen Maler zu beauftragen, die Sache zu vollenden."

„Warum bittest du nicht einfach Nick um Hilfe? Er sieht mir ganz so aus wie ein Mann mit verborgenen Talenten."

„Was soll das sein? Eine Verschwörung?"

„Was meinst du damit?"

„Erst unterstellt mir mein Bruder, auf Nick scharf zu sein, und jetzt fängst du mit deinen Anspielungen an."

„Bist du's denn?" Victoria zog die Tür fast ganz zu, damit Phoebe nichts mitbekam.

„Bin ich was?"

„Scharf auf Nick McBride?"

„Meine Güte!" Aber weil sie nicht wusste, wie sie diese Frage beantworten konnte, ohne total unglaubwürdig zu wirken, küsste sie Victoria auf die Wange und eilte zu ihrem Wagen.

Es war bereits fast sieben Uhr, als Nick endlich das Roundhouse verlassen konnte. Als ob er eine Vorahnung hätte, bog er rechts in die Sixth Street ein und fuhr Richtung Society Hill. Mit etwas Glück hatte Kelly noch nicht gegessen und wäre einverstanden, mit ihm zu Abend zu essen. Vielleicht sollte er sie zu Bards einladen. Dort war immer etwas los, das Guinness war frisch gekühlt, und sie hatten original Irish Stew auf der Karte.

Während der Fahrt tauchte das Bild von Kelly vor ihm auf, wie sie nackt in ihrem Schlafzimmer stand. Hinterher hatte er sich wie ein verdammter Idiot, wie ein Spanner gefühlt. Erstaunlich, wie gelassen sie auf die Verletzung ihrer Privatsphäre reagiert hatte. Nicht wütend, nur schockiert und dann erheitert. Genau deswegen kam er sich so albern vor. Und schuldbewusst – wie ein Kind, das man mit der Hand in der Keksdose erwischt hatte.

Er fragte sich, ob er dabei war, sich in sie zu verlieben. Oder ob dieses permanente Bild von Kelly nur ein Fall von gesunder Lust war. Seine letzte Liebe lag schon so lange zurück, dass er vermutlich die Zeichen nicht würde erkennen können, wenn es ihn wieder erwischte. Während er über die Beziehung zu seiner Exfrau Nina nachdachte, war er sich gar nicht mehr sicher, ob er sie wirklich geliebt hatte. Sie hatten sich in der High School kennen gelernt, zwei Teenager mit wild gewordenen Hormonen und einem Hang zum Abenteuer. Kurz nach der Abschlussprüfung hatten sie geheiratet, sehr zum Missvergnügen seines Vaters.

Sex – *fantastischer* Sex – war der einzige Grund dafür gewesen, dass ihre Ehe all diese stürmischen Jahre überdauert hatte. Eines Abends dann war Nick nach Hause gekommen und hatte es leer gefunden. Ninas Sachen waren verschwunden. Auf dem Küchentisch lag ein Zettel an den Salz- und Pfefferstreuer gelehnt. Darauf hatte sie ihm mitgeteilt, dass sie mit ihrem Kickboxing-Lehrer nach Los Angeles gegangen sei. Und dass sie nicht zurückkommen würde. Das war vor sechs Jahren gewesen.

Seitdem hatte es andere Frauen in Nicks Leben gegeben, attraktive, kluge Frauen, deren Gesellschaft er genossen hatte. Aber keine hatte in ihm die Leidenschaft wecken können, die für ihn die Voraussetzung für eine dauerhafte Bindung war. Als ihn damals einer seiner Freunde mit „der perfekten Frau“ zusammenbringen wollte, hatte er nur gelacht und gesagt, er solle die Traumfrau jemand anderem vorstellen.

Gerade war er in die Delancey Street eingebogen und suchte nach einem Parkplatz, als die Tür von Kellys Haus geöffnet wurde. Er wollte schon hupen, um sie auf sich aufmerksam zu machen, hielt aber inne, als er sah, dass Kelly nicht allein war.

Syd Webber hatte sie fest am Ellbogen gepackt und tat so, als sei sie sein Besitz.

Nick bremste den Taurus und beobachtete, wie sie in eine Limousine stiegen, die so groß war wie ein Fußballplatz. Als der Wagen losfuhr, nahm Nick den Fuß von der Bremse und folgte ihnen, ohne auch nur eine Sekunde zu zögern.

24. KAPITEL

Ein paar Minuten später hielt die Limousine vor einem unscheinbaren Restaurant auf der Lombard Street. Webber stieg zuerst aus und hielt seine Hand ausgestreckt. Kelly nahm sie ohne Umschweife. Mit derselben Besitz ergreifenden Art, die er zuvor schon vor ihrem Haus demonstriert hatte, nahm er sie auch jetzt wieder beim Arm. Als sie das Restaurant betraten, rollte die Limousine davon.

Nick fluchte, weil dieses Restaurant keine Angestellten beschäftigte, die die Wagen der Gäste parkten. Deshalb musste er ein paar Mal um den Block fahren, ehe er eine Lücke fand, in die er sich hineinquetschen konnte. Als er das Restaurant betrat, waren alle Plätze besetzt. Kelly und ihr Begleiter saßen an einem gemütlichen Tisch, auf dem eine Kerze brannte. Neben ihnen stand eine Flasche im Champagnerkübel.

Nick sah sich um. Von außen mochte das Restaurant unscheinbar wirken, aber im Inneren war es von dezenter Eleganz und Gemütlichkeit. Etwas ganz anderes als der kleine irische Pub, in den er Kelly hatte einladen wollen.

„Haben Sie reserviert, Sir?“ Ein schlanke, attraktive Frau mit asiatischen Gesichtszügen lächelte ihn an.

„Nein.“ Er deutete auf die voll besetzte Bar. „Ich möchte nur etwas trinken.“

„Bitte sehr.“

Er setzte sich in die Nähe des Fensters, von wo aus er das Restaurant überblicken konnte, und bestellte ein Bier.

Kelly sah fantastisch aus. Ein ärmelloses burgunderrotes Kleid umschmeichelte ihre schlanke Figur und betonte ihre runden Brüste. Sie hatte ihr Haar zu einem eleganten Knoten geschlungen, und nur einige Strähnen rahmten ihr Gesicht ein. Außer Ohrringen mit Perlen und einer Armbanduhr trug sie keinen Schmuck. Die Wirkung war schlicht und beeindruckend. An der Art, wie Webber sich die ganze Zeit zu ihr vorbeugte, konnte man erkennen, dass Kellys Schönheit auch ihn bezauberte.

Was zum Teufel erzählt Webber ihr nur, dass sie so amüsiert ist? fragte Nick sich, als er Kellys Lachen hörte. Merkte sie nicht, dass sie sich zur Närrin machte? Dass der Mistkerl nur Informationen aus ihr herauslocken wollte?

Und was ist mit dir, alter Knabe? fragte Nick sich selbst. Was willst du von ihr? Und warum, verdammt noch mal, spionierst du ihnen nach und benimmst dich wie ein Voyeur?

Sein gesunder Menschenverstand riet ihm zu gehen. Vergiss die Frau, vergiss Webber und verschwinde von hier, ehe du dich zum Idioten machst.

Aber Nick hörte selten auf seine innere Stimme. Er heftete die Augen auf Webbers Rücken, trank sein Bier aus und bestellte ein neues.

Kelly nippte an ihrem Champagner und lächelte, als Syd aus seiner Anfangszeit als Rausschmeißer in einem Casino in Las Vegas erzählte. Er hatte wirklich ein Talent zum Geschichtenerzählen, und als er mit der Leichtigkeit eines talentierten Conferenciers eine Anekdote an die nächste reihte, fragte sie sich, was sich hinter seinem Charme verbarg.

Sie war zu Hause damit beschäftigt gewesen, Pinsel und Farbe wegzupacken, als Syd vor ihrer Tür stand, mit einem üppigen Strauß Rosen und einem breiten Lächeln auf seinem hübschen Gesicht. Hinter ihm wartete eine Limousine.

„Ich habe einfach darauf vertraut, dass Sie heute nichts vorhaben und hungrig sind“, hatte er sie begrüßt, während er ihr die Blumen überreichte.

Ihr erster Impuls war, sowohl die Blumen als auch die Einladung abzulehnen. Jetzt, da sie und Nick beschlossen hatten, gemeinsam nach Jonathan zu suchen, kam es ihr wie Verrat vor, mit einem Mann auszugehen, den der Detective nicht nur verachtete, sondern auch noch verdächtigte, seinen Vater getötet zu haben.

Auf der anderen Seite war dies vielleicht eine einmalige Gelegenheit, Syd und seine Geschäfte besser kennen zu lernen, wenn sie mit dem Mann einen Abend in entspannter Atmosphäre verbrachte. Dieser Gedanke und die Überlegung, möglicherweise etwas Wichtiges über Jonathan zu erfahren, hatten sie veranlasst, ihre Meinung zu ändern.

Und bis jetzt hatte sie es noch nicht bereut. Syd Webber hatte sich als großartiger Gesprächspartner entpuppt. Er war unterhaltsam, aufmerksam und der perfekte Kavalier.

„Ich kann Sie mir überhaupt nicht als Rausschmeißer vorstellen“, meinte sie, als er ihr von seinen bescheidenen Anfängen erzählte.

Er lachte. „Es war nur ein Job. Glücklicherweise war ich dafür nicht sonderlich talentiert. Als der Direktor merkte, dass ich eine Neigung zu Zahlen hatte und mich auf Buchhaltung verstand, hat er mich in die Verwaltung befördert. So habe ich Alister Graham kennen gelernt.“

Kelly war bereits über Graham informiert und darüber, wie er den ziemlich wilden und ungebärdigen jungen Mann unter seine Fittiche genommen, ihn gezähmt und ihm schließlich alles beigebracht hatte, was er über das Casino-Geschäft wusste. Graham hatte, was Syd Webber anbetraf, intuitiv die richtige Entscheidung getroffen. Achtzehn Jahre, nachdem er mit fünf Dollar in der Tasche und dem Kopf voller Träume in Las Vegas angekommen war, hatte Syd aus dem Casino seines

Chefs eines der profitabelsten Etablissement in der ganzen Stadt gemacht.

Als Belohnung hatte Graham ihn zum Teilhaber des Unternehmens befördert, und als er starb, hatte er seinem Schützling sein gesamtes Vermögen vermacht.

„Vermissen Sie Las Vegas?“ fragte Kelly.

„Um die Wahrheit zu sagen – ich bin meistens viel zu beschäftigt, um überhaupt zu merken, dass ich *nicht* in Las Vegas bin.“ Syd griff zur eisgekühlten Flasche Veuve Cliquot und füllte die Champagnerkelche. „Sind Sie schon mal dort gewesen?“

„Einmal, als ich meinen Onkel in Napa Valley besucht habe.“

„Und wie hat es Ihnen gefallen?“

„Soll ich ehrlich sein?“ Sie beugte sich vor und flüsterte verschwörerisch: „Ich habs gehasst wie die Pest und konnte kaum erwarten, wieder wegzukommen.“

Er lachte. „Gott sei Dank denken die wenigsten Leute wie Sie. Sonst wären wir nämlich alle pleite.“

Dies schien der geeignete Moment zu sein, ihm eine Frage aus einem anderen Kapitel seines Lebens zu stellen – die nach seiner umstrittenen Freundschaft mit dem berüchtigten Tony Marquese.

„Ja, ich kenne Tony“, erwiderte Syd, als sie seinen Namen erwähnte. „Und ich behandle ihn so, wie ich alle Leute behandle, die mit ihrem Geld nur so um sich werfen. In der Bar und im Restaurant hat er unbegrenzten Kredit, und er bekommt eine Penthouse-Suite. Ich schicke sogar seinen Freundinnen Geschenke. Warum auch nicht? Der Mann gibt jährlich mehr Geld in meinem Casino aus als alle anderen Geldsäcke zusammengenommen. Hat er da nicht das Recht auf eine bevorzugte Behandlung?“

„Einige Leute haben gesagt, Sie seien enger mit ihm befreundet, als gut für Sie ist."

„Die wissen nicht, wovon sie reden. Als ich 1992 in Atlantic City ankam, hat die gesamte Presse nur darüber berichtet, dass ich mich zusammen mit Tony Marquese habe fotografieren lassen und dass wir Kumpel wären. Bald wurden aus den Gerüchten Spekulationen, und ehe ich mich versah, war ich einer von Tonys Jungs. Das ist Blödsinn." Er schlug sich mit der Faust auf die Brust. „Ich bin mein eigener Herr. Ich gehöre niemandem."

Seine Stimme war nur unwesentlich lauter geworden, aber sie konnte seine Verärgerung darin hören. Entweder hatte sie sich zu sehr von Nick und Cecily beeinflussen lassen und den Mann vollkommen falsch eingeschätzt, oder er war ein verdammt guter Schauspieler.

Da sie nicht wusste, was sie als Nächstes sagen sollte, nahm sie noch einen Schluck Champagner. Mitten in der Bewegung erstarrte ihre Hand.

An der Bar stand Nick McBride und beobachtete sie.

„Ist irgendwas?" fragte Syd. Er wollte sich umdrehen, aber sie hielt ihn zurück. „Nein, bitte. Ich kümmere mich schon darum."

Sie ging zwischen den Tischen hindurch zu der überfüllten Bar und blieb knapp vor Nick stehen. „Was zum Teufel tust du hier?" flüsterte sie wütend.

Anstatt verlegen zu sein, trank Nick lässig einen Schluck von seinem Bier. „Ich halte ein Auge auf dich. Ich erinnere mich nämlich, dass du dich gern in Situationen begibst, aus denen du nicht wieder herauskommst."

„Diesmal ist es was anderes, Nick. Du vermasselst alles. Bitte geh."

„Was vermassele ich denn? Ein romantisches Tête-à-Tête?"

„Verschwinde einfach, ok?“

Nick stellte sein Glas hin. „Merkst du nicht, was er vorhat?“

„Nein. Warum sagst du’s mir nicht?“

Er wedelte mit der Hand. „Dieses schicke Restaurant, die teure Brause, die Witze, die du so amüsant zu finden scheinst – das alles benutzt er doch nur, um Informationen aus dir rauszuholen.“

„Vielen Dank, Nick. Und ich habe doch tatsächlich geglaubt, ihm liegt etwas an meiner Gesellschaft.“

„Hat er dir das etwa gesagt?“

„Was er mir gesagt hat, geht dich gar nichts an. Aber wenn du dich unbedingt einmischen musst, dann lass dir sagen: Syd ist ein perfekter Gentleman. Wirst du jetzt gehen?“

„Erst wenn du und Casanova verschwindet.“

„Meine Güte, du bist grässlich.“ Allmählich wurden die anderen Gäste auf sie aufmerksam. Kelly machte auf dem Absatz kehrt und ging zu ihrem Tisch zurück.

Syd war bereits aufgesprungen und fuchsteufelswild. „Dieser Kerl verdient eine Lektion.“

Kelly hielt ihn zurück. „Nein, Syd. Lassen Sie uns einfach gehen.“

„Also gut. Gehen wir woanders hin.“

„Nein.“

„Ich lasse mir doch von ihm nicht unseren Abend ruinieren.“

„Er ist schon ruiniert.“ Sie nahm ihn beim Ärmel und zog ihn fort. „Kommen Sie, wir wollen doch keine Szene machen.“ Auf dem Weg zur Tür blieb sie zwischen Syd und der Bar. Sie wollte nicht, dass die Männer sich gegenseitig provozierten. Aber als sie dem Mädchen an der Garderobe bedeutete, es solle die Mäntel bringen, stieß Syd sie zur Seite und ging geradewegs zu Nick.

Vor Kellys Augen blitzten die Schlagzeilen des nächsten Tages auf: Casino-Besitzer und hitzköpfiger Polizist prügeln sich im Restaurant. Sie lief hinter Syd her, aber sie war nicht schnell genug. Er war bereits bei Nick angekommen.

„Ich habe Sie schon einmal gewarnt, McBride." Syds Stimme war leise und drohend. „Dieses Mal sind Sie zu weit gegangen."

Nick stieg vom Barhocker. Er war fast einen Kopf größer als Syd. „Versuchen Sie etwa, einen Polizisten einzuschüchtern?"

„Was würden Sie wohl machen, wenn ich's täte?" Syd grinste spöttisch. „Mir Handschellen anlegen? Oder mich vielleicht schlagen?"

„Bringen Sie mich nicht in Versuchung, Mann. Ich bin leicht zu reizen."

„Na los, Bulle, schlag zu." Mit trotzig vorgestrecktem Kinn machte Syd einen Schritt vorwärts. Seine ganze Art war so beleidigend, dass Kelly sich wunderte, wie Nick die Ruhe bewahren konnte.

„Syd, bitte." Sie zog erneut an seinem Ärmel. „Lassen Sie uns gehen."

Syd achtete nicht auf sie. „Na los", höhnte er. „Tun Sie's schon. Vielleicht ist ja ein Disziplinarverfahren wegen Gewalttätigkeit im Dienst genau das Richtige, damit Sie mir aus den Augen verschwinden."

„Ich würde meine Hände nicht an einem Schmierfink wie Ihnen schmutzig machen. Machen Sie, dass Sie hier rauskommen, Webber, ehe dieses vornehme Restaurant wegen Ihnen in Verruf kommt."

Erschrocken über Syds wutverzerrtes Gesicht griff Kelly nach seinem Arm. „Ich habe unsere Mäntel. Lassen Sie uns gehen."

Aber Syd musste das letzte Wort haben. „Sie sind nichts, McBride, haben Sie mich verstanden?“ sagte er mit zusammengebissenen Zähnen. „Nichts. Ich kann Sie zerquetschen wie eine Wanze. Ich brauche nur mit den Fingern zu schnippen.“

Erst dann gestattete er Kelly, ihn fortzuziehen.

25. KAPITEL

Als sie in ihrem Wohnzimmer stand, zog Kelly den Mantel aus und warf ihn zusammen mit ihrer Handtasche auf die Couch. Wäre sie nicht so darauf bedacht gewesen, eine Szene in dem Restaurant zu vermeiden, hätte sie Nick den Hals umgedreht.

Was um alles in der Welt war in ihn gefahren? Klar, er hasste Syd aus ganzem Herzen und verdächtigte ihn, seinen Vater umgebracht zu haben. Aber musste er ihnen deswegen in ein Lokal folgen und sie von der Bar aus beobachten? Was sollte das denn?

Sie begann, die Nadeln aus dem Knoten zu ziehen und schüttelte den Kopf, so dass ihr das Haar über die Schultern fiel. Hätte sie es nicht besser gewusst, sie hätte darauf geschworen, dass er eifersüchtig war.

Sie quittierte den Gedanken mit einer verächtlichen Bemerkung, als es an der Tür klingelte. „McBride“, murmelte sie. „Wenn du das bist, dann schwöre ich dir, bist du ein toter Mann.“

Ihre Absätze klapperten über den Holzboden, als sie wütend zur Tür ging. „Ja?“ sagte sie, ohne zu öffnen.

„Darf ich reinkommen?“

Sie wollte sich von Nicks bittendem Tonfall nicht umstimmen lassen. „Wenn du das tust, bring ich dich wahrscheinlich um. Da ich aber den Rest meines Lebens nicht hinter Gittern verbringen möchte, lautet die Antwort Nein. Du darfst nicht reinkommen.“

„Ich habe mich idiotisch benommen. Gib mir eine Chance, damit ich mich entschuldigen kann.“

„Das hast du ja jetzt getan. Gute Nacht, Nick.“

Sie ging zurück, während er weiter auf die Tür einredete. In der Küche überlegte sie, ob sie sich ein Sandwich machen sollte.

Aber dank Nick war nicht nur ihr Dinner ruiniert, auch der Appetit war ihr gründlich vergangen. Nun ja, es wäre nicht das erste Mal, dass sie mit leerem Magen einschliefe. Sie schaltete das Licht aus und ging nach oben.

Nick stand noch immer vor der Tür, als sie daran vorbeikam. Mal betätigte er die Klingel, mal klopfte er gegen das Holz. Sie beachtete ihn nicht. Die Temperatur war auf ungemütliche neun Grad unter null gefallen. Er würde bestimmt bald verschwinden.

In der behaglichen Atmosphäre ihres Schlafzimmers ließ ihre Gereiztheit nach. Morgen, wenn sie sich wieder beruhigt hatte, würde sie mit Nick reden. Obwohl sie seine Schwester nie kennen gelernt hatte, musste sie ihr Recht geben. Nick war besessen von Syd Webber, und über kurz oder lang würde ihn diese Besessenheit in ernsthafte Schwierigkeiten bringen. Im vergangenen Jahr war es ja schon beinahe so weit gewesen. Aber offenbar hatte er nichts daraus gelernt.

Sie unterdrückte ein Gähnen und zog sich aus. Sie nahm einen sauberen Pyjama aus der Kommodenschublade und ging ins Badezimmer, um sich fürs Bett zurechtzumachen. Beim Zähneputzen dachte sie an Victoria und Phoebe, die jetzt sicher im Haus der Sanders untergebracht waren, und an ihren Onkel Gino, der inzwischen gelandet sein musste. Die Menschen, die sie liebte, waren geschützt. Sie war auch in Sicherheit. Oder würde es jedenfalls sein, sobald der Verrückte da unten aufgab und nach Hause ging.

Mit diesem Gedanken schlurfte sie gähnend zurück ins Schlafzimmer. Das große Bett mit den vier Pfosten, dem weichen Federbett und kuscheligen Kissen wirkte warm und einladend, aber statt sich hineinzulegen, ging sie zum Fenster, von dem aus sie die Straße überblickte. Bitte, lieber Gott, betete sie, mach, dass er verschwunden ist.

Doch er war immer noch da. Er saß auf der Treppe und schaute in die Nacht hinaus. Den Kragen seiner Anzugjacke hatte er wegen der bitteren Kälte hochgeschlagen. Der Narr war noch nicht einmal so vernünftig gewesen, einen Mantel anzuziehen.

Wütend warf sie einen Morgenrock über und stapfte die Treppe hinunter. „Na gut“, sagte sie, als sie die Tür geöffnet hatte. „Du hast gewonnen. Komm rein.“

Dieses Mal war er es, der vor ihr das Wohnzimmer betrat. Er rieb sich die Hände, um sie zu wärmen. Sie hatte nicht vorgehabt, sich um diese Zeit noch mit ihm zu streiten, aber da er nun schon mal hier war, konnte sie es genauso gut sofort hinter sich bringen. „Bist du vollkommen übergeschnappt? Du folgst mir in ein Restaurant, in dem es von Leuten wimmelt, du machst eine Szene ...“

Sein Blick blieb bei den Rosen auf dem Couchtisch hängen, aber er sagte nichts dazu. „Ich habe keine Szene gemacht. Ich habe mich um meine eigenen Angelegenheiten gekümmert und ein Bier getrunken ...“

„Blödsinn. Du hast alles andere getan, als dich um deine Angelegenheiten zu kümmern. Du bist uns gefolgt. Warum? Was wolltest du damit erreichen?“

„Wie ist es denn mit dir? Was hast du dir eigentlich dabei gedacht, als du mit ihm ausgegangen bist?“

„Syd stand vor meiner Tür und hat mich zum Abendessen eingeladen. Ich habe Ja gesagt. Was ist daran denn schlimm?“

„Es ist dumm. Er benutzt dich doch bloß, Kelly. Er will von dir etwas über die Untersuchung herauskriegen.“

„Junge, du weißt aber wirklich, wie man auf dem Selbstbewusstsein eines Mädchens rumtritt, was?“

„Mach nicht aus jedem meiner Sätze eine Beleidigung. Du

hast heute Abend blendend ausgesehen, und das weißt du auch. Webber übrigens ebenfalls. Aber er ist nicht wegen deines Aussehens an dir interessiert."

„Ich bin 35 Jahre alt." Wie oft musste sie die Leute eigentlich noch daran erinnern? „Traust du mir nicht zu, dass ich den Unterschied erkenne zwischen einem Mann, der wirklich an mir interessiert ist, und einem, der mich nur ausnutzt?"

Der Ausdruck in seinen Augen änderte sich. Ehe sie sich über den Grund klar werden konnte, packte er sie bei den Schultern, riss sie an sich und presste seinen Mund auf ihren.

Einen Moment lang, aber wirklich nur einen Moment lang, war sie zu verdutzt, um zu reagieren. Doch als seine Lippen sich an ihrem Mund festsogen, spürte sie, wie ihre Lippen sich öffneten, und sie erwiderte den Kuss. Sie schlang die Arme um seinen Nacken und presste ihren Körper an seinen – entweder intuitiv, oder weil sie es wollte. Jeder Nerv in ihrem Körper, jede Zelle schien bereit für ihn und war nahe daran zu explodieren. Sie konnte keinen klaren Gedanken mehr fassen. Sie konnte nur noch fühlen. So viele Empfindungen – Wärme, Bedürfnis, Lust. Sie wusste auf einmal, warum es bisher mit keiner ihrer Beziehungen geklappt hatte. Noch nie hatte sie jemand mit solch einer Leidenschaft geküsst.

Hinterher wusste sie nicht mehr, wie lange der Kuss gedauert oder wer wen zuerst aus der Umarmung gelassen hatte. Plötzlich wurde ihr bewusst, dass sie losgelassen worden war, und dass zwei starke Hände sie hielten, als sie beinahe ihr Gleichgewicht verlor.

Sie räusperte sich, fest entschlossen, ihn nicht merken zu lassen, welche Wirkung dieser Kuss auf sie gehabt hatte. „Nun, bist du froh, dass du das jetzt hinter dir hast? Fühlst du dich jetzt besser?"

„Ja. Denn jetzt kennst du den Unterschied zwischen begehrt werden und benutzt werden.“ Er wandte sich zum Gehen.

„Warte.“ Das Wort war heraus, ehe sie es verhindern konnte. Sie wollte nicht, dass er ging, jedenfalls nicht auf diese Weise. Hatte er *begehrt* gesagt? Begehrte er sie tatsächlich? Oder hatte er nur versucht, seinen Kopf durchzusetzen? Für die Antwort auf diese Frage war sie aber noch nicht bereit.

Er drehte sich um. In seinem Blick stand eine Frage.

„Etwas ist heute passiert, stimmts?“ fragte sie ruhig. „Vor allem deshalb wolltest du mich doch sehen?“

„Hat Webber dir nichts davon erzählt?“ Nicks Ton klang ärgerlich.

„Nein. Das mag schockierend für dich sein, aber dein Name wurde nicht ein einziges Mal erwähnt. Das heißt“, fügte sie hinzu, „bis ich sah, wie du dich hinter der Topfpalme versteckt hast.“

„Ich habe mich nicht versteckt.“

Sie setzte sich hin. „Ist denn nun etwas geschehen?“

Er nickte.

Sie fühlte, wie sie weich wurde. Auch bei diesem zähen Burschen gab es Momente, in denen er nicht so zäh aussah. Und das hier war einer dieser Momente. „Willst du es mir erzählen? Meinetwegen kannst du das ruhig tun“, fuhr sie lächelnd fort, als sie sich auf dem Sofa niederließ, „denn ich bin wieder hellwach.“

Sie hatte die Ellbogen auf die Knie gestützt und das Kinn auf die Fäuste gelegt, als sie ihm zuhörte, wie er von Joe Massimo, dem Freund seines Vaters, erzählte, der Unterhaltung, die sie zuerst geführt hatten und der Entdeckung, dass der neue Sicherheitschef des Chenonceau weit über seine Verhältnisse lebte.

„Ich weiß nicht, Nick“, sagte sie, als er seinen Bericht beendet hatte. „Nur weil Joe in eine bessere Gegend gezogen ist, heißt das noch lange nicht, dass er gekauft worden ist.“

„Mit seinem Gehalt könnte er sich das alles doch gar nicht leisten. Selbst wenn man seine Rente dazurechnet."

„Vielleicht hat er in der Lotterie gewonnen?"

„Nein, das hat er nicht."

„Aber wie konnte er das ganze Geld ausgeben und es den Steuerbehörden verheimlichen?"

„Da gibt es durchaus Möglichkeiten. Webber könnte ihm ein privates Darlehen gegeben haben mit der Vereinbarung, dass Joe es ihm in monatlichen Raten zurückzahlt – aber er zahlt ihm nichts zurück. Webber hätte ihm das Geld auch in Form einer Gratifikation geben können."

„Gut, nehmen wir mal an, dein Freund Joe hat etwas gegen Webber in der Hand. Warum sollte Syd für sein Schweigen bezahlen? Warum würde er ihn nicht umbringen lassen, wie er es mit deinem Vater gemacht hat – wenn es denn tatsächlich so war?"

„Weil er es sich nicht leisten kann, gleich zwei Casino-Angestellte, die beide im Sicherheitsdienst arbeiten, unter merkwürdigen Umständen umkommen zu lassen."

„Aber ihn am Leben zu lassen ist doch genauso riskant. Was, wenn Joe die Polizei verständigt hätte, statt das Geld anzunehmen?"

Nick konnte nicht länger ruhig sitzen bleiben. Er sprang auf und lief in dem kleinen Zimmer auf und ab. „Du vergisst, dass Webber ein ausgezeichneter Menschenkenner ist. Er wusste, dass er meinen Vater nicht kaufen konnte, Joe aber schon."

„Und wie willst du das beweisen?"

„Das kann ich noch nicht. Aber ich habe noch mehr." Er griff in seine Brusttasche und holte einen großen Briefumschlag heraus. Er reichte ihn ihr. „Schau dir das mal an."

„Was ist das?"

„Magdalena Montoyas Werdegang."

Kelly hielt das Dokument in das Licht der Tischlampe und überflog den dreiseitigen Bericht. Vieles davon bestätigte nur, was Magdalena ihnen über sich erzählt hatte. Überraschend waren jedoch die Auskünfte über ihren Bruder und seine Verbindungen zu Syd Webber.

Als sie zu Ende gelesen hatte, schaute sie auf. „Magdalenas Bruder hat einen Mann umgebracht?"

„Nicht nur das. Er ist danach auch so schnell verschwunden, dass die Polizei vermutet, jemand habe ihm dabei geholfen."

Sie schaute noch einmal über die letzte Seite. „Und du glaubst, dieser Jemand ist Syd Webber?"

„Das ist durchaus möglich. Sie kannten sich, und Webber hatte Verbindungen. Er hätte Enrique innerhalb von 48 Stunden eine neue Identität verschaffen können."

„Aber warum sollte Syd Enrique aus einem Mordfall heraushelfen?"

„Vielleicht sollten wir Enrique diese Frage stellen."

„Dafür musst du ihn doch erst einmal finden. Es sei denn ..." Ihre Augen wurden schmal. „Du weißt bereits, wo er ist."

„Ich habe eine Vermutung."

„Und die wäre?"

„Er ist da, wo alles angefangen hat – in Miami."

Kelly schüttelte den Kopf. „Die Polizei von Las Vegas hat die Stadt doch bestimmt vom einen bis zum anderen Ende durchgekämmt. Wenn sie ihn nicht gefunden hat, wieso glaubst du, dass du es schaffst?"

Er beugte sich vor und zwickte ihr in die Nase. „Also bitte, Robolo. Hab ein bisschen Vertrauen, ja?"

Sie verstand auf einmal, warum er in seinem Job so gut war. Es war die Leidenschaft, mit der er an die Sache heranging; es war die Anspannung, die er verspürte, wenn er sich mit einer neuen Herausforderung konfrontiert sah. Sie hatte keine Ahnung von seinen Plänen oder ob er erfolgreich sein würde. Trotz allem konnte diese Besessenheit auch sein Ende bedeuten. Aber das schien ihm nichts auszumachen. Und ihr machte es in diesem Moment auch nichts aus.

Er lächelte, als wüsste er ganz genau, was sie gerade dachte. „Na, was ist, Robolo? Willst du mir helfen, einen Mörder zu fangen?“

26. KAPITEL

Zuerst glaubte Kelly zu träumen. Aber als sie die Augen öffnete, wurden die Geräusche, die sie zunächst nur in ihrem Unterbewusstsein vermutet hatte, deutlicher. Jemand lief vor ihrem Haus herum – durch den Garten.

Hellwach blieb sie liegen. Sie bewegte sich nicht und hielt den Atem an. Nichts. Hatte sie sich das nur eingebildet? Doch dann hörte sie es wieder: das unverkennbare Geräusch von Kies, der unter langsamen, vorsichtigen Fußtritten knirschte.

Sie warf das Federbett zur Seite und stand auf, zog den Morgenmantel an und lief die Treppe hinunter. Als sie an der gläsernen Schiebetür im Wohnzimmer vorbeikam, waren die Geräusche wieder verstummt. Ganz ruhig ergriff sie eine Ecke der schweren, rosafarbenen Vorhänge und schob ihn ein wenig beiseite. Ein Dreiviertel-Mond warf sein bleiches Licht in den Garten, den man problemlos von der Straße aus betreten konnte.

Und dann sah sie es – eine verschwommene Figur in einem unförmigen Parka, die geduckt und verstohlen über das kleine Grundstück huschte. Eine Pelzkappe verdeckte die Frisur, so dass sie nicht erkennen konnte, ob der Eindringling ein Mann oder eine Frau war. Ebenso wenig konnte sie sehen, was er oder sie tat.

Kelly überlegte nicht lange. Im Handumdrehen war sie bei der Alarmanlage neben dem Fenster und drückte auf den Knopf.

Lautes Sirenengeheul zerriss die Nacht, und die Außenlichter schienen über der kleinen Grünfläche zu explodieren.

Der Eindringling fuhr herum. Er sah aus wie ein Tier, das in eine Falle geraten war. Erst als die Kappe zu Boden fiel und schulterlanges braunes Haar freigab, sah Kelly, dass ihr nächtlicher Gast eine Frau war.

Kelly öffnete die Schiebetür, machte einen Satz nach vorn, warf ihre Arme um die Frau und zwang sie zu Boden. „Wer sind Sie?“ fragte sie, als sie rittlings auf ihr saß. Sie musste über das durchdringende Geheul der Sirene schreien. „Was tun Sie auf meinem Grundstück?“

Zu ihrer Überraschung ließ die Frau es nicht auf einen Kampf ankommen. Sie versuchte auch nicht zu fliehen. Stattdessen wandte sie den Kopf von den gleißenden Lichtern ab und schluchzte hilflos.

Verblüfft lockerte Kelly ihren Griff ein wenig, blieb aber auf ihr sitzen für den Fall, dass sie weglaufen wollte. „Wer sind Sie?“ wiederholte sie.

Die Frau hörte nicht auf zu weinen. „Kommen Sie.“ Kelly half ihr, sich hinzusetzen und lehnte sie gegen die Mauer, die ihren Garten von dem des Nachbarn trennte.

Immer noch schluchzend, blickte die Frau verstohlen zu einem Rhododendronbusch.

Kelly folgte ihrem Blick. „Was zum ...“ Ein roter Kanister, wie man sie benutzte, um Benzin für den Rasenmäher aufzubewahren, stand neben dem Busch. Die Kappe war noch zugeschraubt. Quer durch den Garten verstreut lagen Stofffetzen.

Die Frau hatte versucht, Feuer in ihrem Garten zu legen.

Kellys Mitleid, das sie noch Sekunden zuvor verspürt hatte, verschwand. „Sie wollten mein Haus anzünden? Warum? Was habe ich Ihnen denn ...“

Als die Frau aufblickte, verstummte Kelly und ließ sich schwer auf den Kies fallen. Sie brauchte gar keine Fragen mehr zu stellen. Sie wusste, wer die Frau war und warum sie hier war. „Sie sind Nicole Santos.“

Nicole Santos war die Frau eines der Männer, die wegen der Schutzgelderpressungen in Chinatown vor einigen Wochen festgenommen worden waren. Kurz nach der Anklageerhebung war sie vom TV-Sender Kanal 10 in ihrem Haus in Roxbury interviewt worden. Im Gegensatz zu Matias' Frau, die sich geweigert hatte, mit Reportern zu sprechen, war Nicole sehr auskunftsfreudig gewesen, besonders als es um Kelly ging, die, wie sie behauptete, ihr Leben zerstört hatte, weil sie ihrem ungeborenen Baby den Vater weggenommen hatte.

„Dafür werden Sie bezahlen", hatte sie in die Kamera geschrien. „Für das, was Sie meinem Miguel angetan haben, werden Sie in der Hölle schmoren."

„Sie waren das also", sagte Kelly. „Die Drohbriefe, die Zerstörungen an meinem Haus und meinem Wagen. Das war alles Ihr Werk."

In der Ferne begann eine Polizeisirene zu heulen, wurde lauter und verstummte, als ein Streifenwagen mit kreischenden Bremsen vor ihrem Haus zum Stehen kam und zwei Beamte mit gezogenen Pistolen aus dem Wagen stürzten. „Was ist hier los? Miss Robolo, sind Sie o.k.?"

Wie schnell sich die Dinge doch geändert hatten! „Es geht mir gut." Kelly lief schnell ins Haus, um die Alarmanlage abzustellen. „Es ist nichts passiert", fügte sie hinzu, als sie wieder zurückkam.

Die beiden Männer schauten auf die zusammengesunkene Frau. „Wer ist das?" fragte ein Polizist.

„Sie heißt Nicole Santos. Sie ist die Frau von Miguel Santos, der vor fünf Wochen wegen der Schutzgelderpressung angeklagt wurde. Möglicherweise hat sie einen Nervenzusammenbruch."

Der junge Beamte steckte seine Pistole zurück in das Halfter und hockte sich neben die weinende Frau. „Was tun Sie hier, Ma'am?"

Während er versuchte, eine Antwort aus ihr herauszubekommen, ging der andere Beamte durch den hell erleuchteten Garten. Es dauerte nicht lange, bis er entdeckte, was Kelly auch schon gesehen hatte. „He, Tim, sieh dir das mal an." Er deutete auf den Benzinkanister. „Sieht ganz so aus, als hätten wir eine Brandstifterin erwischt."

„Sie hat keine Zeit gehabt, etwas anzurichten", sagte Kelly nachdrücklich. „Der Verschluss ist noch zugeschraubt."

„Trotzdem ist es versuchte Brandstiftung, Ma'am." Der Beamte, auf dessen Namensschild Blair stand, drehte sich wieder zu Nicole. „Mrs. Santos, haben Sie versucht, Miss Robolos Haus anzuzünden?" Als die Frau keine Antwort gab, ergriff er ihren Arm und half ihr auf die Füße, während sein Kollege das Beweisstück sicher stellte. „Wir müssen sie mitnehmen", sagte er zu Kelly. „Auch Sie, Miss Robolo. Vielleicht nicht heute Abend, doch als Erstes müssen Sie morgen früh eine Aussage unterschreiben."

„Aber ich erstatte keine Anzeige."

„Das spielt keine Rolle." Officer Blair schüttelte den Kopf. „Versuchte Brandstiftung ist ein Vergehen."

Nicole Santos lehnte mit geschlossenen Augen an der Mauer und hatte endlich zu weinen aufgehört. Aber sie schien nicht zu begreifen, was um sie herum geschah. „Wollen Sie sie nicht wenigstens zu einem Arzt bringen, um sicherzugehen, dass sie in Ordnung ist?" wollte Kelly wissen. „Ich fürchte, ich könnte sie verletzt haben."

Blair schaute Nicole von oben bis unten an. „Meiner Meinung nach ist sie vollkommen gesund."

„Sie ist schwanger, Officer. Sie sollte untersucht werden."

„Das wusste ich nicht." Er nickte. „Wir bringen sie in die Notaufnahme."

„Danke." Sie nickte dem anderen Beamten zu, der vom Streifenwagen zurückgekehrt war. „Vielen Dank Ihnen beiden."

Inzwischen hatte sich eine kleine Menschenmenge auf der Straße versammelt. Nachbarn, einige besorgt, andere nur neugierig, sahen zu, wie die beiden Beamten Nicole Santos zum Streifenwagen brachten.

„Alles ist unter Kontrolle“, antwortete Officer Blair auf eine Frage, die jemand laut rief. „Gehen Sie bitte nach Hause.“ Mit ausgebreiteten Armen drängte er sie von Kellys Grundstück auf den Bürgersteig. „Los, Leute, geht. Es ist kalt hier draußen.“

Zögernd gingen sie allmählich weiter. Kelly befolgte den Ratschlag des Beamten. Sie lief zurück ins Haus und verriegelte die Schiebetür.

Mehr denn je begann Kelly die Erfindung des Telefons zu hassen, als es sie wieder einmal aus dem Schlaf schreckte. Es war Nick. Er hatte von dem Vorfall der vergangenen Nacht erfahren und wollte sich vergewissern, ob es ihr gut ging.

„Mir würde es noch besser gehen, wenn ich endlich mal mein Schlafdefizit aufholen könnte“, grummelte sie.

Wie gewöhnlich hatte er eine ekelhaft gute Laune. „Hör auf, so miesepetrig zu sein, und freu dich lieber darüber, dass es Leute gibt, die sich um dich kümmern.“

„Woher weißt du denn das schon wieder?“

„Officer Blair hat mich heute Morgen informiert, obwohl er das gar nicht musste. Dein hübsches Gesicht ist in allen Fernsehkanälen zu sehen, dank der Frühnachrichten.“

Was so viel bedeutete, dass ihre Mutter auch schon Bescheid wusste. Prima. „Wie gehts Nicole Santos?“

„Den Untersuchungen zufolge blendend, jedenfalls körperlich. Psychisch ist sie ein Wrack.“

„Wann wird sie dem Untersuchungsrichter vorgeführt?“

„In ein paar Stunden. Der Bezirksstaatsanwalt hat bereits angedeutet, dass er die Kaution nicht ablehnen wird, vorausgesetzt, dass sie in psychiatrische Behandlung kommt."

„Das freut mich."

„Da ist noch etwas. Nicole hat die Zerstörungen zugegeben, aber sie hat bestritten, die Mitteilungen geschickt zu haben. Und ich glaube nicht, dass sie gelogen hat."

Kelly schwieg. Dann waren ihre Vermutungen doch richtig gewesen. Die Drohungen hatten nichts mit Chinatown zu tun.

„Kelly, hast du gehört, was ich gesagt habe?"

„Jaja, und da ich weiß, worauf du damit hinauswillst, lautet die Antwort Nein. Ich möchte nicht unter Polizeischutz gestellt werden."

„Kelly, sei vernünftig ..."

Der Signalton kündigte ein weiteres Gespräch an und ersparte ihr weitere Diskussionen. „Das wird meine Mutter sein, Nick. Ich ruf dich später noch mal an." Sie drückte auf einen Knopf und rüstete sich für ein weiteres Gefecht. „Morgen, Ma."

„Tu bloß nicht so harmlos", bellte Connie. „Erzähl mir lieber, warum ich mir von dieser Monica Malpass sagen lassen muss, was dir letzte Nacht passiert ist." Monica Malpass war die Moderatorin der Nachrichtensendung auf TV 6, und wie viele Leute aus Philadelphia nannte Connie sie so beiläufig bei ihrem Namen, als sei sie ein Familienmitglied.

„Mir ist überhaupt nichts passiert, Ma. Mir gehts gut." Wenn sie die letzten Worte wie ein Mantra andauernd wiederholte, würden die Leute vielleicht anfangen, ihr zu glauben.

„Eine geisteskranke Frau versucht, dein Haus in Brand zu setzen, und du sagst, dir sei überhaupt nichts passiert?"

„Sie hat nicht gewusst, was sie da tat."

„Ich kann nicht glauben, dass du sie auch noch verteidigst."

„Außerdem ist sie im dritten Monat schwanger."

Das brachte sie zum Schweigen, wie Kelly geahnt hatte. „Schwanger? *Madonna mia.* Gehts ihr denn gut? Ist sie verletzt worden?“

„Nick McBride hat gerade angerufen, um mir zu sagen, dass es ihr und dem Baby gut geht. Nicole wird wohl heute im Laufe des Morgens gegen Kaution freigelassen. Sie hat eingewilligt ...“

„Nick McBride? Der nette junge Mann, den ich so sympathisch finde?“

Kelly seufzte. Was hatte sie nur getan? „Genau dieser McBride, ja, Ma.“ Sie wollte das Thema wechseln und wissen, ob ihr Onkel angekommen war, aber sie wusste nicht, wie sie danach fragen konnte, ohne sich selbst zu verraten.

„Du solltest ihn mal mitbringen, Liebling.“ Wunderbarerweise hatte sie ihre gute Laune wieder gefunden und war auf einmal wieder voller Herzlichkeit und Liebenswürdigkeit. „Ich bin sicher, dein Onkel Gino würde ihn sehr gerne kennen lernen.“

„Onkel Gino ist hier?“ Kelly bemühte sich nach Kräften, sowohl überrascht als auch glücklich zu klingen.

„Er ist gestern Abend angekommen. Hast du das nicht gewusst?“

„Nein, woher denn? Ich habe schon seit Wochen nicht mehr mit ihm gesprochen. Warum ist er hier?“

„Einfach so. Er sagt, dass es in den Weingärten im Moment nicht viel zu tun gibt und dass er Lust hatte auf einen Besuch. Aber ich weiß nicht so recht.“ Sie schnalzte mit der Zunge. „Er benimmt sich irgendwie merkwürdig.“

Im Gegensatz zu Ronny war Onkel Gino nie ein besonders guter Schauspieler gewesen. „Wieso merkwürdig?“

„Er hat mich vergangene Nacht fast verrückt gemacht. Er hat alle Türen und Fenster überprüft, bevor wir zu Bett gegangen sind, und heute Morgen hat er mir geraten, eine Alarmanlage zu installieren."

„Das ist doch gar keine so schlechte Idee."

„Es ist eine verrückte Idee und eine totale Geldverschwendung." Sie hielt inne. „Und da wir gerade von verrückten Ideen sprechen: Dein Bruder hat gestern angerufen, kaum dass du und Phoebe gegangen seid."

„Ronny?" Allmählich klang sie genau so unecht, wie sie sich fühlte.

„Ja, Ronny. Wie viele Brüder hast du denn?" Sie schnalzte wieder mit der Zunge. „Er wollte, dass ich für ein paar Wochen nach Atlanta komme. Kannst du dir das vorstellen? Im Moment haben sie da sechzig Zentimeter Schnee."

„Vielleicht vermisst er dich."

„Hm." Jetzt klang sie noch misstrauischer. „Hat er dir nichts davon erzählt?"

„Ich habe nicht mit Ronny gesprochen." Eines Tages würden ihr Hörner wachsen zur Strafe dafür, dass sie ihre Mutter so schamlos belog.

Im Hintergrund hörte sie die dröhnende Stimme ihres Onkels. „Gino möchte dich sehen", sagte Connie. „Er sagt, du sollst zum Abendessen kommen. Er wird etwas Besonderes kochen. Ach ja, und bring Nick mit."

Nick? „Ich kann Nick nicht mitbringen, Ma. Er ..."

Aber Connie hatte den Hörer bereits aufgelegt.

27. KAPITEL

„Was zum Teufel ist eigentlich in Sie gefahren?"

Nick schloss die Tür zum Büro von Captain Cross und sah seinem wütenden Chef ins Gesicht. Man musste kein Menschenkenner sein, um zu ahnen, was ihn in diesen Zustand versetzt hatte. „Sagen Sie nichts. Der Geldsack hat wieder angerufen."

„Nicht mich, Nick", schrie Cross. „Sondern den Polizeipräsidenten. Webber ist diesmal gleich ganz nach oben gegangen, und er hat sich nicht nur über Sie, sondern auch über mich beschwert. Möchten Sie vielleicht auch wissen, was er gesagt hat?" Der Captain beugte sich nach vorne. Seine Uniformjacke war ihm halb über die Schultern gerutscht, als er die Fäuste in die Hüften stemmte und sein Gesicht nur wenige Zentimeter von Nick entfernt war. „Er hat behauptet, ich sei unfähig, meine Leute unter Kontrolle zu halten, und gemeint, dass man mich versetzen soll. Na, wie gefällt Ihnen das?"

„Ich würde mir keine Sorgen wegen Webber machen", entgegnete Nick kühl. „Das ist doch alles nur heiße Luft."

„Wenn Sie der Nagel zu sein glauben, der diesen Ballon zum Platzen bringt, dann stechen Sie im Moment aber in die falsche Richtung, McBride. Nämlich in meine. Erst rücken Sie dem Mann auf die Bude in einem Bundesstaat, in dem Sie gar nicht ermitteln dürfen, und dann spionieren Sie ihm auch noch hinterher." Cross schlug sich mit der flachen Hand gegen die Stirn. „Was haben Sie sich bloß dabei gedacht?"

„Ich arbeite an einem Fall ..."

„Ich habe Ihnen befohlen, sich von Webber fern zu halten. Und was tun Sie? Sie beschatten ihn bei einem Rendezvous."

„Das war kein Rendezvous."

„Es ist mir scheißegal, was es war. Sie sollten die Finger von ihm lassen und ihm nicht hinterherschleichen. Der Mann hat Beziehungen, Nick. Und er weiß, wie er sie nutzen kann."

„Soll er etwa eine Sonderbehandlung kriegen, nur weil er Beziehungen hat? Und solange Jonathan Bowman verschwunden ist ..."

„Bowman lebt, und es geht ihm gut."

Nick runzelte die Stirn. „Woher wissen Sie das?"

„Cecily Sanders hat mich angerufen. Bowman hat mit seiner Frau telefoniert und ihr mitgeteilt, dass er nicht mehr zu ihr zurückkommen wird. Mrs. Sanders möchte, dass ihre Nichte und Jonathan diesen Ehestreit nicht in der Öffentlichkeit, sondern in aller Ruhe beilegen, und ich bin ganz und gar ihrer Ansicht."

Jetzt verlor Nick die Beherrschung. „Verdammt noch mal, Captain, ich war dabei, als sie telefonierten. Das war nicht Bowman, der da angerufen hat. Das war ein Schwindler."

„Können Sie das beweisen?"

„Im Moment noch nicht. Aber lassen Sie mich ein paar ..."

„Ich lasse Sie gar nichts mehr. Sie sind nicht nur den Fall los, sondern auch zwei Wochen lang vom Dienst suspendiert." Beim letzten Satz sanken seine breiten Schultern ein wenig zusammen, und seine Stimme wurde leiser. „Tut mir Leid, Nick. Diesmal hatte ich keine andere Wahl."

Nick sagte nichts. Er machte dem Captain keinen Vorwurf. Er wusste, dass die Anordnung von oben gekommen war, und wenn Cross sich über sie hinweggesetzt hätte, wäre das beruflicher Selbstmord gewesen. Ruhig holte Nick seine Polizeimarke hervor, nahm die Pistole aus dem Schulterhalfter und legte beides auf Cross' Schreibtisch. Dann verließ er das Zimmer ohne ein weiteres Wort.

Das Rouge war ein kleines, elegantes Restaurant am Rittenhouse

Square, einen halben Häuserblock von Victorias Geschäft entfernt. Um diese Mittagsstunde war das Lokal bereits voll, aber Victoria kannte die Besitzerin, und so war es ihr gelungen, einen Tisch am Fenster zu reservieren, von dem aus man einen Blick in den Park hatte.

„Entschuldige die Verspätung", sagte Kelly, als sie ihre Freundin auf die Wange küsste. „Der Verkehr war entsetzlich." Sie bemerkte Victorias blendendes Aussehen. Ihre Augen leuchteten, die Hände zitterten nicht. Und sie hatte ihr Geschäft wieder geöffnet. Das war ein gutes Zeichen.

„Das macht doch nichts. Ich habe uns schon Wein bestellt – Chardonnay, weil ich gedacht habe, dass du vielleicht Fisch essen möchtest. Einverstanden?"

„Genau das, was ich brauche." Kelly nahm einen Schluck von dem Wein, der kühl und fruchtig war.

„Hast du zufällig schon die Nachrichten gesehen?"

„Nur flüchtig. Wie immer haben sie die Angelegenheit furchtbar aufgebauscht."

„Wie kannst du so etwas sagen, Kelly? Die Frau hatte ein halbes Dutzend Stofffetzen ganz gezielt in deinem Garten verteilt und einen Zwanzigliterkanister Benzin dabei. Dein Haus wäre im Handumdrehen von Flammen eingeschlossen gewesen, wenn du sie nicht rechtzeitig entdeckt hättest."

„Aber ich habe sie entdeckt, also lass uns das Thema abhaken, ja?" Kelly schob den Mantel von ihrer Schulter und ließ ihn über die Stuhllehne fallen. „Und wie fühlst so du dich im Palast der Sanders?"

Victoria nahm die Speisekarte und studierte sie. „Cecily ist ein bisschen irritiert wegen des ewigen Lärms und der Unruhe. Es ist nämlich eine Sache, unsere kleine Familie zum Sonntagsessen einzuladen, und eine andere, eine wilde Fünfjährige permanent um sich zu haben, die Tausende von Fragen stellt, Dinge sagt, von denen niemand so recht weiß, was man davon halten soll, und auf wertvolle Antiquitäten springt."

Kelly lachte. „Das ist doch nicht dein Ernst."

„Nun ja, ich übertreibe ein wenig. Aber Phoebe kann einen ganz schön auf Trab bringen. Adrian tut sein Bestes, um sie unter Kontrolle zu halten, man merkt jedoch, dass er nie etwas mit Kindern zu tun hatte. Er hat überhaupt keine Ahnung, wie man ein Kind glücklich machen oder beruhigen kann. Sie dagegen hat ihn schon vollkommen in der Hand und weiß genau, wie sie ihn nehmen muss. Vielleicht ist er gerade in der Kirche und betet, dass unser Aufenthalt nur von kurzer Dauer sein möge."

Kelly schaute Victoria über den Rand ihrer Speisekarte an. Es tat gut, sie so zu sehen, entspannt und humorvoll. Am Morgen hatten sie lange miteinander telefoniert, und Victoria hatte ihr gesagt, so lange Jonathan am Leben sei, würde sie keine Entscheidung treffen. Vorläufig wollte sie auf seiner Seite stehen, bis er ihr ins Gesicht sagen würde, dass er sie nicht mehr liebte.

Victoria klappte die Speisekarte zu. „Hast du mit Nick gesprochen?"

„Heute früh. Er hat durch einen Streifenpolizisten von dem Vorfall bei mir erfahren."

„Und seitdem hast du nichts mehr von ihm gehört?"

„Nein. Warum?" fragte Kelly, als die Kellnerin kam, um ihre Bestellung aufzunehmen. Sie wählte den gegrillten Lachs, während Victoria sich für den Heilbutt in Kartoffelkruste entschied. Erst als sie wieder allein waren, fragte Kelly: „Was ist denn los mit Nick?"

„Er ist vom Dienst suspendiert worden."

„*Was?*"

„Meine Güte, Kelly, wo lebst du? Das ist doch schon stadtbekannt."

„Warum ist er suspendiert worden?"

„Syd Webber steckt dahinter. In den Action News haben sie gesagt, dass dein zweiter Bewunderer heute Morgen den Polizeipräsidenten angerufen und ihm erzählt hat, wie Nick ihm nachspionierte. Den Rest kannst du dir denken."

„Oh Gott." Kelly lehnte sich zurück. „Ich habe befürchtet, dass so etwas passieren würde, aber ich hätte nie geglaubt, dass Syd seine Beziehungen spielen lässt, um Nick schachmatt zu setzen."

„Vielleicht hat Nick ja doch Recht mit seinem Verdacht, dass Syd etwas mit Patrick McBrides Tod zu tun hat", sagte Victoria leise. „Und deshalb möchte Syd ihn aus dem Weg haben."

„Hm."

„Meinst du nicht?"

„Ich weiß nicht, was ich davon halten soll. Nick wirkt sehr überzeugend, und seine Argumente sind stichhaltig. Aber sein Hass auf Syd ist so gewaltig, dass ich mich manchmal frage, ob er überhaupt noch vernünftig handelt."

„Er hat eine gute Nase, Kelly. Das hast du selbst gesagt."

Kelly schaute auf. „Gestern hast du noch nicht so gedacht."

Victoria zuckte mit den Schultern. „Nur weil ich nicht mit seiner Theorie über Jonathans Telefonanruf übereinstimme, heißt das noch lange nicht, dass ich sein Urteilsvermögen nicht respektiere." Sie lächelte. „Meistens jedenfalls."

Die Kellnerin kam mit dem Essen. Wieder wartete Kelly, bis sie gegangen war, ehe sie weitersprach. „Du willst also immer noch, dass Nick dir hilft, Jonathan zu finden? Obwohl er suspendiert worden ist?"

„Selbstverständlich." Sie spießte ein Stück Heilbutt mit der

Gabel auf. „Ich vertraue ihm, Kelly. Und du solltest das auch tun."

Das Klingeln eines Handys unterbrach ihr Gespräch. Aus alter Gewohnheit griff Kelly nach ihrem, aber es war Victorias. Während einer kurzen Unterhaltung sagte Victoria so gut wie nichts und murmelte schließlich nur ein schwaches „Danke schön".

Als sie Kelly ansah, glänzte es in ihren Augen.

Kelly legte die Gabel hin. „Victoria, was ist los? Wer war das?"

„Detective Quinn." Tränen liefen ihr die Wangen herunter – Freudentränen, ihrem strahlenden Lächeln nach zu urteilen. „Das Gebiss der verkohlten Leiche stimmt nicht mit den Unterlagen von Jonathans Zahnarzt überein." Sie drückte ihr die Hand so fest, dass Kelly fürchtete, Victoria könnte sie brechen. „Er lebt", sagte sie mit einem gepressten Flüstern. „Ich wusste es. Mein Mann ist am Leben."

28. KAPITEL

Syd Webbers Stimme klang besorgt. „Kelly, ich habe gerade die Nachrichten im Radio gehört. Geht es Ihnen gut?“

Kelly klemmte das Handy ans linke Ohr, fuhr vom Parkplatz des Restaurants und bog nach links in die Manning Street ein. „Sehr“, sagte sie kurz angebunden. „Danke für die Nachfrage.“

„Ich habe auch erfahren, dass Sie seit zwei Wochen ein Opfer von Vandalismus sind. Warum haben Sie mir nichts davon erzählt?“

Auf ihre Bitten hin und mit Nicks Unterstützung war von diesen Vorfällen nicht in der Presse berichtet worden. Wie hatte Syd bloß davon erfahren? „Weil das meine Angelegenheit ist, Syd, und nicht Ihre.“

„Ich hätte Sie schützen lassen können.“

„Wie? Indem Sie einen 250-Pfund-Rausschmeißer vor meine Tür stellen?“

„Wenn das hilft.“

„Ich glaube nicht, Syd. Meine Nachbarn würden über solche Art von Aufmerksamkeit nicht sehr erfreut sein. Aber trotzdem danke für das Angebot.“

„Wenn Sie keine Hilfe annehmen wollen, dann hoffentlich wenigstens eine Einladung zum Mittagessen.“ Seine Stimme wurde schelmisch. „Sie sind mir nämlich noch etwas schuldig, erinnern Sie sich?“

„Tut mir Leid, aber ich bin sehr beschäftigt.“

„Womit denn? Sie recherchieren doch nicht etwa noch über Jonathans Verschwinden, oder? Jetzt, wo seine Frau ein Lebenszeichen von ihm hat.“

Das wusste er also auch. Sein privates Informationsnetz

funktionierte besser, als sie angenommen hatte. „Glauben Sie nicht alles, was man Ihnen sagt, Syd."

Es entstand eine kurze Pause. „Was soll das heißen?"

„Nichts. Hören Sie, Syd, ich muss los."

„Sie sind sauer auf mich. Das höre ich an Ihrer Stimme. Was ist es, Kelly? Was habe ich Ihnen getan?"

Kelly ließ ein kurzes, gereiztes Lachen hören. „Das glaube ich nicht. Sie wissen es wirklich nicht?"

„Was weiß ich nicht?"

„Na gut, dann sag ich's Ihnen. Ich schätze es überhaupt nicht, dass Sie den Polizeipräsidenten einschalten, um Nick vom Dienst suspendieren zu lassen. Das war ziemlich mies, Syd."

„Ich habe mit McBrides Suspendierung nichts zu tun. Der Präsident hat nach eigenem Ermessen gehandelt, ohne dass ich ihm etwas gesagt hätte."

„Was haben Sie denn gedacht, was er tun würde? Nick einen Klaps auf die Hand geben? Nein, Syd. Sie wussten ganz genau, was passieren würde. Deshalb sind Sie zum Polizeipräsidenten gegangen und nicht zu Cross."

„Verdammt noch mal, der Mann wollte mich nicht in Ruhe lassen. Soll ich mir das etwa von ihm bieten lassen? Tut mir Leid, Kelly, aber das ist nicht mein Stil."

„Offensichtlich nicht. Wiederhören, Syd."

„Kelly, warten Sie. Wir sollten darüber reden."

Sie drückte auf die Taste und beendete das Gespräch.

Alan Braden streckte seine langen Beine aus und nahm die Dose Bier, die Nick ihm anbot. Der Privatdetektiv stand kurz vor seinem 60. Geburtstag, aber er sah zehn Jahre jünger aus. Sein braunes Haar war auf altmodische Weise kurz geschnitten, und er hatte wache braune Augen. Mit knapp zwei Metern war er eigentlich zu groß für jemanden, dessen Beruf absolute Anonymität erforderte, aber irgendwie schaffte er es, gute Arbeit zu leisten. Die beiden Männer hatten sich vor einigen Jahren bei der Aufklärung einer Verbrechensserie kennen gelernt, die sich entlang der gesamten Ostküste erstreckte. Seitdem waren sie befreundet.

„Ich will nur gute Nachrichten hören, Alan." Nick setzte sich und nahm einen Schluck Bier.

Alan lachte. „Ich fange mit den guten Nachrichten an und hebe mir die schlechten bis zum Schluss auf. Zunächst einmal – du hast Recht gehabt. Das Foto auf Magdalenas Kaminsims ist eine Fälschung. Heutzutage lassen sich Bilder mit dem Computer und einem Minimum an Fachkenntnis kinderleicht manipulieren. Mit der entsprechenden Software kriegst du zwei x-beliebige Personen im Handumdrehen auf ein Bild."

„Und das ist hier gemacht worden?"

Alan nickte. „Der Mann, dem ich das Foto gezeigt habe, konnte das auf den ersten Blick erkennen. Der erste Hinweis war das unterschiedliche Licht, das auf die Personen fällt. Und in der Mitte ist eine winzige Schnittstelle. Mit dem bloßen Auge kann man es nicht erkennen, aber es ist da."

Nick nickte. „Gute Arbeit, Alan." Dann schwieg er ein paar Sekunden. „Und die schlechte Nachricht?"

„Magdalena ist verschwunden. Sie ist mitten in der Nacht aus der Stadt abgehauen."

Nick richtete sich auf. „Was soll das heißen, sie ist abgehauen? Du hast mir doch versprochen, deine besten Leute auf sie anzusetzen."

„Hab ich auch. Aber sie muss wohl gemerkt haben, dass sie überwacht wurde. Oder vielleicht war sie auch einfach nur vorsichtig. John hatte die zweite Schicht übernommen und die ganze Nacht in seinem Wagen gesessen. Er hat sie nicht einmal aus ihrem Haus kommen sehen."

Nick wedelte die Erklärung mit einer Handbewegung fort. „Irgendeine Ahnung, wo sie hingegangen sein könnte?"

„John hat mit Marisol, ihrem Hausmädchen, gesprochen, aber sie war genauso überrascht wie er. Sie ist heute Morgen gekommen und hat gesehen, dass Magdalena weg war. Kein Brief, keine geänderte Ansage auf dem Anrufbeantworter. *Nada.*"

Nick ging hinüber zum Fenster. Es hatte ein wenig zu schneien begonnen. Der Schnee blieb auf dem kleinen Grasflecken vor seinem Haus, das im nordöstlichen Teil von Philadelphia stand, liegen. Bald würde der Schnee zu Regen werden, bevor ein neues Sturmtief anrückte. „Jemand muss sie angerufen und ihr gesagt haben, dass etwas im Busch ist."

„Nicht über ihren Festnetzanschluss. Die einzigen Anrufe, die dort eingingen, kamen von ihrem Masseur, ihrem Friseur und einigen Freundinnen, die sich mit ihr zum Essen treffen wollten."

„Niemand hat sie in ihrem Apartment besucht?"

„Nein. Tut mir Leid, Nick. Wir hätten vorsichtiger sein sollen."

Nick schüttelte den Kopf. „Es ist nicht dein Fehler. Du hattest ja keinen Grund zu der Annahme, dass sie so etwas tun würde."

„Ich kann sie ausfindig machen, wenn du das willst."

„Nein, ist schon in Ordnung. Sollen sich diese Bastarde doch sicher fühlen. Es erleichtert mir die Arbeit, wenn sie nicht auf der Hut sind."

„Du sagst mir Bescheid, wenn du mich brauchst?"

Nick nickte. „Wenn es so weit ist."

Nachdem Alan gegangen war, rief Nick Quinn an, um ihn

über Magdalenas plötzliches Verschwinden in Kenntnis zu setzen, und stellte fest, dass er bereits darüber informiert war. Wie bei allen Bombenattentaten hatte sich das FBI inzwischen in die Ermittlungen eingeschaltet, und eine der ersten Personen, die sie verhören wollten, war Magdalena. Da hatten sie Pech gehabt.

Nick ging zum Tisch, auf dem Alans maschinengeschriebener Bericht lag, und setzte sich hin, um ihn zu lesen.

Nachdem Kelly vom Mittagessen mit Victoria nach Hause gekommen war, galt ihr erster Anruf Nick. „Ich dachte, dass du eine kleine Aufmunterung gebrauchen könntest."

„Du weißt es also schon."

„Nicht von dir, Nick. Du hättest es mir sagen sollen."

„Du hast genug eigene Probleme."

„Und dies ist eines davon. Ich fühle mich verantwortlich. Wäre ich nicht mit Syd ausgegangen, wäre das alles nicht passiert. Es tut mir so Leid, Nick."

Sie hörte, wie er kicherte. „Ich bin suspendiert worden, Kelly, nicht gefeuert."

Sein Humor war ansteckend. „Heißt das, du brauchst keine Aufmunterung?"

„Kommt drauf an, was du dir so vorgestellt hast."

„Jetzt werd aber bloß nicht wählerisch."

„Werd ich gar nicht. Ich möchte nur gerne wissen, worauf ich mich einlasse, das ist alles."

„Klugschwätzer." Sie ging auf seinen neckenden Tonfall ein. „Allein deswegen sollte ich die Einladung zurückziehen."

„Jetzt kommen wir also auf den Punkt. Was für eine Einladung?"

„Zum Abendessen. Ins San Remo. Ich wollte dir das ja ersparen, aber meine Mutter hat nicht mit sich reden lassen."

„Deine Mutter ist eine gute Frau. Mir gehts schon wieder viel besser."

„Gut." Kellys Teekessel pfiff schrill. Sie ging zum Herd, um ihn von der Flamme zu nehmen. „Ich habe vorhin mit Victoria zu Mittag gegessen. Während der Mahlzeit hat Detective Quinn angerufen."

„Und er hat er gesagt, dass es keinen Doppelgänger gibt?"

„Er hat es Victoria gesagt. Sie ist ganz aufgeregt, Nick. Dieses Gespräch hat sie noch mehr davon überzeugt, dass sie und Jonathan ihr Problem lösen können." Sie warf einen Teebeutel in einen Becher und goss heißes Wasser hinein. „Ich hoffe nur, dass es für sie kein böses Erwachen gibt."

„Du meinst, falls Jonathan tot ist?"

Nick war der Einzige, mit dem sie über diese bedrückende Möglichkeit so offen sprechen konnte. „Er würde Victoria nie so behandeln, wenn er noch lebte."

Sie hörte ihn seufzen. „Ich kenne ihn nicht, deshalb kann ich nichts dazu sagen. Aber ich stimme dir zu, dass es nicht gut für ihn aussieht. Jetzt weniger denn je."

„Warum jetzt?"

„Alan Braden, der Privatdetektiv, den ich angeheuert habe, war gerade bei mir. Das Foto auf Magdalenas Kaminsims ist eine Fälschung. Außerdem hat sie die Stadt bei Nacht und Nebel verlassen. Ziel und Dauer ihres Trips sind nicht bekannt."

Kelly setzte den Becher hart auf die geflieste Küchentheke auf, so dass der Tee überschwappte. Die Stripperin hatte sie also doch angelogen – hatte sie alle angelogen. Aber warum? Und ebenso wichtig: Wer stand hinter diesem sorgfältig ausgetüftelten Plan? „Versuchst du, sie zu finden?"

„Das wird die Bundespolizei besser können als ich. Außerdem konzentriere ich mich lieber auf Enrique. Aber nicht heute

Abend." Sie hörte das Lächeln in seiner Stimme. „Heute Abend konzentriere ich mich lieber auf dich."

Kellys Herz schlug schneller. „Du könntest enttäuscht sein."

Er lachte, als ob er sich an eine intime Gemeinsamkeit erinnerte.

„Ganz und gar nicht. Wann soll ich dich abholen?"

„Der Umweg wäre zu groß für dich", antwortete Kelly. „Wir treffen uns im San Remo. Gegen sieben?"

„Sieben Uhr."

„Und bring Appetit mit. Mein Onkel kocht."

Kelly stand im Schlafzimmer und betrachtete sich in dem wandhohen Spiegel. Sie zog eine Grimasse. Wenn Blau tatsächlich ihre Farbe war, wie Victoria gesagt hatte, warum sah sie dann in dem Kleid, für das sie ein Vermögen bezahlt hatte, so unvorteilhaft und züchtig aus?

Es ist der Ausschnitt, stellte sie fest, während die mit den Fingern die brave, hochgeschlossene Halslinie entlangfuhr. Es war einfach nicht ... sexy genug. Bei dem Wort musste sie lächeln. Seit wann versuchte sie, für Nick McBride sexy auszusehen? Statt eine Antwort auf diese Frage zu suchen, zog sie den Reißverschluss auf und begann, ihren Schrank nach etwas Passenderem für diesen Abend zu durchsuchen – zum Beispiel Jeans und ein Sweatshirt.

Ihre Hand blieb an dem schwarzen Kleid hängen, das sie im vergangenen Dezember auf der Party zum 30. Hochzeitstag der Sanders getragen hatte. Es war sehr körperbetont, ohne eng zu wirken, mit Spaghetti-Trägern und einem tiefen, geraden Ausschnitt, der ihre kleinen Brüste größer erschienen ließ.

Sie drehte sich um, um ihr Profil im Spiegel zu begutachten. Steht Nick eher auf größere oder kleinere Brüste, überlegte sie.

Kleine, entschied sie mit einem Nicken. Schließlich hatte sie keine Enttäuschung in seinem Gesicht bemerkt, als er sie neulich nackt in ihrem Schlafzimmer gesehen hatte. Nur Lust.

Sie ließ das blaue Kleid zu Boden gleiten und schlüpfte in das schwarze. Dann trat sie einen Schritt zurück und nickte zufrieden. Nick würde zweifellos dieses Kleid bevorzugen. Es war zwar ein kleines bisschen zu aufgetakelt fürs San Remo, aber wenn schon? Schließlich ging sie ja auch nicht jeden Tag mit einem attraktiven Mann wie Nick McBride aus.

Plötzlich war sie aufgeregt wie ein junges Mädchen vor dem ersten Rendezvous. Sie nahm den Flakon Magie Noire von der Frisierkommode, sprühte sich ein wenig von dem betörenden Duft hinter die Ohren und verließ das Zimmer.

„Prinzessin!"

Kaum hatte Kelly die Küche durch die Schwingtür betreten, da hob ihr Onkel sie in die Luft und wirbelte sie leichthin im Kreis umher, genau so, wie er es mit ihr gemacht hatte, als sie noch ein kleines Mädchen war.

„Onkel Gino!" Sie schrie vor Lachen. „Lass mich runter."

„Sag *prego*."

Sie musste noch mehr lachen, als sie sich an ihr altes Spiel erinnerte.

„*Prego.*"

Er setzte sie auf den Boden und hielt sie auf Armeslänge entfernt. „Deine Mutter hatte Recht. Du bist noch schöner geworden."

„Genau wie du."

Und das meinte sie auch so. Mit 62 Jahren war Gino Robolo immer noch ein gut aussehender Mann. Er hatte große braune Augen, die stets lachten, und das dichte Haar der Robolos. Seines war allerdings schon vor Jahren schneeweiß geworden. Als er so vor ihr stand, die Schürze ihres Vaters um den Bauch, stiegen Wellen der Erinnerung in ihr hoch. Sie erinnerte sich an die beiden Brüder, wie sie in dieser Küche standen, sich gegenseitig über die Schultern sahen und darüber in die Haare gerieten, ob man ein bisschen Zucker in die Tomatensoße geben oder wie lange das Ossobuco garen sollte.

Gino schaute suchend über ihre Schulter. „Wo ist dein Kavalier?"

„Er wird bald hier sein. Und er ist nicht mein Kavalier."

„Da erzählt mir deine Mutter aber was ganz anderes." Er beugte sich zu ihr hinüber und senkte die Stimme. „Alles in Ordnung, Prinzessin? Du hast doch keine Drohungen mehr erhalten, oder?"

„Nein. Und vielen Dank, dass du zur Rettung gekommen bist, Onkel Gino. Ich bin viel beruhigter, seit ich weiß, dass du hier bist."

„Du brauchst mir nicht zu danken. Und mach dir keine Sorgen um deine Mutter, hörst du? Ich werde schon auf sie Acht geben."

Connie schaute von einer Schüssel Ravioli auf. „Worüber flüstert ihr beiden eigentlich die ganze Zeit?"

„Ich sage deiner Tochter gerade, dass sie wunderschön ist, genau wie ihre Mutter."

„Jetzt reichts aber mal mit den Komplimenten. Beweg deinen Hintern hierher und schau lieber nach deinen gefüllten Paprikaschoten. Ich glaube, sie sind fertig."

Kelly überließ die beiden ihren Plänkeleien und ging in das Restaurant, um auf Nick zu warten.

29. KAPITEL

Nick betrat das Lokal, als Connie gerade ein Tablett mit Bruschetta brachte – knusprig geröstetes Brot mit Tomatenstückchen, geschmolzenem Mozzarella, Basilikum und ein paar Tropfen Olivenöl.

„Die sind für Sie", sagte er und überreichte Connie einen Strauß gelber Rosen und eine Schachtel mit Godiva-Pralinen. „Und sagen Sie ja nicht, das wär doch nicht nötig gewesen, denn ich weiß nie, was ich antworten soll, wenn ich das von einer wunderschönen Frau zu hören bekomme."

Connie tätschelte Nicks Arm. „Ach, Sie!" Sie steckte die Nase in die duftenden Rosen. „Vielen Dank, Nick. Ich liebe gelbe Rosen."

„Das weiß ich von Kelly."

Sie deutete mit der Hand auf den Tisch in einer Nische, auf dem eine brennende Kerze, ein kleiner Topf mit Usambaraveilchen und eine Flasche Sangiovese standen. „Bitte, setzen Sie sich doch. Du auch, Liebling. Nehmt etwas Bruschetta. Und schauen Sie gar nicht erst auf die Speisekarte, Nick. Gino hat darauf bestanden, etwas Besonderes vorzubereiten – nur für Sie." Sie beugte sich vertraulich über den Tisch. „Sagen Sie nur den anderen Gästen nichts davon, ja?"

„Meine Lippen sind versiegelt, Connie."

Sie setzten sich hin, und Nicks Blicke wanderten prüfend über Kellys Gesicht, ihr Haar und den offenherzigen Ausschnitt, während er den Wein eingoss. „Du siehst gut aus."

„Danke." In Gedanken ersetzte sie das Wort *gut* durch *bereitwillig* und fühlte, wie sie errötete. Sie hätte doch bei dem blauen Kleid bleiben sollen.

Die Küchentür schwang auf, und Gino kam breit grinsend an

ihren Tisch. Die beiden Männer verstanden sich auf Anhieb. Sie unterhielten sich über alles mögliche – von der Kunst des Kelterns bis hin zur Mannschaft der Philadelphia Eagles, deren Fan Gino immer noch war, obwohl er schon lange in Kalifornien lebte.

„Dein Onkel ist wirklich ein netter Kerl“, meinte Nick, als Gino gegangen war.

„Er ist wundervoll. Nach meinem Vater ist er der netteste, großzügigste und liebevollste Mann, den ich kenne. Siehst du das Klavier da drüben?“ Nick bejahte. „Ich habe Unterricht bekommen, als ich klein war, aber ich habe es gehasst und nur gespielt, um meine Mutter glücklich zu machen.“

„Ich habe gar nicht gewusst, dass du musikalisches Talent hast.“

„Hab ich nicht, aber Onkel Gino hat nicht zugelassen, dass ich aufgab. Manchmal saß er neben mir und spielte die Melodien, die ich mochte, anstatt der Stücke, die ich üben sollte. Und dann habe ich einfach mit ihm zusammen gespielt, und ich habe es geliebt.“

„Er spielt Klavier, macht Wein, kocht und serviert.“ Er beobachtete Gino, der vier Teller mit Pasta an ihnen vorbeibalancierte. „Gibt es auch etwas, das er nicht kann?“

„Ich habe das Singen vergessen.“

„Im Ernst?“

„Im Ernst. Er und mein Onkel Stefano haben als Teenager auf Hochzeiten und Kommunionfeiern gesungen. Ganz Süd-Philadelphia war vernarrt in sie.“

„Und wo ist Stefano jetzt?“

„Irgendwo in Mexiko. Er ist Direktor eines Wanderzirkus’. Davor war er Trapezkünstler und Schwertschlucker.“

Nick lachte. „Du hast eine sehr ungewöhnliche Familie.“

„Du solltest sie erleben, wenn sie alle zusammen sind. Das ist ein echter Zirkus.“

Sie war froh, dass sie ihn zum Lachen bringen konnte und er seine Schwierigkeiten vergaß, wenn auch nur für ein paar Stunden. Seine Suspendierung hatte er mit keinem Wort erwähnt und auch nicht, wie er Enrique ohne Dienstmarke aufspüren wollte. Aber sie wusste, dass ihn diese Angelegenheit beschäftigte. Kein Polizist nahm es auf die leichte Schulter, wenn er für zwei Wochen vom Dienst beurlaubt war.

„He, Gino!“ rief ein Gast, als ihr Onkel wieder aus der Küche kam, „wie wäre es mit einem Lied?“

„Wofür halten Sie mich?“ antwortete Gino. „Für Pavarotti?“

„Ach, kommen Sie, Gino.“ Einer der Stammgäste begann zu klatschen. „Erstens ist Samstagabend. Und zweitens können Ihre Kunden bei diesen Preisen ein bisschen Unterhaltung verlangen.“

Connie erschien an der Schwingtür, wie immer lächelnd. „Was ist denn das für ein Lärm?“ fragte sie. „Hat Gino wieder die Bestellungen verwechselt?“

„Er will nicht singen.“

Theatralisch, wie Kelly es aus ihrer Kindheit noch gut in Erinnerung war, hob Gino die Hände hoch und wedelte mit ihnen durch die Luft. „Gut, gut, ein Lied, und nicht mehr.“ Er wartete, bis die Begeisterung sich gelegt hatte, ehe er hinzufügte: „Aber nur, wenn meine reizende Schwägerin mich auf dem Klavier begleitet.“

Connie verbeugte sich und nahm vor dem alten Klavier Platz. Dabei machte sie sich einen Spaß daraus, die Finger in übertriebener Weise zu kneten und strecken. Sie schlug ein paar Töne an, während Gino mit dem Mikrofon in der Hand wartete und ihr zuzwinkerte.

„Die führen was im Schilde", murmelte Kelly mehr zu sich selbst als an Nick gewandt.

Sie sollte Recht behalten. Als Connies Finger leichthin über die Tasten huschten, drehte Gino sich zu dem Tisch um, an dem Nick und Kelly saßen. „Dieses Lied ist dem netten Paar da drüben gewidmet – meiner wunderschönen Nichte Kelly und ihrem gut aussehenden Begleiter Nick. Hau rein, Connie."

Ihre Mutter begann, „That's Amore" zu spielen, den Evergreen, den im Viertel jeder kannte, und während Ginos voluminöse Stimme den Raum füllte, bedeutete er den Gästen, in den populären Refrain einzustimmen.

Kelly nahm ein weiteres Stück Bruschetta. „Ich bring ihn um. Ich bringe sie beide um."

Nick warf ihr einen amüsierten Blick zu. „Gefällt dir das Lied nicht?"

„Merkst du das nicht? Die haben das doch ausgeheckt. Alle beide." Sie sah, wie er grinste. „Und dir gefällt es auch noch, ihrem Affen Zucker zu geben."

„Was soll ich dazu sagen? Ich bin ein Romantiker."

Am Ende des Liedes erhoben sich alle Gäste, klatschen und pfiffen und verlangten eine Zugabe. Gino ging von Tisch zu Tisch, nahm die Komplimente entgegen, schüttelte Hände und lachte mit den alten Freunden.

Ein paar Minuten später war er bei ihnen angekommen. „Na, Kinder, hat euch das gefallen?" Er strahlte sie an.

„Ja, Onkel Gino." Kelly verdrehte die Augen. „Wirklich sehr originell."

„Mach mir keine Vorwürfe. Deine Mutter hat mich dazu überredet."

„Redest du wieder schlecht über mich, Gino?" Connie gab ihm einen Schubs mit der Hüfte und stellte zwei Salate vor Nick und Kelly hin. „Du kannst keinem mehr trauen, nicht einmal deinen Familienmitgliedern.“ Sie zog an Ginos Ärmel. „Komm schon, lass die beiden allein. Ich brauche dich in der Küche.“

Gino hob die Hände und folgte ihr. „Wie schafft sie das alles bloß, wenn ich nicht hier bin?“

Während sie sich beim Essen unterhielten, merkte Kelly, wie sie allmählich lockerer wurde und sich Nick gegenüber öffnete, wie sie es zuvor noch niemand gegenüber getan hatte. Es war so leicht, mit ihm zu reden, und ehe sie es sich versah, erzählte sie ihm von ihren beiden gescheiterten Beziehungen.

„Was waren das denn für Männer?“ wollte er wissen.

„Oh Gott!“ Sie lachte und fühlte sie plötzlich wieder gehemmt. „Warte mal, da war zuerst Johnny, ein Junge aus Süd-Philadelphia, mit dem meine Mutter mich bekannt gemacht hatte.“

„Was war nicht in Ordnung mit ihm?“

„Ich. Mit mir war überhaupt nichts in Ordnung – jedenfalls soweit es Johnny betraf. Ich war zu groß, zu unabhängig und zu willensstark. Außerdem gefiel ihm mein Beruf nicht. Er war der Ansicht, Reporter ist ein Job für Männer. Na ja, und außerdem lebte ich in der Innenstadt. Kein italienisches Mädchen mit Selbstachtung würde jemals ins Zentrum ziehen.“

„Was hat dir denn überhaupt an ihm gefallen?“

„Sein Charme. Den verströmte er geradezu. Jedesmal, wenn ich sauer auf ihn war, sang er vor meinem Fenster Liebeslieder und machte all meine Freundinnen eifersüchtig.“

„Hm. Willst du damit etwa andeuten, dass ich Gesangsunterricht nehmen soll?“

„Untersteh dich.“

„Was ist denn aus deinem Troubadour geworden?“

„Mir ist sein ewiges Kritisieren auf den Geist gegangen, und da habe ich Schluss gemacht.“

Nick nahm einen Schluck Wein. „Und Nummer zwei?"

„Nummer zwei war der Traum aller Frauen. Er sah gut aus, war erfolgreich und hilfsbereit. Dummerweise war seine Familie stinkreich und der Meinung, dass ich nur hinter seinem Geld her war."

„Und welche Meinung hatte *er?*"

„Offenbar die gleiche, denn drei Wochen vor der Hochzeit hat er mich gebeten, einen 17-seitigen Ehevertrag zu unterschreiben. Ich war sauer, sagte ihm, wo er sich seinen Vertrag hinstecken konnte, und habe ihm den Ring zurückgegeben."

Nick warf den Kopf zurück und lachte, was von den Gästen an den Nebentischen wohlwollend beobachtete wurde. „Gut für dich, Robolo." Er goss ihre Gläser wieder voll. „Und seitdem hats keinen mehr gegeben?"

„Nein. Ich habe den Männern abgeschworen."

Er beugte sich über den Tisch. Seine blauen Augen glänzten im Kerzenlicht. „Dieses Gefühl hatte ich gestern allerdings überhaupt nicht."

„Vielleicht sollten wir gestern besser vergessen."

Er zog sich zurück und tat, als ob er beleidigt sei. „War ich so schlecht?"

Oh nein, Nick, dachte sie, du warst echt klasse. Das ist es ja, was mir Sorgen macht. „Hör auf, nach Komplimenten zu fischen, und iss deine Cannelloni. Sonst wirft dir meine Mutter noch vor, wie ein Vögelchen zu picken."

Während sie sich in der nächsten Stunde angeregt unterhielten, bekamen sie gar nicht mit, dass es wieder zu schneien begonnen hatte, bis einer der Gäste den Vorhang zur Seite schob und sie darauf aufmerksam machte.

„Soll ich dich nach Hause fahren?" bot Nick ihr an, als er aufstand.

Kelly schüttelte den Kopf. „Ich bleibe noch und helfe meiner Mutter beim Abwasch. Da kann ich auch noch ein wenig mit meinem Onkel zusammen sein."

Sie erwähnte nicht, dass sie vermutlich alle Vorsichtsmaßnahmen in den Wind schlagen und ihn hereinbitten würde, wenn er sie heimbrachte. Sie wusste, dass das ein Fehler wäre. Sie mochte ihn zu sehr, als dass sie ihre neue Freundschaft mit einer Affäre gefährden wollte, die nur schief gehen konnte.

Aber Nick gehörte nicht zu den Männern, die sich so leicht entmutigen ließen. „Wenn das so ist, dann helfe ich deiner Mutter beim Aufräumen, und du unterhältst dich mit Gino. Nach diesem Festessen ist es das Mindeste, was ich tun kann. Und hinterher fahre ich dich nach Hause."

„Ich kann im Schnee fahren, Nick. Ich mache das in jedem Winter, seit ich meinen Führerschein habe."

„Mir ist nicht wohl bei dem Gedanken, dass du um diese Zeit allein nach Hause fährst. Wenn du schon Polizeischutz ablehnst, dann nimm doch wenigstens mich."

„Hör auf. Du gibst mir das Gefühl, hilflos zu sein, und das mag ich überhaupt nicht."

Er hob die Hände als Zeichen, dass er aufgab. „Na gut. Ich will mich noch von deiner Familie verabschieden, und dann bin ich weg."

Als er wieder zurückkam, war das Restaurant leer. „Danke, Kelly", sagte er, als sie zur Tür gingen. „Du hast mich aufgeheitert. Du und deine wunderbare, verrückte Familie. Ich muss euch alle drei zu mir nach Hause einladen, bevor dein Onkel Gino wieder abreist, und euch das berühmte Irish Stew meiner Mutter machen."

„Du kochst?" Wunder gab es immer wieder.

„Und gar nicht so schlecht. Das ist eins meiner Hobbys."

„Tu mir einen Gefallen, ja?“ Sie senkte die Stimme. „Erzähl meiner Mutter nichts davon.“

„Hmm. Vielleicht sollte ich es doch tun. Sie könnte ein gutes Wort für mich bei ihrer Tochter einlegen.“ Zärtlich nahm er ihr Gesicht in seine Hände und küsste sie. Dieses Mal strichen seine Lippen sanft und sinnlich über ihre, und diese Berührung drohte, jeden Widerstand in ihr zum Erliegen zu bringen, den sie bis jetzt so tapfer aufrechterhalten hatte.

„Nick ...“

„Shh. Sag nichts. Und sag mir bloß nicht, dass ich aufhören soll.“

Sie schloss die Augen und ließ sich gehen. Wie hätte sie ihm sagen können, dass er aufhören sollte, wo doch sie es war, die sich nicht von ihm lösen konnte? Wo in ihrem Kopf Bilder vorbeihuschten, in denen Nick sie in ihr Schlafzimmer trug, sie auf das große Himmelbett legte und die ganze Nacht liebte?

Aber sie ließ ihn gehen, wenn auch zögernd. „Gute Nacht, Nick.“

„Gute Nacht, Kelly.“

Sie blieb am Erkerfenster des Restaurants stehen, bis er im Schnee verschwunden war. Dann legte sie die Finger auf ihre feuchten Lippen, drehte sich um und ging zurück in die Küche.

„Ich fahre dich nach Hause“, erklärte Gino, als sie den letzten Teller eingeräumt hatten.

Kelly stopfte den Schwamm in die Ablage über dem Spülbecken.

„Red keinen Unsinn, Onkel Gino. Ich komme schon klar. Und außerdem – wie willst du zurückkommen?“

„Hast du schon mal was von Taxis gehört?“

„Bei diesem Wetter? Samstagnacht?“ Sie schaute aus dem

Küchenfenster. Das Schneetreiben war stärker geworden, obwohl die Flocken noch nicht auf der Straße liegen blieben. „Du bist schon zu lange weg von Philadelphia, Onkel Gino. Du hast vergessen, dass in dieser Stadt die Taxis nie dort sind, wo du sie brauchst, wenn du sie brauchst." Sie beugte sich zu ihm hin und sagte in verschwörerischem Tonfall: „Außerdem musst du bei Ma bleiben."

„Nick wusste das doch auch. Warum hat *er* dich dann nicht nach Hause gebracht?"

„Weil ich es nicht wollte. Jetzt geh, bevor Ma wieder fragt, was wir hier zu flüstern haben."

„Na gut." Er küsste sie auf die Wange. „Aber fahr ja vorsichtig, hörst du?"

„Das tu ich doch immer, Onkel Gino."

Draußen hatte der Wind aufgefrischt, und dicke Flocken fielen ihr aufs Haar. Die Straßen waren glatt, und das Laufen in Schuhen mit hohen Absätzen war eine Herausforderung, die sie nicht gewohnt war. Auf dem Parkplatz der Apotheke wartete ihr hellblauer Käfer. Sie überlegte, ob ein übereifriger Verkehrspolizist ihr wohl ein kleines Geschenk unter den Scheibenwischer gesteckt hatte. Der Parkplatz war nämlich ausschließlich für Kunden der Apotheke reserviert, aber das hatte sie einfach ignoriert. Die Parkplatzsuche im Süden von Philadelphia war eine schwierige Angelegenheit, doch die Verkehrspolizisten bereiteten noch größere Schwierigkeiten. Vielleicht hatten sie in dieser Nacht wegen des Schnees eine Ausnahme gemacht.

Der unerwartete Schneesturm hatte dafür gesorgt, dass die Einwohner von Philadelphia schnell nach Hause eilten, und die Straßen, auf denen es am frühen Abend so lebhaft zugegangen war, lagen nun verlassen. An der Kreuzung von Ninth und Catherine Street überquerte Kelly die Straße. Als sie die Mitte der

Fahrbahn erreicht hatte, sah sie den Wagen. Er fuhr langsam, als ob der Fahrer versuchte, die Straßennamen zu entziffern. In dem Moment, als er hätte bremsen müssen, um sie vorübergehen zu lassen, erhöhte er das Tempo.

Kelly erstarrte, geblendet von den Scheinwerfern. Ihr Verstand rief ihr zu, aus dem Weg zu gehen. Aber als der Wagen auf sie zuschoss, blieb sie wie festgewurzelt in der Mitte der Fahrbahn stehen, unfähig, in die eine oder andere Richtung auszuweichen.

Im Bruchteil von Sekunden übernahm ihr Instinkt das Kommando. Sie rannte zum Bordstein zurück und duckte sich hinter einen Minivan. Ein Schwall von Auspuffgasen umnebelte sie, als der Wagen vorbeischoss und mit dem hinteren Kotflügel das Blech des Minivans zerkratzte.

Kelly versuchte, einen Blick auf die Person hinter dem Steuer zu erhaschen. Aber alles, was sie sehen konnte, war eine Kappe, die tief in die Stirn des Fahrers gezogen war, und langes blondes Haar. Die Nummernschildbeleuchtung war ausgeschaltet, so dass es unmöglich war, das Kennzeichen zu entziffern. Aber der Wagen kam ihr bekannt vor. Von hinten sah er wie ein Mercedes oder ein Lexus aus.

Sie beobachtete, wie er mit kreischenden Reifen im Zickzack über die Straße schlitterte. Es war ein Lexus. Ein schwarzer Lexus.

Kelly lehnte sich gegen den Minivan und holte tief Luft. Ihr Schädel dröhnte. Sie kannte jemanden, der einen schwarzen Lexus besaß. Jemanden mit langen blonden Haaren.

Cecily Sanders.

30. KAPITEL

Mit gesenktem Kopf, die Hände auf das Heck des Minivans gestützt, wartete Kelly, bis ihr Herz sich beruhigt hatte und ihr Atem wieder gleichmäßig ging. Sie fühlte sich wie ausgetrocknet. Das Zittern ihres Körpers konnte sie nicht unter Kontrolle bekommen, aber ihr Verstand arbeitete seltsamerweise messerscharf.

Jemand hatte gerade versucht, sie umzubringen. Nicht irgendjemand, sondern Cecily Sanders. Das Golden Girl von Philadelphia. Die Tante ihrer besten Freundin.

Immer noch schwer atmend blickte sie hoch. Die Straße war wieder leer, und das San Remo war mehr als drei Häuserblocks entfernt. Ihre Mutter und Gino hatten keine Ahnung von dem Drama, das sich gerade in der Nähe ihres Restaurants abgespielt hatte. Und so sollte es auch bleiben.

Nach einer weiteren Minute machte Kelly einen Schritt und dann noch einen, um ihre Beine zu testen. Nichts war gebrochen oder verstaucht. Ihre Knie bluteten, weil sie auf den Asphalt gestürzt war, aber ansonsten war sie in Ordnung, jedenfalls körperlich.

Im Handumdrehen saß sie in ihrem Käfer. Sie hatte die Standheizung voll aufgedreht und die Arme um sich geschlungen, während sie darauf wartete, dass sich ihre Nerven beruhigten. *Cecily hatte versucht, sie umzubringen.* Die Worte tanzten unentwegt durch Kellys Gedanken, bald auf groteske und bald auf entsetzliche Weise. Vielleicht hatte sie sich geirrt. Oder sie war so darauf versessen, die Wahrheit herauszufinden, dass sie Dinge sah, die es überhaupt nicht gab. Zum Beispiel einen Lexus. Gut, in letzter Zeit hatte Cecily sich merkwürdig verhalten, sogar unvernünftig. Aber konnte sie eine kaltblütige Mörderin sein? Das erschien ihr dann doch sehr weit hergeholt.

Als ihr einigermaßen warm geworden war, schaltete Kelly die Heizung herunter und fuhr langsam vom Parkplatz. Sie glaubte kaum, dass der Lexus zurückkommen würde, aber warum sollte sie ein Risiko eingehen?

Während der Fahrt dachte sie daran, wie widerwillig Cecily sie nach Jonathan hatte suchen lassen. Von Anfang an hatte sie eine Reihe von Gründen aufgezählt – die Angst vor einem Skandal, das Besudeln des Namen Sanders, die Belästigung durch die Presse.

Kelly hatte ihr nicht geglaubt. Und sie hatte Victoria und Phoebe in dieses Haus geschickt.

Meine Güte, was hatte sie da bloß getan?

Erst als sie auf den Schuylkill Expressway einbog, merkte sie, dass sie auf dem Weg zu den Sanders war.

Nicks Telefon klingelte, als er die Haustür öffnete. Gerade als sich der Anrufbeantworter einschalten wollte, nahm er den Hörer zur Hand. „McBride."

Am anderen Ende war Doreen, die Polizistin, die sich während seiner Abwesenheit um seine beruflichen Angelegenheiten kümmern sollte. „Da ist gestern für dich ein Eilbrief eingetroffen", sagte sie mit ihrem vertrauten schleppenden Südstaaten-Dialekt. „Er ist aus Las Vegas, und es steht ‚Dringend' drauf. Ich hätte dich schon früher angerufen, aber irgendein Trottel hat ihn unter Stapeln von Formularen vergraben. Wenn ich nicht nach deinen Notizen über den Clover-Fall gesucht hätte, hätte ich ihn nie gefunden."

Nick dankte Quinn im Geheimen dafür, dass er den Polizeibericht per Expressbrief geschickt hatte. „Wo ist er jetzt?" fragte er.

„Ich hab ihn bei mir. Ich wollte nicht, dass ihn irgendjemand an sich nimmt."

„Du bist ein Schatz, Doreen. Tust du mir einen Gefallen? Behalte ihn bei dir, bis ...“

„Ich habe eine bessere Idee. Ich bring ihn dir nach dem Dienst vorbei.“

„Aber doch nicht bei diesem Wetter.“

„Dein Haus liegt auf meinem Weg, Nick. Alles, was du tun musst, ist zu Hause sein, o.k.?“

Nick grinste. „Jawohl, Ma'am.“

Der Eilbrief enthielt einen sechsseitigen Polizeibericht und eine Videokassette, auf deren Etikett „Enrique Vasquez Live – Lido – Januar 1989“ stand.

Nick hatte sich in seinen gemütlichsten Sessel gesetzt und nahm sich zuerst den Bericht vor.

Die Akte enthielt allgemeine Informationen, die ihm zum Teil schon bekannt waren. Aber einiges war neu. Enrique hatte Superstars wie Cher, Diana Ross, Ann-Margret und Tina Turner verkörpert. Sergeant Harrison hatte eine Farbaufnahme beigelegt, auf der Enrique im Kostüm zu sehen war, sowie ein paar Hochglanzfotos in Schwarzweiß. Ohne das üppige Make-up und die glitzernden Gewänder war der Entertainer ein gut aussehender Mann mit lockigem schwarzen Haar, dunklen, glutvollen Augen und feinen, fast weiblichen Gesichtszügen.

Bis zu dem Tag, an dem Enrique seinem Liebhaber ein Küchenmesser ins Herz gestoßen hatte, war er ein unbescholtener Bürger gewesen, der sich nicht einmal ein Verkehrsdelikt hatte zuschulden kommen lassen. Aber in der Nacht zum 30. Dezember 1991 hatten Nachbarn den Streit zwischen Enrique und Steven in ihrem Apartment auf der Decantur Avenue gehört. Marquant, ein Rechtsanwalt, hatte Enrique vorgeworfen, ihn zu betrügen, und Enrique hatte sich mit der Behauptung gewehrt, sein

Liebhaber vernachlässige ihn. Einer der Nachbarn war drauf und dran gewesen, die Polizei zu verständigen, als der Lärm verstummte.

Am nächsten Tag hatte ein besorgter Kollege die Polizei alarmiert. Im Apartment des Paares hatten die Beamten den Anwalt im Schlafzimmer gefunden. Das Messer steckte noch in seiner Brust. Anhand der Fingerabdrücke konnte Enrique als Täter identifiziert werden, aber er war spurlos verschwunden.

Nick blätterte alle Seiten durch. Er las jedes Interview und jede Aussage von Freunden und Kollegen, die die Polizei von Las Vegas hatte ausfindig machen können. Aber Syd Webbers Aussage erregte seine größte Aufmerksamkeit.

Dem Bericht zufolge war der Casino-Besitzer schockiert, als er erfuhr, dass eine seiner größten Attraktionen, der Mann, dessen Auftritte er immer wieder mit größtem Vergnügen verfolgt hatte, wegen Mordes gesucht wurde. Unglücklicherweise konnte er überhaupt keinen Hinweis darauf geben, wo er sich aufhielt.

Da einige Fragen immer noch nicht beantwortet waren, rief Nick Sergeant Harrison in Las Vegas an. „Ich habe gerade Ihr Päckchen bekommen", sagte er, nachdem er sich vorgestellt hatte. „Danke, dass Sie es so schnell geschickt haben."

„Ziemlich interessant, nicht wahr?"

„Ich habe bis jetzt nur den Bericht gelesen, und da hat mich etwas neugierig gemacht. Wie kommt es, dass Enrique so ohne weiteres aus der Stadt verschwinden konnte? Dem Bericht zufolge hatte er kein Auto, und sein Name taucht auf keiner Liste der Fluggesellschaften, Buslinien oder Eisenbahnen auf."

„Ich vermute, er hatte einen Freund hier in der Stadt, einen mit guten Verbindungen, der ihm dabei half, sich eine neue Identität zuzulegen."

„Haben Sie irgendeine Idee, wo er hingegangen sein könnte?“ Nick glaubte nach wie vor, dass Miami sein Ziel gewesen sein könnte, aber er hätte gerne gewusst, ob Harrison der gleichen Ansicht war.

Der Detective bestätigte Nicks Verdacht. „Miami schien uns auch am wahrscheinlichsten; deshalb haben wir dort mit der Suche angefangen. Wir vermuteten, er würde sich mit seiner Schwester in Verbindung setzen, aber Enrique ist nie bei ihr aufgekreuzt. Magdalena hat uns erzählt, dass sie sich vor einigen Jahren getrennt hatten, und zwar in aller Freundschaft. Um es mit ihren eigenen Worten zu sagen: Es war ihr scheißegal, ob ihr Bruder tot oder lebendig war. Außerdem hatte es sie auch gar nicht überrascht, dass er wegen Mordes gesucht wurde.“

„Warum nicht?“

„Sie missbilligte Enriques Lebensweise – also seine Homosexualität – und glaubte, dass es irgendwann mit ihm ein schlimmes Ende nehmen würde.“

Aber wenn Nicks Ahnung stimmte, dann hatten Magdalena und Enrique ihre Differenzen schon vor langer Zeit beigelegt. „Danke, Sergeant. Wenn Sie mal irgendwann Unterstützung aus diesem Teil der Welt brauchen sollten, rufen Sie nur an.“

„Das tue ich. Viel Glück, Detective.“ Er lachte. „Und sagen Sie mir Bescheid, wenn Sie unseren Mann gefunden haben.“

Nachdem er aufgelegt hatte, ging Nick zum Fernseher und schob die Kassette in den Videorecorder. Als die Anfangstakte von „Ain’t No Mountain High Enough“ durchs Zimmer klangen, kam Enrique in einem mit schwarzen Perlen bestickten Kleid auf die Bühne, das jede Rundung, echt oder unecht, betonte. Üppige schwarze Locken umrahmten sein perfekt geschminktes Gesicht, und an seinen Ohrläppchen hingen Ohrringe so groß wie Kronleuchter.

Nick beugte sich aufmerksam vor. Sogar bei den Nahaufnahmen war die Ähnlichkeit zwischen Enrique und Diana Ross verblüffend, und wenn er nicht gewusst hätte, einem Travestiekünstler zuzusehen, hätte er den Unterschied nicht erkennen können. Sogar die Stimme klang erstaunlich ähnlich, wenn sie auch etwas tiefer war als die der Sängerin der ehemaligen „Supremes".

In den folgenden eineinhalb Stunden erlebte er eine Reihe von Verwandlungen – Ann Margret, Barbra Streisand, Billie Holiday, Cher und Tina Turner. Jedes Mal reagierte das Publikum mit donnerndem Applaus auf die neue Berühmtheit, und am Ende der Vorstellung wurde Enrique noch drei Mal auf die Bühne gerufen.

Als das Band zu Ende war, blieb Nick lange in Gedanken versunken sitzen. Er nahm Enriques jüngstes Foto, das auf dem Beistelltisch lag, in die Hand. „Wo steckst du, Enrique?" murmelte er.

Es musste Miami sein. Nur weil die Polizei von Las Vegas ihn nicht gefunden hatte, bedeutete das nicht, dass er nicht dort war. Nach all den Jahren war Enrique vielleicht nicht mehr so sehr auf der Hut. Alles, was Nick jetzt brauchte, war ein gut durchdachter Plan.

Noch einmal ließ er die Kassette durchlaufen. Als Enriques Verkörperung von Billie Holiday halb vorüber war, kam Nick ein Gedanke. Er war nicht ungefährlich, und deshalb wollte er ihn zuerst auch wieder verwerfen. Aber je mehr er darüber nachdachte, desto mehr glaubte er, dass es einen Versuch wert war.

Zu aufgebracht, um sich auch nur um ein Lächeln zu bemühen, marschierte Kelly am Butler der Sanders vorbei. „Guten Abend, Adrian. Ist Mrs. Sanders zu Hause?"

„Noch nicht." Falls der wohlerzogene Diener über Kellys

spätes Erscheinen und ihre schroffe Art verdutzt war, ließ er es sich nicht anmerken. „Sie ist in die Stadt gefahren – zu einem Treffen ihres Frauenvereins."

Es wäre für sie ein Leichtes gewesen, das ausfallen zu lassen, dachte Kelly, oder wegen des Wetters früher zurückzufahren. „Und Mr. Sanders?"

„Er speist mit seinem Vater." Adrian warf einen Blick auf die breite, geschwungene Treppe. „Mrs. Bowman ist hier, aber sie hat sich vor etwa einer Stunde zurückgezogen. Ich könnte ..."

Kelly winkte ab. Wenn es nötig wäre, würde sie schon einen Weg finden, um Victoria und Phoebe aus dem Haus herauszuholen. „Nein, nein, stören Sie sie nicht. Ich wollte eigentlich mit Mrs. Sanders sprechen. Ich warte im Salon auf sie, falls Sie nichts dagegen haben. Ich lasse meinen Mantel an. Mir ist ein wenig kalt heute Abend."

„Wie Sie wünschen, Miss Robolo." Er folgte ihr in das Zimmer. „Möchten Sie etwas Tee? Oder Kaffee? Ich habe noch etwas von der Hawaiianischen Mischung, die Sie so gerne trinken."

Sie glaubte nicht, dass sie irgendetwas herunterbekommen würde. Es war ein Wunder, dass sie ihr Abendessen bei sich behalten hatte. „Ich möchte nichts, Adrian, aber trotzdem vielen Dank."

Er verbeugte sich und zog sich geräuschlos zurück. Als sie allein war, wurde Kelly plötzlich von Panik ergriffen. Und wenn sie jetzt einen Fehler gemacht hatte und Cecily doch nicht die Fahrerin des Lexus gewesen war? Wenn die hoch angesehenen Mitglieder des Frauenvereins einstimmig schworen, dass Cecily bei ihrem Treffen zugegen gewesen war? Dann würde sie, Kelly, wie eine komplette Närrin da stehen. Daran konnte unter Umständen sogar die Freundschaft mit Victoria zerbrechen.

Wenn sie sich nur Gewissheit verschaffen könnte, ehe sie Cecily beschuldigte. Sie schaute sich unschlüssig um. Ihr Blick blieb an einer Tür hängen, die nur angelehnt war. Cecilys Arbeitszimmer. Victoria nannte es „das Allerheiligste meiner Tante“, ein besonderer Ort, den man nur betrat, wenn man dazu aufgefordert wurde. Noch nie während all der Jahre, in denen sie Cecily kannte, hatte Kelly einen Fuß in dieses Zimmer gesetzt.

Sie versuchte, gleichgültig auszusehen, als sie sich dem Raum näherte. Sollte sie einen kurzen Blick riskieren? Es war nicht ungefährlich. Adrian konnte jeden Moment zurückkommen, um sich zu vergewissern, ob sie nicht doch noch einen Kaffee wollte. Wie sollte sie ihm dann ihre Anwesenheit in Cecilys Arbeitszimmer erklären?

Das Bedürfnis, die Wahrheit zu erfahren, überwog die Furcht, erwischt zu werden und auch das Schuldgefühl, das sie kurz spürte. Lou hatte ihr einmal gesagt: „Wenn sich eine Gelegenheit bietet, ergreifen Sie sie und heben Sie sich die Grübeleien über die Moral Ihrer Handlung für später auf.“ Es war nicht gerade der sittlich einwandfreieste Ratschlag, den sie jemals erhalten hatte, aber in diesem Fall fühlte sie sich berechtigt, ihn zu befolgen.

Mit diesem Gedanken im Kopf betrat sie das Arbeitszimmer. Es wurde nur von einer Lampe auf dem Schreibtisch schwach erhellt. Aber auch so konnte sie erkennen, dass es ein anheimelndes Zimmer war. Die Wände waren burgunderrot gestrichen, es gab einen reich verzierten Schreibtisch, fast eine exakte Kopie des Möbels, das in Cecilys Stadtbüro stand, einen Sekretär und ein Bücherregal aus Mahagoni, das eine ganze Wand einnahm.

Den Schreibtisch untersuchte sie zuerst, um keine Zeit zu verschwenden, falls sie feststellen würde, dass die einzige Schublade verschlossen war. Aber sie war es nicht. Als sie sie herauszog, vermied sie es, auf das gerahmte Foto zu schauen, von dem

Victoria und Phoebe sie lächelnd ansahen. Falls ihre Freundin jemals von dieser Aktion erfahren sollte, würde sie bestimmt kein Wort mehr mit ihr sprechen.

Der Inhalt war enttäuschend. Neben den üblichen Utensilien einer Schreibtischschublade – Büroklammern, Briefpapier, Bleistifte und ein Klammeraffe – fand sie nichts von Interesse. Eine rasche Durchsuchung des Sekretärs verlief ebenso ergebnislos.

Jetzt blieb nur noch das die Wand einnehmende Bücherregal, das mit kostbar gebundenen Büchern vollgestellt war – Klassiker, die ihr bestens bekannt waren. Sie legte den Kopf schräg und las die Buchrücken – *Anna Karenina, Große Erwartungen, Madame Bovary.*

Sie schritt von Regal zu Regal und entzifferte jeden Titel, ohne etwas zu berühren. Die Bücher waren so eng nebeneinander gestellt, dass selbst ein Blatt Papier nicht mehr dazwischen gepasst hätte. Außer ... Kelly blieb stehen. Außer genau an dieser Stelle, zwischen *Krieg und Frieden* und *Vier Schwestern.* Der schmale Spalt war zwar kaum zu sehen, aber zweifellos vorhanden.

Mit der rechten Hand zog sie Tolstois Meisterwerk hervor und steckte die andere Hand durch die Lücke. Ihre Finger stießen auf etwas Hartes und Glattes. Noch ein Buch?

Verwirrt zog sie es heraus, ging zum Schreibtisch zurück und hielt es unter die Lampe.

Ihr Herz machte einen Sprung.

Es war ein Buch mit Kinderreimen.

31. KAPITEL

Kelly las den Titel noch einmal – *Das große Reimebuch für Kinder* –, ehe sie begann, den Band durchzublättern. Da waren sie alle, die Verse, die ihr als Kind so viel Freude bereitet hatten.

Sie blätterte weiter, auf der Suche nach zwei bestimmten Gedichten. Dann fand sie sie. Eene, meene, mu stand auf Seite neun. Ihre Lippen bewegten sich stumm, als sie die fast vergessenen Zeilen las. *Eene, meene, Mütze, das Schwein liegt in der Pfütze, Eene, meene, Wackelzahn, Eene, meene, Gockelhahn. Eeene, meene, mu, und raus bist du..*

Auf der nächsten Seite fand sie den zweiten Reim. *Eia popeia, was raschelt im Stroh ...*

„Kelly!"

Als das Zimmer plötzlich in gleißendes Licht getaucht war, schreckte Kelly hoch. Ward stand im Türrahmen. In seinen Augen lag ein Ausdruck von Verblüffung und Ärger.

Für ein paar Sekunden hatte es Kelly die Sprache verschlagen. Fieberhaft suchte sie nach Worten und bemühte sich, etwas zu sagen, das nicht allzu lächerlich klang.

Wards Blick blieb auf ihr haften. Sie war sich nicht einmal sicher, ob er das Buch überhaupt gesehen hatte. „Ward ... ich kann es Ihnen erklären."

„Ich bitte darum." Seine Blicke wanderten zu dem Buch in ihrer Hand. „Was ist das denn?"

„Ein Buch, das ich gefunden habe ..." Sie drehte sich zum Bücherregal. „Ein Buch mit Kinderreimen."

Er sah verdutzt aus. „Hier?"

„Ja."

„Was machen Sie denn in Cecilys Arbeitszimmer? Sie wissen doch ganz genau, dass sie keinem erlaubt, es zu betreten."

Kelly holte tief Luft wie ein Fallschirmspringer vor dem Sprung. Wenn sie einmal angefangen hätte, gäbe es kein Zurück mehr. „Heute Abend hat jemand versucht, mich umzubringen."

„Um Himmels willen. Geht es Ihnen denn gut? Haben Sie die Polizei verständigt?" Ward hatte seinen Ärger vergessen. Er ging schnell zu ihr hin und begutachtete sie von Kopf bis Fuß.

„Nein ... ich meine ja, mir geht es gut, nur eine kleine Schramme, und die Polizei habe ich nicht verständigt."

„Warum denn nicht?"

„Weil ..." Sie machte eine Handbewegung zum Wohnzimmer. „Können wir nicht dorthinein gehen? Ich muss mich hinsetzen."

„Natürlich." Sein Zorn war verschwunden. Er war wieder der warmherzige, besorgte Ward, den sie kannte.

Als sie vor dem Kamin saßen, legte Kelly das Buch auf ihren Schoß.

„Wie ist das denn passiert?" wollte Ward wissen. Ganz offensichtlich war er jetzt mehr an Kellys Schrecksekunden interessiert als an dem Grund, warum sie in Cecilys Arbeitszimmer war.

„Ein Wagen hat versucht, mich zu überfahren." Kelly sah den entsetzten Blick in seinen Augen. „Ich war gerade aus Mutters Restaurant gekommen und wollte die Ninth Street überqueren, als das Auto auf mich zuraste."

„Sind Sie sicher, dass es Absicht war? Es hat den ganzen Abend heftig geschneit. Könnte es nicht sein, dass das Auto außer Kontrolle geraten ist?"

„Es war Absicht."

„Sie hätten die Polizei anrufen sollen. Also ...", er erhob sich, „... wenn Sie es nicht tun, werde ich es machen. Es ist noch nicht zu spät, denjenigen zu finden, der ..."

„Nein." Sie holte wieder tief Luft. „Bitte, Ward, rufen Sie nicht die Polizei an. Hören Sie mich erst zu Ende an."

Er setzte sich wieder hin.

„Dieser Anschlag auf mein Leben heute Abend ... kam nicht vollkommen überraschend."

„Was wollen Sie damit sagen? Hat es schon andere Anschläge gegeben?"

„Nein, aber ich habe Drohbriefe bekommen. Zwei, um genau zu sein. Der erste lag am Dienstag in meinem Briefkasten, am hellichten Tag, und der zweite kam vorgestern."

„Wer sollte denn so etwas tun?" Er runzelte die Stirn. „Wenn es nicht dieselbe Frau war, die gestern versucht hat, Ihr Haus anzuzünden? Nicole Santos?"

Kelly schüttelte den Kopf. „Nein. Nicole zu verdächtigen ist nahe liegend, aber sie war es nicht."

Sie schaute auf das Buch auf ihrem Schoß, während Ward geduldig darauf wartete, dass sie fortfuhr. Sie konnte es nicht über sich bringen, ihn anzusehen und ihm zu sagen, dass die Frau, die er so sehr liebte und mit der er seit dreißig Jahren verheiratet war, möglicherweise eine kaltblütige Mörderin war.

Aber selbst Wards Geduld hatte Grenzen. „Wollen Sie mir denn wenigstens sagen, was Sie in Cecilys Arbeitszimmer getan haben?" Er blickte auf das Buch auf ihrem Schoß. „Mit einem Buch voller Kinderreime?"

„Die Drohbriefe ..." Sie fühlte sich scheußlich beim Gedanken an den Schmerz, den sie ihm jetzt zufügen würde. „Die Drohbriefe waren in einer Art von Kinderreim abgefasst."

Er starrte sie ein paar Sekunden lang an, und sie konnte an seinem ausdruckslosen Gesicht erkennen, dass er nicht sofort den Zusammenhang zwischen ihrer Bemerkung und dem Buch auf ihrem Schoß erkannte. Als er die Bedeutung ihrer Worte dann endlich verstanden hatte, schoss er von seinem Stuhl hoch. „Was sagen Sie da? Dass Cecily diese Briefe geschrieben hat? Dass sie diejenige ist, die versucht hat, Sie heute Abend umzubringen?"

„Nein, ich ... ich beschuldige niemanden. Ich bin nur hierher gekommen, um Antworten zu erhalten."

„Wie können Sie Cecily nur einer solchen Schandtat verdächtigen?" fuhr er fort. „So kaltblütig? Sie hat Ihnen und Ihrer Familie doch nie etwas anderes als die größte Zuneigung entgegengebracht. Und Sie zahlen es ihr auf diese Weise zurück?"

„Ich möchte nur wissen, was sie dazu zu sagen hat, das ist alles." Sie schaute wieder auf das Buch hinunter, auf dieses verdammte Buch, von dem sie wünschte, sie hätte es niemals entdeckt.

„Zu Ihrer Information", sagte Ward ein wenig steif, „dieses Buch gehört Cecily nicht."

Kelly blickte verwirrt hoch. „Nein?"

„Nein." Ward straffte die Schultern. „Es gehört mir."

Kelly spürte, wie ihr der Mund aufklappte. Und dann traf es sie wie ein Blitz. Er deckte Cecily. Er nahm die Schuld für etwas, das sie getan hatte, auf sich, denn er kannte die Konsequenzen nur zu genau. „Ich glaube Ihnen nicht."

„Das ist Ihr Problem", erwiderte er schroff.

„Geben Sie etwa zu, dass Sie mir die beiden Drohbriefe geschickt haben?"

„Ich gebe nichts dergleichen zu. Ein Buch zu finden, das ich besitze, seit Victoria ein kleines Kind war, bedeutet doch nicht, dass ich es benutzt habe, um Drohbriefe zu schreiben. Oder dass ich versucht habe, Sie zu töten. Ich war heute Abend überhaupt nicht in der Nähe des San Remo. Ich war im Striped Bass und habe mit meinem Vater zu Abend gegessen. Sie können ihn ja anrufen, wenn Sie möchten."

Das brauchte sie gar nicht. Ward fuhr einen silbernen BMW und keinen schwarzen Lexus. „Das Buch gehört nicht Ihnen, Ward."

„Woher wollen Sie das wissen?"

Sie öffnete eine Seite. „Weil das Copyright von 1996 ist. Also konnte es gar nicht in Ihrem Besitz sein, als Victoria klein war."

„Dann habe ich es wohl für Phoebe gekauft."

Eine Weile schaute sie prüfend in sein Gesicht und versuchte, seinen Ausdruck zu interpretieren. Und wenn das alles nur Theater war? Wenn Cecily und Ward Komplizen waren und er nur versuchte, sie zu verwirren?

„Sind Sie nicht neugierig zu erfahren, was für ein Wagen es war, der versucht hat, mich zu überfahren?" fragte Kelly mit bebender Stimme. „Oder ob ich vielleicht das Nummernschild erkannt habe?"

Nun wurde er blass. „Haben Sie das?"

„Nein. Aber ich habe das Fabrikat erkannt. Es war ein Lexus. Ein schwarzer Lexus."

Ward schluckte angestrengt. „Es gibt Dutzende von Lexus in der Gegend von Philadelphia."

„Der Fahrer war eine Frau mit langen blonden Haaren."

Wards Schultern sackten herunter. Innerhalb weniger Minuten war er um zehn Jahre gealtert. Kein gewöhnlicher Mensch konnte ein so guter Schauspieler sein. „Lieber Gott", murmelte er.

Irgendwo im Haus wurde eine Tür geöffnet und wieder geschlossen. Absätze klapperten über den Marmorboden. Kelly und Ward schauten auf. Cecily, die einen schwarzen Wollmantel mit hochgestelltem Kragen trug, blieb stehen, als sie die beiden sah. Dann lächelte sie.

„Adrian hat mir gesagt, dass Sie hier sind, Kelly." Ihr Blick wanderte zu ihrem Ehemann. „Was ist denn los?" Sie zog ihre Handschuhe aus. „Ward, was gibt es? Du bist ja leichenblass."

„Setz dich hin, Cecily."

Ein wenig verwirrt warf sie ihre Handschuhe auf einen Stuhl, schlüpfte aus ihrem Mantel und legte ihn auf denselben Stuhl. „Mit Victoria ist doch alles in Ordnung, oder?"

„Ihr geht es gut", sagte Ward dumpf. „Phoebe auch."

Cecilys Blick wanderte zurück zu Kelly, die noch kein Wort gesagt hatte. „Kelly? Würden Sie mir bitte sagen, warum Sie hier sind und so trübsinnig dreinschauen?"

Wortlos drehte Kelly das Buch mit den Kindergedichten um, so dass Cecily das Titelbild sehen konnte. Die Reaktion folgte auf dem Fuß, und sie war so verräterisch, dass es Kelly schwer fiel, weiter zu atmen.

„Wo haben Sie das gefunden?" wollte Cecily wissen.

„Sie wissen es nicht?"

Cecily schaute ihren Mann an, der sie nicht aus den Augen ließ. Mit einem Mal wirkte sie vollkommen resigniert. „Doch", flüsterte sie, „ich weiß es."

„Gehört es Ihnen?"

Cecily nickte.

„Haben Sie dieses Buch benutzt, um mir Drohbriefe zu schicken?"

Es dauerte eine Weile, bis Cecily antworten konnte. Als sie Kelly wieder ansah, glänzten Tränen in ihren Augen. „Ich wollte diese Drohungen niemals wahr machen, Kelly, das müssen Sie mir glauben. Ich wusste einfach nicht mehr, was ich tun sollte. Sie wollten diese verdammte Suche nicht aufgeben. Ihnen Angst zu machen schien die einzige Möglichkeit zu sein, Sie davon abzuhalten. Aber mehr wollte ich wirklich nicht damit erreichen."

„Warum, um Himmels willen?" fragte Ward. „Warum hast du so etwas Unsinniges getan, möglicherweise sogar Gefährliches?"

„Weil ich Angst hatte. Ich war davon überzeugt, dass Jonathan in eine illegale Sache verstrickt war. Ich bin es immer noch. Ich hatte Angst davor, dass das an die Öffentlichkeit gerät und was es uns allen antun würde."

„Also haben Sie beschlossen, dass die einzige Möglichkeit, mich davon abzuhalten, darin bestand, mich umzubringen", sagte Kelly.

„*Nein!* Natürlich nicht. Ich habe Ihnen doch gesagt, dass ich nicht die Absicht hatte, die Drohungen wahr zu machen. Oh, Kelly, wie könnte ich Sie jemals töten? Sie sind doch für mich wie eine Tochter."

„Aber Sie haben doch versucht, mich umzubringen, Cecily. Heute Abend, als ich aus Mutters Restaurant gekommen bin."

Die Verzweiflung machte Entsetzen Platz. „Ich?" Sie schüttelte ungläubig den Kopf. „Nein, Kelly, nein. Sie irren sich. Ich war bei einem Treffen in der Stadt, meinem Treffen mit dem Frauenverein. Mein Gott, wie können Sie nur annehmen, dass ich ..."

„Der Wagen, der versucht hat, Kelly zu überfahren, war ein Lexus", schaltete Ward sich ein. Seine Stimme war so flach und ohne jede Intonation, dass Kelly sie kaum wieder erkannte. „Und am Steuer saß eine Frau mit langen blonden Haaren", fügte er hinzu.

Cecily sah ihn entsetzt an. „Du glaubst es also auch." Sie hielt sich die Hand vor den Mund. Ihre Blicke wanderten nervös zwischen Ward und Kelly hin und her. „Und Sie. Ihr beide glaubt, dass ich versucht habe, Sie umzubringen.“ Sie schüttelte den Kopf, so dass ihre blonden Haare umherflogen. „Ich habe es nicht getan. Ich war bei meinem Treffen. Bitte, ruf Melvina an. Sie wird es bestätigen.“

„Wo hat das Treffen denn stattgefunden?“ fragte Kelly.

„Wo es immer stattfindet, in der Union League.“

Die Union League war auf der Broad Street, nicht weit entfernt von Süd-Philadelphia. „Und da sind Sie den ganzen Abend gewesen?“

„Ich ... ich bin etwas früher gegangen, als ich sah, dass es zu schneien begonnen hatte.“

„Dann hättest du doch schon längst zu Hause sein müssen“, meinte Ward. „Wo bist du denn noch gewesen?“

„Die Straßen waren glatt. Ich konnte kaum schneller als dreißig fahren. Außerdem musste ich noch tanken.“

Kelly ließ sie nicht aus den Augen. „An welcher Tankstelle?“

„Ich weiß es nicht mehr. Ich kann mich nicht erinnern. Kelly, Sie müssen damit aufhören. Das ist verrückt. Ward, sorg dafür, dass sie aufhört.“

Kelly erhob sich. „Kann ich bitte Ihren Wagen sehen, Cecily?“

Ihre Augen wurden groß. „Meinen Wagen? Warum?“

„Weil der Lexus, der mich beinahe überfahren hätte, einen Minivan geschrammt hat, der am Straßenrand geparkt war. Ihr Wagen muss Schaden genommen haben, einen Kratzer, eine Beule, irgendetwas.“

Ward war ebenfalls aufgestanden. „Kelly, hat das nicht bis morgen früh Zeit? Cecily ist erschöpft ...“

Er versuchte immer noch, sie zu beschützen, sogar jetzt noch, nachdem er alles erfahren hatte. „Es tut mir Leid, Ward. Glauben Sie mir, mir ist das genau so unangenehm wie Ihnen, aber wir reden hier über mein Leben.“ Als sich niemand rührte, sprach sie energischer. „Ich muss den Wagen sehen. Und zwar jetzt!“

Cecily seufzte. „Sie soll sich den Wagen anschauen, Ward. Er steht in der Garage.“

Ward warf Kelly einen wütenden Blick zu, dann ging er voraus. Sein Mund war eine schmale Linie. Adrian, der noch wach war und in der Küche saß, sah sie an, als sie vorbeigingen. Sein Gesicht war ausdruckslos.

In der weiträumigen Garage standen drei Wagen – der Landrover, den Cecily und Ward am Wochenende benutzten, stand ganz hinten, Wards silberner BMW und Cecilys schwarzer Lexus, der noch nass war vom Schnee, waren nahe beim Tor abgestellt.

Kelly ging um das Auto herum und holte tief Luft. Dann atmete sie ganz langsam aus.

Auf keinem der beiden Kotflügel war eine Beule oder ein Kratzer zu sehen. Nicht einmal ein Fleck. Die Oberfläche strahlte in makellosem Glanz.

32. KAPITEL

Cecily saß bereits an einem kleinen, abseits stehenden Tisch, als Kelly am nächsten Morgen im Four Seasons erschien. Sie hatte Victorias Tante zuvor angerufen und gefragt, ob sie sich zum Brunch treffen könnten. Cecily hatte zugestimmt, als ob sie spürte, dass eine Aussprache unvermeidlich sei, und das Fountain Restaurant im Four Seasons vorgeschlagen.

Cecily war blass und ihr Blick starr, als Kelly durch den Raum auf sie zusteuerte, aber hinter der perfekten Maske verbarg sich eine Verzweiflung, die nur jene sehen konnten, die sie gut kannten.

Sie wartete, bis Kelly sich hingesetzt hatte, ehe sie fragte: „Sie haben Ihre Meinung nicht geändert, oder?"

„Dass ich der Polizei nichts von den Drohbriefen erzähle?" Kelly nahm die silberne Kaffeekanne, die auf dem Tisch stand, und füllte ihre Tasse. „Nein. Ich habe Ihnen mein Wort gegeben, und ich werde mich daran halten."

„Warum sind wir dann hier? Was wollen Sie?"

„Antworten."

„Kelly, ich habe Ihnen bereits gesagt ..."

„Sie haben mir gesagt, dass der Grund, warum Jonathan nicht gefunden werden soll, Ihre Angst vor einem Skandal ist. Dass Sie befürchten, der Aufsichtsrat von Norton könnte Sie bitten, zurückzutreten. Ich glaube Ihnen nicht, Cecily. Sie sind viel zu wichtig für sie, als dass sie Sie entlassen würden für etwas, worauf Sie überhaupt keinen Einfluss haben. Im schlimmsten Fall müssten Sie ein paar Peinlichkeiten überstehen, aber das wäre es auch schon."

„Sie kennen den Aufsichtsrat von Norton nicht."

„Nein, aber ich weiß, wie das System funktioniert. Und ich

weiß, wenn mich jemand belügt. Nur wegen Victoria habe ich Sie gestern Nacht nicht weiter ausgefragt. Sie liebt Sie sehr, und bevor ich nicht genau weiß, was Sie verheimlichen, möchte ich ihr nicht noch mehr wehtun."

„Ich verheimliche überhaupt nichts."

„Doch, das tun Sie. Sie wollen nicht, dass Jonathan gefunden wird, weil Sie *Angst* haben, und ich möchte wissen, wovor Sie sich fürchten. Ich will nicht neugierig sein, Cecily. Der Grund, warum ich so hartnäckig bin, ist folgender: Ich habe den dringenden Verdacht, dass das, was Sie verbergen, mit Jonathans Verschwinden in Zusammenhang steht. Und ich werde nicht von hier weggehen, bis ich herausgefunden habe, ob ich Recht habe."

Diesmal wich Cecily ihrem Blick nicht aus. Sie spielte auch nicht mit den Gegenständen auf dem Tisch oder versuchte, Kelly auf andere Weise abzulenken. Sie saß einfach nur da mit demselben resignierten Gesichtsausdruck, den sie schon in der vergangenen Nacht hatte. „Jonathan hat mich erpresst."

Kelly starrte sie an. *„Jonathan?"*

„Vielleicht ist ‚erpressen' nicht der richtige Ausdruck. Sagen wir einfach, er wusste etwas über mich und hat gedroht, es zu benutzen."

Sich Jonathan als Erpresser vorzustellen war noch schwieriger, als in ihm einen Ehebrecher zu sehen.

„Wie hat er Sie bedroht? Was wollte er?"

„Ich sollte aufhören, mich in seine Ehe zu mischen, ihn so akzeptieren, wie er war, und ihn nicht länger als Bürger zweiter Klasse zu betrachten. Das genau waren seine Worte."

„Das ist alles?" Kelly dachte an die hunderttausend Dollar, die er sich von Ward ausleihen wollte. „Er hat nicht nach Geld gefragt?"

Cecily schüttelte den Kopf. „Nein. Er war nur an familiärer

Harmonie interessiert. Er behauptete, dass meine negativen Gefühle ihm gegenüber Victoria und bald auch Phoebe durcheinander bringen würden."

„Was haben Sie ihm geantwortet?"

„Ich habe natürlich zugestimmt. Welche Wahl hätte ich gehabt?"

„Aus Ihrem Mund klingt es so, als hätte er Sie um einen riesigen Gefallen gebeten", meinte Kelly.

„Ich mag einfach nicht erpresst werden. Eine Frau in meiner Stellung sollte nicht solchen Demütigungen ausgesetzt sein."

Kelly konnte verstehen, warum Jonathan die Chance genutzt hatte, Cecily eins auszuwischen. Sie war eine herzensgute Frau, aber wenn sie es darauf anlegte, konnte sie ausgesprochen unausstehlich werden.

„Wenn Sie beide sich geeinigt haben, warum hatten Sie dann Angst, dass ich ihn finden könnte?"

„Ich mache mir Sorgen um das, was er weiß. Jonathan ist nicht gerade ein feinfühliger Mensch, und so viel ich weiß, hat er vor Victoria nie ein Geheimnis gehabt." Ihre Stimme war wieder fester geworden, und in ihre Wangen war etwas Farbe zurückgekehrt. „Ich hatte Angst, dass er sich verraten könnte."

„Und dass er möglicherweise vielleicht tot ist, macht Ihnen nichts aus?"

„Aber natürlich. Das habe ich ihm nie gewünscht. Doch wenn er am Leben ist und nicht wieder auftauchen möchte, soll es mir sehr recht sein."

„Egal, welche Konsequenzen das für Victoria hat?"

Darauf gab sie keine Antwort.

Nach einer langen Pause fragte Kelly: „Was wusste Jonathan von Ihnen?"

Ein Kellner im Smoking kam an ihren Tisch, um ihre Bestellung entgegen zu nehmen, und verschwand. Als Cecily weiter sprach, klang ihre Stimme angespannt. „Ich hatte eine Affäre."

Kellys Überraschung hielt sich in Grenzen. Der Gedanke an einen Seitensprung war ihr auch schon durch den Kopf gegangen.

„Es ist nichts, worauf ich stolz bin", fuhr Cecily fort. „Ich habe sie dann auch beendet."

„Wer war der Mann?"

„Syd Webber."

Kelly sank in ihren Stuhl zurück und fragte sich, wie viele Schocks sie in einer einzigen Woche aushalten könnte. Syd Webber, ein Mann, den Cecily öffentlich verachtet hatte.

„Sie sind schockiert", bemerkte Cecily, „und das zu Recht."

„Ich verstehe Sie nicht. Sie haben doch nichts als Verachtung für diesen Mann empfunden."

„Das tue ich immer noch."

„Warum haben Sie dann ..."

Trauer und Bedauern spiegelte sich in ihren Augen. „Eine Schwäche. Er hat mir etwas gegeben, was ich noch nie zuvor hatte, und es ist mir zu Kopf gestiegen." Sie machte eine Pause. „Erinnern Sie sich noch an die Party zu Victorias und Jonathans viertem Hochzeitstag vor zwei Jahren?"

Kelly nickte.

„Jonathan hatte Syd eingeladen. Ich habe versucht, ihm das auszureden, aber er bestand darauf. Offenbar hatte er Syd gegenüber von der Party gesprochen, und Syd hatte Interesse bekundet, zu kommen."

„Und da ist es ...?"

„Genau. Von seiner Seite aus war es natürlich minutiös geplant. Er hatte schon vorher versucht, mich auf einer Gesellschaft zu treffen, aber als ich herausfand, dass er kommen würde, bin ich nicht hingegangen. Doch diesmal konnte ich nicht einfach fernbleiben."

Cecily nahm einen Silberlöffel vom Tisch und begann damit zu spielen. „Wenn ich jetzt zurückschaue, kann ich mich nicht mehr genau erinnern, was an diesem Tag passiert ist. Aber wie Sie wissen, ist es schwer, mich zu beeindrucken."

Kelly verstand, warum es in diesem Fall gelungen war. Sie hatte bei Syd Webber die gleiche Anziehungskraft gespürt. „Ich habe immer geglaubt, Sie und Ward seien so glücklich."

„Auf unsere Weise sind wir das auch. Wir lieben uns, auf unsere Weise." Sie hob den Löffel hoch und betrachtete ihn intensiv. „Aber in unserem Leben ist keine Leidenschaft. Sex war für mich nie wichtig."

„Bis Syd kam."

Sie lachte – ein Lachen voller Selbstverachtung. „Er hat mich zum Leben erweckt. Er ist in jener Nacht in den Ballsaal gekommen, und mein Leben hat sich vollkommen verändert. Plötzlich war es egal, wie ich über ihn dachte oder was er verkörperte. Als er mich dann um einen Tanz bat und in seine Arme nahm, wusste ich bereits, dass nichts mehr so sein würde wie früher. Und ich sollte Recht behalten. Er hat eine Seite in mir freigelegt, die mich erschreckt hat." Sie schwieg und seufzte. „Und mich gleichzeitig elektrisiert."

„Wie lange hat die Affäre gedauert?"

„Ein Jahr. So lange habe ich gebraucht, bis ich wieder klar im Kopf war." Sie legte den Löffel zurück. „Aber es war schon zu spät. Der Schaden war nicht mehr zu beheben."

Kelly lehnte sich vor. Sie war vollkommen fasziniert von der Geschichte. „Was meinen Sie damit?"

„Vor einigen Monaten, es war kurz vor Weihnachten, ist Syd in mein Büro gekommen. Ich war wütend auf ihn, weil er sich überhaupt nichts dabei gedacht hatte. Wenn einer vom Aufsichtsrat ihn dort gesehen hätte ...“ Sie schauderte.

„Was wollte er denn?“

„Er wollte mir erzählen, dass er mit dem Vorsitzenden der Republikanischen Partei gesprochen hatte, den er sehr gut kennt. Ohne mein Wissen oder mein Einverständnis hatte Syd meinen Namen auf die Nominierungsliste für die Bürgermeisterwahl im Jahr 2003 setzen lassen.“

„Er will, dass Sie Bürgermeisterin von Philadelphia werden?“

„Er möchte nicht nur, dass ich der nächste Bürgermeister werde, er will sichergehen, dass ich die Wahl gewinne.“

„Wie denn?“

„Mit Geld, was sonst? Er selbst will meine Wahlkampagne finanzieren – natürlich nicht öffentlich, aber über verschiedene Gesellschaften und Geschäfte und sogar einzelne Personen.“

„Was haben Sie ihm geantwortet?“

„Ich habe ihn ausgelacht. Ich habe ihm gesagt, dass er seine Zeit verschwendet – und meine auch. Ich hatte überhaupt nicht die Absicht, Bürgermeister zu werden. Ich war glücklich mit meiner Arbeit.“

Kelly glaubte ihr. Vor einigen Jahren hatte ein Reporter des *Philadelphia Globe* angedeutet, dass Cecily eine ausgezeichnete Politikerin abgeben würde. Am nächsten Tag war der Chefredakteur mit Briefen überschüttet worden, mit denen die Leser ihre Zustimmung zu dem Artikel gaben. Cecily hatte alle Spekulationen beendet, indem sie erklärte, dass sie nicht beabsichtigte, ein politisches Amt zu übernehmen. Niemals.

„Wie hat er darauf reagiert?“

„Oh, er war sehr besonnen und zuversichtlich, fast so, als hätte er mit meiner Ablehnung gerechnet. Dann kam der Gnadenstoß. Er schob eine Kassette in den Videorecorder und wünschte mir viel Spaß beim Zuschauen."

Kelly brauchte nicht zu fragen, was auf der Kassette war. Sie hatte es bereits erraten.

Einige Sekunden verstrichen. „Es war ein Video, das uns zusammen in seinem Büro und in seinem Haus zeigte. Ich war entsetzt und habe mich furchtbar geschämt. Ich hatte nicht gewusst, hatte ihn auch niemals verdächtigt, dass er Aufnahmen von uns machte, während ... während wir ..."

Einen Moment lang glaubte Kelly, Cecily würde in Tränen ausbrechen. Aber mit aller Kraft riss sie sich zusammen. Als ihr Essen serviert wurde, lächelte Cecily den Kellner an und murmelte ein rasches Dankeschön, ehe sie sich wieder Kelly zuwandte. „Er sagte mir, falls ich mich weigerte, als Bürgermeisterin zu kandidieren, würde er Kopien von der Kassette in ganz Pennsylvania verschicken – an die Zeitungen, Fernsehanstalten, an Ward und natürlich an den Aufsichtsrat von Norton."

Kelly empfand eine Welle von Mitgefühl. „Oh Cecily, es tut mir so Leid. Aber vielleicht hat er nur geblufft?"

„Warum sollte er? Er hat schließlich nichts zu befürchten. Er ist nicht verheiratet. Eine Affäre, selbst mit einer verheirateten Frau, könnte ihm nichts anhaben. Aber eine Affäre mit einem Casino-Besitzer, der im Verdacht steht, Verbindungen zur Mafia zu haben, wäre mein Ende."

„Ich verstehe immer noch nicht, warum es so wichtig für ihn ist, dass Sie Bürgermeisterin werden."

„Ein Teil der Abmachung bestand darin, dass ich nach der Wahl das Glücksspiel auf den Flussdampfern unterstützen und intensiv befürworten sollte."

Glücksspiel auf Flussschiffen. Der zwiespältige Volksentscheid, den Philadelphia vor einigen Jahren abgelehnt hatte. Ein einzelner Bürgermeister würde nicht viel bewirken können, aber wenn dieser Bürgermeister sich Gehör verschaffen konnte und so beliebt und mächtig wie Cecily war, konnte sie Millionen von Wählern im ganzen Staat beeinflussen.

„Wusste Jonathan, dass Syd Sie ebenfalls erpresste?"

„Ich habe es ihm gesagt. Es war ihm egal. Alles, was er wollte, war, dass es zwischen unseren beiden Familien harmonisch zuging."

„Wie hat er die Sache zwischen Ihnen und Syd überhaupt herausgefunden?"

Ihre Lippen verzogen sich zu einem dünnen Lächeln. „Indem er etwas tat, was Sie zu schätzen wissen, Kelly. Er schnüffelte herum. Die Sicherheitsbedingungen im Chenonceau erschienen ihm unzureichend. Er wollte etwas ändern, obwohl das gar nicht in seine Zuständigkeit fiel. Sie wissen, wie er ist, er muss sich immer einmischen. Er hat mir keine Einzelheiten erzählt, aber er hat die Videokassette gefunden und eine Kopie davon gemacht."

„Ohne dass Syd es wusste?"

Cecily nickte. „Syd hätte ihn umgebracht, wenn er ..." Ihre Augen füllten sich mit Entsetzen. „Oh mein Gott, glauben Sie etwa, dass genau das passiert ist? Syd hat es herausgefunden und ..."

„Ich weiß es nicht. Aber ich stimme mit Ihnen darin überein, dass Jonathan in ernsten Schwierigkeiten stecken könnte, falls er es getan hat." Nick hatte die ganze Zeit mit seiner Meinung über ihn Recht gehabt. Syd Webber war ein Dreckskerl. Sie dachte an ihr entsetzliches Erlebnis von vergangener Nacht. „Wissen Sie eigentlich, welchen Wagen Syd fährt, wenn er nicht die Limousine nimmt?"

Cecily schüttelte den Kopf. „Ich habe ihn nie in etwas anderem gesehen als in der Limousine mit Chauffeur. Oder im Hubschrauber."

In Gedanken machte Kelly sich eine Notiz, dies später nachzuprüfen. Aber jetzt wollte sie erst das Ende von Cecilys Geschichte hören. „Was ist passiert, nachdem Sie die Kassette gesehen hatten?"

Cecilys Blicke folgten einem älteren Paar, das zu einem Tisch am Fenster geführt wurde. „Mir blieb keine andere Wahl, als seinen Forderungen nachzugeben. Aber ich schwöre Ihnen, Kelly", fügte sie hinzu und sah ihr fest in die Augen, „ich habe niemals vorgehabt, für das Amt des Bürgermeisters zu kandidieren. Ich habe ihn nur in dem Glauben gelassen, um Zeit zu gewinnen und einen Ausweg aus diesem Schlamassel zu finden, ohne die Menschen, die ich liebe, zu verletzen."

„Vielleicht kann ich Ihnen helfen", sagte Kelly mitfühlend. „Ich weiß zwar noch nicht wie, aber wenn wir zusammen überlegen, wird uns bestimmt etwas einfallen. Wir haben genügend Zeit."

„Das würden Sie tun? Sogar nachdem ich ..."

Kelly, die ihr Essen nicht angerührt hatte, schob den Teller beiseite und ergriff Cecilys Hand. „Sie waren verzweifelt. Das weiß ich ja inzwischen. Es tut mir Leid, dass ich Sie vor kurzem noch so angefahren habe, aber ich bin auch froh, dass Sie mir das von Syd erzählt haben. Das hilft mir, den Mann besser einzuschätzen. Ich glaube, ich habe bis jetzt gar nicht gemerkt, was für ein Mensch er wirklich ist."

Ein leises Lächeln umspielte Cecilys Lippen. „Ich bin auch froh, dass wir miteinander gesprochen haben. Und vielen Dank, dass Sie so nachsichtig waren. Ich wünschte, Ward wäre genauso verständnisvoll wie Sie."

„Ist er wütend?"

„Und wie." Ihre Augen füllten sich erneut mit Tränen, aber sie konnte sie zurückhalten. „Ich fürchte, er ist entsetzlich enttäuscht von mir. Ich weiß nicht, was er tun wird, wenn er von meiner Affäre mit Syd erfährt."

„Darüber brauchen Sie sich fürs Erste keine Sorgen zu machen", erinnerte Kelly sie.

„Sie haben Recht." Cecilys Lächeln war schwach, aber es blieb auf ihren Lippen. „Hätten Sie etwas dagegen, wenn wir jetzt gehen?"

„Überhaupt nicht."

Cecily nahm einen Fünfzigdollarschein aus ihrer Handtasche, legte ihn auf den Tisch und erhob sich.

Unter der Hoteleinfahrt gaben sie und Kelly dem Diener ihre Parkscheine und standen eine Weile schweigend nebeneinander. In der Nacht hatte es aufgehört zu schneien. Die Sonne schien und brachte die dünne Schneedecke auf der Straße zum Schmelzen.

Cecily holte tief Luft. „Ist das nicht merkwürdig?" sagte sie. „Dies ist einer der dunkelsten Tage meines Lebens, und trotzdem habe ich das Gefühl, dass eine riesige schwarze Wolke gerade über meinem Kopf verschwunden ist. Ich habe keine Angst mehr, Kelly, ich schäme mich nur noch. Und es tut mir so Leid, was ich Ihnen angetan habe."

Diese aufrichtig gemeinten Worte trafen Kelly mitten ins Herz. Spontan drehte sie sich zu Cecily um und umarmte sie.

33. KAPITEL

Die Tatsache, dass Matt Kolvic an den Schutzgelderpressungen in Chinatown beteiligt war, wurde am Freitagnachmittag in einer kurzen Pressekonferenz im Roundhouse bekannt gegeben. Bis zu diesem Zeitpunkt wussten es die meisten Ehefrauen der anderen Polizisten bereits. Sie hatten Patti zu Hause besucht, um sie zu trösten, ihre Solidarität zu bekunden und ihr jede Hilfe anzubieten, die sie brauchte.

Die Angst vor einer Belagerung durch Reporter hatte Patti in ihrer Entscheidung bestärkt, ihr Zuhause am frühen Samstagmorgen zu verlassen, und Nick hatte ihr zugestimmt, dass ein schnelles Verschwinden das Beste sei. Enttäuscht darüber, dass es keine Neuigkeiten über Jonathan Bowmans Verschwinden gab, hungerte die Presse nach anderen heißen Geschichten.

Während Nick den Kolvics beim Packen half, versuchte er, sie aufzumuntern, besonders die Mädchen, die zutiefst bekümmert darüber waren, dass sie ihre Freundinnen zurücklassen mussten. Er hatte sich auch um ihre finanziellen Angelegenheiten gekümmert und Matts alten MG und das meiste von seinem Werkzeug verkauft. Ohne dass Patti davon wusste, hatte er den Erlös um tausend Dollar aus seiner eigenen Tasche aufgestockt. Er hatte zuvor schon versucht, ihr etwas Geld zu geben, aber sie war zu stolz gewesen, um es anzunehmen, und hatte ihm versichert, dass Matts Lebensversicherung ihre Bedürfnisse bei weitem abdecken würde. Aber Nick wusste es besser.

Das Haus der Kolvics auf der Torresdale Avenue würde so lange unbewohnt bleiben, bis Patti sich endgültig entschieden hatte, ob sie es verkaufen oder behalten wollte. In der Zwischenzeit wollte Nick das Grundstück im Auge behalten, die Zimmer von Zeit zu Zeit lüften und den Rasen mähen, falls es notwendig war.

Die Mädchen, die um fünf Uhr morgens geweckt worden waren, umarmten Nick, als ob sie spürten, dass sie vielleicht nicht mehr zurückkommen würden. „Ich werde dich vermissen, Onkel Nick." Tricias große traurige Augen blickten ihn unverwandt an, und er spürte einen Kloß im Hals.

Er hob sie hoch und trug sie zu dem voll gepackten Wagen in der Einfahrt. „Du wirst gar keine Zeit haben, mich zu vermissen, mein Schatz. Ich werde euch schon bald besuchen kommen. Na, wie findest du das?"

„Wie wäre es zu meinem Geburtstag im Juli?"

„Ich bin dabei. Glaubst du etwa, ich will die tollste Party in der ganzen Stadt verpassen?"

Als er sie auf den Vordersitz setzte, verschränkte Tricia die Arme über der Brust und machte einen Schmollmund. Das tat sie immer, wenn sie unglücklich war. „Aber meine Freundinnen werden nicht kommen. Die sind alle hier."

„Du wirst neue Freundinnen finden. Warte nur ab. In ein paar Tagen wirst du mir am Telefon alles über sie erzählen."

„Bestimmt nicht."

„Wetten, dass doch?"

Sie dachte eine Weile über die Frage nach. „Wie viel?"

Nick lachte. „Doch nicht um Geld, du kleines gieriges Ding. Wir wetten um ... mal sehen ... um deinen Geburtstagskuchen. Falls du gewinnst und keine neuen Freundinnen zwischen heute und deinem siebten Geburtstag findest, dann bezahlst du den Kuchen. Falls ich gewinne, dann werde ich den größten und schönsten Kuchen in ganz Philadelphia suchen und dir nach Dayton mitbringen."

Der Schmollmund verschwand, und sie nahm die Arme auseinander. „Du hast die Wunderkerzen vergessen. Sandra Hughes hatte Wunderkerzen auf ihrem Geburtstagskuchen."

„Ich werde dafür sorgen, dass auf deinem Kuchen Wunderkerzen stecken. Na – ist das jetzt ein Angebot?"

Sie nickte und umarmte ihn. In dem Moment kam Patti aus dem Haus. Sie trug Ashley im Arm, die noch im Halbschlaf war. Nick half ihr, die Vierjährige im Kindersitz auf der Rückbank anzuschnallen, und dann war es Zeit, Abschied zu nehmen.

Als die beiden Mädchen abfahrbereit im Wagen saßen, drehte Patti sich zu Nick um. „Was das Geld angeht", sagte sie und schaute ihm fest in die Augen. „Ich weiß, dass die tausend Dollar, die du mir vor ein paar Tagen geben wolltest, mit hier drin sind." Sie nahm einen prall gefüllten Briefumschlag aus ihrer Handtasche. „Ich kann das nicht annehmen, Nick. Man hat dich vom Dienst suspendiert ..."

Er unterbrach sie. „Ich hätte es nicht getan, wenn ich es mir nicht leisten könnte."

„Doch, du hättest es getan. Wenn es sein müsste, würdest du hungern, aber du würdest es tun."

Er lachte. „So weit wird es schon nicht kommen, das verspreche ich dir. Nimm das Geld, Patti, für die Mädchen. Ich brauch es nicht." Das stimmte. Sein Vater, ein bescheidener Mann und ein geschickter Investor, hatte ihm ein beträchtliches Erbe hinterlassen. Nick hatte das Geld in einem Investmentfonds angelegt, der in den vergangenen zwölf Monaten beträchtlich angewachsen war.

Patti umarmte ihn heftig. „Wie kann ich dir das jemals wieder gutmachen?"

„Indem du auf dich Acht gibst."

„Das werde ich. Tust du das auch?"

Er nickte. „Ruf mich an, sobald du da bist, ja? Ich habe das

Auto gründlich checken lassen. Du dürftest keine Probleme damit haben, aber ich habe ein besseres Gefühl, wenn ich weiß, dass du sicher angekommen bist."

Es gab noch mehr Umarmungen und auch ein paar Tränen. Einige Nachbarn waren gekommen, um sich zu verabschieden, was die Abfahrt ein paar Minuten länger hinauszögerte, und dann waren sie fort. Nick spürte Beklemmung in der Brust, als er zu seinem Wagen ging. Ja, er würde sie vermissen, besonders die Mädchen.

Noch ehe er am Ende der Straße angelangt war, hatte er sich bereits entschlossen, in den Osterferien nach Dayton zu fahren.

„Ist ja schon gut!" Kelly legte ein Buch mit Stoffmustern aus der Hand und ging in den Korridor. „Lass die Haustür ganz. Ich komme ja schon." Sie brauchte gar nicht durch den Spion zu schauen oder zu fragen, wer vor der Tür stand. So laut und beharrlich konnte nur der Super-Cop klopfen.

„Warum ziehst du nicht einfach ein?" sagte sie, als sie die Tür öffnete.

„Aber Robolo." Nick gab ihr einen Kuss auf die Lippen. „Ist das deine Art zu sagen, dass du nicht ohne mich leben kannst?"

„Es war nur so eine Redensart." Im Wohnzimmer schob sie noch mehr Stoffmusterbücher beiseite und setzte sich hin.

Nick tat es ihr nach. Plötzlich sah er besorgt aus. „Okay, was ist es diesmal? Und tisch mir keine Märchen auf. Allmählich kenne ich dich nämlich ganz gut."

„Das glaubst du aber nur." Sie sah eines der Bücher an, während sie überlegte, wie sie ihm erzählen konnte, was gestern Nacht passiert war, nachdem sie das San Remo verlassen hatte. Die Nachwirkungen des Vorfalls hatten ihre ganze Wirkung bei ihr erst gezeigt, nachdem sie vom Brunch zurückgekehrt war, und sie hatte Angst, dass sie vollkommen zusammenbrechen würde, wenn sie sich nur ein wenig gehen ließe. „Jemand hat vergangene Nacht versucht, mich umzubringen."

Nicks Lächeln verschwand. „Was sagst du da?"

Während sie die Arme um ein Kissen schlang, das sie sich vor die Brust presste, erzählte Kelly ihm alles – auch, dass sie ein Buch mit Kinderreimen in Cecilys Haus gefunden hatte. Sie sah keinen Sinn darin, es ihm zu verheimlichen. Er musste es wissen, denn sonst würde er alles nur Erdenkliche unternehmen, um den Schuldigen zu finden.

„Und du hast nicht die Polizei verständigt?"

„Sie ist es nicht, die versucht hat, mich zu töten."

„Diese Frau ist eine Psychopathin. Sie hat dir Drohbriefe geschickt."

„Sie wollte sie nicht in die Tat umsetzen. Das hast du doch selbst gesagt. Vor noch nicht einmal zwei Tagen hast du genau dort gestanden, hier in meinem Wohnzimmer, und mir versichert, dass Mörder sich nicht die Mühe machen, Drohbriefe zu schicken ... sie wollen nur ..."

Sie begann zu zittern. Immer noch entschlossen, nicht in Tränen auszubrechen, versuchte sie verzweifelt, sich zusammenzureißen. Aber sie schaffte es nicht. Ohne Vorwarnung schossen die Tränen wie ein Sturzbach aus ihren Augen. Dann schlangen sich kräftige Arme um sie, und an Nicks Brust brach sie weinend und jammernd zusammen.

Nach einer Ewigkeit merkte sie, dass seine Jacke durchnässt war. „Es tut mir Leid", sagte sie zwischen den Schluchzern. „Deine Jacke ..."

„Mach dir darüber keine Gedanken." Seine Stimme war leise und freundlich und klang ein bisschen gedämpft, weil sein Mund in ihrem Haar war.

Sie entspannte sich ein wenig und lag matt in seinen Armen. Er fühlte sich gut an. Stark. Sicher. So sicher.

Nach einer Weile hörten die Schluchzer auf, und sie hob den Kopf. Mit ihren verweinten Augen nahm sie ihn nur verschwommen wahr. Er strich eine feuchte Haarsträhne von ihrer Wange und schob sie hinter ihr Ohr.

„Besser jetzt?"

Später fragte sie sich, was ihr wohl in diesem Moment durch den Kopf gegangen war. Woher diese Kühnheit gekommen war. In diesem Moment hatte sie ihr Gefühl die Oberhand gewinnen lassen. „Noch nicht." Sie nahm sein Gesicht in ihre Hände und küsste ihn leidenschaftlich.

Zu ihrer Überraschung hielt er sie zurück. „Kelly, Liebling. Ich glaube, jetzt ist nicht der richtige Moment."

„Jetzt ist der perfekte Moment." Sie küsste ihn noch einmal.

„Du bist aufgeregt." Seine Stimme war heiser geworden. „Verletzlich. Es wäre nicht richtig."

Ein ehrenwerter Mann, durch und durch, dachte sie. Aber immerhin ein Mann. „Willst du mich, Nick?"

Er schloss kurz die Augen. „Meine Güte, ja."

„Gut, denn ich will dich auch." Sie biss zärtlich und neckend in seine Unterlippe und hörte, wie er stöhnte. „Ich brauche dich." Ein weiterer Biss. „Du wirst doch eine Frau in Not nicht zurückweisen, Nick McBride?"

„Das ist nicht fair", sagte er mit den Lippen an ihrem Mund.

„Ich weiß." Ihre Hände fuhren über seine Brust und zu seiner Taille. „Lass uns miteinander schlafen, Nick. Lass uns jetzt miteinander schlafen."

Ein einsamer Sonnenstrahl fand seinen Weg durch die kahlen Bäume vor Kellys Fenster und schien auf ihre nackten Körper.

Sie lagen auf dem Wollteppich vor dem Kamin, gewärmt von den Flammen, erhitzt und verschwitzt vom Sex.

Erschöpft, zufrieden und noch nicht fähig, in seine Augen zu sehen, verbarg Kelly ihr Gesicht an Nicks Schulter. Sie war mit Mund und Händen über ihn hergefallen, eine Frau voller Leidenschaft, schamlos, gierig. Sie hatte ihm nicht einmal Zeit gelassen, sie hinaufzubringen. Stattdessen hatte sie ihn zu Boden gezogen und ihm seine Kleider praktisch vom Körper gerissen.

Vor dem knisternden Feuer hatte er sie sanft und intensiv geküsst, und als seine Lippen auf dem Weg zu ihren Brüsten bei ihrer Narbe innehielten, hatte die Sanftheit seiner Berührung erneut Tränen in ihre Augen treten lassen. Getrieben von einer Lust, die sie nicht länger kontrollieren konnten, hatten sie sich hastig, fast rasend geliebt. Beim zweiten Mal war es anders, es war langsam und köstlich, als sie die Lüste des anderen erkundeten.

„Tuts dir Leid?" Seine Hand streichelte über ihren Schenkel und blieb auf ihrer Hüfte liegen.

„Nur eins tut mir Leid." Sie kuschelte sich näher an ihn heran. „Dass du mich nicht schon früher verführt hast."

„Ich habe dich verführt?" Er lachte. „Da hast du wohl was durcheinander gebracht, glaubst du nicht?"

„Beklagst du dich etwa?"

Seine Hand glitt zwischen ihre Schenkel und liebkoste sie zärtlich. „Sehe ich aus wie ein Mann, der Grund zur Klage hat?"

Aus ihrer Kehle kam ein sinnliches heiseres Lachen. „Nein, ganz und gar nicht."

Sie duschten zusammen, wobei sie ihre Lust gegenseitig wieder entfachten und sich auf eine andere Art liebten. Später, als sie wieder angezogen waren und das Feuer lichterloh brannte, bestellten sie eine Pizza – halb Peperoni, halb Sardellen. Während sie aßen, sprachen sie über die Ereignisse der vergangenen Nacht. Nick war überrascht, als er von Cecilys Affäre mit Syd erfuhr, aber keineswegs erstaunt, als er von den Plänen des Casino-Besitzers hörte, die Politik in Pennsylvania kontrollieren zu wollen.

„Männer wie er können nie genug kriegen“, meinte er. „Und eine Wahl zu manipulieren liegt genau auf seiner Linie. Der Trick besteht darin, ihn nicht mit seinen schmutzigen Plänen durchkommen zu lassen und ihn für immer unschädlich zu machen. Dummerweise dürfte das Letztere nicht einfach sein. Der Mann ist nämlich schlau wie ein Fuchs.“

„Cecily sagte, sie würde mit ihrer Aussage an die Öffentlichkeit gehen.“

Er schüttelte den Kopf. „Das wird nicht genügen. Dann steht ihr Wort gegen das seine.“

„Was sollen wir denn tun?“

Er sah sie an. „Wusste er, dass wir beide gestern Abend ins San Remo gehen wollten?“

„Woher denn? Ich habe es zwar Victoria beim Mittagessen erzählt, aber das wars denn auch.“

„Könnte sie es den Sanders gegenüber erwähnt haben?“

„Möglich, aber Cecily würde über so etwas niemals mit Syd reden. Sie spricht ohnehin kaum noch mit ihm.“

„Und was ist mit Ward?“

„Sie haben sich nur ein paar Mal bei offiziellen Anlässen gesehen.“

Nick nahm noch ein Stück von der Sardellen-Pizza. „In diesem Fall kommt ‚der Plan‘ zum Einsatz.“ Er sprach die beiden Worte mit besonderer Betonung aus.

Kelly zog die Augenbrauen hoch. „Der Plan?“

Er biss ein großes Stück ab und sprach mit vollem Mund. „Wie gut bist du darin, so zu tun, als wärst du jemand anders?"

Kelly lachte. „Machst du Witze? Ich bin Reporterin. So zu tun als ob, ist mein Job."

„Ich habe gehofft, dass du das sagen würdest."

Er sah zufrieden aus wie eine Katze, die gerade einen Kanarienvogel verspeist hatte. „Was hast du denn jetzt vor?"

„Ich habe vorhin mit Sergeant Andy Harrison von der Polizei in Las Vegas gesprochen. Er hat im Mordfall Steve Marquant ermittelt."

„Enriques Liebhaber."

Er nickte. „Harrison hat den Polizeibericht geschickt, den Quinn angefordert hat, zusammen mit einer Videoaufnahme von Enriques Auftritt in Las Vegas."

„Und wie hilft uns das zu beweisen, dass Syd Webber ein Mörder ist?"

Er deutete mit einer Kopfbewegung auf einen braunen Briefumschlag, den er bei seiner Ankunft auf die Küchentheke gelegt hatte. „Los, mach ihn auf. Ich weiß, dass du es kaum erwarten kannst."

Kelly öffnete die Lasche und zog den Inhalt des Umschlags heraus. Neben einem umfangreichen Bericht waren das Fotografien von jemandem, den sie für Enrique hielt, und ein Video. Die Farbaufnahmen zeigten den Entertainer in verschiedenen Kostümen, und er sah den Stars, die er verkörperte, so ähnlich, dass selbst der kritischste Betrachter getäuscht wurde.

Kelly schaute auf die schwarz-weiße Porträtaufnahme. „Ist er das auch?"

„Als er 23 war. Und das hier ...", er deutete mit seinem Pizzastück auf ein anderes Foto, „... ist Enrique vor zehn Jahren."

Sie sah das jüngere Bild genau an. Das Gesicht des Mannes

war reifer geworden und sein Haar kürzer, aber er hatte noch die gleichen dunklen, glühenden Augen und das weiche Kinn.

„Sieht er so aus wie jemand, den du kennst?“ fragte Nick.

„Magdalena“, sagte sie flüsternd. „Wenn er etwas nachhilft, könnte er genauso aussehen wie sie.“ Sie blickte hoch. „Meine Güte, glaubst du etwa ...“

„Darüber habe ich auch schon nachgedacht.“ Er schüttelte den Kopf. „Unglücklicherweise sind die Fingerabdrücke nicht identisch. Enrique und Magdalena sind auf jeden Fall zwei verschiedene Personen.“ Er legte den Rest seiner Pizza auf den Teller, nahm die Kassette und ging zum Videorecorder. „Komm mal her und sieh dir das an.“

In den nächsten eineinhalb Stunden war Kelly vollkommen gebannt von dem Mann auf dem Bildschirm. Die Ähnlichkeit zu den Diven, die er verkörperte, war geradezu unheimlich, genau wie seine Stimme, mal volltönend und weich, dann wieder metallisch und kraftvoll.

Nick achtete auf Kellys Reaktion. „Toll, nicht wahr?“

„Das ist unglaublich.“

„Jetzt schau dir das mal an.“ Er stoppte bei einem Bild. Der letzte Song war zu Ende, und Enrique schaute in das klatschende Publikum. „Achte auf seinen Gesichtsausdruck, seine Augen und seine Haltung, wenn er sich verbeugt.“

„Es ist ganz offenkundig, dass er seine Arbeit liebt.“

„Es ist mehr als das. Viel mehr.“ Er ließ das Band schnell vorlaufen und hielt bei einem anderen Bild an. „Da haben sie ihn gerade zum dritten Mal herausgerufen. Sieh dir an, wie er seine Arme ausbreitet – so, als ob er sein Publikum umarmen wollte. Schau dir an, wie seine Augen glänzen, während er den Anblick des voll besetzten Saals in sich aufnimmt.“

„Ich verstehe nicht. Worauf willst du hinaus?“

„Der Mann lebt für den Applaus, die Bewunderung, den Ruhm.“

„Das kannst du alles aus dieser Videokassette erkennen?“

„Die Analyse von Körpersprache gehört zu den Grundelementen der Polizeiausbildung.“

„Okay, Enrique blüht auf bei Erfolg. Aber ich verstehe immer noch nicht ...“

„Es muss verdammt schwer gewesen sein“, überlegte er, „das alles aufzugeben.“

„Er hatte doch keine andere Wahl, oder? Entweder das oder das Risiko, im Gefängnis zu landen, möglicherweise sogar zum Tode verurteilt zu werden.“

Nick drehte sich zu ihr um. „Glaubst du, dass er jemals daran gedacht hat, ins Showbusiness zurückzukehren?“

„Auf die Gefahr hin, verhaftet zu werden, sobald er einen Fuß auf die Bühne gesetzt hat?“ Kelly schüttelte den Kopf. „Das glaube ich nicht.“

Nick lehnte sich in seinen Stuhl zurück und streckte seinen langen Beine aus. „Nicht einmal für den Auftritt seines Lebens?“

Kellys Augen wurden schmal. „Und wie sollte dieser Auftritt aussehen?“

„Eine einzige, großartige Live-Performance, die weltweit in Millionen von Haushalten übertragen wird.“

„Aber das wäre doch der reinste Selbstmord. Wenn er wirklich so berühmt war, wie es in dem Polizeibericht steht, dann würde er doch sofort erkannt werden.“

„Das spielt keine Rolle, denn zum Zeitpunkt der Ausstrahlung wäre Enrique schon weit, weit fort.“

Enriques Schwanengesang. Keine schlechte Idee. „Ein letzter großartiger Auftritt“, murmelte Kelly. „Einer, von dem er für den Rest seines Lebens zehren kann.“

„Genau.“

„Das ist gut“, gab sie zu. „Es gibt nur einen Haken.“

Er beugte sich zu ihr hinüber, um sie zu küssen. „Liebling, du bist ein unverbesserlicher Pessimist. Aber ich bin ja geduldig. Wo ist denn dein Haken?“

„Wer sollte Enrique diesen großartigen Auftritt anbieten?“

Er grinste und breitete die Arme aus. „Darf ich dir Richard Trumbull vorstellen, Chef der Trumbull Productions, einer absolut angesagten Produktionsfirma aus London mit einem Büro in New York? Zu unseren ehrgeizigsten Projekten gehört eine gigantische, glitzernde Las Vegas-Revue mit den derzeit berühmtesten Travestiekünstlern.“

Kelly starrte ihn mit offenem Mund an. „Du willst dich als Fernsehproduzent ausgeben?“

„Nicht nur ich. Du bist auch mit von der Partie – als meine Assistentin.“

„Assistentin?“ sagte sie verächtlich. „So was wie ein Mädchen für alles?“

„Na gut, meine Partnerin.“

Kelly schwieg einen Moment. Der Plan war originell, steckte aber voller Unwägbarkeiten. „Ich weiß nicht, Nick. Enrique ist kein Dummkopf. Im Gegenteil, er muss verdammt geschickt sein, wenn er die ganzen Jahre landesweit gesucht und nicht gefunden wurde.“

„Das heißt?“

„Das heißt, dass er deine angebliche Produktionsfirma bestimmt überprüfen wird.“

„Auch das habe ich berücksichtigt. Morgen früh lässt sich mein Freund Alan als Erstes einen zweiten Telefonanschluss in sein Büro legen. Sollte Enrique uns tatsächlich überprüfen, wird Alan auf den Plan kommen und ihm erklären, dass dies Trumbulls erste amerikanische Produktion ist und dass wir den Markt mit einer spektakulären Aktion erobern wollen. Und deshalb suchen wir ja nach den Allerbesten. Außerdem wird er jedem Anrufer erzählen, dass wir uns nur kurz in den Staaten aufhalten – 24 Stunden. Wenn Enrique sich also nicht schnell entscheidet, wird er seine Chance verpassen."

Kelly war noch immer skeptisch. „Wird er nicht misstrauisch werden, wenn er hört, dass wir ausgerechnet nach ihm suchen?"

„Das tun wir doch gar nicht. Wir gehen von Nachtclub zu Nachtclub und schauen uns die Entertainer an."

Wieder einmal wünschte Kelly, sie wäre selbst auf diese Idee gekommen. „Du möchtest also lieber, dass Enrique zu dir kommt als umgekehrt."

„Mein Gott, jetzt hat sie's", parodierte Nick den begeisterten Professor Higgins aus „My Fair Lady". Sein britischer Akzent war gar nicht so schlecht.

„Wie soll Enrique denn erfahren, dass wir Castings machen?"

„Das wird er schon heraus finden. Die Welt der Entertainer ist sehr klein, egal, ob sie in New York, Las Vegas oder Miami arbeiten. Ihr Netzwerk funktioniert darüber hinaus ausgezeichnet. Was immer Enrique im Moment auch tun mag – wenn er von dem Fernseh-Special Wind bekommt und erfährt, wie sicher es ist, wird er der Versuchung nicht widerstehen können."

Kelly grinste und schmiegte sich wie eine Katze an ihn. „Hat dir eigentlich schon mal jemand gesagt, dass du ein ziemlich hinterhältiger Kerl bist?"

„Das sagt man mir dauernd." Er fasste sie um die Taille, hob sie empor und setzte sie rittlings auf seinen Schoß. „Das ist schließlich eine der Eigenschaften, die mich so unwiderstehlich machen."

34. KAPITEL

Nick besuchte das Grab seiner Eltern nicht sehr häufig. Manchmal, wenn er Schuldgefühle oder das Bedürfnis hatte, kaufte er einen Strauß roter Nelken und fuhr zum Friedhof an der Cheltenham Avenue, um eine Zeit lang einfach nur bei ihnen zu sitzen.

Das Grab der McBrides lag im Abschnitt P. Als Nick mit den Blumen in der Hand darauf zuging, blieb er plötzlich stehen. Seine Eltern hatten bereits Besuch. Joe Massimo.

Der Exdetective kniete auf dem Boden. Ein Blumenstrauß, in Klarsichtfolie eingewickelt, lag neben dem Grabstein auf der Erde.

„Joe?"

Der alte Mann fuhr herum. Seine Augen waren gerötet, als ob er geweint hätte. „Hallo, mein Junge." Er erhob sich ächzend. „Die Welt ist klein, nicht wahr?"

Langsam ging Nick auf ihn zu. „Gehts dir gut?"

„Aber sicher." Joe zog ein weißes Taschentuch aus der Hosentasche und schneuzte sich. „Ich vermisse den alten Mistkerl eben, das ist alles."

„Ich wusste nicht, dass du herkommen wolltest."

„Seit der Beerdigung war ich auch nicht mehr hier. Und jetzt war ich gerade in der Gegend, deshalb also ..."

Nick glaubte ihm kein Wort. Sein Gesichtsausdruck war ein einziges Eingeständnis von Schuld.

„Hör mal, Nick, wegen neulich ..." Joe stopfte das Taschentuch zurück in die Hose. „Es tut mir Leid, dass es so ausgegangen ist. Ich habe dir keine Probleme machen wollen. Das musst du mir glauben."

Nick legte die Nelken neben Joes Blumen. „Hast du mir etwas zu sagen, Joe?"

„Ich habe dir alles gesagt, was ich weiß."

„Warum habe ich dann bloß dieses Gefühl in der Magengrube, dass du mir irgendetwas verheimlichst?"

Joe wedelte ungeduldig mit der Hand durch die Luft und machte Anstalten zu gehen. „Fang nicht wieder damit an."

Ehe er einen weiteren Schritt machen konnte, packte Nick Joe am Arm. „Würdest du nicht das Gleiche tun, Joe? Wenn dir irgendetwas nicht geheuer erschiene, würdest du nicht bohren und bohren, bis du die Wahrheit herausbekommen hast?"

„Nimm deine Hand weg."

Nick verstärkte den Druck, als Joe versuchte, sich aus seinem Griff zu befreien. „Erinnerst du dich noch daran, was ich dir neulich über Sachen gesagt habe, die nicht zusammenpassen? Und soll sich dir mal was sagen? Sie fangen an, zusammenzupassen, Joe, Stück für Stück."

„Schön für dich. Jetzt lass mich gehen."

„Das Vertrackte daran ist nur", fuhr Nick fort, „je mehr Teile zusammenpassen, umso weniger gefällt mir das Bild, das daraus wird."

„Ich weiß nicht, wovon du redest."

„Oh, das glaube ich nicht. Deshalb bist du doch hier. Du fühlst dich schuldig, weil du meinen Vater im Stich gelassen hast. Was hast du dir vom Besuch seines Grabes versprochen, Joe? Einen Rat? Vergebung? Was?"

Joe zerrte erneut, um seinen Arm frei zu bekommen. Es war so nutzlos wie sein erster Versuch. „Treibs nicht zu weit, mein Junge."

„Letzte Nacht hat jemand versucht, Kelly Robolo umzubringen." Nick sah den erschrockenen Ausdruck im Gesicht des alten Mannes. „Kennst du vielleicht jemanden, der so etwas tun würde?"

„Woher sollte ich?"

„Zuerst wird mein Vater umgebracht, dann verschwindet Jonathan Bowman. Und jetzt sind sie hinter Kelly her. Wo soll das alles denn noch enden?"

„Tut mir Leid um deine Freundin, Nick." Joe schüttelte den Kopf. „Aber ich habe nichts mit dem Anschlag auf ihr Leben zu tun. Jetzt lass mich endlich gehen, oder ich bin gezwungen, dich zusammenzuschlagen."

Obwohl er den letzten Satz in einem scherzhaften Tonfall gesagt hatte, wusste Nick, dass Joe genau das tun würde, wenn es hart auf hart kam. Oder es zumindest versuchte. „Die Loyalität deinem Chef gegenüber ist lobenswert." Nick ließ den Arm seines Freundes los. „Aber er verdient sie nicht."

Joe zuckte mit den Schultern. „Wir haben alle Fehler, mein Junge."

„Er hat dafür gesorgt, dass ich vom Dienst suspendiert werde. Hast du das gewusst? Weil er mich anders nicht ausschalten konnte, hat er seine Beziehungen spielen lassen und den Polizeipräsidenten von Philadelphia angerufen."

Joe wusste es bereits. „Tut mir Leid, Nick. Tut mir wirklich Leid."

Nick beschloss, Joes Anfall von echter Reue auszunutzen, um eine letzte Frage zu stellen. „Was für einen Wagen fährt Webber? Ich meine nicht die Limousine."

„Einen Mercedes. Warum?"

„Reine Neugier." Nick schwieg einen Moment. Ein Mercedes sah einem Lexus sehr ähnlich, vor allem von hinten. Konnte Kelly sich geirrt haben? Wenn man ihre Verfassung und den Schneesturm an diesem Abend in Betracht zog ... „Welche Farbe hat er?"

Joes Augen wurden schmal, aber er beantwortete die Frage. „Schwarz."

Nick holte tief Luft und schaute über die Gräber hinweg in die Ferne.

Joe legte seine Hand auf Nicks Schulter und drückte sie. „Lass es gut sein, mein Junge. Bitte." Dann warf er einen letzten Blick auf Patricks Grab und ging fort, die Hände in den Manteltaschen vergraben.

Als er verschwunden war, drehte Nick sich wieder zum Grab seiner Eltern um und kniete sich hin. „Ich werde herausfinden, wer dich da hineingebracht hat, Dad", murmelte er. „Und wenn es das Letzte ist, was ich tun werde."

35. KAPITEL

Es hatte Kelly einen halben Tag gekostet, aber dann hatte sie die passende Garderobe für ihre Rolle als Koproduzentin der Trumbull Productions gefunden. Ihr war es zwar ein bisschen peinlich gewesen, der jungen Verkäuferin mit den blutrot lackierten Fingernägeln klarzumachen, dass die beiden winzigen, neonfarbenen Miniröcke für sie selbst waren, aber in ihrem Job gehörte es nun einmal dazu, sich manchmal etwas dumm vorzukommen.

In einem anderen Geschäft hatte sie eine kleine blonde Perücke gefunden, mit der sie aussah wie Twiggy, das Supermodel der sechziger Jahre.

Privatdetektiv Alan Braden, Nicks Freund und bereitwilliger Komplize, war auch nicht untätig gewesen. Die letzten Stunden hatte er damit verbracht, Nachtclubs in Miami ausfindig zu machen, deren Stars Travestiekünstler waren. Die Liste hatte er an Nick gefaxt.

Mit ihrer Hilfe hatte Nick jedes Etablissement angerufen und den Besitzern mit perfektem britischen Akzent erklärt, wer er war und was er wollte. Nur einer hatte sich glattweg geweigert, aber die anderen waren bereit, Castings für ihre Hauptattraktionen zu arrangieren.

Am frühen Montagmorgen flogen Nick und Kelly los und landeten um halb elf in Miami. Nachdem sie im Eden Roc Hotel in Key Biscayne eingecheckt und sich mit Detective Quinn in Verbindung gesetzt hatten, waren sie in den Mietwagen gestiegen und zu ihrer ersten Verabredung gefahren – dem Club Noche in Miami Beach.

Der Besitzer, ein Mann mit dem unwahrscheinlichen Namen Marco Polo, begrüßte sie persönlich. Er legte seinen Arm um Kellys Schulter und führte sie an einen Tisch in der ersten Reihe.

Kelly bemühte sich angestrengt, Marcos Blicke auf ihre Beine und sein Augenzwinkern zu ignorieren. Sie schob ihren Stuhl näher zu Nick und setzte sich hin, bereit für die Show.

Um vier Uhr nachmittags hatten sie vier Nachtclubs im Umkreis von dreißig Kilometern besucht und ein halbes Dutzend Entertainer begutachtet. Nicht einer von ihnen hatte auch nur im Entferntesten Ähnlichkeit mit Enrique, und die Aussicht, dass Magdalenas Bruder von Trumbull Productions gehört hatte und sich melden würde, wurde von Stunde zu Stunde geringer.

Als sie auf der Strandterrasse des Eden Roc saßen, ihre gekühlten Piña Coladas schlürften und ein Kreuzfahrtschiff beobachteten, das weit draußen vor Anker lag, versuchte Kelly, Optimismus zu verbreiten. Aber tief in ihrem Inneren fürchtete sie, dass Nicks genialer Plan gescheitert war. Entweder hatte er Enrique total unterschätzt, oder der Mann hielt sich nicht hier, sondern in einer anderen Stadt auf.

Nick ließ sich jedoch durch ein paar Rückschläge nicht entmutigen. „Wann ist das nächste Casting?“ fragte er und schaute in das Terminbuch neben Kellys Ellbogen.

„Um sechs. Und es ist nicht weit von hier. Wenn wir jetzt aufbrechen, könnten wir hinlaufen und rechtzeitig dort sein.“

Nick schob seinen Stuhl zurück. „Worauf warten wir also noch?“

Der Club Antigua war zu Kellys Überraschung ein erstklassiges Speiserestaurant mit weißen Tischdecken, weichem Kerzenlicht und einer Fünf-Mann-Combo, die sich gerade einspielte, als sie eintrafen.

Der Besitzer erzählte ihnen, dass Carlos Fuentes seit mehr als einem Jahr der Star des Antigua war. Vorher war er im ganzen

Land umhergereist und an Orten wie Aspen, New York, San Francisco, San Diego und Chicago aufgetreten.

Er war 39 Jahre alt, und es konnte durchaus sein, dass er Enrique kannte.

„Er bringt den Saal jeden Abend zum Toben", erzählte der Besitzer Nick und Kelly. „Sie werden gleich sehen, warum."

Wie aufs Stichwort gingen die Lichter aus, und ein einzelner blauer Scheinwerfer erleuchtete die Bühnenmitte. Als die Band die ersten Takte von „Hello, Dolly" spielte, schritt eine schlanke Person in einem eng anliegenden, mit Pailletten besetzten Kleid an die Rampe. Kelly setzte sich gerade hin. Sie spürte eine Gänsehaut auf ihren Armen. Der Mann sah Carol Channing so verblüffend ähnlich, dass er ihre Zwillingsschwester hätte sein können. Und als er mit dieser berühmten lässigen und rauen Stimme zu singen begann, erkannte Kelly, warum Carlos Fuentes so erfolgreich war. Er hatte ein unglaubliches Talent, nicht vergleichbar mit dem der anderen Künstler, die sie zuvor gesehen hatten.

„Er ist fast so gut wie Enrique", flüsterte Kelly in Nicks Ohr. „Glaubst du, dass er es sein könnte?"

Nick schüttelte den Kopf. „Du hast doch sein Bild draußen gesehen. Er sieht Enrique überhaupt nicht ähnlich. Außerdem ist er zu jung."

Kelly behielt die Bühne im Auge, auf die Carlos nach einem raschen Kostümwechsel zurückgekehrt war, dieses Mal als die unvergleichliche Tina Turner. 45 Minuten später, nachdem er in drei weitere Verkleidungen geschlüpft war und die Hälfte seines Repertoires präsentiert hatte, setzte sich Carlos an den Tisch von Nick und Kelly. Beide schüttelten ihm die Hand und beglückwünschten ihn zu seiner großartigen Vorstellung.

Carlos errötete unter seinem üppigen Make-up, und die Blicke, die er Nick zuwarf, ließen keinen Zweifel an seinen sexuellen Vorlieben. Vielleicht ist das ja gar nicht so schlecht, dachte Kelly.

„Ich habe meine Show gerade um zwei Stars erweitert", erzählte Carlos ihnen, als er Platz nahm. „Cher und Céline Dion. Aber sie sind noch nicht perfekt." Er lachte. „Ich kriege Célines Akzent noch nicht so richtig hin, aber wenn Sie wollen, zeige ich Ihnen einen kleinen Ausschnitt."

Auf der Videokassette, die Sergeant Harrison an Nick geschickt hatte, war Cher eine von Enriques bevorzugten Sängerinnen gewesen. Wenn Carlos den Star gerade erst in sein Repertoire genommen hatte, war er ganz bestimmt nicht Enrique.

„Das ist nicht nötig", sagte Nick. „Meine Partnerin und ich haben bereits entschieden, dass Sie für unser Vorhaben genau der Richtige sind."

Carlos strahlte, und Kelly fühlte sich ein wenig schuldig, weil sie Hoffnungen weckten, die niemals erfüllt würden. Nick dagegen schien überhaupt keine Gewissensbisse zu haben. Er hatte schließlich einen Auftrag. Er begann das Gespräch auf die gleiche Weise wie mit den anderen Künstlern: Er kratzte sich an der Nase. „Wir haben allerdings ein kleines Problem."

Carlos sah bestürzt aus. „Ich dachte, Sie hätten gesagt, meine Show gefällt Ihnen."

„Das tut sie auch. Nicht wahr, Megan?" fragte er Kelly. Diesen Namen hatte er für sie ausgesucht.

Kelly wurde ihrer Rolle vollkommen gerecht und nickte begeistert. „Sie waren großartig, Carlos. Ihre Imitation von Barbra Streisand war fantastisch."

Carlos bedachte sie mit einem kurzen Blick, ehe er sich wieder Nick zuwandte. „Wo also ist das Problem?"

„Das Special, das uns vorschwebt, soll so etwas in der Größenordnung von *Divas Live* sein, diese Fernsehsendung vom vergangenen Jahr, mit Cher, Tina Turner und Whitney Houston. Haben Sie die gesehen?“

Carlos lachte. „Nur etwa ungefähr hundert Mal.“

„Gut, denn das ist genau die Sendung, die ich produzieren möchte – verschwenderisch und glanzvoll. Mit einer Ausnahme. Ich möchte zwei Stars anstatt drei.“

„Dann brauchen Sie also einen weiteren Travestie-Künstler?“

„Einen, der so gut ist wie Sie.“ Für dieses Kompliment bekam Nick ein weiteres entzücktes Lächeln.

„Und was ist mit den anderen Shows, die Sie sich heute angesehen haben?“

Auch Nick schien perfekt in seine Rolle hineingewachsen zu sein. Mit einem Ausdruck des Bedauerns schüttelte er den Kopf. „Offen gesagt, Carlos, wir haben nichts gesehen, was uns vom Stuhl gerissen hat.“ Er schaute Kelly an, die das Stichwort aufgriff.

„Die Art von Entertainer, nach der wir suchen“, sagte sie, während sie sich nach vorn beugte und um eine geschäftsmäßige Miene bemüht war, „muss einmalig sein und einen Ruf haben, der ihm vorauseilt. Vielleicht sogar einer von den ganz Großen, beispielsweise aus Las Vegas.“

Carlos, der alles andere als dumm war, schaute erst sie und dann Nick an. „Und warum gehen Sie dann nicht gleich nach Las Vegas?“

„Zu teuer. Die paar Entertainer, mit denen wir gesprochen haben, wollten eine siebenstellige Gage. Ein bisschen zu viel für unsere Preisklasse.“

Carlos leckte sich die Lippen. „Wie viel wollen Sie denn zahlen?“

„Jeweils 500.000 plus Wiederholungsgage.“

„Wow.“

„Und Sie kennen wirklich niemanden, der unsere Anforderungen erfüllen könnte?“ drängte Kelly. Sie und Nick hatten sich eigentlich darauf verständigt, solche direkten Fragen zu vermeiden, aber die Zeit drängte, und sie geriet allmählich ein wenig in Panik.

Ihre Frage stimmte Carlos nachdenklich. „Ich kenne – *kannte* jemanden, aber ich habe ihn aus den Augen verloren.“

Nick und Kelly lehnten sich gleichzeitig nach vorne. „Erzählen Sie uns von ihm“, sagte Nick.

„Nun, er hatte all das, wonach Sie suchen – Las Vegas-Erfahrung, Talent und eine unglaubliche Fähigkeit, mit dem Publikum zu kommunizieren. Er hat mir mal eine Videokassette von sich vorgespielt. Er war fulminant.“

„Wie heißt er?“

„Teddy Luna.“

Kelly warf Nick einen raschen Blick zu und bemerkte, dass auch er auf den spanisch klingenden Namen angesprungen war. „War er ein enger Freund von Ihnen?“

Carlos errötete wieder. „Ich hätte es mir gewünscht, aber er war nicht interessiert.“

„Wann haben Sie ihn kennen gelernt?“

„Vor neun oder zehn Jahren. Er war gerade von einer Abschiedstournee um die ganze Welt zurückgekommen und freute sich auf den Ruhestand. Ich wurde ihm auf einer Party vorgestellt, als ich gerade anfing in meinem Beruf. Teddy und ich haben uns unterhalten, und er hat mir ein paar tolle Tipps gegeben. Er war es, der mir vorgeschlagen hat, Carol Channing ins Repertoire zu nehmen.“

„Wissen Sie, warum er aufgehört hat?“

„Er hat mir gesagt, er sei am Ende. Das kommt in dem Geschäft nun mal vor. Sechs Monate später hat er Miami verlassen.“

„Wenn ihr beiden euch so gut verstanden habt, warum habt ihr denn keinen Kontakt mehr?“ fragte Nick beiläufig.

Carlos zuckte mit den Schultern. „Schicksal, nehme ich mal an. Er hat mich ein paar Wochen später angerufen und sich dafür entschuldigt, dass er einfach so verschwunden ist. Er fragte mich, ob ich ihn irgendwann einmal besuchen würde.“ Er stieß einen bedauernden Seufzer aus. „Aber da war ich schon mit jemand anderem zusammen.“

Wieder wechselte Kelly einen stummen Blick mit Nick. „Glauben Sie, dass wir ihn dazu überreden könnten, noch einmal auf die Bühne zu kommen?“ Nick machte eine Pause. „Das heißt, falls Sie wissen, wo er sich aufhält.“

„Natürlich weiß ich das. Teddy wohnt in Atlantic City.“

36. KAPITEL

Nachdem Carlos seine Vorstellung beendet hatte, gingen Nick und Kelly zum Eden Roc zurück, aßen eine Kleinigkeit zu Abend und unternahmen einen langen Spaziergang am Strand.

„Glaubst du, dass Enrique nach Atlantic City gegangen ist, um seine Karriere fortzusetzen?“ fragte Kelly nach einer Weile.

„Mir ist nicht klar, warum er ein solches Risiko eingehen sollte. Aber wenn er Verbindungen zu Syd Webber hat, ist es durchaus möglich, dass Enrique in irgendeiner anderen Funktion im Chenonceau beschäftigt ist.“

„Zum Beispiel?“

„Ich habe keine Ahnung. Kellner, Parkplatzwächter.“ Er blieb stehen. „Auftragskiller.“

Sie schaute zu ihm hoch. „Glaubst du wirklich, dass so etwas möglich ist?“

„Ebenso gut wie alles andere.“ Er legte den Arm fester um ihre Taille. „Aber um das zu beweisen, muss ich Enrique erst einmal finden. Ich kann ja nicht einfach so ins Chenonceau hineinspazieren und anfangen, Fragen zu stellen. Aber ich könnte mich beispielsweise in der Kraftfahrzeug-Zulassungsstelle erkundigen oder bei anderen Meldestellen nachfragen, etwa für Jäger und Angler. Vielleicht sogar bei den Gewerkschaften, falls er im Baugewerbe arbeitet.“

„Wenn du dich Atlantic City auch nur näherst, bist du erledigt, und zwar endgültig“, erinnerte Kelly ihn. „Ich dagegen kann mich frei bewegen. Und ich habe Verbindungen zur Zulassungsstelle.“

Nick blieb stehen, ergriff sie bei den Schultern und zwang sie, ihm ins Gesicht zu sehen. „Du wirst keinen Fuß in die Stadt setzen, hast du mich verstanden? Falls meine Vermutungen über

Syd zutreffen und er derjenige ist, der vor zwei Tagen versucht hat, dich zu überfahren, dann wird er keine Sekunde zögern, seinen Job zu Ende zu bringen. Und sobald wir nach Philadelphia zurückkommen, möchte ich, dass du ins San Remo gehst und deiner Mutter sagst, dass du für ein paar Tage bei ihr und Gino bleibst."

„Und welchen Grund soll ich ihr dafür nennen?"

„Du hast Fantasie. Denk dir was aus." Der Druck auf ihren Arm wurde stärker. „Versprichst du mir, dass du tust, was ich dir gesagt habe?"

„Habe ich dir eigentlich schon gesagt, dass ich keine Befehle von den Männern annehme, mit denen ich ausgehe?"

„Dann gewöhn dich dran." Er schüttelte sie. „Gibst du mir dein Wort? Oder muss ich dich in meine Wohnung bringen und ans Bett fesseln, bis ich wiederkomme?"

Sie kniff die Augen zusammen und versuchte abzuschätzen, ob er scherzte. „Das würdest du nicht tun."

„Lass es drauf ankommen."

Sie hielt seinem Blick noch einen Moment länger Stand. Dann merkte sie, dass es ihm wirklich ernst war und nickte. „Gut. Ich bleibe bei meiner Mutter."

Aber in ihrem Kopf hatte bereits ein anderer Gedanke Gestalt angenommen.

Kelly schloss die Augen und tauchte tiefer ein in das heiße, sprudelnde Wasser. Über ihr war der Himmel voller Sterne, und unter ihm erstreckte sich der Ozean, der zuvor so blau gewesen war und jetzt im Schein des Vollmonds silbern leuchtete.

Zuerst hatte sie befürchtet, dass das prächtige Apartment, das Nick im Eden Roc gebucht hatte, ein Luxus war, den er sich gar nicht leisten konnte. Deshalb hatte sie darauf bestanden, die

Hälfte der Kosten zu übernehmen, aber Nick hatte sie mit einem Kuss zum Schweigen gebracht.

„Steck dein Geld weg, Schatz. Sonst glaubt das Personal noch, ich bin dein Callboy."

Topfpalmen und wuchernde Bougainvilleen säumten die Terrasse, in die der Whirlpool eingebaut war. Sie verhinderten störende Einblicke von außen und garantierten Privatsphäre.

Nach einem Abendessen unter freiem Himmel hatten sie sich bei geöffneten Fenstern zu den Klängen der Reggae-Musik, die vom Strand heraufdrang, geliebt. Danach waren sie schnell eingeschlafen, aber die Anspannung des Tages und der Gedanke daran, dass sie Enrique näher gekommen waren, als sie vermutet hatten, machte Kelly nervös. Um Nick mit ihrer Rastlosigkeit nicht aufzuwecken, war sie aus dem Bett geschlüpft und hatte ein heißes Bad genommen.

Sie schloss die Augen und dachte an den Plan, der ihr eingefallen war, um Enrique zu finden, und sie betete, dass er ihr gelingen möge.

Obwohl er normalerweise einen gesunden Schlaf hatte, war Nick nicht überrascht, als er plötzlich hellwach war. Kelly war aus dem großen Doppelbett verschwunden, auf dem sie sich wenige Stunden zuvor wild und leidenschaftlich geliebt hatten.

Aus dem geöffneten Fenster drang ein leises Summen herein. Er lächelte. Dort steckte das Mädel also.

Er stand auf und ging hinaus. Kelly saß in dem sprudelnden Wasser. Den Kopf hatte sie gegen den Beckenrand gelehnt und die Augen geschlossen. Zuerst glaubte er, sie sei eingenickt, aber dann hörte er ihre Stimme.

„Bist du ein Schlafwandler, Schatz?"

Er setzte sich an den Rand des kleinen Pools, und er war bereits erregt. „Das hast du aber schlau eingefädelt. Du hast gewusst, dass ich aufwachen und dich suchen würde."

Sie lachte heiser. „Warum sollte ich mir diese Mühe machen?"

„Weil es dir Spaß macht, mich ins Schwitzen zu bringen."

„Hab ich das?" Sie lächelte schelmisch und richtete sich ein wenig auf, so dass ihre Brüste aus dem Wasser auftauchten. „Dich ins Schwitzen gebracht, meine ich."

„Als ob du das noch nicht gemerkt hättest."

Ihre nasse Hand tauchte auf und streichelte seinen nackten Arm. „Ich bin ein bisschen kurzsichtig, Liebling. Ich glaube, ich muss mir das mal aus der Nähe ansehen."

Sie packte ihn fest am Arm und zog ihn in das sprudelnde Wasser hinein.

Nach ihrer Rückkehr aus Miami war Nick nach Hause gegangen, um einige Anrufe zu erledigen, und Kelly war in Victorias Geschäft gefahren, um sie über die jüngsten Entwicklungen zu informieren. Als sie jedoch ihrer Freundin erzählte, was sie als Nächstes beabsichtigte, starrte Victoria sie ungläubig an.

„Was willst du tun?"

„Psst." Kelly warf einen hastigen Blick durch den kleinen, vollgestopften Laden. Weiter hinten in einer Ecke begutachtete eine Frau in einem altmodischen Pelzcape einen Bronze-Buddha. „Nicht so laut."

„Es ist mir egal, ob der ganze Rittenhouse Square mich hört", flüsterte Victoria grimmig zurück. „Vielleicht bringt dich dann jemand zur Besinnung, denn ich habe den Eindruck, du bist vollkommen übergeschnappt."

„Ich habe nicht gesagt, dass ich es tun *werde*. Ich habe nur gesagt, dass ich darüber nachdenke."

„Dann hör auf zu denken, denn ich dulde es nicht, dass du ein solches Risiko eingehst."

„Bitte beantworte meine Frage."

Victoria seufzte und ging zu ihrem Schreibtisch. „Nun gut", sagte sie und setzte sich hin. „Ja, es gibt Videokameras im Chenonceau, aber Jonathan hat immer gesagt, dass es bei weitem nicht genug seien."

Genau das hatte Kelly hören wollen, denn es bestätigte ihr Cecilys Aussage, derzufolge Jonathan mit den Sicherheitsvorkehrungen im Casino nicht zufrieden war. „Weißt du, wo die Kameras sind?" fragte sie.

„Die meisten in der Etage, auf der das Spielcasino ist. Ein paar sind im VIP-Bereich, und eine Kamera befindet sich im 17. Stock, wo die Büros der Verwaltung und des Vorstands sind."

„Auf wie viele Monitore werden die Videobilder übertragen?"

„Das ist Jonathans wunder Punkt. Nach der jüngsten Zählung gibt es neunzig Monitore im Sicherheitsbüro, aber nur zwei Männer, die sie im Auge behalten müssen."

„Wie können sie das ganze Treiben überwachen?"

„Genau das ist das Problem. Sie können es eben nicht. Wenn sie etwas Besonderes kontrollieren müssen, sind sie fast ausschließlich auf die Bänder angewiesen, die täglich ausgewechselt werden. Und wenn es einen Grund gibt, jemanden zu beobachten, sagt die Geschäftsführung den Wachleuten, dass sie sich auf einen bestimmten Monitor konzentrieren sollen. Das war zum Beispiel vor einigen Monaten der Fall, als einer der Kartengeber an den Spieltischen verdächtigt wurde zu stehlen. Aber das ist auch schon alles an Kontrollmöglichkeiten."

Kelly konnte ihre Aufregung kaum verbergen. „Erzähl mir mehr von der Vorstandsetage. Als ich vergangene Woche dort war, habe ich überhaupt keine Kameras bemerkt. Ich habe allerdings auch nicht besonders darauf geachtet."

„Es gibt nur eine, direkt gegenüber dem Aufzug. Jonathan hatte vorgeschlagen, in jedem Büro eine zu installieren. Aber Syd hielt das offenbar für übervorsichtig und hat abgelehnt."

„Das Personalbüro wird also nicht überwacht?"

„Soweit ich weiß nein, aber da ist ja immer noch die Kamera am Aufzug. Wie willst du da vorbeikommen, ohne dass es jemand mitkriegt?"

„Wenn neunzig Monitore beobachtet werden müssen, wie hoch ist dann die Wahrscheinlichkeit, dass die Wachmänner sich ausgerechnet auf die Vorstandsetage konzentrieren? Besonders zu einer Zeit, wo in den Spielsälen Hochbetrieb ist."

Obwohl das durchaus logisch klang, war Victoria viel zu ängstlich, um das zuzugeben. „Mir gefällt es trotzdem nicht, Kelly."

„Um die Wahrheit zu sagen, mir auch nicht, aber ein Blick in die Personalakten ist die einzige Möglichkeit, um herauszufinden, ob Enrique für Syd arbeitet." Sie beobachtete die Kundin, die jetzt zwei silberne Kerzenhalter bewunderte, bevor sie fragte: „Hast du Jonathans Ersatzschlüsselbund gefunden?"

Zögernd griff Victoria in eine Schublade und holte einen Ring hervor, an dem etwa ein Dutzend Schlüssel hingen.

„Welcher gehört zum Personalbüro?"

„Ich habe keine Ahnung." Victoria machte keine Anstalten, Kelly den Schlüsselbund zu geben. „Kelly, das ist verrückt. Wenn sie dich nun erwischen?"

„Dann sage ich, ich hätte mich verlaufen."

„Ins Personalbüro verlaufen? Komm, Kelly, wer wird dir das denn glauben?"

Mit einem raschen Griff nahm sie Victoria die Schlüssel aus

der Hand. „Warum wünschst du mir nicht einfach Glück, anstatt nur über Probleme zu reden? Ich könnte es gebrauchen."

„Ich werde Nick erzählen, was du vorhast."

Kelly beugte sich über den Schreibtisch und blickte so streng, wie sie konnte. „Wenn du das tust, kann es sein, dass du niemals herausfinden wirst, was mit Jonathan geschehen ist. Ist es das, was du willst, Victoria? Aufgeben, wenn wir fast am Ziel sind?"

Victoria schüttelte den Kopf. „Nein."

„Na siehst du." Kelly warf den Schlüsselbund in ihre Handtasche.

„Rufst du mich an, sobald du wieder draußen bist?" fragte Victoria.

Kelly drückte ihre Hand. „Natürlich."

Kelly trug ihre Twiggy-Perücke und hielt einen Becher mit Vierteldollarmünzen in der Hand. Unauffällig schaute sie sich um, ehe sie den Aufzug mit dem Schild „Nur für Personal" betrat. Es war ein Uhr nachts, und in der Lobby des Chenonceau wimmelte es von Menschen. Mit etwas Glück würde niemand die orientierungslose Touristin bemerkt haben, und mit noch etwas mehr Glück würde auch niemand sie entdecken, wenn sie im 17. Stockwerk ausstieg.

Als die Aufzugtür sich wieder öffnete, begann Kelly sofort, ihre Rolle zu spielen. Kurzsichtig blickte sie sich um, ehe sie schnell aus dem Blickfeld der Kamera verschwand. Ein paar Sekunden später stand sie vor dem Personalbüro. Das Herz klopfte ihr bis zum Hals, aber sie beachtete es nicht. Sie konzentrierte sich darauf, den passenden Schlüssel zu finden.

Beim achten Versuch ging das Schloss auf. Mit einer bleistiftgroßen Taschenlampe leuchtete Kelly in weitem Bogen langsam den Raum ab. Das Personalbüro bestand aus einem großen Saal mit einem halben Dutzend Schreibtischen. Zwischen einigen von ihnen waren Trennwände aufgestellt, und auf jedem befand sich ein Computer. An einer Wand standen Aktenschränke. Als Kelly näher herantrat, sah sie, dass die Akten alphabetisch geordnet waren; der Buchstabe L befand sich etwa in der Mitte.

Sie probierte einen Schlüssel nach dem anderen aus. Einmal fiel ihr dabei der Schlüsselbund aus der Hand, und sie fluchte, weil ihr ein paar kostbare Sekunden verloren gingen. Als auch der letzte Schlüssel nicht ins Schloss passte, schaute sie sich hilflos um. Vielleicht entdeckte sie etwas, mit dem sich der Schrank öffnen ließ – eine Nagelfeile, eine Büroklammer, vielleicht sogar ein Brieföffner, wenn es irgendwo einen gab, der schmal genug war.

Sie hatte fast den Schreibtisch erreicht, der ihr am nächsten stand, als sie ein Klicken hörte, gefolgt von einem Befehl.

„Bleiben Sie stehen, und nehmen Sie die Hände hoch."

37. KAPITEL

Kelly erstarrte mitten in der Bewegung.

„Jetzt drehen Sie sich um."

Wieder tat sie, was man ihr befahl. Sie vermied jede rasche Bewegung. Ein großer Mann in der Uniform eines Wachmannes stand in der Tür. Zwei sehr ruhige Hände zielten mit einer Handfeuerwaffe direkt auf ihre Brust.

„Sieh mal einer an", sagte eine vertraute Stimme. „Wenn das nicht die reizende Miss Robolo ist."

Kelly spürte ein Flattern in der Brust, als Syd Webber hinter dem bewaffneten Wachmann hervortrat.

„Sie können die Knarre wegstecken, Billy", sagte er dem Mann. „Ich kümmere mich um sie."

„Sind Sie sicher, Boss?"

Syd nickte und wartete, bis der Wachmann gegangen war, ehe er sich Kelly zuwandte. Der Anblick ihrer blonden Perücke, der Skijacke und der Stretchhose schien ihn zu amüsieren. Und als er den Becher mit den Vierteldollarmünzen bemerkte, der am Rand des Schreibtischs stand, lachte er glucksend. „Keine schlechte Verkleidung für eine Halloween-Party", meinte er trocken. „Aber was mich betrifft, ich bevorzuge die Originalversion von Kelly Robolo."

Sie gab keine Antwort. Was hätte sie auch sagen sollen? Wie konnte sie ihm ihre Anwesenheit in diesem Büro anders als mit der reinen Wahrheit erklären?

„Warum legen Sie diese alberne Verkleidung nicht ab", schlug Syd vor. „Dann können wir uns unterhalten."

Kelly zog die Perücke vom Kopf und stopfte sie zusammen mit dem Becher voller Münzen in ihre Tasche.

„So ist es schon besser." Syd schaute sich um, als ob er dadurch herausfinden konnte, was sie in diesem Raum getan hatte. „Würde es Ihnen etwas ausmachen, mir zu erzählen, was das alles soll?“

„Ich habe nach jemandem gesucht“, gestand sie, „der möglicherweise im Chenonceau angestellt ist.“

„Wer?“

„Teddy Luna.“

Sie beobachtete ihn scharf. Aber außer einem leichten Heben der Augenbrauen konnte sie keine Reaktion erkennen. „Den Namen habe ich noch nie gehört. Wer soll das denn sein?“

„Ein Mann, den Sie vor langer Zeit unter dem Namen Enrique Vasquez gekannt haben.“

„Aha.“ Er nickte. „Ja, der berüchtigte Enrique Vasquez. Ihr Freund Nick McBride hat sich auch für ihn interessiert. Und warum nennen Sie ihn Teddy Luna?“

„Weil das der Name ist, den er jetzt benutzt. Oder jedenfalls benutzte, als er vor neun Jahren Las Vegas verlassen hat.“

„Woher wissen Sie, dass die beiden Männer identisch sind?“

„Ich habe es in Miami herausgefunden.“

Er nickte wieder und ging durch den Raum, wobei er einen flüchtigen Blick auf den Aktenschrank an der Wand warf. „Und nur, weil ich Enrique Vasquez einmal für mein Casino in Las Vegas verpflichtet habe, glauben Sie, dass er nun hier für mich im Chenonceau arbeitet?“

Obwohl sie eine Menge Erfahrungen damit hatte, in unangenehme Situationen zu geraten, fiel es ihr schwer, nicht nervös zu werden. „Man hat mir gesagt, er sei nach Atlantic City gezogen.“

„Ich verstehe.“ Er nahm seine Unterlippe zwischen Daumen und Zeigefinger und zog ein wenig daran. „Dieser Enrique Vasquez hat einen Mann getötet, wenn ich mich recht erinnere.“

Kelly nickte.

„Und Sie glauben, ich würde wissentlich jemanden beschäftigen, der vor dem Gesetz auf der Flucht ist?" Er machte eine Pause. „Dann müssen Sie ja auch annehmen, dass es irgendeinen Zusammenhang zwischen mir und diesem Verbrechen gibt. Habe ich Recht?"

Kelly schluckte. „Nicht beim Mord an Steve Marquant, nein."

„Bei irgendetwas anderem denn?" Er blieb vor ihr stehen. „Jonathans Verschwinden? Sind Sie deshalb hier? Glauben Sie etwa, ich hätte etwas zu tun mit dem, was Jonathan zugestoßen ist?"

Als sie nicht antwortete, schüttelte er ungläubig den Kopf. „Meine Güte, Kelly. Wofür halten Sie mich eigentlich? Ich habe immer gedacht, Sie und ich seien Freunde. Ich habe geglaubt, dass Sie mir vertrauen. Jedenfalls ist das der Eindruck, den ich neulich nachts von Ihnen hatte." Er wartete auf eine Reaktion. Als die ausblieb, hob er die Arme wie zwei Flügel und ließ sie wieder sinken. „Aus welchem Grund sollte ich denn einen Mann wie Enrique Vasquez decken, einen Mann, der wegen Mordes gesucht wird?"

„Ich weiß es nicht."

„Deshalb haben Sie also beschlossen, mitten in der Nacht in mein Casino einzudringen in der Hoffnung, etwas Belastendes gegen mich zu finden?"

„Ich hatte nicht vor, Sie zu belasten, Syd. Ich wollte einfach nur Enrique finden."

„Darf ich fragen, wie Sie bis hierher gekommen sind?"

„Victoria hat Jonathans Ersatzschlüssel gefunden."

„Wäre es nicht einfacher gewesen, mich zu fragen, ob Sie die Unterlagen einsehen können?"

„Ich habe nicht gedacht, dass Sie es mir erlauben würden."

„Sie irren sich." Er steckte die Hand in die Hosentasche und holte einen Schlüsselbund hervor, der so ähnlich aussah wie der von Jonathan. Er wählte einen aus und hielt ihn ihr hin. „Mit diesem Schlüssel können Sie jede Schublade öffnen. Fangen Sie an. Suchen Sie."

„Syd, ich ..."

Er rasselte ungeduldig mit dem Bund. „Was ist los? Deshalb sind Sie doch gekommen, oder?"

Sie streckte ihre Hand aus. Fast erwartete sie, dass er die Schlüssel im letzten Moment zurückziehen und „angeschmiert" rufen würde. Zu ihrer Überraschung ließ er sie aber los und lehnte sich mit verschränkten Armen gegen den Schreibtisch.

Sie fühlte sich ziemlich unbehaglich, aber er hatte Recht. Schließlich war sie ja wirklich gekommen, um die Personalakten im Chenonceau zu durchsuchen. Warum also brachte sie ihren Job nicht zu Ende? Sie ging noch einmal hinüber zum Aktenschrank, öffnete die Schublade, auf der ein L stand, und fuhr mit dem Finger über die Mappen. Leonard, Lingstrom, Lombard, Lyndros. Ein Luna war nicht dabei.

„Vielleicht wollen Sie noch unter V für Vasquez nachschauen", schlug Syd in spöttischem Tonfall vor. „Nur um sicherzugehen."

Das tat sie auch, ohne jedoch damit zu rechnen, etwas zu finden. Sie kam sich wie ein vollkommener Idiot vor. Ursprünglich hatte sie ihn überhaupt nicht verdächtigt, und jetzt, als sie es tat, zerplatzte die ganze Angelegenheit wie eine Seifenblase.

„Es gibt niemanden, der Vasquez heißt." Sie schloss die Schublade.

„Das hätte ich Ihnen gleich sagen und deshalb eine Menge Unannehmlichkeiten ersparen können. Ganz zu schweigen von einer Nacht in unserem städtischen Gefängnis."

Bei dem Gedanken, eine Zelle mit einigen Kriminellen von Atlantic City zu teilen, schauderte sie. „Wollen Sie das wirklich tun? Die Polizei verständigen?"

„Würden Sie das nicht tun, wenn Sie an meiner Stelle wären?"

Sie war müde und hatte keine Lust auf Spielchen. „Ich glaube ja."

„Dann können Sie von Glück sagen, dass ich nicht Sie bin, finden Sie nicht?" Er nahm sie am Arm und führte sie aus dem Personalbüro. Er ließ ihr kaum Zeit, nach ihrer Handtasche zu greifen.

„Dann lassen Sie mich also gehen?"

„Nicht ganz." Er hielt sie fest, bis sie in seinem Büro angekommen waren. „Ich werde Ihnen eine meiner schönsten Suiten geben", sagte er, während er zum Telefon griff. „Wir beide werden erst einmal eine Nacht darüber schlafen. Morgen früh ..."

„Ich kann nicht hier bleiben", protestierte sie.

Er musterte sie mit einem harten Blick. „Sie haben keine Wahl, Kelly. *Ich* gebe jetzt die Anweisungen."

Syd sprach ins Telefon. „Art, kommen Sie bitte in mein Büro. Ich brauche Sie, um eine Freundin von mir in die Fleur-de-Lys-Suite zu begleiten. Aber vorher rufen Sie noch Elaine in der Boutique an und sagen ihr, sie soll einen Pyjama aussuchen, für eine Dame, und auch Toilettenartikel, und dazu Kleidung zum Wechseln." Er musterte Kelly von Kopf bis Fuß. „Och, ich würde sagen, Größe 36. Danke, Art."

Er legte den Hörer auf. „Ich werde um acht Uhr morgen früh in Ihre Suite kommen – oder sollte ich besser sagen *heute* früh?" korrigierte er sich mit einem Blick auf seine Uhr. „Wenn es Ihnen recht ist."

Solange er sie nach ihrer Meinung fragte, konnte sie sie ihm genauso gut auch sagen. „Nein, das ist mir nicht recht. Ich schätze es nicht, gegen meinen Willen festgehalten zu werden."

„Daran hätten Sie vor Ihrem Einbruch in meine Personalabteilung denken sollen."

Sie überlegte, ob er sie vielleicht deshalb festhielt, weil er sich mit einem Komplizen beraten wollte, ehe er weitere Schritte unternahm. Tony Marquese möglicherweise? „Warum brauchen Sie sechs Stunden, um zu entscheiden, was Sie mit mir tun wollen? Warum tun Sie es nicht jetzt sofort?"

„Weil ich seit achtzehn Stunden auf den Beinen bin und etwas Ruhe brauche."

Aus der Halle klang das *Ping* des Aufzugs.

„Da kommt mein Nachtmanager. Er bringt Sie zu Ihrem Zimmer. Ihre persönlichen Sachen werden jeden Moment eintreffen, aber zögern Sie nicht, ihm zu sagen, ob Sie noch irgendetwas anderes benötigen." Er lächelte. „Gute Nacht, Kelly. Wir sehen uns morgen früh."

Kelly sah sich in ihrer Luxussuite um und versetzte dem Schreibtisch einen wütenden Fußtritt. Syd hielt sie nicht nur wie eine Gefangene; er hatte ihr außerdem die Handtasche weggenommen. Das bedeutete, sie hatte kein Handy, kein Geld, keine Autoschlüssel – also keine Möglichkeit, nach Hause zu fahren. Und ein Blick durch den Spion hatte ihren Verdacht bestätigt: Ein anderer hünenhafter Mann, diesmal in Krawatte und Anzug, saß gegenüber von ihrer Tür und las die jüngste Ausgabe von *Ringkampf*.

Ohne Erfolg suchte sie das gesamte Zimmer nach einem Telefon ab. Was für eine Art Suite war denn das, in der es kein Telefon gab?

Es klopfte leise, und sie ging zur Tür, um zu öffnen. Eine elegant gekleidete junge Frau stand im Korridor und hielt lächelnd eine Einkaufstasche mit Kleidung in der Hand. „Guten Abend, Miss Robolo. Ich bin Elaine. Das sind die Dinge, die ich im Auftrag von Mr. Webber für Sie aussuchen sollte. Wollen Sie sie durchsehen? Wenn Sie möchten, tausche ich sie auch gerne ..."

Kelly nahm ihr die Einkaufstasche aus der Hand. „Ich bin sicher, dass alles in Ordnung ist, Elaine. Vielen Dank und gute Nacht." Es war einfacher, die Sachen zu akzeptieren, als zu bitten, alles wieder mitzunehmen, was ihr vermutlich ohnehin strengstens verboten worden war.

In der Tragetasche waren ein schwarzer Hosenanzug aus leichter Wolle, ein eisblauer Rollkragenpullover, schwarze Socken, eine schwarze Schultertasche, ein weißer Slip und ein rosafarbenes Seidennachthemd. In einem Extrafach mit Reißverschluss fand sie eine Toilettentasche, in der von Zahnpasta bis zur Chanel-Seife alles vorhanden war, inklusive einem Parfümsprayer.

Kelly nahm die Zahnbürste, die Zahnpasta, die Seife und den Slip heraus. Alles andere, auch das Nachthemd, ließ sie unberührt. Heute Nacht würde sie nackt schlafen.

Falls Syd glaubte, er könne sie mit ein paar teuren Kleidungsstücken und einer Suite, die 3000 Dollar pro Nacht kostete, herumkriegen, dann hatte er sich gewaltig getäuscht.

Um Punkt acht Uhr am selben Morgen klopfte es wieder an ihrer Tür. Dieses Mal war es ein Zimmerkellner, der einen Serviertisch hereinrollte, auf dem ein Frühstück für zwei gedeckt war – Kaffee, ein Krug frisch gepresster Orangensaft, Obst, Croissants und eine Auswahl an englischen Marmeladen. Hinter dem Kellner stand Syd. Er wirkte sehr ausgeruht.

„Ich hoffe, Sie haben gut geschlafen", sagte er, als sie allein waren. Er warf einen Blick auf die schwarze Stretchhose und den schwarzen Sweater, den sie am vergangenen Tag getragen hatte, und runzelte die Stirn. „Haben Ihnen die Sachen, die Elaine ausgewählt hat, nicht gefallen? War es die falsche Größe?"

„Sie waren in Ordnung", sagte sie und versuchte dabei, so frostig wie möglich zu klingen. „Aber ich fühle mich in meinen eigenen Kleidern wohler."

„Ich verstehe." Er goss Kaffee für beide ein und reichte ihr eine Tasse. Einen Moment lang überlegte sie, abzulehnen, aber das tat sie dann doch nicht. Mit einem Schuss Coffein in ihren Adern konnte sie ohnehin immer klarer denken.

„Ein Croissant?" Er hielt ihr den Teller hin. „Ich lasse sie täglich von Poilâne in Paris einfliegen."

„Nein danke." Sie nahm einen Schluck von dem starken und heißen Kaffee. Sie bemerkte, dass er ihr die Handtasche zurückgebracht hatte. Ob er sie durchsucht hatte? Das spielte jetzt auch keine Rolle mehr. Außer ihrem Handwerkszeug – einer kleinen Kamera, einem Aufnahmegerät und etwa hundert Dollar in bar – hatte sie nichts bei sich, was für ihn von Interesse wäre. „Kann ich jetzt gehen?"

Er brach ein Stück von seinem Croissant ab und aß es langsam. „Ja, obwohl ich Sie gerne hier behalten würde. Ich habe gehofft, wir könnten ein wenig Zeit zusammen verbringen. Es gibt noch so viel, über das wir reden müssten, finden Sie nicht auch?"

Er war immer noch charmant, immer noch der unverbesserliche Verführer. Es war nicht schwer zu verstehen, warum Cecily seiner Liebenswürdigkeit zum Opfer gefallen war. „Hören Sie, Syd, es war ein Fehler von mir, in Ihre Personalabteilung einzubrechen, und es tut mir Leid ..."

„Tut es Ihnen Leid, dass Sie eingebrochen oder dass Sie erwischt worden sind?"

„Von beidem etwas, nehme ich an.“

„Aber Sie wollen trotzdem nicht bleiben?“

„Nein.“ Sie stellte ihre Tasse hin, nahm ihre Handtasche vom Schreibtisch und verließ das Zimmer.

38. KAPITEL

Kelly stand unter dem breiten Säulenvorbau des Chenonceau, wo es zu dieser frühen Morgenstunde menschenleer war, und sog die frische Luft tief in ihre Lungen ein. Vor sieben Stunden war sie voller Hoffnung und Wagemut angekommen. Und jetzt ging sie fort mit nichts als einem verletzten Ego. Syd war kein Mörder. Wenn er es wäre, dann wäre sie schon längst tot.

Kelly hatte in der vergangenen Nacht ihren Käfer vorsichtshalber auf dem frei zugänglichen Parkplatz des Chenonceau auf der Missouri Avenue abgestellt, anstatt ihn dem Parkservice des Hotels anzuvertrauen. Es war derselbe Parkplatz, auf dem Patrick McBride erstochen worden war.

Gedankenverloren ging sie bis zu den letzten beiden Reihen, wo ein Schild darauf hinwies, dass sie „Nur für Sicherheitskräfte" reserviert waren. Ihr Blick schweifte über die parkenden Wagen, während sie sich vorzustellen versuchte, was an jenem Morgen passiert sein mochte. Es wäre für jeden ein Leichtes gewesen, sich hinter den Autos zu verstecken, auf das richtige Opfer zu warten und zuzuschlagen. Doch welches war das richtige Opfer? Und warum wurde er umgebracht? Falls Raub das Motiv gewesen sein sollte, warum hatte man Patrick McBride dann nicht einfach mit dem Messer bedroht, seine Brieftasche genommen und wäre geflüchtet? Die Polizei war der Ansicht gewesen, dass Patrick umgebracht worden war, weil er es auf einen Kampf hatte ankommen lassen. Aber niemand hatte ihn mit seinem Angreifer kämpfen sehen, nicht einmal, ob er überhaupt angegriffen worden war.

Sie hörte ein kratzendes Geräusch hinter sich und fuhr herum. Ihre Nerven lagen bloß, während sie den Platz in Augenschein nahm. Erschrocken fuhr sie zurück, als sie ein Gesicht hinter einem grünen Müllcontainer entdeckte, das sie verstohlen beobachtete.

„Guten Morgen." Sie bemühte sich, nicht nervös zu klingen. Schließlich war es heller Tag, und auf der Missouri Avenue setzte allmählich der Berufsverkehr ein. Was konnte also schon passieren?

Das Gesicht tauchte ab, und kurz darauf kam sein Besitzer langsam hinter dem Müllcontainer zum Vorschein. Der Mann war dünn und ungepflegt, wirkte aber ziemlich harmlos. Eine Wollmütze verbarg das meiste von seinem Haar, und ein Dreitagebart ließ ihn älter aussehen, als er vermutlich war. Ein Mantel, zwei Nummern zu groß für ihn, hing ihm wie ein Zelt über den Schultern. Verschlissene Schuhe und Wollhandschuhe, von denen die Fingerspitzen abgeschnitten waren, vervollständigten seine Kleidung.

Er starrte auf die Papiertüte in Kellys Hand. Sie hatte sich ein Hefeteilchen in der Cafeteria des Chenonceau gekauft, um es auf der Rückfahrt im Wagen zu essen. Wortlos hielt sie ihm die Tüte hin, obwohl er eher eine richtige Mahlzeit gebraucht hätte; etwas, das seinen Magen gefüllt hätte bis zur nächsten Essensausgabe in der Suppenküche. „Es ist ein Quarkkuchen. Möchten Sie ihn haben?"

Als er sich nicht rührte, legte sie die Tüte auf die Kofferraumklappe eines blauen Buicks. „Bitte, bedienen Sie sich."

Der Fremde machte erst einen und dann einen zweiten zögernden Schritt nach vorn, wobei er sie misstrauisch ansah und nicht aus den Augen ließ. Kelly spürte, wie sie sich entspannte. Er war nur ein hungriger Mann, wahrscheinlich obdachlos, der sämtliche Müllcontainer der Stadt nach etwas Essbarem durchsuchte. Sie erinnerte sich, gelesen zu haben, dass die Polizei von Atlantic City so viele obdachlose Männer und Frauen wie möglich verhört, aber nichts herausgefunden hatte. Das war nicht überraschend. Obdachlose standen der Polizei ebenso misstrauisch gegenüber wie die Beamten ihnen, und sie achteten darauf, so wenig wie möglich mit den Behörden in Kontakt zu kommen.

Während Kelly sich nicht vom Fleck rührte in der Hoffnung, das Vertrauen des Mannes zu gewinnen, schlurfte er zum Buick hinüber. Als er nahe genug gekommen war, griff er schnell nach der Tüte und riss sie auf.

„Wie heißen Sie denn?" fragte Kelly freundlich.

Gierig schob er sich das Hefeteilchen zur Hälfte in den Mund, ohne die Handschuhe abzustreifen. „Ralph."

„Guten Morgen, Ralph. Ich bin Kelly."

Er beobachtete sie kauend, ohne etwas zu erwidern.

„Kommen Sie jeden Morgen hierher?" Ihr Tonfall blieb freundlich, denn sie wollte auf keinen Fall bedrohlich erscheinen.

Er nickte.

„Das ist gut, denn ich suche einen Mann, der regelmäßig hier parkt."

„Warum?" Seine Stimme war rau, aber nicht unfreundlich.

„Weil dieser Mann einen Mord begangen hat."

Er wurde abweisend. „Ich hab nix gesehen."

Selbstverteidigung, dachte Kelly. Wer nichts sieht, kann auch keine Schwierigkeiten bekommen. „Ich meine nicht heute. Das ist schon ein Jahr her."

Er biss noch einmal in das Hefeteilchen und sah sie weiter aufmerksam an.

„Genau an diesem Ort hat ein Mord stattgefunden, auf diesem Parkplatz. Nächsten Monat ist es genau ein Jahr her. Eine Messerstecherei. Haben Sie davon gehört?"

Seinem ängstlichen Gesichtsausdruck sah sie an, dass er etwas davon wusste. „Ich sage nicht, dass Sie es waren", fügte sie schnell hinzu. „Ich bin hier, um herauszufinden, was an jenem Morgen passiert ist. Aber dafür brauche ich Hilfe."

Sie kramte in ihrer Handtasche und zog zwei Zwanzigdollarnoten heraus. „Wenn Sie mir ein paar Fragen beantworten, gehört das Geld Ihnen."

„Was wollen Sie denn wissen?"

„Waren Sie an dem Morgen hier, als der Mann umgebracht wurde?"

„Nein."

Er hatte Angst. Vielleicht sagte er aber auch die Wahrheit. Dann hatte sie aufs falsche Pferd gesetzt und verloren. „Sind Sie sich da ganz sicher, Ralph?"

„Ich hab nix gesehen. Ich war nich' hier." Er schwieg. Dann setzte er mit bitterer Stimme hinzu: „Letztes Jahr um diese Zeit hatte ich noch 'nen Job, Essen im Bauch und ein warmes Bett zum Schlafen."

„Das tut mir Leid." Ihr Mitleid klang unecht, und sie bemerkte die Missbilligung in seinen Augen. Kelly verstand ihn. Was wusste sie schon von Obdachlosen außer dem, was sie in den Zeitungen über sie gelesen hatte?

Ralph trat von einem Fuß auf den anderen. „Aber ich kenne jemand."

Kelly war sofort wieder aufmerksam. „Jemand, der hier war? Als der Mord geschah?"

Er nickte.

Kelly ging näher zu ihm, blieb aber sofort stehen, als er einen Schritt zurücktrat. „Warum hat diese Person es nicht der Polizei gesagt?"

Ralph lachte. „Die Polizei! Sie behandeln uns, als ob wir Kriminelle sind, und sie schließen uns ein wie Tiere. Wir sagen denen gar nix. Sollen sie doch gucken, wie sie zurechtkommen, sag ich immer."

Es entstand eine Pause. „Ich sage Ihnen was, Ralph." Sie streckte die Hand aus. „Nehmen Sie das Geld. Sie haben es sich verdient. Und wenn Sie mich zu Ihrem Freund bringen, gebe ich ihm auch etwas Geld."

„Er wird nicht mit Ihnen sprechen. Er hat Angst." Er machte keine Anstalten, nach den beiden Zwanzigern zu greifen.

„Sagen Sie Ihrem Freund, dass er keine Angst zu haben braucht", sagte sie, verzweifelt darum bemüht, diese Spur nicht zu verlieren. „Ich bin keine Polizistin."

„Was sind Sie dann?"

„Ich bin mit dem Sohn des Ermordeten befreundet. Wir beide versuchen herauszufinden, wer seinen Vater umgebracht hat. Bitte sagen Sie das Ihrem Freund. Und nehmen Sie das Geld."

Jetzt nahm er es. Sie sah ihm zu, wie er den Mantel zur Seite schob, sich durch weitere Lagen von Kleidungsstücken fingerte und die Scheine in eine Tasche steckte. Dann schaute er sich verstohlen um, um sich zu vergewissern, dass ihn keiner beobachtet hatte, und ging eilig weg.

„He!" rief sie ihm nach. „Sie kommen doch wieder, ja?"

Er antwortete nicht, sondern lief einfach weiter.

Kelly lehnte sich gegen den Buick und verfluchte sich selbst. Das war wirklich dämlich gewesen. Natürlich würde er nicht zurückkommen. Ebenso wenig wie sein angeblicher Freund. Er hatte sie übers Ohr gehauen.

Ihr gesunder Menschenverstand riet ihr zu gehen. Das hier war ein weiterer beschämender Fehlschlag, den man am besten sofort vergaß. Sie würde es nicht einmal Nick erzählen. Er würde sie bestimmt ewig damit aufziehen.

Also – warum ging sie nicht einfach weg? Warum blieb sie

hier stehen wie eine Närrin und hoffte, Ralph würde zurückkommen? Mit seinem Freund?

Eine halbe Stunde später stand sie immer noch am selben Fleck und hielt die Einfahrt zum Parkplatz im Auge, wo Ralph verschwunden war. Dann sah sie ihn auf sie zulaufen. Weil der Wind so stark wehte, hatte er den Kopf gesenkt. Ein kleiner, gedrungener Mann versuchte, mit ihm Schritt zu halten. Er hatte ein schmutziges Gesicht und dünne graue Haare, die wirr über seinem Kopf verteilt waren. Er machte den gleichen heruntergekommen Eindruck wie Ralph.

„Das ist Ben", stellte Ralph ihn vor, als sie vor ihr stehen blieben. „Zeigen Sie ihm das Geld."

Kelly musste lächeln, als sie den bekannten Satz von Tom Cruise aus Ralphs Mund hörte. Sie nahm mehrere Scheine aus ihrer Handtasche und hielt sie hoch. „Das sind 60 Dollar, Ben. Das ist alles, was ich im Moment bei mir habe. Wenn Sie mir die Auskunft geben, die ich brauche, werde ich dafür sorgen, dass Sie noch mehr bekommen."

„Sie haben doch gerade gesagt, dass Sie nicht mehr haben."

„Im Moment nicht, aber ich kann es besorgen. Ich denke, Sie werden mir einfach vertrauen müssen." Sie hielt seinem forschenden Blick stand. „Genauso wie ich Ralph vertraut habe, als er eben mit meinem Geld verschwunden ist."

Ben nahm die Scheine. „Sind Sie von der Polizei?"

Ralph stieß ihn mit dem Ellbogen in die Rippen. „Ich hab dir doch gesagt, dass sie keine von denen ist."

„Ich bin eine Freundin von Nick McBride, dem Sohn des Mannes, der ermordet wurde." Als Ben nicht reagierte, fügte Kelly hinzu: „Ralph hat mir erzählt, dass Sie an dem Morgen, als Patrick McBride getötet wurde, hier waren. Stimmt das?"

„Ich lüge doch nicht", protestierte Ralph. Wieder stieß er seinen Freund an. „Sag ihr, dass ich nicht lüge."

„Er lügt nicht."

Ralph ließ einen verzweifelten Seufzer hören. „Erzähl ihr, was du gesehen hast, Blödmann."

Ben sah hinüber zur Einfahrt des Parkplatzes. „Ich hab gesehen, wie ein Mann zu den Autos da drüben gegangen ist." Er deutete vage mit einem schmutzigen Finger über Kellys Schulter.

Kelly sprach ein stummes Stoßgebet. Vielleicht war ihre Pechsträhne ja endlich vorbei. Vielleicht! „Und was ist dann passiert?"

„Jemand hat sich hinter einem Auto versteckt, ist herausgesprungen und hat den Mann erstochen."

Kelly runzelte die Stirn. Das passte nicht zusammen. Im Polizeibericht war eindeutig von Raub als Motiv die Rede. So wie Ben es erklärte, hatte der Täter zuerst zugestochen. Log er sie an? Sagte er nur, was sie hören wollte, um auf die Schnelle ein paar Dollar zu verdienen? „Hat der Mörder Mr. McBride nicht nach seiner Brieftasche gefragt?"

Ben schüttelte den Kopf.

Sie forschte in seinem Gesicht nach. Ohne zu zwinkern hielt er ihrem Blick stand. Er sagte die Wahrheit. „Haben Sie ihn erkennen können?" Sie kreuzte die Finger.

„Ihn?" Ben lachte. Kelly sah, dass ihm zwei untere Vorderzähne fehlten. „Das war kein Er. Der Killer war eine Nutte. Eine Frau."

39. KAPITEL

Kelly starrte ihn an. „Eine *Frau*, haben Sie gesagt?"

Ben nickte.

„Sind Sie da ganz sicher? Keiner hat irgendetwas über eine Frau gesagt."

„Klar bin ich sicher", verteidigte er sich.

„Können Sie sie beschreiben?"

„Ich hab sie nicht angesehen. Ich hatte zu viel Schiss."

„Bitte, Ben. Sie müssen sich doch an irgendetwas erinnern – ihre Kleidung, die Haarfarbe. War sie groß? Klein?"

„Nicht groß, nur stark. Auf jeden Fall stärker als dieser McBride, und der war ja auch kein Schlappschwanz."

„Was war mit ihrem Haar?"

„Kann ich nicht sagen. Sie hat einen Hut aufgehabt, eine von diesen Skimützen, die man sich so tief ins Gesicht zieht, aber ..." Er blinzelte mit den Augen, so dass die Falten drumherum tiefer wurden. „Ich glaube, ich habe blonde Haare gesehen. Ja, so wars." Er nickte ein paar Mal. „Ich bin mir ziemlich sicher, dass sie blonde Haare hatte."

Genau wie die Fahrerin des schwarzen Lexus. „Haben Sie sie vorher schon mal gesehen?"

Er schüttelte den Kopf. „Nein, und sie war auch keine von uns. Die Bullen haben gesagt, ein Obdachloser hat den Mann vom Casino getötet, aber das stimmt nicht. Diese Bastarde schieben uns alles in die Schuhe, was sie nicht aufklären können."

„Können Sie sich noch an andere Einzelheiten erinnern? Zum Beispiel daran, welchen Wagen sie gefahren hat?"

Wieder schüttelte Ben den Kopf. „Sie ist nicht lange geblieben. Sie hat ihn erstochen, das Messer rausgezogen und wollte los. Aber dann ist sie noch mal zurückgekommen, hat seine Brieftasche genommen und ist abgehauen."

Wegen der Brieftasche war sie zurückgekommen. Nicht, weil sie sie wollte, sondern damit es wie Raub aussah.

„Ben." Sie zögerte, weil sie befürchtete, dass ihre nächste Frage ihn auf Nimmerwiedersehen in die Flucht schlagen könnte. „Würden Sie das, was Sie gesehen haben, auch dem Sohn von Mr. McBride erzählen?"

Er schaute sich um und schien sich plötzlich unbehaglich zu fühlen. „Ich weiß nicht recht. Was ist, wenn sie das spitzkriegt?"

„Das wird sie nicht. Nick wird Sie beschützen."

Prompt war der misstrauische Blick wieder da. „Wie kann er das denn?"

„Weil er ... weil er zur Mordkommission gehört."

Energisch schüttelte Ben den Kopf und begann, den Rückzug anzutreten. „Kommt nicht in Frage. Ich rede mit keinem Bullen."

„Ben, hören Sie mir zu." Sie hob die Hand, versuchte aber nicht, ihn festzuhalten. „Nick ist nicht einer dieser Polizisten, die Sie andauernd belästigen. Er ist anders. Er ist ein guter Mann. Er möchte nur den Mörder seines Vaters finden."

„Warum ist er dann nicht selber hier?"

„Weil er vom Dienst suspendiert worden ist."

Jetzt überwog die Neugier seine Vorsicht. „Was hat er denn angestellt?"

„Einige Sachen, die er nicht hätte tun dürfen, und einigen von seinen Bossen hat das nicht gefallen."

Diese Zusammenhänge schien er verstehen zu können. Er blickte Ralph an, der mit den Schultern zuckte. Kelly nutzte seine Unentschlossenheit, um ihn ein wenig mehr unter Druck zu setzen. „Wenn Sie uns helfen, kann Nick Ihnen möglicherweise sogar einen Job verschaffen. Ihnen beiden“, setzte sie hinzu, um Ralph mit in das Angebot einzuschließen.

Die stechenden Augen sahen auf einmal sehr interessiert aus. „Was für einen Job?“

„Darüber müssen Sie schon selbst mit Nick sprechen. Aber er kennt eine Menge Leute in Atlantic City und in Philadelphia. Ich bin sicher, dass er Ihnen gerne dabei behilflich ist, etwas zu finden.“ Nick würde das möglicherweise gar nicht gefallen, aber was konnte sie sonst tun? Um die Untersuchung über Patricks Tod erneut aufzurollen, benötigte die Polizei von Atlantic City konkrete Beweise. Und ohne Bens Aussage hatten sie nichts in der Hand.

„Werden Sie es tun, Ben?“ drängte sie. „Werden Sie mit Nick sprechen?“

Er ließ sich mit seiner Antwort Zeit, während er mit dem Reißverschluss seines ausgebleichten blauen Parkas spielte und sich ängstlich umsah. Nach einer Weile nickte er. „Na gut, ich rede mit ihm.“

„Danke, Ben. Wo kann ich Sie finden?“

Er zeigte hinter sich. „Am Strand. Gegenüber von Bally. Fragen Sie einfach nach Ben.“

Sie dachte an die drei Angestellten vom Encantado und wie schnell sie verschwunden waren. Konnte sie darauf vertrauen, dass Ben nicht untertauchte? Oder seine Meinung später änderte? Sie musste es einfach darauf ankommen lassen, dass er zu seinem Wort stand.

Zehn Minuten später fuhr sie wieder über den Atlantic City Expressway in Richtung Westen nach Philadelphia. Während der Fahrt dachte sie an die blonde Frau, die Ben gesehen hatte, und an seine Bemerkung über ihre Kraft. Wie konnte eine Frau einen Mann wie Patrick McBride überwältigen? Zugegeben, er war überrascht worden, aber er war immer noch ...

Und dann traf sie die Erkenntnis wie ein Blitzschlag.

Der Schock war so heftig, dass sie das Steuer herumriss und einen Wagen in der linken Spur schnitt. Ein langes wütendes Hupen brachte sie zurück in die Wirklichkeit. Sie steuerte auf ihre Fahrspur zurück. Dann scherte sie aus in eine Haltebucht und bremste.

Einige Sekunden lang blieb sie regungslos sitzen, während die Wagen an ihr vorbeibrausten. Warum war sie nicht schon früher darauf gekommen? Die Frau, die Patrick McBride umgebracht und versucht hatte, sie am vergangenen Samstag zu töten, war gar keine Frau.

Es war Enrique.

40. KAPITEL

Nick hatte das Gespräch mit seinem Freund vom Straßenverkehrsamt beendet und wollte gerade Kelly anrufen, als sein Telefon klingelte.

„Wie gehts dir, mein Junge?"

Nick wäre fast vom Stuhl gefallen. „Joe?"

„Überrascht, was?"

Nick versuchte, nicht allzu aufgeregt zu klingen. „Ein bisschen."

„Ich habe über einige Sachen nachgedacht."

„Ich höre."

„Ich brauche erst ein paar Sicherheiten, mein Junge. Nicht für mich. Für meine Kinder."

Joe war nicht leicht einzuschüchtern. Das bedeutete also, dass er ihm etwas Ernstes mitzuteilen hatte. „Sag mir, was du willst."

„Sicherheit für alle drei. Nicht morgen und nicht erst, nachdem ich mit dir gesprochen habe, sondern sofort. Heute Morgen."

„Das kommt etwas plötzlich."

„Jetzt sofort, Nick. Oder ich sage nichts."

Nick überlegte rasch. Er hatte eine Idee, konnte allerdings nicht abschätzen, wie sie am anderen Ende der Leitung aufgenommen werden würde. „Haben die Kinder Reisepässe?" fragte er.

„Ja. Wir haben sie vor ein paar Jahren beantragt, als Dottie und ich mit der ganzen Familie nach Mexiko gefahren sind."

Nick erinnerte sich an diesen Urlaub. Er sollte der letzte für Dottie sein, die dort ihren 44. Geburtstag feiern wollte. „Gut. Wirst du beschattet? Machst du dir deshalb Sorgen?"

„Ich werde nicht beschattet. Und meine Telefonleitung wird nicht abgehört. Ich möchte nur kein Risiko eingehen."

„In Ordnung. Lass mir ein paar Minuten Zeit, dann werde ich dich zurückrufen." Er notierte die Nummer von Joes Handy. Danach rief er sofort seine Schwester in Aviano in Italien an, wohin ihr Ehemann von der amerikanischen Marine für drei Jahre versetzt worden war. Sie klang fröhlich wie immer, als sie den Hörer abnahm, wurde aber sofort ernst, als er ihr sagte, was er wollte.

„Oh Gott, Nick", stöhnte sie. „In was hast du dich denn diesmal wieder hinein geritten?"

„Das kommt alles wieder in Ordnung, Schwesterherz, ich schwörs dir. Aber Joe wird nicht eher reden, bis seine Kinder in Sicherheit sind."

„Was ist denn mit seiner Nichte? Sie liebt die Kinder wie ihre eigenen."

„Dort wird Webber als Allererstes nach ihnen suchen."

Noch ein Stöhnen, diesmal schwächer als vorher. „Ich weiß nicht. Alex ist gerade auf See."

„Bitte, Schwesterherz, du musst mir helfen. Du weißt, ich würde dich nicht darum bitten, wenn ich der Ansicht wäre, dass es für dich gefährlich ist. Aber Webber weiß nicht einmal, dass es dich gibt, geschweige denn, wo du bist."

Aus viertausend Meilen Entfernung hörte er einen Seufzer. „Na gut", sagte Kathleen, „ich tu es. Ich werde sie bei mir unterbringen."

„Danke, Schwesterherz. Ich ruf dich noch mal an, wenn ich alles geregelt habe."

Als Nick Joe ein zweites Mal anrief, kribbelten seine Nerven, als ob er zu viel Coffein in seinen Adern hätte. „Es ist alles arrangiert, Joe. Wo sind die Kinder im Moment?"

„Danny besucht Vorlesungen in Temple, Ron ist in der Schule, und Tommy sitzt unten vor dem Fernseher."

„Was ist mit der Haushälterin?"

„Ich habe heute frei, also hat sie auch frei."

„Gut." Nick schwieg eine Weile, während er in Gedanken den Plan ausarbeitete. „Um wie viel Uhr kommt Ron aus der Schule?"

„Um zwei ist der Unterricht zu Ende. Normalerweise ist er um halb drei hier."

„Pack dir die beiden Kinder. Wir treffen uns am Flughafen, und zwar am Schalter von USAir. Fahr sofort los, wenn Ron nach Hause kommt, dann kannst du gegen halb vier dort sein. Nehmt nichts mit. Alles, was sie brauchen, kannst du am Flughafen kaufen. Tu erst einmal so, als würdest du die Kinder zu einem Videoladen um die Ecke fahren. Und vergiss die Pässe nicht."

„Und was ist mit Danny?"

„Ruf ihn an und sag ihm, dass ich vor dem Haupteingang von Temple auf ihn warte. Und er soll niemandem erzählen, dass er wegfährt."

„Wo fahren sie denn hin, Nick?" Joes Stimme war belegt vor Angst.

„Nach Italien. Kathleen hat sich bereit erklärt, sie bei sich aufzunehmen, bis die ganze Sache ausgestanden ist."

„Gott segne sie."

„Ja, sie ist ein gutes Mädchen – und ein Rettungsanker für Leute, die in Schwierigkeiten sind." Nick schaute auf seine Uhr. „Ich ruf jetzt bei den Fluggesellschaften an und erkundige mich nach dem frühesten Flug, den ich bekommen kann. Sie werden vermutlich nach Rom fliegen und von dort einen Anschlussflug nach Aviano nehmen müssen."

„Danke, Nick. Jetzt gehts mir schon viel besser."
„Gut. Wir sehen uns um fünf am Flughafen."

„*Was* hast du getan?" brüllte Nick ins Telefon.
„Schrei mich nicht so an." Kelly hielt das Handy vom Ohr weg, während sie weiterfuhr. „Du machst mein Trommelfell kaputt."
„Ich werde noch was ganz anderes mit dir anstellen, als dein Trommelfell kaputt zu machen, Kelly. Ich werde dich bei lebendigem Leibe häuten. Du hast mir dein Wort gegeben, dass du dich von Atlantic City fern halten wirst."
„Ich habe das unter Druck getan. Das zählt nicht."
„Verdammt noch mal, Kelly."
„Willst du mich weiter so anbrüllen? Oder willst du hören, was ich herausgefunden habe?"
Er holte tief Luft. „Was hast du denn herausgefunden?"
„Ich weiß, wer deinen Vater umgebracht hat."
Es entstand eine lange Pause. Dann sagte er nur ein einziges Wort. „Wer?"
„Enrique."
Sie berichtete ihm von ihrem Gespräch mit Ben und Ralph und warum Ben Angst gehabt hatte, sich unmittelbar nach dem Mord der Polizei anzuvertrauen. „Er glaubte, es war eine Frau, aber das stimmt nicht. Es war ein Mann, der sich als Frau verkleidet hatte. Wenn man bedenkt, wie leicht Enrique sein Aussehen verändern kann, dürfte ihm das nicht schwer gefallen sein. Wahrscheinlich hat er die meisten seiner Kostüme behalten."
„Und du bist sicher, dass er nicht in den Personalakten stand, die Webber dich durchsuchen ließ?"
„Vollkommen sicher. Und Syd wusste, dass er nicht drinstand, sonst hätte er sie mich nicht so bereitwillig anschauen las-

sen. Enrique ist woanders beschäftigt. Vielleicht in einem anderen Casino."

„Ich rufe Alan an und bitte ihn, das herauszufinden. Und wenn du deine Eskapaden beendet hast, möchte ich, dass du ..."

„Ins San Remo gehst, ich weiß. Ich bin gerade auf dem Weg dorthin." Ihre Stimme wurde ein verführerisches Flüstern. „Es sei denn, du möchtest in mein Haus kommen und dich höchstpersönlich um die Überwachung kümmern."

Auf diesen Satz reagierte er zum ersten Mal mit einem Lachen. „Du Miststück."

„Willst du?"

„Ich würde gerne. Aber Joe hat mich gerade angerufen. Ich habe doch Recht gehabt, Kelly. Er weiß etwas, und es ist eine große Sache."

Kelly verlangsamte das Tempo, als sie sich der Ben-Franklin-Brücke näherte. „Hat es was mit Syd zu tun?"

„Darauf würde ich ein Jahresgehalt verwetten. Das Problem ist nur, Joe redet erst, wenn seine Kinder in Sicherheit sind."

Schweigend hörte sie zu, als er ihr erzählte, dass seine Schwester ihm ihre Unterstützung zugesagt hatte und die Kinder bei sich aufnehmen wollte, bis keine Gefahr mehr bestand.

„Ich ruf dich an, wenn ich mehr weiß, einverstanden?"

„Klar. Du weißt, wo du mich erreichen kannst, Nick."

41. KAPITEL

Nicks Plan hatte reibungslos funktioniert. Das lag zum größten Teil an der Schnelligkeit, mit der er in die Tat umgesetzt worden war, und an der Bereitwilligkeit aller Massimos. Sogar der kleine Tommy, der seinen Dad zunächst gar nicht verlassen wollte, hatte sich schließlich einverstanden erklärt, in das Flugzeug zu steigen.

Beim Einchecken hatte Nick mit der Chefstewardess gesprochen und ihr erklärt, dass die Jungen in Aviano von seiner Schwester Kathleen Hargrove abgeholt werden würden. Die Stewardess hatte ihm versichert, dass sie sie persönlich zum Alitalia-Terminal bringen würde, damit sie ihre Verbindung nach Aviano erreichten.

Nachdem das Flugzeug gestartet war, fuhren Nick und Joe zurück ins Stadtzentrum und gingen in eine belebte Bar, die in einer Seitenstraße der Broad Street lag. Sie war bei Sportfans beliebt, weil ein halbes Dutzend Fernsehgeräte an strategisch günstigen Orten im ganzen Raum verteilt war. Alle Besucher starrten wie gebannt auf die Bildschirme, um das Basketballspiel Temple gegen die Universität von Dayton zu verfolgen. Niemand achtete auf die beiden Männer, die an einem der hinteren Tische ihr Bier tranken.

Nick schob einen Hotelschlüssel in Form einer Kreditkarte über den kleinen runden Tisch. „Ich habe für uns Zimmer im Doubletree reserviert. Du bist dort unter dem Namen Thomas Parson angemeldet."

Joe versuchte witzig zu sein. „Hast du Angst, dass der Schwarze Mann mich erwischt?"

„Nur für alle Fälle."

„Gut." Joe steckte die Karte in die Tasche. „Aber du musst

mir sagen, wie viel ich dir für all das schulde – Flugtickets, die Kleidung, die du für die Kinder gekauft hast, das Zimmer, alles."

„Ich schick dir eine Rechnung." Er war zwar jetzt offiziell arbeitslos und benötigte jeden Cent, den er hatte, aber darüber verlor er kein Wort. „Willst du mir jetzt erzählen, was du weißt?"

Joe nickte. Er zog seinen Stuhl näher an den Tisch heran und sprach mit leiser Stimme. „Syd verschiebt Geld. Schwarzgeld."

Nick stellte sein Glas hin. „Hast du Beweise?"

Er schüttelte den Kopf. „Nein, aber ich bin sicher, die sind irgendwo in seinem Büro. Vielleicht im Computer."

„Wie kommst du darauf?"

„Eine Woche, bevor dein Vater gestorben ist, hat er mir erzählt, dass er Zeuge eines Telefongesprächs geworden war, das Syd mit jemandem geführt hat. Patrick hat nur Details mitbekommen, aber sie reichten aus, um ihn zu alarmieren. Der Boss verdient einen Haufen Geld durch illegales Glücksspiel und als Kredithai. Das Geld hat er über verschiedene Unternehmen gewaschen, bevor er es auf die Cayman-Inseln transferierte."

Nicks Hand auf dem Tisch ballte sich zur Faust. „Warum hat mein Vater mir nichts davon erzählt? Ich hätte etwas tun können. Vielleicht hätte ich sogar sein Leben retten können."

„Das habe ich ihm auch gesagt. Er antwortete, er hätte noch keine Beweise, aber das würde sich bald ändern. Er hatte überlegt, das Hinterzimmer, in dem seiner Meinung nach illegale Glücksspiele betrieben wurden, zu verwanzen."

„Hat er damals angefangen, Überstunden zu machen?"

„Ja. Er glaubte, er könnte es nach vier Uhr morgens erledigen, wenn das Casino für ein paar Stunden geschlossen wird. Ich habe ihn gefragt, ob er Hilfe brauchte, aber er hat abgelehnt. Er wollte mich da nicht hineinziehen, falls etwas schief laufen sollte."

„Und Syd hat es herausgefunden?“

Joes Antwort überraschte ihn. „Ich weiß es nicht, Nick. Ich schwöre beim Grab meiner geliebten Dottie, dass ich keine Ahnung habe, was passiert ist. An jenem Donnerstagmorgen habe ich damit gerechnet, dass dein Vater mir erzählen würde, dass das Mikrofon installiert ist, aber statt dessen kam er mit einem zornigen Ausdruck auf seinem Gesicht aus dem Zimmer heraus. Und kurz danach habe ich ihn sterbend auf dem Parkplatz liegen gesehen.“

Nick umklammerte sein Glas, weil er etwas brauchte, an dem er sich festhalten konnte.

„Zunächst war ich krank vor Kummer, und dann wurde ich wütend. Ich bin zu Syd gegangen und habe ihm erzählt, was ich wusste.“

„Und was hat er gesagt?“

An der Bar wurde Triumphgeheul laut, als der Center einen weiteren Punkt erzielte. Joe wartete, bis es wieder ruhiger geworden war, bevor er antwortete: „Er hat mir geschworen, nichts mit dem Tod deines Vaters zu tun zu haben. Er hatte nicht einmal gewusst, dass Patrick sein Telefongespräch mitgehört hatte.“

„Seine illegalen Geldgeschäfte hat er also gar nicht bestritten?“

„Nein.“

„Also hat er dein Schweigen gekauft.“

Ein paar Sekunden lang ließ Joe den Kopf hängen, bevor er wieder aufblickte. „Zuerst habe ich ihm gesagt, er soll zum Teufel gehen. Und dass ich die Arbeit zu Ende bringen würde, mit der Patrick angefangen hatte. Ich habe sogar die Kündigung eingereicht. Er wollte sie nicht annehmen. Er hat unentwegt davon gesprochen, dass ich pleite und nicht mehr der Jüngste sei. Wer würde mich noch einstellen? Wenn ich andererseits bleiben und den Mund halten würde, wollte er mich nicht nur zum Chef der Sicherheitsabteilung machen, sondern auch dafür sorgen, dass ich genug Geld hätte, um Danny aufs College zu schicken und mir ein größeres Haus in einer besseren Gegend kaufen zu können."

„War das alles so wichtig für dich?"

„Nein." Joe sah ihn ruhig an, als ob er diese Frage erwartet hätte. „Mir war die Sicherheit meiner Kinder wichtig."

„Hat Webber sie bedroht?"

„Nicht direkt, aber er hat ein paar unmissverständliche Andeutungen gemacht. Es wäre tollkühn gewesen, die zu ignorieren."

Nick schwieg. Wie hätte er ihm einen Vorwurf machen sollen? Falls Webber seinen Vater hatte umbringen lassen, wie er glaubte, und Joe eine Bedrohung geworden war, hätte er ihn ohne zu zögern ebenfalls getötet.

„Deshalb habe ich mich entschlossen, im Chenonceau zu bleiben und den Mund zu halten", fuhr Joe fort. „Ich war nicht stolz darauf, das kannst du mir glauben. Es gibt nicht einen Tag im vergangenen Jahr, an dem ich nicht an deinen Vater gedacht habe. Ich bin mir wie ein Verräter vorgekommen, der seine Freundschaft und sein Vertrauen nicht verdient hatte. Gleichzeitig wusste ich aber, dass er an meiner Stelle das Gleiche getan hätte. Eines Tages, wenn du mal selbst Kinder hast, wirst du das verstehen."

„Hallo, Prinzessin." Gino gab Kelly einen Kuss auf die Wange. „Ich habe mich schon gefragt, wann du kommen würdest."

„Woher wusstest du überhaupt, dass ich komme?"

„Dein junger Mann hat angerufen." Er zwinkerte ihr zu. „Ich habe das Gefühl, er kontrolliert dich."

Am anderen Ende der Küche füllte Connie Cannelloni mit einer Mischung aus Ricottakäse und Spinat. Benny stand an der Spüle und säuberte Tintenfische.

Kelly wusste, dass ihre Mutter eine Lüge sofort durchschaut hätte, und deshalb hatte sie ihr die Wahrheit erzählt. Connie hatte das Verhör beendet, als ihr klar geworden war, dass Nick ihre Tochter nicht in unnötige Gefahr gebracht hatte.

„Ich mag diesen Jungen", hatte Connie gesagt und Kelly einen Klaps auf den Rücken gegeben. „Du solltest ihn heiraten."

„He, Kelly!" Benny hielt den Telefonhörer hoch. „Nick ist dran."

Sie ging hinüber und nahm ihm den Hörer aus der Hand. „Warum hast du mich nicht auf dem Handy angerufen?" fragte sie ihn.

„Weil ich mich vergewissern wollte, dass du da bist, wo du sein sollst."

Sie lächelte. Es war schon lange her, dass ein Mann sich so um sie gesorgt hatte wie Nick. „Das habe ich dir doch gesagt. Was ist denn los? Vertraust du mir etwa nicht?"

„Nicht nach der Nummer, die du gestern abgezogen hast. Außerdem habe ich vor einer Viertelstunde schon einmal angerufen, und du warst nicht da."

„Ich bin bei Victoria vorbeigefahren und habe ihr berichtet, was in Atlantic City passiert ist."

„Du hast doch nichts von Joe erzählt, oder?"

„Natürlich nicht. Wie gehts ihm denn?"

„Besser, jetzt da die Kinder außer Gefahr sind. Wir warten, bis sie angekommen sind, ehe wir zur Polizei gehen."

„Was hatte er denn zu beichten?"

„Ich erzähle dir das alles, wenn wir uns morgen früh sehen.

Dann wird diese ganze schmutzige Angelegenheit hoffentlich beendet sein."

Als Kelly aufgelegt hatte, kam Connie zu ihr hinüber und legte den Arm um ihre Taille. „Ich habe gehört, dass du von Victoria gesprochen hast. Warum rufst du sie nicht an und fragst sie, ob sie und Phoebe zum Abendessen kommen wollen?"

„Das habe ich schon getan. Aber sie möchte mit ihrer Tochter einen ruhigen Abend zu Hause verbringen. Ward und Cecily sind heute im Bellevue, Adrian hat frei, und Phoebe kann so viel Krach machen, wie sie will."

„Ach ja, stimmt." Connie schüttelte den Kopf. „Ward bekommt heute Abend einen Preis verliehen, nicht wahr?"

„Den Benjamin-Franklin-Preis." Die Auszeichnung war eine große Ehre und wurde alljährlich an eine Persönlichkeit verliehen, die sich unermüdlich dafür einsetzte, Philadelphia zu einer besseren Stadt zu machen. In diesem Jahr war Ward ausgewählt worden, weil er den Bau eines Frauenhauses mit Hilfe der Eastland Bank finanziert hatte.

„Warum bist du denn nicht dazu eingeladen worden?" fragte Gino.

„Bin ich doch. Aber ich habe aus Rücksicht auf Victoria abgesagt. Sie geht nämlich auch nicht."

Kopfschüttelnd ging Connie zum Herd und schaute in einen Topf. „Armes Mädchen. Sie muss ja wahnsinnig werden, weil sie nicht weiß, was mit ihrem Mann passiert ist."

Vielleicht wird sie es bald wissen, dachte Kelly. Vielleicht hatte Nick Recht, als er sagte, die schmutzige Angelegenheit sollte morgen erledigt sein.

Kelly holte gerade einen Teller mit Lasagne aus dem Herd, als Nick sie noch einmal anrief, dieses Mal auf ihrem Handy. „Kelly", sagte er über die Freisprechanlage. „Es ist etwas passiert." Seine Stimme wurde leiser, dann wieder vernehmlich. „Wir treffen uns ..."

„Nick, ich kann dich kaum hören. Kannst du etwas lauter sprechen?"

Obwohl er es tat, wurde die Verbindung nicht besser. „Ich habe dich nicht verstanden. Kannst du es noch einmal sagen ..."

„Ich habe gesagt, wir treffen uns in Weekstown."

„Wo zum Teufel ist Weekstown?"

„Im Süden von Jersey, hinter Egg Harbor City."

„Was machst du denn da?"

„Ich habe jetzt keine Zeit für Erklärungen ..." Noch mehr Geräusche. „Komm dort hin."

„Nick, bis Egg Harbor brauche ich eine Stunde."

„Nicht, wenn du die Autobahn nimmst, dann über die Bundesstraße 50 zur 563 fährst. Vorbei an Weekstown, über Ocean Yachts, und dann siehst du einen Weg. Die Hütte ist am Ende des Wegs. Hast du mich verstanden?"

„Ja, aber wem gehört die Hütte?"

„Wir haben sie, Kelly. Es ist vorbei."

Und dann wurde die Verbindung unterbrochen.

Kelly legte das Handy auf die Theke. Connie und Gino schauten sie an.

„Was soll denn das?" fragte Connie. „Warum will Nick, dass du mitten in der Nacht nach Egg Harbor kommst?"

Kelly blickte auf ihre Uhr. „Es ist erst fünf." Sie ging zum Geschirrschrank hinüber und öffnete eine Schublade. „Ist hier noch die Karte von New Jersey drin? Ach, da ist sie ja."

Sie breitete sie auf der Theke aus, fand Egg Harbor und Weekstown und fuhr mit dem Finger die Strecke bis zur Innenstadt nach.

Connie sah besorgt aus. „Soll Gino nicht besser mit dir kommen?“

„Das wollte ich auch gerade vorschlagen“, sagte Gino, der bereits die Schürze abnahm.

„Leute, bitte!“ Kelly schüttelte den Kopf. „Ich brauche keinen Leibwächter. Ich bin mit Nick zusammen. Du bleibst hier, Onkel Gino.“ Sie sah ihn vielsagend an, und er nickte.

In der Innenstadt von Philadelphia und auf der Autobahn herrschte viel Verkehr, aber auf der Bundesstraße 50 wurde es besser. Als sie die Stadt hinter sich gelassen hatte, wollte Kelly Nick noch einmal anrufen, aber bei ihrem übereilten Aufbruch hatte sie ihr Handy in der Restaurantküche vergessen. Was immer die Erklärung für die plötzliche Änderung seiner Pläne sein mochte, sie würde sie erst später erfahren.

Als sie an Egg Harbor vorbeifuhr, konzentrierte sie sich auf die Fahrbahn. In dieser Gegend kannte sie sich nicht aus, aber sie wusste, dass sie Pinelands hieß – ein mehrere tausend Hektar großer Nadelholzwald, der ungefähr auf halber Strecke zwischen Philadelphia und Atlantic City lag. Ein Teil des Gebietes befand sich in Privatbesitz, auf dem wunderschöne Sommerhäuser standen. Der Rest gehörte dem Staat und war in öffentliche Parks umgewandelt worden.

Endlich sah sie den Wegweiser nach Ocean Yachts. Das kleine Holzhaus stand einsam in der Mitte einer Lichtung. Es war umgeben von hohen Nadelbäumen, die es vor der Straße verbargen. Kelly parkte den Wagen. Sie stieg aus und betrachtete das baufällige Haus. Der einzige Lichtschein kam aus einem winzigen Fenster. Halb verborgen hinter der Hütte standen zwei Wagen. Warum zwei? wunderte sie sich. Wer war denn sonst noch hier?

Sie spürte Angst in sich aufsteigen, als sie die einsame Hütte anschaute. Irgendetwas beim Telefongespräch mit Nick hatte sie an etwas erinnert. Etwas, das sie kennen sollte. Nur was?

„Kelly, bist du das?"

Gott sei Dank. „Ja, Nick." Erleichtert lief sie zur Hütte und stieß die Tür auf. „Ich wusste nicht, was ich davon halten ..." Sie blickte sich in dem Zimmer um. Bis auf einen wackligen Tisch, auf dem eine Laterne stand, war es leer. „Nick?"

„Nick ist nicht hier", sagte jemand aus der Dunkelheit einer Zimmerecke.

Beim Klang der vertrauten Stimme stieß Kelly einen Schrei aus. „Jonathan?"

„Wieder falsch." Diesmal klang die Stimme nicht mehr nach Jonathan. Sie war tiefer und hatte einen leichten Akzent.

Der Mann trat aus dem Dunkel heraus. Ein Lächeln, das bei ihm selten war, verzog seinen schmalen Mund. Ein Gewehrlauf war auf sie gerichtet. „Überrascht, Miss Robolo?"

Kelly sah in seine Augen, diese dunklen, geheimnisvollen Augen, die sie nie zuvor wirklich angesehen hatten. Jetzt taten sie es, und zwar mit einer gewissen Arroganz.

„Ja, Adrian." Sie bemühte sich, die Angst, die jetzt von allen Seiten über sie hereinbrach, unter Kontrolle zu halten. „Oder soll ich Sie lieber Enrique nennen?"

42. KAPITEL

Enrique blickte Kelly mit kalter Verachtung an. „Sie waren immer klüger, als Ihnen gut tat, Kelly. Es überrascht mich wirklich, dass Sie nicht schon früher darauf gekommen sind."

„Wo ist Jonathan?"

Er machte eine Handbewegung, ohne die Augen von ihr abzuwenden. „Hinten im Wald vergraben. Sie werden bald bei ihm sein."

Kelly schloss die Augen und sprach ein stummes Gebet für den Freund, den sie geliebt und verloren hatte. „Warum?" murmelte sie.

Er zuckte mit den Schultern. „Er hat, genau wie Sie, seine Nase in Angelegenheiten gesteckt, die ihn nichts angingen, und dafür den Preis gezahlt."

„Er ist niemals nach Miami geflogen, stimmts? Sie waren es. Sie haben vorgegeben, Jonathan zu sein. Sie haben in dem Motel eingecheckt, und Sie haben Magdalena angerufen, weil Sie wussten, dass man den Anruf zu ihr zurückverfolgen würde. Jonathan hat niemals eine Affäre mit Ihrer Schwester gehabt. Sie haben das alles nur vorgetäuscht."

„Bravo, Miss Marple." Enrique lachte. Sein Auftritt war immer noch souverän und gelassen, aber er hatte nur noch wenig Ähnlichkeit mit dem Mann, den Kelly auf den Videos gesehen hatte. Plastische Chirurgie hatte seine Gesichtszüge vollkommen verändert – sogar seine Kinnpartie. „Sie fragen sich, warum ich lache, Kelly? Weil es so verdammt einfach war."

Als sie ihn jetzt mit Enriques Stimme reden hörte, wurde ihr klar, was ihr früher am Abend bei Nicks Telefonanruf so bekannt vorgekommen war. Das Rauschen in der Leitung. Victoria hatte es auch erwähnt, als Jonathan sie an jenem Morgen vom

Flughafen aus angerufen hatte. Insgeheim schalt sie sich dafür. Warum hatte sie sich nur nicht daran erinnert? In Wirklichkeit gab es überhaupt keine Leitungsstörungen. Enrique hatte sie verursacht, um sie abzulenken. Und während sie sich auf „Nicks" Worte konzentriert hatte, waren Kelly die Fehler in Enriques Stimmenimitation nicht aufgefallen.

„Einfach?" wiederholte sie. „Es war einfach, Menschen umzubringen? Es war einfach, sie niederzustechen und ihnen beim Sterben zuzusehen?"

„Ich tue, was ich tun muss."

„Wer war der Mann auf Zimmer 116 im Encantado?"

„Ein Penner, der nur zu glücklich darüber war, für eine Nacht ein sauberes Bett zu haben." In seiner Stimme schwang kein Bedauern für die unschuldigen Menschen mit, die gestorben waren.

„Und die Bombe? War das auch Ihr Werk?"

Er lächelte. „Nein. Das hat ein Freund von mir getan. Der Plan war, den Raum so sehr zu verwüsten, dass von dem Körper nur noch Asche übrig war, damit er nicht mehr identifiziert werden konnte. Die Polizei hätte geglaubt, die Überbleibsel gehörten zu Jonathan, und das wäre das Ende einer tragischen Geschichte gewesen. Leider war die Detonation nicht heftig genug." Er lehnte sich an die Wand. Das Gewehr lag immer noch ruhig in seiner Hand.

„Sie haben Victoria vergangenen Freitag angerufen und so getan, als seien Sie Jonathan. Warum?"

„Damit sie endlich begreifen würde, dass er nicht mehr nach Hause kommen wollte, und von Ihnen verlangte, mit der Suche aufzuhören."

„Und als dieser Schuss nach hinten losging, bekamen Sie es mit der Angst zu tun und haben Magdalena weggeschickt."

Sein knappes Lächeln verursachte ihr eine Gänsehaut. „Ich habe keine Angst vor Ihnen, Kelly. Ich bin nur ein vorsichtiger Mensch."

„Natürlich haben Sie Angst. Wenn das nicht so wäre, hätten Sie ja wohl kaum versucht, mich umzubringen. Das *waren* doch Sie neulich nachts, oder? Sie hatten sich als Frau verkleidet, nicht wahr?"

Im Schein der Laterne glänzten seine Augen kalt. „Dieser Teil hat mir am besten gefallen – als ich Ihren entsetzten Blick gesehen habe."

„Mit wessen Auto sind Sie denn gefahren?"

„Syds Mercedes. Ich habe ihn hinter dem Haus abgestellt, als ich von meinem misslungenen Ausflug zurückgekommen bin. Und Sie haben es nicht gewusst. Sie waren so wild darauf, die arme Cecily zu beschuldigen."

Ein Mercedes, kein Lexus. Sie hatte die beiden Marken noch nie auseinander halten können, besonders nicht von hinten.

„Es wäre so viel besser für Sie gewesen, wenn Sie dort an Ort und Stelle gestorben wären", fuhr er fort. „Sie hätten ein anständiges Begräbnis bekommen, Familie und Freunde wären bei der Beisetzung dabei gewesen und hätten wunderbare Sachen über Sie erzählt. Aber jetzt ..."

„Also arbeiten Sie doch für Syd Webber."

„Und für mich", ergänzte eine andere Stimme.

Einen Moment lang glaubte Kelly, dies sei eine weitere von Enriques Imitationen. Sie war aus derselben Richtung gekommen, aber wenn er nicht auch Talent als Bauchredner besaß, konnte er das unmöglich sein.

Als der andere Mann aus dem Schatten trat, setzte ihr Herz aus.

Er war makellos gekleidet. Sein Smoking unter dem offenen

schwarzen Mantel saß perfekt. Goldene Manschettenknöpfe glänzten an seinen Handgelenken.

In seinen Augen lag Bedauern. „Ich habe versucht, es Ihnen zu erklären, Kelly“, sagte Ward mit seiner ruhigen Stimme. „Ich habe Sie sogar gebeten, die Nachforschungen einzustellen. Aber Sie wollten ja nicht hören.“

„Sie.“ Sie war zu verblüfft, um ein Wort mehr herauszubekommen. Sie dachte an die Gespräche, die sie miteinander geführt hatten, seine Sorge um sie, um Jonathan, seine eiskalten Lügen. Was für eine Närrin war sie gewesen, so leicht zu täuschen und so schnell bereit, die Dinge so zu sehen, wie er es wollte.

„Sie sind von mir enttäuscht.“

„Sie haben Jonathan umgebracht.“

Ward stieß einen tiefen Seufzer aus. „Es ging nicht anders, Kelly. Er wusste zu viel.“

„Ich habe gedacht, er sei nur für Syd eine Bedrohung gewesen.“

„Ich wünschte, das wäre wahr. Doch als er herausfand, dass Syd illegale Geschäfte außerhalb des Chenonceaus betrieb, hat er unglücklicherweise auch noch entdeckt, dass ich ihm dabei half, das Geld auf die Cayman-Inseln zu transferieren.“

Die älteste und angesehenste Bank von Philadelphia als Geldwaschanlage – einfach perfekt. „Und das Essen, das Sie mit Jonathan hatten, ehe er verschwand? Er hat Sie nie um Geld gebeten, nicht wahr?“

„Nein.“ Ward wischte ein unsichtbares Stäubchen von seinem Ärmel. „Er wollte mich warnen und sagen, dass er die Finanzbehörden informieren würde. Er hat mir 48 Stunden Zeit gelassen, um mich zu stellen und meine Zusammenarbeit mit Syd Webber zuzugeben. Und falls ich es nicht täte, würde er zur Polizei gehen.“

„Also haben Sie ihn umgebracht."

„Es war nichts Persönliches, Kelly. Nur eine Frage des Überlebens."

„Und warum dieses ganze Theater in Miami? Warum musste er in einem Drogen-Motel absteigen, warum eine Geliebte haben?"

„Um die Aufmerksamkeit abzulenken. Dank Enriques und Magdalenas Verbindungen dort unten waren wir damit sehr erfolgreich. Aber Sie wollten immer noch keine Ruhe geben, Kelly. Sie haben weiter gegraben und gegraben."

„Wie haben Sie ihn dahin gelockt?"

„Das haben wir gar nicht getan. Ich habe ihm erzählt, ich müsste mit ihm über meine Pressekonferenz sprechen, bei der ich ein Geständnis ablegen wollte, aber auf eine Weise, die meine Familie am wenigsten in Verlegenheit bringen würde. Er war einverstanden und kam in mein Haus." Ward deutete auf seinen Komplizen. „Enrique hat sich um den Rest gekümmert."

Kellys Blick wanderte wieder zu dem Mann, dem sie und Nick so hartnäckig auf der Spur gewesen waren. Seine Augen waren kalt und ausdruckslos. Die Augen eines Mörders, dachte sie schaudernd. Sie sah, dass Ward auf seine Uhr schaute, und erinnerte sich, dass er zu einer Preisverleihung musste. Ward Sanders, Bürger des Jahres. Ein Mann, der die letzten fünf Jahre damit verbracht hatte, das Leben derer, die nicht vom Glück begünstigt waren, ein wenig zu leichter zu machen. War das alles nur ein Schwindel gewesen?

„Warum haben Sie das gemacht, Ward? Warum haben Sie sich mit einem Mann wie Syd Webber zusammengetan?"

Seine Mundwinkel hoben sich. „Wegen des Geldes natürlich."

„Sie haben doch schon Geld."

„Irrtum, Kelly. Mein Vater hat Geld und das ganze Ansehen, das damit verbunden ist. Ich bin nur der Sohn des reichen Mannes. Man sollte annehmen, dass er mich wenigstens zum Teilhaber machen würde, nach all dem, was ich in den vergangenen sechs Jahren für die Eastland Bank getan habe. Oder mir die Bank nach seinem Tod vermachen."

Jetzt verzogen sich seine Mundwinkel verbittert nach unten. „Wollen Sie wissen, wer Eastland erbt, wenn Monroe einmal stirbt? Mein Bruder Sean."

Kellys verdutzten Blick quittierte er mit einem kurzen, harten Lachen. „Sie haben richtig gehört. Mein Bruder, der Börsenmakler. Es spielt keine Rolle, dass Sean nicht die leiseste Ahnung hat, wie man eine Bank leitet. Er ist schon immer Dads Liebling gewesen, und deshalb erbt er auch das Geschäft."

„36 Jahre lang war ich der Fußabtreter dieses alten Mannes. *Ja, Sir. Nein, Sir. Was immer du sagst, Sir.* Und was hat es mir gebracht? Nichts. Ironischerweise ist das Einzige, das ich mein Eigen nennen kann, der Preis, den ich heute Abend bekomme. Obwohl die Eastland Bank das Frauenhaus finanziert hat, war es meine Idee. *Ich* bin derjenige, nicht Monroe, der sich um die Vollendung des Projekts gekümmert hat. Heute Nacht werde ich endlich jemand sein."

Ein Windstoß zerrte an dem kleinen Fenster. Kelly zog den Mantel enger um sich. Weder Ward noch Enrique schienen die Kälte zu spüren.

„Wann ist Syd denn Ihr Partner geworden?"

„Bei Jonathans und Victorias Hochzeit. Davor hatten wir uns noch nie gesehen, aber er hatte seine Hausaufgaben gemacht. Er wusste, wie frustriert ich über die geschäftlichen Abmachungen zwischen mir und meinem Vater war. Also hat er mir ein Angebot gemacht, das ich nicht ausschlagen konnte, wie man so schön sagt. Er hat mich gefragt, ob ich bereit sei, hin und wieder größere Geldbeträge auf die Cayman-Inseln zu transferieren. Für meine Dienste würde ich zehn Prozent für jede Geldbewegung bekommen.

Jetzt bin ich Multimillionär, Kelly. Nicht mehr lange, und ich habe genug Geld, um mich auf die Westindischen Inseln zurückzuziehen, mir eine Villa und eine Yacht zu kaufen und für den Rest meiner Tage wie ein König zu leben."

Kelly schaute ihn unverwandt an und überlegte fieberhaft, wie lange sie das Unvermeidliche noch hinauszögern konnte. „Was ist mit Cecily?"

Er lachte. „Ich habe Cecily nur geheiratet, weil mein Vater dachte, sie wäre von Vorteil für meine Karriere. Es stellte sich heraus, dass sie mich aus dem gleichen Grund genommen hatte. Sie hat mich nie geliebt. Das Einzige, das ihr etwas bedeutete, war die Norton-Stiftung und ihre Position als Vorstandsvorsitzende. Wird Ihnen jetzt klar, was sie alles dafür getan hat?"

Sie blickte wieder zu Enrique. Ihrem Henker. „Und wie kommt er ins Spiel?"

„Er hat in Las Vegas für Syd und Tony Marquese gearbeitet. Als er nach dem Mord an Marquant einen Ort brauchte, wo er sich verstecken konnte, besorgte Syd ihm ein neues Gesicht, eine neue Identität und vorzügliche Referenzen für seine Tätigkeit als rumänischer Butler." Er lachte.

Kelly schüttelte den Kopf. „Ich weiß noch, wie Sie gezögert haben, ihn einzustellen. Das war also alles nur Theater."

Er wirkte zufrieden. „Ich habe die Schauspielklasse in der High School belegt. Haben Sie das nicht gewusst? Es gab eine Zeit, da habe ich wirklich überlegt, Schauspieler zu werden. Dann hat mir mein Vater diesen Köder vorgehalten, und ich bin stattdessen Banker geworden."

Er fuhr mit der Hand durch sein silbergraues Haar. „Es tut mir wirklich Leid, dass ich Sie umbringen muss, Kelly. Aber Sie sind zu nahe dran gekommen. Noch ein oder zwei Tage länger, und Sie hätten den Fall gelöst. Ihr Einbruch in das Personalbüro des Chenonceaus in der vergangenen Nacht hat uns klargemacht, dass wir Sie ausschalten müssen."

Er begann, seinen Mantel zuzuknöpfen. „Falls es Ihnen ein Trost ist – ich habe Sie immer sehr gemocht. Syd übrigens auch. Er war sogar richtig vernarrt in Sie. Haben Sie das gewusst?"

„Das wird mir ein Trost im Grab sein."

Er lächelte bei ihrem schwachen Versuch, witzig zu sein. „Leben Sie wohl, Kelly."

Sie stellte sich ihm in den Weg. „Ihnen ist klar, dass Sie damit nicht so leicht davonkommen werden. Zu viele Leute wissen, dass ich nach Atlantic City gefahren bin. Sie wissen, dass Syd und ein Wachmann mich erwischt haben, als ich das Personalbüro durchsuchte. Nur weil ich tot bin, werden sie nicht mit den Nachforschungen aufhören."

„Nur ein Mensch kann diese Nachforschungen weiterbetreiben, Kelly. Nick McBride."

„Machen Sie bloß nicht den Fehler, ihn zu unterschätzen."

„Ganz und gar nicht. Deshalb wird Enrique sich um ihn kümmern, sobald er sich um Sie gekümmert hat."

Plötzlich erkannte Kelly, dass Nick bald dasselbe entsetzliche Ende drohte, welches ihr nun kurz bevorstand. Ihre Gefühle schwankten zwischen Furcht und Wut. „Wird das keinen Verdacht erregen? Zwei Ermittler, die innerhalb weniger Stunden ermordet werden?"

„Das spielt keine Rolle, denn sie werden nie herausfinden, wer Sie umgebracht hat. Ich möchte sogar bezweifeln, dass sie jemals Ihre Leiche entdecken werden. Dieses Gelände gehört der

Regierung. Es ist schon seit Jahren nicht mehr benutzt worden.“ Er breitete seine Arme aus. „Sie sehen, Kelly, wir haben an alles gedacht.“

Nein, Ward, nicht an alles. Sie wissen nicht, dass Joe Nick alles erzählt hat. Bitte, lieber Gott, betete sie, *mach, dass Nick nicht bis morgen früh wartet, ehe er mit der Polizei spricht. Lass es ihn sofort tun, bevor Enrique ihn erwischt.*

„Ich muss gehen.“ Ward schaute ihr ein letztes Mal ins Gesicht. „Ich wünschte, es müsste nicht so enden, aber Sie werden das schon verstehen.“ Er nickte Enrique zu. Dann ging er hinaus, ohne sich noch einmal umzudrehen.

Das mächtige Dröhnen des BMW-Motors drang durch die Nacht. Kurz darauf herrschte wieder Stille. Enrique griff nach der Laterne und machte Kelly ein Zeichen, ihm nach draußen zu folgen.

43. KAPITEL

Um halb sechs an diesem Abend entschied Nick, dass er genügend Beweismaterial beisammen hatte, um damit zu Captain Cross zu gehen. Joe hatte sich bereit erklärt, ihn zu begleiten und eine Erklärung zu unterzeichnen. Das wollte er aber erst dann tun, wenn er Nachrichten von Kathleen und den Kindern hatte. Nick war einverstanden. Webber würde schon nicht verschwinden.

Zu aufgedreht, um seine Neuigkeiten bis zum nächsten Morgen für sich zu behalten, rief er Kelly auf dem Handy an. Zu seiner Überraschung war Connie am anderen Ende.

„Sie ist nach New Jersey gefahren, um sich mit Ihnen zu treffen", sagte sie. Er konnte bereits die Panik in ihrer Stimme hören. „Zu einem Ort namens Weekstown."

In seiner Magengrube hatte er plötzlich ein eiskaltes Gefühl. „Ich habe sie nicht angerufen, Connie."

Er vernahm ein Stöhnen, schnelle Schritte und schließlich Ginos dröhnende Stimme. „Nick, was zum Teufel ist denn los? Wo ist Kelly?"

„Man hat sie überlistet." Jemand hatte vorgegeben, er zu sein. Vermutlich dieselbe Person, die sich für Jonathan ausgegeben hatte. Wer sonst konnte das sein als Enrique, der Mann mit den tausend Stimmen? „Wann ist der Anruf gekommen, Gino? Hat sie irgendetwas gesagt? Irgendwelche Hinweise hinterlassen?"

„Sie hat auf einer Karte von New Jersey nachgesehen und etwas von einer Hütte an einem Bootshafen gesagt. Ich kann mich an den Namen des Ortes nicht erinnern. Irgendwas mit ‚Yachts', hinter Weekstown. Danach ist sie sofort losgefahren. In der Eile hat sie sogar ihr Handy vergessen."

Nick kannte die Gegend, aber an einen Bootshafen konnte er sich nicht erinnern. Weekstown lag ein paar Meilen südöstlich von Batsto, dem historischen Dorf im Wharton-Staatswald, wo er als Kind oft gewesen war. „Um wie viel Uhr war das?“ fragte er.

„Kurz nach fünf.“

Wenn die Straßen frei waren, würde er nicht mehr als 45 Minuten brauchen und noch weniger, wenn er aufs Gaspedal trat. Aber Kelly hatte einen Vorsprung von zwanzig Minuten. Selbst wenn er mit 90 Meilen pro Stunde fuhr, würde er sie nicht einholen können.

Am anderen Ende der Leitung wurde Gino ungeduldig. „Nick, was soll ich tun?“

„Bleiben Sie in der Nähe des Telefons, Gino. Ich fahre ihr nach.“

„Sie werden Hilfe brauchen.“

„Ich nehme welche mit. Und ich verständige die Polizei. Machen Sie sich bitte keine Sorgen.“

Joe, der das Gespräch mit angehört hatte, war schon abfahrbereit. Als er im Wagen saß, rief Nick Captain Cross zu Hause an und teilte ihm die Neuigkeiten mit. Cross sagte nichts, bis Nick zu Ende geredet hatte.

„Bleiben Sie am Gerät“, wies er ihn an. „während ich die Polizei in New Jersey verständige.“

Innerhalb von drei Minuten waren drei Streifenwagen unterwegs zu dem kleinen Ort in New Jersey.

„Wie möchten Sie denn genannt werden?“ fragte Kelly, als sie und Enrique durch das dichte Unterholz gingen. „Adrian oder Enrique?“

„Das ist mir scheißegal“, antwortete er. „Gehen Sie einfach weiter.“

Sie ließ sich Zeit, als sie über wild wuchernde Lorbeerbüsche stieg, sich unter niedrig hängenden Ästen duckte und über einen Ausweg nachdachte. Hinter ihr tauchte die Laterne in Enriques Hand die Umgebung in schwankendes Licht und ließ die Schatten vor ihr nur noch tiefer erscheinen.

Wenn sie ihn in eine Unterhaltung verwickeln könnte, hätte sie möglicherweise eine Chance. Sie könnte ihn ablenken und sich damit eine Gelegenheit verschaffen, zu entkommen.

„Warum haben Sie Steve Marquant getötet?" Sie wollte sich umdrehen, aber er stieß ihr mit dem Gewehrlauf in die Rippen.

„Das geht Sie nichts an."

Sie vermochte nicht zu sagen, ob sie einen wunden Punkt berührt hatte. „Im Polizeibericht habe ich gelesen, dass Sie und Steve lange zusammen gewesen sind. Vier Jahre, nicht war?" Er gab keine Antwort. „Eine solche Beziehung endet doch nicht wegen einer Meinungsverschiedenheit?"

„Steve war dumm."

„Was hat er denn getan?" Kelly verlangsamte ihren Schritt und hoffte, dass er es nicht bemerkte.

„Er hat mich benutzt. Ich war seine Vorzeigefrau, ein Star, mit dem er auf Partys angeben konnte."

„Er war also stolz auf Sie. Was ist denn daran falsch?"

„Er war nicht stolz auf mich." Das Licht flackerte hektisch. „Hinter meinem Rücken hat er herumgevögelt."

Unvermittelt blieb Kelly stehen. Allerdings nicht wegen Enriques Worte – sein Liebesleben war ihr ziemlich gleichgültig. Sie stand vor einem offenen Grab. Daneben lag ein Erdhaufen, in dem eine Schaufel steckte.

„Oh Gott." Ihr Magen drehte sich um. In der Grube sah sie den Teil eines Trenchcoats und die Spitze eines Schuhs. Eine Aktentasche. Übelkeit stieg in ihr hoch, und einen Moment lang fürchtete sie, sich übergeben zu müssen.

„Was ist los, Miss Marple?“ Enrique stellte die Laterne auf einem Baumstumpf ab. „Haben Sie noch nie eine Leiche gesehen?“

Sie drehte sich um. „Und was ist mit Ihnen, Enrique? Wie viele haben Sie denn schon gesehen? Wie viele Menschen haben Sie kaltblütig umgebracht?“

„Sie sind sehr vorlaut, Kelly.“

„Macht Ihnen das überhaupt nichts aus? Denken Sie nicht manchmal darüber nach? Oder haben nachts Albträume?“

„Seien Sie still, und steigen Sie in das Grab.“

Kelly holte tief Luft. Er wollte sie bei lebendigem Leibe eingraben. Er wollte, dass sie sich auf eine Leiche legte, um Erde auf sie zu schaufeln. Der Gedanke ließ ihr das Blut in den Adern gefrieren. Sie würde es nicht tun. Er würde sie erst töten müssen.

Das Geräusch eines näher kommenden Wagens unterbrach die Stille. Sie sah, wie Enrique sich anspannte und erleichtert reagierte, als das Motorenbrummen sich entfernte.

„Ich sagte, steigen Sie in das Grab“, wiederholte Enrique. „Oder würden Sie es bevorzugen, dass ich Ihnen eine Kugel in den Kopf jage?“

Kellys Mund war trocken, aber sie redete weiter. „Haben Sie Steve gesagt, dass Sie ihn töten würden?“ höhnte sie. „Haben Sie dem Mann, den Sie liebten, in die Augen geschaut, als Sie ihm das Messer in die Brust rammten?“

„Halts Maul.“

Er wurde allmählich nervös. Fühlte er sich womöglich schuldig, weil er seinen Liebhaber getötet hatte? Hatte sie mit ihrer Vermutung ins Schwarze getroffen?

Da sie wusste, dass sie nichts zu verlieren hatte, provozierte sie ihn weiter. „Haben Sie sich jemals gefragt, was Steve in diesem letzten Moment durch den Kopf gegangen ist? Die Furcht, die er gespürt haben muss? Das Gefühl, verraten worden zu sein?“

Im Schein der Laterne sah sie, wie sich sein Gesicht schmerzhaft verzog. Sie stieß noch einmal zu. „Haben Sie gesehen, wie er gestorben ist, Enrique?“

„Halts Maul. Halts Maul. Halts Maul.“ Mit dem Gewehr in der Hand hielt er sich die Ohren zu.

In dem Bruchteil der Sekunde, die er brauchte, um zu erkennen, dass er einen Fehler gemacht hatte, riss Kelly die Schaufel aus dem Erdhaufen und schleuderte sie mit brutaler Gewalt gegen Enriques Kopf.

Die schwere Klinge traf ihn an der rechten Schläfe. Blut schoss aus der Wunde und lief über sein Gesicht und seine Jacke.

Er stand reglos da, halb benommen und halb überrascht, als hätte er nicht damit gerechnet, dass sie so etwas tun könnte. Er hielt das Gewehr noch immer in der Hand. Es schien ihn ungeheuer anzustrengen, es wieder auf sie zu richten.

Oh Gott. Sie hatte nicht fest genug zugeschlagen.

Aus seinem Mund sprudelten Wörter, die sie nicht verstehen konnte. Und ohne Vorankündigung knickten ihm die Beine weg wie einer Marionette, deren Fäden man abgeschnitten hatte. Das Gewehr glitt aus seiner Hand, aber Kelly wagte nicht, es aufzuheben. Noch nicht.

Als er ein paar Sekunden lang bewegungslos liegen blieb, entfernte sie sich langsam von ihm und ging um das Grab herum.

Aus der Ferne kam das Geräusch eines anderen Wagens näher und wurde lauter. Gleißendes Scheinwerferlicht stach durch die Äste der Bäume. Schutzsuchend lief Kelly davon, weil sie befürchtete, dass Ward zurückgekommen war.

„Kelly!"

Nick kam auf sie zugelaufen. Er war in Begleitung eines anderen Mannes, der ihm dicht auf den Fersen blieb. Hinter ihnen bremste ein Streifenwagen.

Mit einem erstickten Schrei lief Kelly in Nicks Arme.

44. KAPITEL

Der Ballsaal des Bellevue-Hotels erstrahlte im Licht von Hunderten von Glühbirnen, und tausendfach wurde es reflektiert von den Juwelen der Damen dieser illustren Gesellschaft, die für dieses besondere Ereignis zusammengekommen war.

Das festliche Dinner war beendet, ebenso die Zeremonie der Verleihung des Benjamin Franklin-Preises. Der Mann der Stunde stand auf dem Podium, hielt die mit einer Inschrift versehene Plakette in der Hand und wartete darauf, seine Dankesrede halten zu können.

Vom Eingang aus beobachtete Kelly ihn eine Weile. Dann schritt sie langsam auf ihn zu. Nick und zwei Polizisten in Uniform folgten ihr. Als alle Gäste sich zu ihnen umdrehten, erkannte sie verschiedene Würdenträger – den Bürgermeister, einen Senator von Pennsylvania, Vorsitzende verschiedener Unternehmen und Verbände –, die zusammengekommen waren, um einen Mann zu ehren, der sie vor gerade zwei Stunden ihrem Tod überlassen hatte.

Kurz nach ihrer Rettung hatte Captain Cross Nick die Dienstmarke zurückgegeben und ihm gesagt, er könne Ward Sanders Verhaftung auf jede Weise vornehmen, die ihm passend erschien. Nick hatte sich sofort an Kelly gewandt. „Wir können es auf zwei verschiedene Arten machen. Schnell und diskret, um Ward nicht vor aller Welt zu blamieren, oder jetzt sofort im Bellevue in aller Öffentlichkeit, vor den Augen seiner Standesgenossen. Du hast die Wahl."

Und die war ihr sehr leicht gefallen.

Tödliches Schweigen breitete sich im Saal aus, als Kelly ohne zu zögern zum Podium schritt. Sogar von weitem schon konnte sie sehen, wie die Farbe aus Wards Gesicht wich, wie seine Lippen zuckten, als ob er etwas sagen wollte, aber kein Wort hervorbringen konnte.

Sie ging weiter, die Augen fest auf den Mann gerichtet, dem Philadelphia soeben seine renommierteste Auszeichnung verliehen hatte. Erst als sie kurz vor ihm war, blieb sie stehen. „Was ist los, Ward? Sie sehen aus, als wäre Ihnen ein Geist erschienen."

Er schaute hinter sie und dann rechts und links, wo er zwei weitere uniformierte Beamte erblickte.

„Falls Sie nach einem Ausweg suchen, lassen Sie es sein. Es gibt keinen."

Jemand in ihrer Nähe griff nach ihrer Hand. Kelly schaute sich um und sah Cecily. Ihr Gesicht war schneeweiß und ihre Stimme ein wütendes Flüstern. „Kelly, was um Himmels willen machen Sie da?"

Ihr Blick wanderte gelassen zwischen Cecily und dem Mann neben ihr hin und her. Monroe Sanders ließ sie nicht aus den Augen. Er hatte nie besonders viel für sie empfunden. Sie war bloß eine Freundin von Cecilys Nichte, nichts mehr. Heute Abend allerdings drückte seine Miene unmissverständliche Feindschaft aus. Sie war der Gegner, der aus noch unbekannten Gründen ihr harmonisches Leben zerstören wollte.

Kelly gab keine Antwort auf Cecilys Frage und konzentrierte ihre Aufmerksam auf Ward. „Warum erzählen Sie diesen netten Menschen nicht, was Sie vorgehabt haben?" fragte sie ruhig. Im Saal hätte man eine Stecknadel fallen hören können. „Ich würde es ja tun, aber Sie können viel besser Geschichten erzählen als ich.

Erzählen Sie ihnen doch, wie Sie mich heute Abend nach Pinelands gelockt und Ihrem Butler befohlen haben, mich zu töten, weil ich zu viel wusste. Erzählen Sie ihnen doch, wie Sie und

Syd Webber Jonathan Bowman umgebracht haben, weil er ebenfalls zu viel gewusst hat."

Die Menschen im Saal hielten den Atem an. Köpfe wurden zusammengesteckt. „Und wenn Sie schon dabei sind, dann sagen Sie ihnen doch auch gleich, wer Sie wirklich sind. Sagen Sie ihnen, dass Sie nicht der großzügige, ehrbare, aufrechte Bürger von Philadelphia sind, der zu sein Sie immer vorgegeben haben, sondern ein korrupter, unzuverlässiger, rücksichtsloser Gauner, der mit der Mafia unter einer Decke steckt."

Wie erstarrt saß Ward auf dem Podium, sein Gesicht eine Maske, in der sie nichts erkennen konnte. Es spielte auch keine Rolle. Sie wusste, dass diese öffentliche Demütigung ein vernichtender Schlag war, von dem er sich nie wieder erholen würde.

Es war nur eine kleine Revanche für das, was er Jonathan und Victoria angetan hatte.

„Zu dumm, dass Ihr Timing so schlecht war, Ward", sagte sie mit einem herablassenden Lächeln. „Wenn Sie nicht so gierig gewesen wären und so eifrig darauf bedacht, noch eine oder zwei Millionen zu machen, dann wären Sie jetzt schon auf dieser tropischen Insel, von der Sie so geschwärmt haben."

Als sie bemerkte, wie er auf die Plakette hinuntersah, erinnerte sie sich daran, was er ihr über den Preis erzählt hatte: dass es das Einzige sei – das wirklich Einzige –, das er sein Eigen nennen konnte. Jetzt würde er sie zurückgeben müssen. Er hatte es nicht anders verdient.

Das Schweigen im Saal wurde bedrohlich, während alle darauf warteten, dass dieses spannungsgeladene Drama zu Ende ging. Sie würden es ohne sie erleben müssen. Sie hatte ihre Arbeit hier erledigt. Kelly wollte nicht auch nur eine Sekunden länger in Wards Gesicht schauen.

Sie drehte sich um und bemerkte, wie Nick den beiden Beamten zunickte.

„Ward? Ward hat Jonathan umbringen lassen?“ Victoria starrte Kelly an, ihre Miene eine Mischung aus Entsetzen und Unglauben. „Das kann nicht wahr sein. Das ist ein Irrtum. Sag mir, dass es ein Irrtum ist.“

Es war schwer gewesen, ihren Kummer mit anzusehen, als sie erfahren hatte, dass ihr Mann tot war. Noch schwerer war es, sie zu trösten. Verzweifelt hatte sie sich an Kelly geklammert und nicht mehr aufgehört zu weinen, während eine Etage höher Connie und Gino ihr Bestes taten, um ein ahnungsloses kleines Mädchen abzulenken. Cecily war auf dem Polizeirevier, denn sie wollte das Geständnis ihres Mannes unbedingt mit eigenen Ohren hören, obwohl Ward noch kein Wort gesagt hatte.

Sie saßen im Wohnzimmer der Sanders. Kelly schüttelte den Kopf. „Es ist kein Irrtum. Es tut mir so Leid, Victoria. Ich habe so darauf gehofft, dass alles ganz anders kommen würde.“

„Ich verstehe es immer noch nicht. Ausgerechnet Ward. Ich habe ihm doch vertraut. Genau wie Jonathan.“

„Es ging immer nur um Geld.“ Kelly wiederholte, was Ward ihr in der Hütte gesagt hatte, und fügte Einzelheiten hinzu, die sie und Nick später erfahren hatten.

„Vielleicht ist es ein schwacher Trost“, fuhr Kelly fort, „dass gegen Ward mehrere Anklagen erhoben werden – Anstiftung zum Mord, Anstiftung zu versuchtem Mord, Steuerhinterziehung und Mitwirkung beim illegalen Geldtransfer in Höhe von 27 Millionen Dollar von den USA auf die Cayman-Inseln – Geld, von dem die Steuerbehörden nichts wussten.“

„Und Adrian hat auch mit drin gesteckt? Der Mann, dem ich

meine Tochter anvertraut habe?“ Victoria wurde zornig. „Ich wünschte, du hättest ihn umgebracht, Kelly. Ich wünschte, dass du ihm mit der Schaufel den Schädel gespalten hättest, anstatt ihm nur eine Gehirnerschütterung zu verschaffen.“

Sie schloss die Augen und holte tief Atem. „Aber das ist schon in Ordnung. Ich denke, man wird ihn zum Tode verurteilen.“

Kelly blickte auf ihre verschränkten Hände. „Das wird nicht passieren, Victoria. Jedenfalls nicht in Pennsylvania.“

„Warum nicht?“

„Er und sein Anwalt haben eine Vereinbarung mit dem Bezirksstaatsanwalt getroffen. Enrique wird alles sagen, was er über Syds illegale Geschäfte weiß, vorausgesetzt, dass der Bundesstaat Pennsylvania nicht auf der Todesstrafe besteht. Natürlich muss er sich noch in Nevada einer Anklage wegen Mordes stellen, und ob die Gerichte in Las Vegas einem solchen Deal zustimmen, steht auf einem anderen Blatt.“

„Ich hoffe, dass deren Staatsanwalt es nicht tut.“ Victoria nahm eine Fotografie von Jonathan, die auf dem Beistelltisch stand, und fuhr zärtlich mit dem Finger über das Glas. „Jonathan ist niemals nach Miami geflogen, stimmts? Und er hatte nie etwas mit Magdalena gehabt.“

„Nein. Diese perfide Idee hatten sich Ward und Syd ausgedacht, damit der Verdacht von ihnen abgelenkt würde. Enrique ist am Montag nach Florida geflogen und hat Jonathans Führerschein benutzt, um sich auszuweisen. Offenbar ist es ihm gelungen, Jonathan so ähnlich zu sehen, dass er anstandslos durch die Kontrollen kam. Währenddessen hatte Magdalena in Miami ihrem ehemaligen Boss im Salamander Geld gegeben, um ihn zum Mitmachen zu bewegen. Vielleicht interessiert es dich zu erfahren, dass man sie im Haus ihrer Tante in Puerto Rico gefunden und inzwischen verhaftet hat. Ebenso wie den Besitzer des Salamander."

„Aber das Foto auf ihrem Kaminsims ... das Duftfläschchen ..."

Das war auch die erste Frage gewesen, die Kelly Nick gestellt hatte, nachdem er Enrique im Krankenhaus verhört hatte. „Enrique hat sich Cecilys Schlüssel ausgeliehen, natürlich ohne ihr Wissen, ist in dein Haus eingebrochen und hat in deinem Fotoalbum nach dem Bild gesucht, das er benötigte. Ein anderer Freund in Miami hat sich um den Rest gekümmert."

„Und das Duftfläschchen?"

„Da musste er ein gewisses Risiko eingehen. Erinnerst du dich an eine Frau namens Cartwright? Sie war vergangenen Freitag in deinem Laden."

Victoria nickte. „Sehr gut sogar. Sie war an der Louis-XIV.-Uhr interessiert, die im Fenster stand, aber als ich sie ihr dann zeigte, sagte sie, dass es doch nicht das war, was sie woll..." Sie starrte Kelly an. „*Das* war Enrique?"

„Ja. Während du die Uhr aus dem Schaufenster geholt hast, hat er das Fläschchen gestohlen. Er wusste, dass er etwas Kleines brauchte, das leicht zu transportieren war. Das Duftfläschchen war ideal. Später hat er dann Magdalena angerufen und ihr gesagt, sie solle sich ein paar Fläschchen für ihre angebliche Sammlung besorgen. Das hat sie getan, und das Spiel konnte beginnen."

„Und was ist mit Jonathans Trenchcoat?" In Victorias Augen glänzten neue Tränen. „Mit seiner Aktentasche?"

Kelly hätte diese entsetzlichen Einzelheiten lieber nicht erwähnt, aber da Victoria sie hören wollte, hatte sie kein Recht, ihr diese Informationen vorzuenthalten. „Enrique hat sie in das Grab gelegt, als er es an diesem Abend wieder geöffnet hatte."

Victoria schwieg eine Weile. Sie musste sich zusammennehmen, um ihre Gefühle unter Kontrolle zu behalten. „Du hast gesagt, dass Syd und Enrique sich gut kannten?"

„Sehr gut sogar. Wie sich herausgestellt hat, war der Erste, mit dem Enrique sich nach seiner Ankunft in Las Vegas angefreundet hat, einer von Tony Marqueses Männern. Enrique war pleite und brauchte dringend einen Job. Mit der Empfehlung seines neuen Kumpels wurde er Eintreiber für Marqueses skrupellose Kredithai-Geschäfte, die er mit Syd Webber als Partner betrieb. Auf diese Weise haben die beiden sich kennen gelernt. Später hat Syd Enrique dann die Chance gegeben, wieder als Imitator aufzutreten, und ihre Freundschaft war besiegelt. Nick hat nichts Genaueres darüber gesagt, aber ich glaube, Enrique hat für Marquese sogar dann noch auf die ein oder andere Weise weiter gearbeitet, als er schon berühmt war. In Enriques Charakter gibt es eine dunkle Seite, die nur zufrieden gestellt werden konnte, wenn er gewalttätig wurde. Marquese und Syd haben das erkannt und für ihre Zwecke ausgenutzt."

Als sich alle Puzzleteile zu einem Ganzen fügten, stieß Victoria einen langen Seufzer aus. „Dann hat also doch alles gestimmt, was man von Syd vermutet hatte – dass er Verbindungen zur Mafia hat. Jonathan hatte angenommen, es seien Gerüchte, die von eifersüchtigen Konkurrenten in Umlauf gebracht worden waren."

„Ganz und gar nicht. Die Konkurrenten haben möglicherweise versucht, diese Kenntnisse zu ihren Gunsten zu verwenden, aber sie haben sie nicht erfunden. Syd hat jeden hinters Licht geführt, sogar die Casino-Kontroll-Kommission. Das war nicht leicht, aber Marquese kannte genug Leute, um das hinzubekommen."

Victoria nahm ein Kleenex aus der Schachtel, die Kelly aus

dem Schlafzimmer geholt hatte, und faltete es zwei Mal zusammen. „Ich möchte, dass Syd für das, was er getan hat, bezahlt, Kelly.“

Kelly wich ihrem Blick aus.

„Kelly?“ Victoria runzelte die Stirn. „Er *wird* doch dafür bezahlen, nicht wahr?“

„Nicht wirklich.“

„Warum nicht? Wegen seiner mächtigen Freunde? Seinem Heer von Anwälten?“ Sie schüttelte heftig den Kopf. „Sie werden ihn da nicht mit einer Kaution rauskriegen, Kelly. Das lasse ich nicht zu.“

„Syd ist verschwunden, Victoria.“

Vor lauter Verblüffung schwieg Victoria einige Sekunden. „Verschwunden?“

„Jemand hat ihm einen Tipp gegeben. Vielleicht Enrique, obwohl er es abstreitet. Tatsache ist jedoch, als die Polizei im Chenonceau mit dem Haftbefehl eintraf, war Syd nicht mehr da.“

„Aber sie werden ihn bestimmt finden. So wie sie Magdalena gefunden haben.“

„Da bin ich mir nicht so sicher. Leute wie er haben immer einen Fluchtplan in der Schublade für den Fall, dass sie einmal schnell untertauchen müssen. Er könnte überall sein, mit falschem Namen, in einer Verkleidung.“

„Sie können ihn kriegen, wenn er sein Geld holen will.“

„Es tut mir Leid, Victoria, aber ich bezweifle das sehr stark. Er ist zu clever, als dass er nicht schon längst sein Geld von den Cayman-Inseln an einen geheimen Ort geschafft hat.“

„Dieses Schwein.“ Victoria stellte Jonathans Fotografie zurück und erhob sich. „Dieser Mistkerl hat meinen Mann umgebracht und kommt einfach so davon.“ Tränen liefen ihr übers

Gesicht, und sie bemühte sich nicht, sie zurückzuhalten. „Das ist nicht fair, Kelly."

„Ich weiß, meine Liebe." Kelly ging zu ihr hinüber und legte die Arme um Victorias bebende Schultern. Sie hielt sie eine Weile fest, ehe sie sagte: „Was wirst du denn nun Phoebe sagen?"

Victoria trocknete ihre Tränen. „Ich werde ihr die Wahrheit sagen müssen. Oh Gott, Kelly, ich weiß gar nicht, wie ich es machen soll. Sie ist erst fünf Jahre alt. Sie weiß doch gar nichts vom Tod."

Kelly erinnerte sich daran, dass Nick ihr erzählt hatte, wie Patti Kolvic ihren Kindern den Tod ihres Mannes erklärt hatte. „Du könntest ihr sagen, dass er sich auf eine lange Reise gemacht hat, um im Himmel die Engel zu besuchen, aber dass er sie immer noch lieb hat und immer auf sie aufpassen wird. Das jedenfalls hat Matt Kolvics Witwe ihren beiden kleinen Mädchen erzählt."

Victoria nickte und straffte die Schultern, um sich auf die Prüfung vorzubereiten, die vor ihr lag. Kelly sah ihr nach, wie sie das Zimmer verließ. Dann setzte sie sich mit einem tiefen Seufzer hin und wartete auf ihre Mutter und Gino.

Drei Stunden später saß Kelly auf ihrem Sofa. Nick hatte die Arme um sie gelegt, und ihr Kopf lag an seiner Brust. Sie schaute in das Feuer, das er angezündet hatte, nachdem sie von Victoria gekommen war. Victoria und Phoebe waren so schnell wie möglich nach Bryn Mawr zurückgefahren.

Eine Menge war geschehen, während sie fort gewesen war. Kathleen hatte aus Aviano angerufen, um ihnen mitzuteilen, dass Joe Massimos Jungen angekommen waren. Es ging ihnen gut. Sie waren müde und ein wenig durcheinander, aber sie fühlten sich wohl. Alle drei hatten mit ihrem Vater gesprochen und ihn mit Fragen bestürmt, und er hatte sich bemüht, sie so gut wie möglich zu beantworten, ohne ihnen unnötig Angst zu machen.

Unglücklicherweise konnte Joe noch immer angeklagt werden, weil er sich für sein Schweigen hatte bezahlen lassen. Da er sich jedoch zur Mitarbeit bereit erklärt hatte, bemühten Nick und Captain Cross sich, einen Deal mit der Polizei von Atlantic City auszuhandeln, damit er nicht ins Gefängnis musste. Um Victoria und Phoebe kümmerte sich Cecily, die nach Bryn Mawr gekommen war, um ihrer Nichte bei den notwendigen Vorbereitungen zu Jonathans Begräbnis zu helfen.

Tief in Gedanken versunken, streichelte Kelly den Arm, der sie umfasste. „Wenn ich daran denke, dass Victoria und Phoebe in diesem Haus waren, allein mit diesem Verrückten ..."

Nick schloss sie fester in den Arm. „Enrique wird für eine sehr lange Zeit hinter Gittern verschwinden, Kelly. Denk einfach nicht mehr an ihn."

„Das kann ich nicht. Ich kann nicht vergessen, wie er mich in der Hütte da draußen angesehen hat, mit diesen kalten, grausamen Augen. Und wie er immer seine Stimme verändert hat. Es war entsetzlich." Sie schaute weiter in die tanzenden Flammen im Kamin. „Woher kannte er bloß deine Stimme, Nick? Er hat dich doch nie kennen gelernt."

„Syd hatte die Angewohnheit, einige Unterhaltungen in seinem Büro auf Band mitzuschneiden. Das Gespräch, das er und ich vor einer Woche geführt hatten, war in seiner Sammlung. Enrique brauchte sich bloß das Band anzuhören und zu üben. Das Rauschen in der Leitung, das er gemacht hat, während er mit dir sprach, war bloß eine Vorsichtsmaßnahme."

„Das Rauschen hätte mich warnen müssen. Ich war ja so blöd."

„Warst du nicht." Er küsste sie auf die Stirn. „Aber jetzt genug von Enrique. Das ist ein Befehl."

„Du hast Recht." Sie streckte die Beine auf dem Sofa aus und legte die Füße übereinander. „Ich habe sowieso etwas Wichtigeres mit dir zu besprechen. Eine Art Beichte."

„Eine Beichte, soso. Und du bittest mich um Absolution?"

Ihre Laune wurde besser. „Nein. Ich akzeptiere jede Strafe, die du für angemessen hältst."

„Das klingt vielversprechend. Was hast du denn angestellt?"

„Ich habe zwei von meinen Bekannten versprochen, dass du ihnen einen Job verschaffst."

„Ich verstehe. Kenne ich sie?"

„Du hast von ihnen gehört." Sie machte eine Pause. „Sie heißen Ralph und Ben. Ben ist der Mann, der Zeuge am Mord deines Vaters wurde. Ich weiß, dass du ihn jetzt nicht mehr brauchst, denn Enrique hat ja alles gestanden ..."

„Aber du hast ein Versprechen gemacht und möchtest es gerne halten."

Wie gut er sie schon kannte. „Ja."

„Hmm. Was machen deine Bekannten denn so?"

„Ich habe sie nicht gefragt. Aber ich weiß, dass es anständige Kerle sind, ehrlich und rechtschaffen."

Sie hörte sein glucksendes Lachen. „Und das hast du alles bei einem einzigen Gespräch festgestellt?"

Jetzt drehte sie sich um, damit er ihr Gesicht sehen konnte. „Polizisten haben doch kein Monopol auf Menschenkenntnis." Sie sah sein Lächeln und kniff ihn ein wenig in den Arm. „Bedeutet das ja? Du wirst ihnen Arbeit verschaffen?"

„Ich werde mich bemühen. Reicht das fürs Erste?"

Sie warf die Arme um seinen Hals. „Du bist wunderbar."

„Nicht so schnell, Robolo", sagte er und hielt sie zurück. „Du glaubst doch nicht etwa, dass ich dir einen Gefallen tue, ohne etwas dafür haben zu wollen."

Sie lächelte schelmisch. „Ich wollte mich gerade darum kümmern, Dummkopf."

„Das meine ich nicht."

„Du gibst mir einen Korb?"

„Nein, ich möchte etwas mehr. Zum Beispiel deine Bereitschaft, dafür zu sorgen, dass diese Beziehung funktioniert."

Lachend warf sie den Kopf zurück. „Ist das alles?"

„In Anbetracht der Tatsache, dass wir uns deiner Meinung nach zu ähnlich sind und auf eine Katastrophe zuschlittern, ist das doch ein durchaus berechtigtes Ansinnen."

„Ich dachte, du seist derjenige, der immer nur zweifelt."

„Das habe ich nie gesagt."

„Du hast mich dickköpfig genannt."

„Erst nachdem du gesagt hast, ich würde dich herumkommandieren."

„Das tust du ja auch." Sie schauten sich sekundenlang in die Augen. Dann brachen sie in Gelächter aus, das erst versiegte, als Nick sie küsste.

Während sie sich vollkommen diesem Kuss hingab, überlegte Kelly, ob sie ihm sagen sollte, wie sehr sie ihn liebte, wie sehr sie ihn brauchte und dass sie der Gedanke ängstigte, auch nur einen Tag ohne ihn verbringen zu müssen. Aber sie sagte gar nichts. Sie würde sich dieses Geständnis für ein anderes Mal aufbewahren.

„Nun gut." Kelly zog sich nur so weit aus seinen Armen zurück, dass sie in seine ernsten blauen Augen sehen konnte. „Wenn du Wert auf diese Bereitschaft legst, dann sollst du sie auch haben. Sobald du mir eine Frage beantwortet hast."

„Das ist fair. Und wie lautet die Frage?"

„Wie lange soll unsere Beziehung denn funktionieren?"

Er nahm ihr Gesicht zwischen seine Hände und zog sie zu sich heran. „Sagen wir mal ... für den Rest unseres Lebens?"

– ENDE –

Sharon Sala

Eine fast perfekte Lüge

Als Macie Blaine dem CIA-Agenten Jonah Slade nach Jahren gesteht, dass er einen Sohn hat, ist es schon fast zu spät. Denn der Junge ist von einem skrupellosen Drogenboss entführt worden …

Band-Nr. 25103
7,95 € (D)
ISBN 3-89941-139-0

MIRA®